EUROPAVERLAG

CHRISTIAN HARDINGHAUS

# EIN HELD DUNKLER ZEIT

ROMAN

EUROPAVERLAG

MIX
Papier aus verantwortungsvollen Quellen
FSC® C014889
FSC
www.fsc.org

2. Auflage 2018



Umschlaggestaltung und Motiv:
Hauptmann & Kompanie Werbeagentur, Zürich,
unter Verwendung eines Fotos von © Collaboration JS/Trevillion Images
Redaktion: Ilka Heinemann
Layout & Satz: BuchHaus Robert Gigler, München
Druck und Bindung: Pustet, Regensburg
ISBN 978-3-95890-119-3

# INHALT

## ANFANG



## TEIL I

TEIL II



ENDE

# ANFANG

# DAS GRÜNE BIEST IM SCHNEE

*Lipowka, Sowjetunion, 29. Januar 1942*

Nicht mehr die Eiseskälte ist es, sondern Todesangst, die mich in unserem Erdloch erstarren lässt. Eingehüllt in einen grauen Filzmantel, den weißen Kopfschützer über den Stahlhelm gezogen, stehe ich mit den schweren Marschstiefeln im Dreck und schaue aus der Grube.

Mein Herz rast, ich hyperventiliere unter dem bis zur Nasenwurzel hochgezogenen Wollschal. Der Grund für meine Panik ist der Panzer, der etwa 150 Meter entfernt von mir schräg auf einer Anhöhe im Schnee steckt. Ich habe ihn im Gefechtsrabatz zu spät bemerkt. Ein sowjetischer T-34, der seine 76-Millimeter-Kanone direkt auf mich ausrichtet. Wie gebannt starre ich in die Mündung. Warum haben unsere Spähwagen den Panzer nicht aufgespürt? Wie ist er durchgekommen, und wieso zielt er auf unser heute Morgen eilig ausgehobenes Verwundetennest? Wir haben vorschriftsmäßig und deutlich sichtbar die Rotkreuzflagge aufgestellt, die nicht nur den Verwundeten und Sanitätsleuten der eigenen Truppen den Weg weisen, sondern auch den Feind dazu anhalten soll, hier nicht rumzukoffern. Verdammter Krieg!

Ich kann mir nicht erklären, warum ich beim Anblick des grünen Stahlbiestes an Mutter denke und in Gedanken nach einem passenden Gebet suche, statt mich wegzuducken. Ich weiß jetzt, der Panzer wird schießen, Verwundetennest hin oder her.

»Was ist?!« Wilhelm, der unter mir im Graben kniet, verhindert mit seinem Geschrei meine frühzeitige Verabschiedung aus dieser Schlacht. Ich lasse mich nach hinten fallen und lande mit dem Gesäß auf einem Haufen aus gefrorenem Schnee. Als ich den Kopf zur Seite drehe, bemerke ich, wie sich mein Arzt über den jungen Soldaten beugt, der eben blutüberströmt und angstverzerrt in die Grube gesprungen ist. Ich kenne ihn nicht. Vermutlich ist er ganz frisch an der Front, im ersten Gefecht. Aus Angst wird schnell Leichtsinn. Wilhelm pumpt mit den Händen, die in dicken Fingerhandschuhen stecken, gegen den Brustkorb des Gefreiten, dem mit jedem Druck Blut aus dem Mund sprudelt. »Hilf mir hier! Der verreckt uns!«

Ich vergrabe den Kopf in meinen Armbeugen und schreie, so laut ich kann: »Achtung! Panzer!«

»Was?«

Im selben Moment höre ich einen gewaltigen Knall, der den Boden unter mir zum Vibrieren bringt. Als ich die Augen öffne, erkenne ich, dass der Unterschlupf unversehrt ist. Rauchschwaden ziehen über uns hinweg. Der Iwan hat nicht getroffen, weit verfehlt. Jemand schreit, flucht auf Russisch: »*Sukiny deti, faschisty!*«

Ich weiß, was passiert ist. Unser Flak-Zug ist nachgerückt, und eine Granate muss den Panzer in letzter Sekunde erwischt haben. Ein russischer Soldat hat es aus dem Kettenfahrzeug geschafft und läuft auf uns zu. Während ich aufspringe, löse ich das Halfter des Pistolengurtes, nehme die Luger in die Hand, hebe sie über meinen Helm. Ich entsichere die Waffe und feuere aus dem Loch, ohne etwas anzuvisieren. Aber genau in die Richtung, in der ich den Panzer bemerkt habe und aus der jetzt das Gefluche herüberschallt.

Das Schreien verstummt. Vorsichtig hebe ich den Kopf und

schaue aus dem Loch. Der Rotarmist liegt bäuchlings auf halbem Weg zwischen dem in Flammen stehenden T-34 und uns. Sein grüner Mantel brennt. Neben ihm ist der Schnee mit Blut gesprenkelt, dahinter kokeln Kleidungsfetzen.

Ich mache einen breiten Riss in der hinteren Wannenseite des T-34 aus, dessen Räder gebrochen und Ketten zersprengt sind. Durch alle Luken und aus dem Kanonenrohr schlagen glutrote Feuerwolken. Aus dem hochgeklappten, wuchtigen Turmdeckel schießt schwarzer Qualm wie Rohöl aus einem Bohrloch in den kristallklaren Winterhimmel. Dieses todbringende Schauspiel habe ich schon oft beobachtet. Auch den unerträglichen Gestank von brennendem Treibstoff kenne ich nur zu gut.

Ein zweiter Russe hat es fast rausgeschafft. Die Arme voran hängt er mit dem Oberkörper aus dem Turm, der lichterloh brennt. Ein Volltreffer unserer Flak. Die Gefahr scheint gebannt. Ich schaue zu Wilhelm rüber, der aufgestanden ist und sich Schnee vom Mantel klopft. Der Soldat am Boden rührt sich nicht.

»Gut gemacht, Junge«, sagt mein Arzt. »Gibt doch mehr Widerstand als erwartet in Lipowka.«

Ich möchte ihm gestehen, dass ich soeben das erste Mal einen Menschen getötet habe, aber es bleibt keine Zeit dafür. Wir hören von der Spitze des schneebedeckten Hügels, der vor uns emporragt, einen Kameraden rufen. Es ist ein Melder, er stolpert in langem Gummimantel den Abhang hinunter, das Gewehr vor sich, mit den Händen fest umklammert. Zweimal rutscht er aus, bis er an unserem Nest ankommt. Ohne zu grüßen, schreit er, als ob wir noch einen Kilometer entfernt stünden: »Da oben ist Jahrmarkt! Der Russe stürmt von allen Seiten!«

»Beruhigen Sie sich, Kamerad!«, ruft Wilhelm zurück. »Verwundete?«

»Überall. Ich verliere den Überblick. Elende Scheiße. Meine Brille ist gebrochen.« Der Mann fummelt an der dunkel getönten

Schutzbrille, die ihm um den Hals hängt. Sein Stahlhelm ist seitlich eingedrückt, das Gesicht rußverschmiert.

»Kommen Sie zur Besinnung!«, rufe ich. »Sie stehen unter Schock.«

Wilhelm nimmt ein halb volles Röhrchen mit Pervitin-Tabletten aus der Manteltasche und reicht sie dem Melder, dessen Hände zitternd danach greifen. »Zur Beruhigung, aber teilen Sie sich die Pillen ein!«

»Danke. Entschuldigung, Herr Doktor. Mich hätte es beinahe erwischt. Granateneinschlag, direkt neben mir. Mache Meldung. Leutnant Jungmann liegt schwer verwundet in einem Gebäude auf der linken Flanke.«

»Von wo wird geschossen?«, fragt Wilhelm.

»Das lässt sich nicht sagen. Von überall. Sie können da über den Kamm laufen!« Der Mann deutet mit der flachen Hand in die Richtung, aus der er gekommen ist. »Hinter der MG-Stellung her. Da kriegen Sie Feuerschutz. Dann zur Straße ins Dorf, dreihundert Meter.« Der Soldat ist immer noch außer Atem und spricht hektisch. »Der Leutnant befindet sich gleich im ersten oder zweiten Haus auf der linken Seite.«

»Ja, was? Im ersten oder im zweiten?« Wilhelm schaut ihn fragend an.

»Ich weiß es nicht. Ich weiß es einfach nicht mehr.« Der Melder schüttelt den Kopf, wirkt verzweifelt.

»Na, wunderbar«, sagt mein Arzt und dreht sich zu mir. »Beeilung, Friedrich, pack zusammen! Wir werden gebraucht.« Er wirft eine Decke über den toten Soldaten, schultert seinen mit braunem Fell bezogenen Sanitätstornister, der mit Verbandsmaterial, Operationsinstrumenten und Medikamenten gefüllt ist, und hängt sich den Trageriemen der schwarzen Maschinenpistole um den Hals. Er zieht sich aus dem Graben. Ich schultere die beiden ledernen Sanitätstaschen, in denen ich Verbandstücher, Abschnürbinden, anatomische Pinzetten und Scheren transportiere. Dann werfe ich einen letzten Blick auf den verstorbenen Kameraden und folge dem Doktor.

Wir stampfen den Hang nach oben, der Schnee knirscht unter den Sohlen, und wir müssen die Spitzen unserer Stiefel fest in das Eis schlagen, um nicht auszurutschen. Dichter Rauch zieht hinter der Kuppe hervor, ich erkenne ein paar Dächer darüber. Es knallt und zischt unaufhörlich. Von weiter fort höre ich das Rattern sowjetischer Waffen, direkt über uns das zackige Hämmern und Rasseln deutscher Maschinengewehre. Das verschossene Pulver brennt in meinen Lungen. Gleichzeitig spüre ich wieder Eiseskälte im Rest meines Körpers aufsteigen. Der Melder läuft hinter uns, kommt kaum nach. Als wir oben ankommen, rennen wir um die MG-Stellung herum, aus der pausenlos geschossen wird, und biegen die unebene Straße ab ins Dorf. Blitze zucken hinter Fenstern. Granatwerfer ploppen auf, brennende Trümmer liegen auf der Straße. Ich höre Schweine quieken. Oder sind es Männer? Ein Schuppen steht in hellen Flammen, ich kann bei dem dicken Qualm vor mir kaum etwas erkennen. Es hat keinen Sinn. Gleich im ersten Gebäude an der Böschung müssen wir Deckung suchen, da der Feind das Feuer unserer MGs erwidert. Kugeln zischen an uns vorbei, schlagen in die Hauswand ein. Rückseitig der Mauer kauert ein rauchender Landser. Zwischen den bis zu den Ohren hochgezogenen Mantelkrägen glotzt er uns mit leeren Augen an.

»Wo liegt Leutnant Jungmann?«, brüllt Wilhelm ihm zu.

»Das Haus rechts über die Straße«, antwortet er, während er Rauch ausbläst.

»Gegenüber?«

»Ja, auf der anderen Seite.«

»So eine Scheiße. Verdammte Falschmeldung.« Wilhelm lehnt sich an den Hauseingang und schnürt den Riemen seines Stahlhelmes zu, auf den ein rotes Kreuz auf weißem Grund gemalt ist. Er legt den Finger an den Abzug der MP 40.

»Ich würde da jetzt nicht raus«, blökt der Soldat.

»Halten Sie den Mund. Sehen Sie den Äskulapstab auf meiner Schulter? Ich bin Arzt.«

»Ja, aber …«

»Schnauze, geben Sie mir einfach Feuerschutz!«, ruft Wilhelm und schaut dann mich an: »Du kommst nach, wenn der Russe Ruhe gibt.«

Mein Arzt rennt, die Pistole abfeuernd, aus dem Haus. Sofort schlagen Kugeln um ihn herum im Boden ein. Es sieht aus, als tanzte er um die aufgewirbelten Schnee- und Dreckfontänen, welche die Geschosse auf der Trasse hinterlassen.

Der Landser schaut mit offenem Mund nach draußen.

»Schießen Sie, verflucht noch mal!«, rufe ich ihm zu, aber der Mann rührt sich nicht. »Sie können doch nicht …« Wilhelms gellender Schrei unterbricht meinen Wutausbruch. Ich zucke zusammen und starre entsetzt auf die Straße. Er ist gestürzt, hält sich den Hals. Getroffen!

»Wilhelm, Wilhelm!«

»Arzt verwundet!«, höre ich jemanden aus dem Nebengebäude krakeelen.

»Halt durch!« Ich muss helfen, renne, den Kopf voran, in gebückter Haltung nach draußen, meine beiden Taschen schleifen über den Boden. Maschinengewehre rattern, Kugeln zischen an mir vorbei. Auch ich tanze um Geschossfontänen. Noch ein paar Meter, bin gleich bei ihm. Er bewegt sich, blutet im Nacken. »Wilhelm! Bist du …«

Die Druckwelle einer gewaltigen Explosion katapultiert mich durch die Luft. Ich krache hart auf dem Asphalt auf, spüre einen dumpfen Schmerz am Rücken und danach in den Knien. Ich kann kaum etwas sehen und huste wie verrückt. Wo ist mein Arzt, wo die

Straße? Alles voller Rauch. Von überall dringen Schreie an mein Ohr. Ich versuche aufzustehen, doch merke, dass ich zu keiner Bewegung imstande bin. Gewehrkugeln schlagen neben mir ein. Ein diffuser Schwindel überkommt mich. Ich ringe nach Luft, dann wird mir schwarz vor Augen.

# DIE SCHREIBMASCHINE

Was ist passiert? Wie lange war ich weg? Bin ich verletzt? Nein! Aber es ist so kalt, dass ich kaum Luft bekomme. Das kann nicht sein, denke ich, als ich mich umschaue. Ich bin verwirrt. Da stehe ich wieder im Verwundetennest unter der Rotkreuzflagge, das wir vorhin verlassen haben. Es war doch vorhin? Aber ich bin alleine. Wilhelm ist nicht da, auch der tote Kamerad liegt nicht im Schnee. Ein böser Verdacht ereilt mich, verängstigt schaue ich aus der Grube heraus. Panik. Ich bin wie gelähmt, als ich den T-34 ausmache. Ist das ein Déjà-vu? Es ist doch genau die gleiche Szene wie eben. Nein, nicht ganz: Der Panzer bewegt sich mit einem schrillen Quietschen direkt auf mich zu. Ich höre den Dieselmotor brummen, die Kanone dreht in meine Richtung. Wo bleibt die Flak? Sie feuert nicht!

Dann passiert etwas völlig Groteskes: Je näher das Kettenfahrzeug kommt, desto mehr scheint es zu schrumpfen. Was ist da los? Was ist mit *mir* los? Jetzt wird er schießen. Die Russen, sie kommen. Sie kommen zurück. Um mich zu holen. Sie haben mich doch noch gekriegt, die verdammten Schweinehunde. Nein, das lasse ich nicht zu. Nicht nach alldem!

Mit letzter verbliebener Kraft schmeiße ich die Flasche, die ich in der Hand halte, auf den T-34. Sie verfehlt ihn knapp und landet scheppernd auf dem Pflaster. Glas zerspringt, Malzbier spritzt auf den Weg.

»Ey, Mann, was soll das denn?«, schreit der blonde Junge, der mit einer Fernsteuerung hantiert und etwa zwanzig Meter entfernt auf der Wiese steht.

Was tut ein Kind auf dem Feld? Das ergibt keinen Sinn. Oh, verdammt. Ich hatte einen dieser Flashbacks. Schon wieder. Ich zittere vor Erregung.

»Sie spinnen doch, Opa. Wissen Sie, wie teuer der war? Das könnten Sie gar nicht bezahlen, wenn die Flasche getroffen hätte.«

»Ist ja gut jetzt.« Ich bemerke die Stimme meiner Betreuerin Nina Winter, die sich eben zum Telefonieren zurückgezogen hat.

»Ich habe genau gesehen, dass du Herrn Tönnies geärgert hast«, ruft sie dem Bengel zu. »Nimm dein blödes Spielzeugauto und verschwinde!«

»Auto?«, der Kleine schüttelt mit dem Kopf und zeigt auf mich. »Das ist ein RC Battle Tank T34 von Heng Long. Maßstab 1:16. Der kostet fast zweihundert Euro, und der Typ da wollte den kaputt machen.«

»*Der Typ da* ist ein empfindlicher alter Mann.« Nina schimpft. »Außerdem wohnt *der Typ da* hier. Nicht du. Du befindest dich im Garten einer Seniorenresidenz, nicht auf einem Kinderspielplatz.«

Ich kann Fräulein Nina in ihrem blauen Arbeitskleid direkt vor mir erkennen. Mit dem Zeigefinger weist sie auf den Ausgang des Parks, in dem ich seit ein paar Wochen in etwa um diese Zeit gemeinsam mit ihr sitze. Sie ist ein liebes, fürsorgliches Mädchen mit ehrlichen Augen. Insgesamt schon meine dritte Betreuerin. Freiwilliges soziales Jahr. Wundervoll, dass es so etwas gibt. Mir ist der Abschied von meiner letzten Pflegerin nicht leichtgefallen, man lernt sich zu schätzen nach einer Weile intensiver Zweisamkeit. Außer mit meinen Betreuerinnen habe ich mit kaum jemandem mehr gesprochen, seit ich hier bin. Die anderen Heimbewohner halten mich mittlerweile schon für etwas sonderlich. Aber obwohl sie mich betreut, habe ich mit Nina bis jetzt noch kein einziges Wort gewechselt, habe mir gedacht, wenn ich nicht so viel von mir preisgebe, würde die Beziehung nicht zu eng werden und mir dann der Abschied eines Tages nicht so schwerfallen. Mittlerweile halte ich das aber für albern. Ich weiß ja nicht mal, ob ich das Jahr überhaupt noch durchstehe. Außerdem ist mir gerade unwohl, und es imponiert mir, wie meine Neue sich für mich einsetzt.

»Verschwinde oder ich rufe den Typ von der Security!«, ruft Nina dem Jungen zu. »Der hat nicht Maßstab 1:16, sondern 1:1, und ist damit doppelt so groß und viermal so breit wie du.«

Sechzehn. Mir wird schlecht. Ich halte diese Zahl nicht aus. Immer, wenn ich sie höre, schaudert es mich, und meine wenigen noch verbliebenen Körperhaare stellen sich auf.

»Ach, leck mich doch!«, ruft der Bengel, hebt seinen Spielzeugpanzer auf, klemmt die Fernsteuerung daran fest und rennt weg.

Nina dreht sich um und schaut besorgt. »Alles in Ordnung? So kenne ich Sie nicht, Herr Tönnies. Hat Sie das so erschreckt?«

Ich zucke mit den Schultern. Sie setzt sich neben mich auf die Bank und streichelt mir über den Rücken. Sie tut gut, die Wärme, die sie ausstrahlt. Eine Frau beruhigt. Sie beweist, dass ich im Hier und Jetzt und nicht zurück in Russland bin.

»Das tut mir leid«, sagt Nina. »Die Kids wissen genau, dass sie hier nicht rumlungern dürfen. Kein Respekt vor dem Alter. Keine Achtung vor niemandem.«

*Ich*, sage ich – nein, denke es nur. Doch fast hätte ich gesprochen. Ja, ich habe gemerkt, wie sich meine Lippen geöffnet haben. Mein Brustkorb vibriert. Ich bin wütend, muss mich jetzt jemandem anvertrauen, denn schon lange ist ein fester Entschluss in mir gereift. Und dafür brauche ich Hilfe. Der Spielzeugpanzer und dieser erneute Flashback müssen Initialzündungen gewesen sein.

»Ich«, pruste ich los und räuspere mich sofort. Ich bin erschrocken, aber es klappt. »Deswegen bin ich Sanitäter geworden.« Meine Stimme klingt heiser. »Denn ich kann einfach nicht gut zielen.«

Nina zuckt auf der Bank neben mir zusammen, als ob ich irgendetwas Obszönes von mir gegeben hätte. Aber ich verstehe: Sie kennt mich so nicht.

»Herr Tönnies, Sie sprechen mit mir!«

»Ja.«

»Ich dachte …«

»Eigentlich wollte ich auch meine Ruhe haben und nicht kommunizieren«, krächze ich. »Aber das hier ging zu weit. Es hat mich an etwas Fürchterliches erinnert. Es wird Zeit, dass ich aufhöre zu schweigen.«

Nina schaut mit geöffnetem Mund und großen Augen zu mir herüber. Ihr Streichen über meinem Rücken wird fester. »Herr Tönnies, um Gottes willen, Sie weinen ja!« Sie legt den Arm um meine Schultern. Es beruhigt. Ich weiß weder, ob ich tatsächlich heule, noch, warum. Ich bin genauso wütend wie traurig und erleichtert. So viel Empfinden war lange nicht in mir. Ich lebe!

»Also, daran muss ich mich jetzt erst gewöhnen«, sagt meine Betreuerin nach einer Weile so betont laut, als ob ich von einer Sekunde auf die andere schlechter hören würde. »Ich meine, ich habe mit Ihnen schon so viele Tage hier gesessen und rede doch immer nur mit mir selbst.« Sie lässt mich los.

Ich drehe den Kopf zu ihr. »Hören Sie, Fräulein Nina. Dass ich nicht mit Ihnen sprechen wollte, heißt nicht, dass ich das Geschehen um mich herum nicht genau beobachte. Ich bin nicht verrückt geworden und leide nicht an Alzheimer wie manch anderer in dieser Anstalt.« Ich lächele und ergänze: »Außerdem waren das gar nicht so viele Tage. In meinem Alter zählt man anders.« Meine Stimme klingt weniger eingetrocknet. »Mir ist die Lust auf Kommunikation einfach vergangen.« Ich zögere. »Habe wohl Angst, eine weitere persönliche Beziehung zu jemandem einzugehen. Irgendwann gehen sie doch alle wieder und lassen mich alleine. Was bringt es also?«

»Ach, Herr Tönnies«, sagt Nina, lächelt und legt den Arm erneut um meine Schulter. »Ich habe doch gerade erst hier angefangen und auch nicht vor, die Stelle zu wechseln. Sie dachten, Sie könnten ein ganzes Jahr schweigen, damit Sie mich nicht kennenlernen brauchen?«

Ich lächele zurück, ich mag die Neue. »Es war albern, Entschuldigung«, antworte ich und schaue ihr in die blauen Augen. »Wissen Sie, ich habe in meinem Leben über so vieles geredet, aber das Wichtigste vergessen. Ich musste eine Zeit lang einfach in Ruhe nachdenken. Aber *Ihnen* habe ich dennoch immer zugehört. Wollen Sie ein Beispiel?« Nina sagt nichts.

»Hier ist eins: Sie haben in letzter Zeit oft davon gesprochen, dass Sie nach Ihrem sozialen Jahr gerne Germanistik und Geschichte studieren würden. Sie lieben deutsche Literatur, träumen davon, selbst mal ein Buch zu schreiben. Sie überlegen, Ihre Erlebnisse in der Seniorenbetreuung zu verschriftlichen. Und dann ist da noch dieser junge Mann, den Sie so bewundern, weil …«

»Schon okay, schon gut!«, ruft Nina, deren Wangen sich rot gefärbt haben. »Ich bin eine fürchterliche Plaudertasche, nicht wahr?« Sie streicht sich verlegen durch die blonden Haare.

»Ja.« Ich lache, und als Nina es bemerkt, tut sie das auch. »Aber eine liebenswerte Plaudertasche«, sage ich. »Und deswegen werde ich Sie um etwas bitten, was Ihnen bestimmt auch gefallen wird.«

»Wie jetzt? Was soll ich tun?« Sie schaut mich fragend an. Ich will sie nicht zappeln lassen.

»Entschuldigen Sie, das war salopp formuliert. Ich habe ein ähnliches Interesse an Literatur und Geschichte wie Sie, und ich habe etwas erlebt, das ich in einem Buch niederschreiben will – nein, muss!«

Nina schaut mich verdutzt an. »Das hört sich spannend an! Klasse! Aber noch mal: Wie kann *ich* dabei helfen?« Sie rutscht nervös auf der Bank vor und zurück.

»Sind Sie in der Lage, mir eine Schreibmaschine zu besorgen?«, antworte ich in ruhigem Ton.

»Eine was? Entschuldigung, aber …« Sie lacht dermaßen laut, dass es mich ein wenig ärgert.

»Ich weiß, dass die Schreibmaschinen von heute Laptops oder Notebooks heißen. Es ist nur so, die sind mir zu kompliziert. Ich möchte mein Buch auf einer klassischen, praktischen Maschine verfassen.«

»Verstehe, habe das Wort nur ewig nicht gehört.« Sie überlegt und tippt dann mit dem Zeigefinger auf ihre Schläfe. »Mein Vater besitzt eine.«

»Das ist wunderbar. Sehen Sie sich in der Lage, ihn zu fragen, ob er sie mir wegen des erwähnten Vorhabens leiht?«

»Na klar, das wird er bestimmt«, sagt Nina. »Ich frage ihn, wenn ich zu Hause bin.«

»Sehr gut! Wie schnell könnten Sie den Transport in mein Apartment arrangieren?«

Nina zuckt mit den Achseln. »Von mir aus sofort. Ich mache gleich Feierabend. Wenn es dringend ist, bringe ich sie heute Abend noch vorbei. So schwer ist die nicht. Ist in einem weißen Klappkoffer. Und Papier dürfte auch irgendwo vorhanden sein.«

»Es *ist* dringend!« Ich drücke mich zu forsch aus, doch mir kribbelt es in den Fingern. In meinem Kopf formen sich unaufhörlich Worte zu Sätzen, Sätze zu Absätzen und die dann zu Seiten. Mich überfällt die Angst, dass ich es mir doch noch anders überlegen könnte.

»Na gut, dann begleite ich Sie jetzt nach oben und werde so in einer Stunde zurückkommen. Aber …?«

»Ja?«

»Werden Sie mich einweihen? Ich erfahre doch, worüber Sie schreiben werden?«

Ich denke einen Moment nach. »Wenn ich das Buch beendet habe. Sie werden die Erste sein, die es lesen darf. Das verspreche ich! Ein paar Wochen werde ich aber brauchen.«

Nina nickt und lächelt, aber mir ist nicht zum Lachen zumute. Ich weiß, dass ich in den nächsten Tagen mit mir kämpfen werde. Aber ich bin fest entschlossen und will dieses letzte Gefecht annehmen.

Nina bemerkt meine Nervosität, hilft mir auf und begleitet mich ins Apartment.

Eine Stunde später kommt meine Betreuerin zurück. In ihren Händen eine weiße *Olympia Splendid* aus den Siebzigerjahren, ein ansehnliches Stück. Sie hievt mir das Gerät auf den Küchentisch, an dem ich arbeiten möchte. Dann verabschiede ich sie und verspreche ihr, dass ich von nun an immer ein paar Worte mit ihr wechseln werde, wenn sie mir die Einkäufe bringt und sich um das Zimmer kümmert. Wenn auch noch nicht über das, was ich verfassen werde. Da muss sie sich gedulden. Ich benötige absolute Konzentration.

Lange brauche ich nicht, um mich mit der Olympia zurechtzufinden. Ich hatte früher eine ähnliche Maschine und immer viel damit geschrieben. Welch ein Glück, dass meine Handgelenke von Arthritis verschont geblieben sind. Ein wenig erstaunt bemerke ich, dass meine Finger wie automatisch die richtigen Tasten finden. Natürlich bin ich nicht mehr ganz so flink, aber es reicht. Ich werde mir zwischendurch Pausen gönnen. Wie meine Feinmotorik funktioniert auch die Maschine ausgezeichnet.

Ein Schauer zieht mir über den Rücken. Kopf und Finger sind bereit, nur die Knie schlottern noch. Ich setze mir die Brille auf, wickele meine Beine in eine Baumwolldecke ein. Nun will ich die letzte entscheidende Aufgabe, die ich in dieser Welt zu erfüllen habe, angehen.

# TEIL I

# PROLOG

Mein Name ist Friedrich Tönnies. Ich wurde 1922 geboren und bin heute 95 Jahre alt. Ich befinde mich in vollem Besitz meiner geistigen Kräfte.

Von 1940 bis 1945 diente ich als Sanitätssoldat in der Wehrmacht. Was ich hier aufschreiben werde, möchte ich eine Heldengeschichte nennen. Es handelt sich um eine unglaubliche Begebenheit, eine nervenaufreibende Liebesgeschichte und eine Offenlegung über Krieg, Sterben, Freundschaft und Hoffnung.

Klingt das spannend? Ich hoffe es. Denn was Sie lesen werden, ist nicht nur genauso passiert, wie ich es niederschreibe, sondern historisch außerordentlich bedeutungsvoll. Ich fühle mich dazu verpflichtet, der Nachwelt all dies nicht länger vorzuenthalten.

Kennen Sie einen Soldaten? Haben Sie gedient? Dann wissen Sie, dass Soldaten im Ernstfall in eine große Schlacht ziehen, um mit dem Gewehr in der Hand ihr Land zu verteidigen, für das sie bereit sind zu töten und zu sterben. Die einen bezeichnen das als dumm, die anderen als ehrenhaft. Ich konnte mich in der Hinsicht nie festlegen.

Sicherlich aber ist Ihnen ein Arzt bekannt. Wenn nicht, rate ich Ihnen, sich gelegentlich einen zu suchen. Mediziner sind Menschen, die im Ernstfall Leben retten. Im Grunde genommen ein Widerspruch, dass es auch solche gibt, die gleichzeitig als Arzt und Soldat Dienst verrichten, die also Leben schützen und nehmen. Ist das dumm oder ehrenhaft oder beides zugleich?

Als ich 1940 in die Armee eintrat, hätte ich mir jedenfalls Schöneres vorstellen können. Ich hatte die Mittelschule und danach den Reichsarbeitsdienst abgeschlossen und meine Eltern gerade überredet, noch das weiterführende Gymnasium besuchen zu dürfen. Ich wollte Medizin studieren und Arzt werden. Doch Adolf Hitler hatte es spätestens seit dem Überfall auf Polen am 1. September 1939 geschafft, meine Pläne und die vieler Zeitgenossen zu durchkreuzen. Als der Zweite Weltkrieg ausbrach, wusste ich, dass ich Abitur und Studium würde verlegen müssen. Ich dachte dabei an ein paar Monate. An einen langen Krieg haben wir damals alle nicht geglaubt. Als ich gemustert wurde, hatte die Wehrmacht gerade Frankreich eingenommen. Die Deutschen jubelten, der restlichen Welt schien es egal zu sein. Die Engländer jagten uns keine Angst ein. Ich nahm nicht an, überhaupt noch aufs Schlachtfeld ziehen zu müssen. Wie falsch ich mit der Einschätzung lag!

Doch wie hätte ich es besser wissen können?

Da ich schon damals ein ausgesprochener Pragmatiker war, entschied ich mich dafür, die Pflichtzeit beim Militär zu nutzen, um mich schon ein wenig mit den Grundlagen der Medizin vertraut zu machen. Es lag nahe, dass ich nach der Grundausbildung einen Abschluss an einer Sanitätsschule absolvierte. Hätte mir zu diesem Zeitpunkt jemand erklärt, dass am Ende sechzehn Jahre vergehen sollten, bis ich das Abitur würde angehen können, ich hätte ihn als meschugge bezeichnet.

Die Sechszehn. Eine Zahl, die mich das ganze Leben verfolgt und quält. Wenn ich sie höre, überkommt mich Schüttelfrost. Auch jetzt schlottern meine Knie. Würde ich einen Mediziner konsultieren, er würde Parkinson diagnostizieren. Aber das tue ich nicht. Ich bin selbst Arzt, wenn auch lange nicht mehr praktizierend. Und ich weiß genau, warum ich zittere. Dass es seit letztem Jahr heftiger geworden ist, wundert mich nicht. 2016 war die Zahl Sechzehn allgegenwärtig. Wenn ich die Zeitung aufgeschlagen habe, überlas ich das Datum mit Bedacht. Beim Radiohören oder Fernsehen klappte das nicht. Ob es Zufall war, dass ich mich ausgerechnet im vergangenen Jahr dazu entschlossen habe, die Geschichte meines Lebens aufzuschreiben? Ich weiß es nicht. Es fällt schwer, nach all dem an Vorherbestimmungen zu denken. Aber es hat noch ein Jahr gedauert, bis ich nun endlich bereit bin, alles aus dieser dunklen Zeit zu erzählen. Ein Junge, der mich mit einem Spielzeugpanzer erschreckt hat, war vielleicht das auslösende Moment. Ich sollte ihm dankbar sein.

Der Krieg kam, ich musste hin. Mir blieb wie allen wehrfähigen Männern keine Wahl. Die Deutschen schlugen Polen, die Beneluxstaaten und Frankreich, besetzten Norwegen und Dänemark. Doch Hitler wollte mehr. Etwas, das wir uns bis zum Tag des Einmarsches in die Sowjetunion am 22. Juni 1941 nicht hatten vorstellen können: einen Krieg mit dem mächtigen Russland wagen. Hitler wollte für sein Volk Lebensraum im Osten. Warum, das habe ich bis heute nicht verstanden. Für uns Soldaten hieß es damals, wir müssten unsere Heimat vor der angriffsbereiten Sowjetunion schützen und hätten keine Wahl. Und so bin ich mitmarschiert in diesen tödlichsten Krieg der Menschheitsgeschichte. Und ich kann vieles bezeugen. Das Grauen, all die menschlichen Abgründe von Anfang bis zum bitteren Ende habe ich durchlebt und durchlitten.

Noch während der Ausbildung haben andere Rekruten uns als Pillendreher oder Drückeberger verspottet. Wir wären keine wahren Soldaten. Heute lache ich darüber. Wie schnell sich die Meinung eben dieser Spötter änderte, wenn zum ersten Mal eine russische

Granate neben ihnen einschlug. »Sani, Hilfe!«, »Sani, hierher!«, »Sani, mein Bein!« Tausendfach schrien sie nach uns, unter höllischen Schmerzen, im Anblick des nahenden Todes. Auf dem Schlachtfeld mauserten wir Sanitäter uns zusammen mit Köchen und Essensträgern bald zu den gefragtesten Männern. Einigen Kameraden konnte ich das Leben retten und sie zur Notversorgung rechtzeitig in ein Verwundetennest schleppen. Für andere war ich nur noch imstande, ein kurzes Gebet zu sprechen, einen Brief an die Angehörigen entgegenzunehmen oder ihnen »Es wird alles gut« zuzuhauchen.

An schlimmen Tagen habe ich mehr Tote als Verletzte gesehen. Es lagen dann mehr Erkennungsmarken in meiner Tasche als Mullbinden. Natürlich hatte ich unfassbares Glück. Allen Soldaten, die den Krieg überlebt haben, erging es so. Als Sanitäter besaß man aber noch mehr davon, wenn man es denn schaffte, aus Russland rauszukommen. Denn wir standen nicht weniger in der Schusslinie als die Schützen, sondern noch tiefer drin. Schließlich sind *wir* aus den Gräben gesprungen, um zu den Verwundeten zu eilen. Wie gering doch der Respekt des Feindes im Angriffsfall für eine Rotkreuzbinde am Uniformärmel ausfällt! Es kam vor, dass während eines schweren Häuserkampfes neben einem erschossenen Schützen bereits ein toter Sanitäter lag, der ihn hatte bergen wollen. Daneben ein verletzter Sani, der seinem Vorgänger zu Hilfe kommen wollte und den ich dann rausziehen musste.

Ich lief selbst Gefahr, jederzeit getötet zu werden. Aber nachgedacht darüber habe ich damals nicht. Erstaunlich! Ich wurde angeschossen und schwer verwundet und auch ich habe getötet. Mit meiner Pistole musste ich die angreifenden Russen doch vom Verbandsplatz fernhalten oder nicht? Ich war gezwungen, sie zu töten, wenn Rotarmisten mit einem Gewehrkolben auf den am Boden liegenden Landser einschlugen. Ich feuerte mein Gewehr ab, wenn ich ins Visier genommen wurde. Die Kameraden brauchten mich.

Ich besaß Verantwortung und nur dank der konnte ich überleben. Wer sich während eines Gefechtes fürchtet, hat meist schon verloren, und zwar sein Leben. Angst ist ein schlechter Ratgeber und Begleiter im Krieg. Und wenn ich in späteren Friedenszeiten gefragt worden bin, ob ich mich denn nicht gefürchtet habe an der Ostfront, so habe ich immer geantwortet: »Nein, denn ich trug Verantwortung.«

Und doch bleibt man im Krieg nicht ohne Emotion. Im Gegenteil. Es sind nur andere Gefühle, die den Soldaten befallen. Möglich, dass die Erklärung für überschwängliche Freude nach der gelungenen Einnahme eines Dorfes oder die tiefe Trauer, wenn ein treuer Kamerad stirbt, die eigene, unterdrückte Angst ist.

Die unmittelbare Furcht kann aber überwunden werden. Im Grunde ähnelt ein Gefecht der sportlichen Betätigung. Der mit Adrenalin vollgepumpte Körper funktioniert wie automatisiert, wenn man gut trainiert ist. Und das waren wir zweifellos in der Wehrmacht. Doch wenn keine russische Artillerie feuerte, wenn Ratas – so haben wir die feindlichen Kampfflieger Polikarpow I-16 genannt – am Himmel nicht kreuzten, dann waren es nur noch die Köpfe, die ratterten. Wer dann nicht trank, Briefe schrieb, Karten oder Fußball spielte, der versank schnell in einer nicht enden wollende Grübelei. Da konnte man machen, was man wollte. Die war nicht so leicht zu stoppen wie ein ungepanzertes Fahrzeug mit einem Maschinengewehr. Jedenfalls so lange nicht, bis weitergekämpft wurde. An ruhigen Tagen dachte man nach über die Heimat, über den Sinn des Krieges. Über die, die gegangen waren. Darüber, ob man es selbst schaffen würde. Und überhaupt, wie lange das alles noch weitergehen sollte. Und dieses ewige Warum, das einem im Kopf herumschwirrte. Auch kreisten die Gedanken ständig um den Feind. Wann greift er an? Wann gibt er auf? Trauert auch er um seine gefallenen Kameraden? Alles drehte sich um den Tod in den ruhigen Frontmomenten.

Ich kann nicht sagen, wie viele Tote ich gesehen habe. Hunderte? Eher Tausende! Deutsche, Russen, Ukrainer. Alte, Junge. Hauptmänner, Gefreite. Draufgänger, Feiglinge. Erschossen, erfroren, verhungert, an Krankheiten kläglich verreckt. Auch Frauen und Kinder. Das war besonders bedrückend und ließ einen nie mehr los. Ganz bestimmt nicht. Natürlich, der Verlust der eigenen Kameraden, zumindest derer, die man mochte – es gab auch genug Arschlöcher –, ging einem nahe. Denn man kannte sich, hatte über Monate oder Wochen zusammengesessen und gegessen, das Quartier geteilt, sich gegenseitig beschützt, gemeinsam gekämpft, sich die Wunden gepflegt. Wir hatten uns motiviert, uns Geschichten aus der Heimat erzählt, waren Freunde geworden. Wir haben dem anderen zugehört, wenn er verletzt war oder am Boden lag – sprichwörtlich oder nicht – physisch oder psychisch. Im Schützengraben, im Panzerspähwagen, eingegraben im Eis. Nachts, wenn die Sterne über Russland schienen. Dieselben, die über der fernen Heimat leuchteten und doch den Angehörigen zu Hause ein kaum weniger schreckliches Bild ihrer zerbombten Umgebung zeigten. Was wir in dem Ausmaß, in dem sich die Zerstörung später offenbarte, aber damals ebenso wenig zu ahnen vermochten wie unsere Liebsten das, was wir durchmachen mussten. Ein Werk der Propaganda, und die Nazis bewiesen sich als wahre Meister dieser feigen Disziplin. Sie ließen unsere Familien in den Wochenschauen, die in den Heimatkinos liefen, glauben, wir überrollten unsere Feinde. Uns war es bei Strafe verboten, in Briefen nach Hause von Niederlagen zu berichten. In den Zeitungen, die wir aus dem Reich erhielten, lasen wir, dass man die Bomber über dem deutschen Himmel abschieße wie Fliegen.

Ich diente als Sanitätssoldat in der Panzer-Aufklärungs-Abteilung 16 der 16. Panzer-Division. Darum verängstigt mich die 16 so. Ich bin Teil der Division gewesen, seit sie die Grenzen zur Sowjetunion überschritten hat und auch als sie in Stalingrad eingeschlossen und vorzeitig aufgelöst wurde. Ich war dabei, als sie neu aufgestellt worden ist und in den letzten Wochen vor der Kapitulation in Berlin kämpfte. Die gesamte Zeit des Deutsch-Sowjetischen-Krieges also, in dessen Zuge über dreißig Millionen Menschen den Tod fanden. Die Hälfte aller Opfer, die der komplette Zweite Weltkrieg eingefordert hat. Der schlimmste Krieg der Menschheitsgeschichte. Erst Anfang Mai 1945 wurde ich Gefangener der Sowjetunion und blieb es bis 1956. Sechzehn Jahre Kampf und Gefangenschaft. Verfluchte Zahl.

Aber, obwohl ich Teil der Geschichte bin, will ich in diesem Buch nicht im Mittelpunkt stehen. Das ist mir besonders wichtig. Ich werde vielmehr von einem Mann berichten, der ebenfalls der Panzer-Aufklärungs-Abteilung 16 angehörte. Jener Mann hieß Wilhelm Möckel, und der war ein Held. Zumindest sehe ich ihn als einen solchen, auch wenn er Teil der Wehrmacht war und kein Widerstandskämpfer. Ich möchte behaupten, er war ein Held dunkler Zeit. Und wer war denn schon im Widerstand? Ich habe während meiner Kriegseinsätze nie jemanden kennengelernt. Sophie Scholl? Oskar Schindler? Graf von Stauffenberg? Von all denen habe ich erst nach dem Krieg erfahren, das bekam man an der Front nicht mit. Doch im Kugelhagel, da wurde ich Zeuge von Heldentaten. Ich habe Menschen gesehen, die ihr eigenes Leben riskiert oder im schlimmsten und nicht seltenen Fall verloren haben, um viele andere Leben zu retten. Ist das nicht heldenhaft?

Von den meisten dieser Taten hat man nie gehört, denn die Frontsoldaten, die man hätte als Helden bezeichnen können, haben darüber geschwiegen bis zu ihrem Tode. Manche, die noch leben – es sind wenige – schweigen noch immer. Zu schnell wollten die Deutschen nach dem Krieg den Schrecken vergessen, den Hitler über Deutschland und auf die Welt geworfen hatte. Als zu grausam stellten sich die Verbrechen an den europäischen Juden, Sinti und Roma und anderen Verfolgten heraus, als dass die Kinder und

Enkel uns noch fragen mochten, wie es uns Deutschen an der Front ergangen ist.

Sie haben vergessen, uns zu fragen, was das Wesen des Krieges ausmacht. Dabei ist es so wichtig, das zu begreifen. Gerade heute. Wenn ich die Nachrichten anstelle, möchte ich kaum wahrhaben, wo überall und ständig neue militärische Konflikte ausbrechen. Haben wir aus der Geschichte gelernt? Nicht genug, fürchte ich!

Ich habe nie Kinder bekommen, somit auch keine Enkel, die mich hätten befragen können. Jetzt lebe ich alleine. Doch früher, wenn sich ein neugieriger Patient oder ein jüngerer Bekannter für meine Zeit interessierte, dann lautete die erste Frage stets: »Und, haben Sie das gewusst mit den Juden?«

Die Antwort, die ich darauf gab, bestand dann immer aus einem schlichten Nein. Dann hakte niemand weiter nach. Ein für alle zu schamhaftes und peinliches Thema. Es reichte ihnen zu wissen, dass ich nicht zu den Bösen zählte. Das Nein entspricht der Wahrheit, sonst wäre ich nicht imstande, dies hier zu verfassen. Dass ich vom Krieg jedoch nie erzählt habe, tut mir heute unfassbar leid, denn ich merke, dass die Jugend von heute zu wenig weiß. Die Gefahr, neue Kriege zu führen, ist groß. Ich gehörte zeit meines Lebens einer schweigenden Generation an. Als Entschuldigungsschreiben biete ich dieses Buch, in dem ich alles offenlegen werde.

Wir schreiben das Jahr 2017, und ich kann nicht davon ausgehen, dass ich hundert werde, aus dem Fenster springe und noch tolle Abenteuer erlebe. Die Zeit ist gekommen, Zeugnis abzulegen. Ich fühle mich verpflichtet, denn ich kannte einen Helden.

Doktor Wilhelm Möckel diente als Truppenarzt in meiner Kompanie. Er zog als renommierter, rein arischer Arzt mit 35 Jahren freiwillig in den Krieg. Obwohl er das aufgrund des Alters und der Fachausbildung nicht gemusst hätte. Wäre da nicht seine Familie gewesen. Seine Frau Annemarie und die Kinder Max und

Martin. Wegen dieser drei geliebten Menschen hatte er keine andere Wahl, als so zu handeln. Von dieser Geschichte handelt mein Buch.

Als Wilhelm Annemarie 1932 kennenlernte, war ich gerade zehn Jahre alt, und es sollte noch acht Jahre dauern, bis ich das erste Mal von ihr hörte. Ich lernte Wilhelm ein paar Wochen, nachdem wir in Russland einmarschiert waren, kennen. Wir gehörten damals noch beide der Sanitätskompanie 16 an. Ich bin heute der letzte noch Lebende dieser Kompanie. Kein Sanitätsoffizier, kein Hilfsarzt, kein Apotheker, der den Krieg überlebt hat, weilt mehr unter uns. Kein Fahrer, kein Krankenträger, kein Schreiber, kein Schneider. Nicht ein einziger Sanitätssoldat. Außer mir, einem anfangs einfachen Burschen.

Eine Sanitätskompanie kann man als eine eigens geschaffene Truppe bezeichnen, die sich um alle Bereiche der Verwundetenversorgung der zugeteilten Division kümmert. Durchschnittlich etwa zweihundert Mann stark. Bevor sich die Division in ein Gefecht wagte, errichteten wir fünf bis sechs Kilometer hinter der Kampflinie einen Hauptverbandsplatz. Wenn wir kein Gebäude dafür fanden, bauten wir Zelte. Die Ausrüstung, die uns zur Verfügung stand, darf man als ausgezeichnet beschreiben. Wir verfügten über alle Instrumente, um so gut wie jede Operation durchführen zu können. Bei uns arbeiteten bestens geschulte Chirurgen und Anästhesisten und jede Menge Pflegepersonal. Wer nicht starb auf dem Hauptverbandsplatz, sondern Aussicht auf Genesung hatte, wurde weiter ins Kriegslazarett und danach bestenfalls in ein Reservelazarett in die Heimat verlegt. Neue Verletzte rückten ständig nach. Sie wurden mit Sankas – so nannten wir die Krankenwagen – vom Truppenverbandsplatz abtransportiert. Vier Liegen konnte man in einem solchen Wagen unterbringen, und sie waren immer besetzt. Beinschüsse, Bauchschüsse, Lungenschüsse. Oft kamen die Kameraden tot an.

Auch den Truppenverbandsplatz, der direkt vor der Kampflinie lag, führte die Sanitätskompanie. Hier machten Ärzte die Verwundeten transportfähig und versorgten sie mit starken Schmerzmitteln. Auch an diesem blutigen Ort herrschte reges Kommen und Gehen. Oft brachten die Krankenträger im Minutentakt verletzte Kameraden, die sie aus den Verwundetennestern gezogen hatten. Solche Stätten lagen unmittelbar im Kampfgeschehen. Hier leisteten die Sanitätsdienstgrade und Sanitätssoldaten der kämpfenden Truppe Erstversorgung, meist ging es um reine Blutstillung, um das Abklemmen von Arterien, Anlegen von Druckverbänden, Wiederbelebungsmaßnahmen. Die Truppensanitäter orientierten sich an den Hilfeschreien der Kameraden und zogen sie direkt aus der Schusslinie. Eine der gefährlichsten Aufgaben, die man sich vorstellen kann in einem Gefecht. Und genau das sollte meine Tätigkeit für eine lange Kriegsetappe werden. Und seine.

Wilhelm ließ sich im September 1941 von der Sanitätskompanie 16 zur Panzer-Aufklärungs-Abteilung 16 versetzen, also vom geschützten Hauptverbandsplatz mitten aufs Schlachtfeld. Kein Mensch kann das verstehen, der die Geschichte um seine Familie nicht kennt. Ich habe nie von einem anderen Arzt gehört, der so etwas Verrücktes freiwillig getan hätte.

Ich hatte zuvor schon einige Zeit mit Wilhelm zu schaffen gehabt, hatte ihn bei Operationen beobachten können, ihm als Krankenträger die schreienden Patienten auf den OP-Tisch gehievt. Ich war mir darüber von Anfang an bewusst, was für ein verdammt guter Arzt da vor mir medizinische Eingriffe vornahm. Manchmal bin ich kurz stehen geblieben und habe mir angeschaut, wie er arbeitete. Ich staunte, wie flink er mit dem Skalpell umging, mit welch geschultem Auge und welcher Präzision er immer genau wusste, wo er ansetzen musste. Wie ruhig und fachmännisch er vorging. Er bemerkte meine Neugier, aber auch das unermüdliche Umsorgen der Verwundeten, das ich zu leisten vermochte.

Eines Tages kam er nach dem Essen zu mir herüber und bot mir eine Zigarette an. Ob das Zufall war? Ich glaube es heute nicht. Er erzählte mir von seinem Burschen, über den er heftig schimpfte. Wilhelm fungierte als Unterarzt und somit als Sanitätsoffiziersanwärter. Damit stand ihm schon ein sogenannter Offiziersbursche zu. Diesen Dienerjob verrichteten in der Regel untere Dienstgrade, die gerade sonst nirgendwo gebraucht wurden. Die Aufgaben bestanden darin, ihren Herrn herumzufahren, für ihn zu kochen, ihm die Feldpost zu bringen, ihn einfach in allem zu unterstützen, was ihm das Soldatenleben abseits des Schlachtfeldes angenehmer gestaltete.

»Der Jakob, der für mich arbeitet, macht einen guten Haushälter, ist mir aber als Arzt ein denkbar schlechter Gehilfe«, sagte Wilhelm damals zu mir. Er meinte, einem Arzt müsse unbedingt ein Bursche zugeteilt werden, der auch etwas von Medizin verstand. Jakob sei aber zu blöd, eine Salbe gegen Pilzinfektionen von einer Aspirin-Tablette zu unterscheiden. »So einen kann ich nicht gebrauchen, schließlich bin ich als Arzt immer im Dienst. Da benötige ich einen Burschen, der medizinisch begabt ist und mitdenkt. Gerade jetzt, wo ich mich versetzen lasse, kann ich mit Jakob nichts mehr anfangen. Nicht so nah an der Kampflinie.«

Wilhelm berichtete mir von seinem freiwilligen und stattgegebenen Gesuch, sich von der Sanitätskompanie zu den Aufklärern versetzen zu lassen. Und er fragte mich, ob ich einen geeigneten Burschen kennen würde, der ihn dahin begleiten könnte. Ich schaute ihn lange an, und er lächelte mir zu. Verstand ich das richtig? Wollte er mich dafür anwerben? Er bemerkte mein Erstaunen und sagte: »Ich käme selbstverständlich niemals auf die Idee, einen ausgebildeten Sanitätsgefreiten zu fragen, ob er so etwas tun würde. Es sei denn, er bäte mich von sich aus darum.«

Ich wusste nicht so recht, was ich entgegnen sollte, und blieb verdutzt stumm.

»Derjenige dürfte natürlich höher qualifizierte Aufgaben verrichten. Ich suche eine Mischung aus Sanitätssoldat, der mir auf dem Feld assistiert, und einem Burschen, der ein paar Fahrertätigkeiten und Alltägliches erledigt. Ohne dass ich ihm dreimal erklären muss, was der Unterschied zwischen einem Attestblock und einem Verwundetenzettel ist.« Wilhelm musterte mich und lächelte wieder. »Diese besonders qualifizierte Ordonnanz würde ich natürlich auch nie meine Stiefel putzen lassen, das ist Ehrensache.«

Ich verstand, nickte und sagte: »Herr Unterarzt, ich kenne einen solchen Soldaten. Er steht vor Ihnen und bittet Sie darum, Ihr besonderer Bursche im Felde und in der Freizeit sein zu dürfen.«

»Gut.« Er klopfte mir auf die Schulter. »Ich glaube dir, dass du das kannst. Ich werde zum Divisionsarzt Doktor Ahrens gehen und um Erlaubnis bitten. Er wird garantiert nichts dagegen haben. Ich habe das Gefühl, er mag mich nicht besonders. Innerlich hat er sich ins Fäustchen gelacht, als ich freiwillig um Frontversetzung gebeten habe. Ahrens ist froh, wenn ich weg bin. Er glaubt sicher, ich falle schnell. Also hat er mir versichert, ich habe seine uneingeschränkte Unterstützung für den Fronteinsatz. Das sollte dann wohl einen Burschen einschließen! Wenn es klappt, heißt das dann für dich: Ab nächste Woche Sachen packen. Wir ziehen zur kämpfenden Truppe.«

Ich hatte in jenem bewegenden Moment nicht darüber nachgedacht, dass ich mich mit der getroffenen Entscheidung freiwillig in Lebensgefahr begeben würde. Ich fühlte mich so geehrt, witterte ein Abenteuer. Und eine Fliegerbombe konnte mich schließlich auch auf dem Hauptverbandsplatz erledigen. Ich wollte lernen und assistieren – *ihm*. Mein Wunsch, selbst Arzt zu werden, hatte sich in den ersten Monaten des Krieges immer mehr gefestigt, und an manchen Tagen wähnte ich mich bereits als einer. Doch das sagte ich lieber nicht laut.

In der Aufklärungs-Abteilung herrschte ein anderer Ton, das merkte ich schnell. Soldatisch rau und dennoch freundlich. Ich lebte mich langsam, aber gut ein. Doch davon will ich später schreiben.

Auf jeden Fall lernte ich Wilhelm in jener Zeit nach und nach persönlich immer besser kennen und schätzen. Ich wuselte ja ständig um ihn herum. Mit der Zeit sprach er immer öfter über private Dinge mit mir. So habe ich erfahren, warum er freiwillig die Gefahr suchte. Die Geschichte dahinter, Wilhelms tragisches Dilemma, ist der Grund für dieses Buch.

Ich werde den Tag niemals vergessen, an dem mir Wilhelm das erste Mal von Annemarie erzählte. Es ereignete sich am 19. Oktober 1941, als wir nach harten und verlustreichen Kämpfen in Grekowo-Balka kampierten. Ein kleines Dorf in der Südukraine, abseits von Wegen und Schienen. Ein paar Dutzend Lehmhütten, eine Kirche und einen Marktplatz gab es dort. Am Nachmittag jenes Tages, der Feind hatte sich weit zurückgezogen, wir die Wäsche und uns selbst gewaschen, gingen Wilhelm und ich an einem nahen Flüsschen spazieren und sichteten dort ein paar Kolchos-Gänse. Wir bekamen mächtig Hunger, verabscheuten es allerdings beide, Tiere zu schießen. Da aber ich sein Bursche war, übernahm ich die unangenehme Tätigkeit. Er reichte mir seine Maschinenpistole, ich suchte die zwei fettesten Gänse aus und erlegte sie. Ich hätte nie auf Hunde oder Katzen geschossen. Bei Vögeln jedoch konnte ich mich überwinden. Eine Gans sollte für uns und die zwei Kameraden sein, mit denen wir Quartier teilten, die andere schenkten wir unseren Gastgebern – eine ukrainische Familie, deren Bauernhaus wir bewohnten. Wir schälten gemeinsam Kartoffeln und schnitten Zwiebeln und Paprika klein. Die fremden Frauen legten sich richtig ins Zeug. Was man nicht alles aus einer Gans rausholen kann. Als Vorspeise gab es Gänseleber, dann Gänsesuppe mit Einlage, dazu Brot mit Gänsefett und schließlich einen schmackhaften Gänsebraten.

Ich glaube, es sollte für die nächsten sechzehn Jahre der letzte sein. Später nahmen Wilhelm und ich uns eine Flasche erbeuteten russischen Wodka mit aufs Zimmer, setzten uns an den kleinen, maroden Holztisch, zündeten eine Kerze an, tranken und rauchten.

Ich fragte meinen Arzt, warum er denn keinen Heimaturlaub einreichen wolle, wie es sonst jeder in der Kompanie tat. Ob er denn nicht Frau und Kinder habe, die er vermisse. Er antwortete. »Doch, und eben weil ich meine Familie so sehr liebe, verzichte ich auf Urlaub.«

Wir redeten die ganze Nacht, und als die ersten Sonnenstrahlen in unser Zimmer drangen, verstand ich, was er damit gemeint hatte. Bei seinen Erzählungen wollten mir oft die Tränen kommen. Mit Mühe nur hielt ich sie zurück. Fortan aber verstand ich Wilhelm und sein scheinbar aberwitziges Streben danach, um jeden Preis ein Held werden zu wollen.

# IN ANNEMARIES AUGEN

»Psst! Annemie, Beeilung!« Luise lehnte am weit geöffneten Fenster ihres Jugendzimmers in der elterlichen Villa, versteckte die Hälfte des Gesichtes hinter dem eng an der Hausfassade wachsenden, moosgrünen Efeu und lugte hinunter auf die Straße. Mit der linken Hand winkte sie ihren Freundinnen Annemarie und Sophie zu, die im einfallenden Sonnenlicht auf den elfenbeinfarbenen Ledersesseln saßen. Die Vögel draußen zwitscherten abwechslungsreiche Konzerte, und der Geruch von frischen Blumen durchströmte das Zimmer an diesem angenehmen, nicht zu heißen Junitag.

»Los nun, da kommt er«, zischte Luise.

Annemaries Oberkörper schnellte nach vorne. »Der Arzt, den ich unbedingt sehen muss?«, fragte sie und stellte ihr kristallenes Weinglas auf der Glasplatte des runden Beistelltisches ab. Ein edler halbtrockener französischer Rotwein aus dem Keller von Luises Vater. Für Annemarie war es das erste Mal, dass sie mitten am Tag Alkohol trank. Aber ihre beste Freundin hatte unbedingt auf Annemaries Semesterferien anstoßen wollen. Da Luises Eltern nicht zu Hause waren und sie sich alle erwachsen genug fühlten, hatte sie die Flasche schließlich stibitzt und nun tranken sie. Annemarie schaute Sophie an, die ihre Zigarette im kleinen Aschenbecher aus Marmor ausdrückte und ihr zuflüsterte: »Na, wer denn sonst? Komm, wir schauen uns den Traumdoktor an!«

Annemarie stand auf, zog die Falten ihres rosa Sommerkleides glatt und schlich Sophie in leicht gebückter Haltung nach. Sie stellten sich hinter ihre Freundin und schauten hinunter auf den Gehweg der gegenüberliegenden Seite.

»Ist er nicht unglaublich niedlich, genau dein Kaliber, oder?«, fragte Luise und zog Annemarie am Ärmel näher ans Fenster heran. »Passt auf! Gleich wechselt er die Straßenseite!«

Sie erkannte einen schlanken, großgewachsenen Mann, der seine Hände lässig in die Taschen einer weitgeschnittenen sandfarbenen Flanellhose gesteckt hatte. Darüber trug er ein schwarz-weiß kariertes Sakko, auf dem Kopf einen cremefarbenen Hut mit weiter Krempe. Jetzt, wo er diagonal am Haus vorbei über das Pflaster der Straße schlenderte, vermochte Annemarie einen Blick auf sein Profil zu werfen. Donnerknispel, dachte sie: blonde Haare, markante Gesichtszüge, kein Bart. »Hat er etwa blaue Augen?«, flüsterte sie.

»Hellblau wie das Mittelmeer«, antwortete Luise.

Annemarie musste sich schnell eingestehen, dass ihre Freundin recht hatte. Der Doktor Wilhelm Möckel, von dem sie ihr seit Tagen erzählt hatte, besaß Format und entsprach rein optisch ihrem Männergeschmack. Und so einer begegnete ihr selten fernab der Kinoleinwände. Obwohl sie Osnabrückerin war, hatte sie den attraktiven Mann nie gesehen. Aber sie verbrachte ja seit einem halben Jahr auch die meisten Tage an der Universität Münster, wo sie im vergangenen Herbst ihr Medizinstudium aufgenommen hatte. Ihr Traum, für den sie alles tat und für den sie auch den Großteil der Zeit, die sie zu Hause verweilte, Bücher wälzte. Und der Doktor wäre noch nicht lange in der Stadt, hatte Luise ihr verraten.

Jetzt in den Ferien wollte Annemarie die freie Zeit auskosten, um mit ihren Freundinnen zu entspannen. Luise studierte nicht, ihre Eltern besaßen ein großes Kaufhaus, in dem sie ab und an aushalf. Und Sophie hatte sich, obwohl sie über die Hochschulreife verfügte, für eine Ausbildung an der Krankenschwesternschule eingeschrieben, die auch gerade unterrichtsfreie Zeit hatte. Schade, dass sie sich seit dem Abschluss an der Schule nicht mehr so oft sahen, dachte Annemarie. Aber wenn, dann war es schön wie eh und je.

»Wollen doch mal sehen, ob unser Augenarzt auch gute Augen besitzt«, sagte Luise und rief dann laut: »Kuckuck!«

Annemarie zuckte zusammen und bemerkte, wie Wilhelm den Kopf hob und in ihre Richtung schaute. Wie peinlich, hatte er sie gesehen? Vor Schreck ließ sie sich auf den Boden fallen, während ihre beiden Freundinnen wegsprangen und zu kichern begannen.

»Oh, Annemie, sei doch bloß nicht so schüchtern, passt doch nicht zu dir«, sagte Luise und zog sie an den Händen über dem Fußboden vom Fenster weg.

»Das war gemein.« Annemarie strich mit dem Handrücken ihre braunen Locken nach hinten. »Ich habe mich zu Tode erschreckt, als er sich umgedreht hat.«

»Na, wir müssen ihn halt auf dich aufmerksam machen«, sagte Luise, ging zurück zum Tisch, nahm die Karaffe Wein und goss die drei Gläser randvoll. »Du bist die Einzige von uns, die sich noch nie mit einem Mann getroffen hat. Obwohl du die Hübscheste von uns geworden bist.« Luise musterte ihre Freundin. »Das geht nicht mehr. Du kommst ins heiratsfähige Alter. Du musst, wie wir das auch tun, wenigstens schon mal üben, bis der Passende dabei ist!«

Luise und Sophie klatschten sich gegenseitig in die Hände und lachten laut.

»Aber, doch nicht einfach so«, sagte Annemarie und setzte sich zu den anderen an den Tisch. »Er ist attraktiv. Aber ob er auch nett ist? Und überhaupt: Wieso sollte er mich mögen?«

Sophie gluckste vor Vergnügen, warf sich auf ihren Stuhl zurück, nahm eine Zigarette aus ihrem Etui und entzündete sie mit einem Streichholz. »Siehst du, du hast Interesse. Von dem wirst du schon was halten, schließlich ist er Arzt. Das Beste, was dir als Medizinstudenten-Grünschnabel doch passieren kann.« Genussvoll zog sie an der Zigarette und blies den Rauch an die Zimmerdecke. »Der bringt dir noch was bei. Nicht nur in der Medizin.« Sie kicherte.

»Also wirklich«, antwortete Annemarie. »So eine bin ich ja nun nicht.«

»Iwo, biste nicht«, sagte Luise, nachdem sie einen großen Schluck Wein heruntergespült hatte. Sie nahm Annemaries Glas und reichte es ihr über die Tischplatte. »Wir bringen dich mit ihm in Kontakt und dann sehen wir weiter. Das wird bestimmt lustig und aufregend. Ich habe auch bereits einen Plan entwickelt. Lehn dich zurück, trink und hör zu! Also, wenn es nachher …«

Wilhelm schloss die Tür zur Praxis auf, trat ein, steckte Sakko und Hut an den Garderobenständer und lief geradeaus über den rot gekachelten Flur ins Untersuchungszimmer. Er nahm den Arztkittel aus einem schmalen Schrank, zog ihn über und setzte sich an seinen in glänzend weißem Lack gestrichenen Eichenholzschreibtisch. Darauf standen ein Tischfernsprecher und die edle Continental-Schreibmaschine mit goldenen Tasten. Wilhelms Blick fiel auf das eingerahmte Foto seines älteren Bruders Peter, das er so positioniert hatte, dass er es immer gut sehen konnte. Keinen Tag wollte er vergessen, wem er all das zu verdanken hatte, was ihn gerade ausmachte. Er dachte daran, wie gut es ihm ging.

In jenem Sommer 1932 sahen die meisten Deutschen das Ende der ersten Demokratie auf ihrem Boden bedrohlich nahekommen. Die Regierungen der Weimarer Republik hatten es nicht vermocht, die wirtschaftlichen und gesellschaftlichen Schäden, die nach dem Ende des Ersten Weltkrieges wie ein Schatten über Deutschland lagen, zu reparieren. Inflation und Weltwirtschaftskrise trieben viele Menschen in Massenarbeitslosigkeit, Zukunftsängste und in Wut. Dazu kamen der gekränkte Nationalstolz und Politiker, die mit der ganzen Gemengelage schlicht überfordert waren. Im Volk gor es. Aber nicht alle zeigten sich unzufrieden. Wilhelm ging es in diesem Sommer blendend, obwohl auch er die Spannungen und Risse in der Gesellschaft mit Sorge bemerkte, die auch in der Stadt zu spüren waren. Von knapp 100.000 Einwohnern bezog in diesem Sommer schon fast ein Viertel staatliche Unterstützung, um durchzukommen. Die Patienten, die jeden Tag auf seinem Behandlungsstuhl saßen, klagten neben körperlichen Beschwerden zunehmend über seelische Leiden, und so manch einer sah die unruhige Zeit als Ursache für die ihn befallende Krankheit an.

Der Doktor selbst beschwerte sich nicht. Im Vorjahr hatte er ein Medizinstudium an der Universität Münster mit überdurchschnittlich guter Promotionsnote abgeschlossen und sich danach den Traum von einer eigenen Praxis in seiner Heimatstadt Osnabrück erfüllen können. Mit neunundzwanzig Jahren blickte er frohen Mutes in die Zukunft – und jede Woche in dutzende Frauenaugen.

Nein, Wilhelm war kein Hallodri, und fairerweise muss man sagen, dass er in eine nicht minder große Anzahl von Männeraugen schaute. Er war Facharzt für Augenheilkunde und das mit hinlänglicher Leidenschaft. Wenn ihm überhaupt etwas fehlte, dann die Frau an seiner Seite. Da tat er sich schwer. Obwohl es ihm an Angeboten wahrlich nie gemangelt hatte. Im Gegenteil. Die Damen beschrieben Wilhelm als intelligent, charmant und vergnüglich. Auch erschien er äußerlich von stattlicher, gepflegter und attraktiver Natur. So wunderte es kaum, dass sich während seiner Hochschulzeit die hübschesten Kommilitoninnen regelrecht darum gerissen hatten, sich mit dem stets adrett gekleideten Wilhelm für einen Tanzabend oder einen Kinobesuch verabreden zu dürfen. Und der begehrte Studiosus hatte keineswegs all diesen verlockenden Offerten widerstanden. Doch sobald ein Mädchen Interesse an etwas Ernsthaftem erkennen ließ, hatte er schon wieder den Fachbüchern die größere Aufmerksamkeit gewidmet.

Das Ergebnis seiner Strebsamkeit lag in jenem Jahr in Form der eigenen, modern ausgestatteten Praxis vor ihm. Er hatte sich gut eingerichtet. Das weiß gekachelte Behandlungszimmer verfügte über einen abgetrennten Bereich, in dem unter einem Deckenstrahler eine Patientenliege stand. Hier konnte er kleinere Operationen an Lidern oder am Tränenapparat durchführen. Neben dem lederüberzogenen Untersuchungsstuhl hatte er eine teure, auf Rollen stehende Spaltlampe zur mikroskopischen Untersuchung des Auges, ein Tonometer zur Messung des Augendrucks und ein Perimeter für die genaue Gesichtsfeldmessung aufgebaut. Der wuchtige Medizinschrank war mit Salben, Tinkturen, Augentropfen, Verbandsmaterial, Hygieneartikeln und Operationsbesteck immer gut gefüllt.

»Ach, Peter«, sagte Wilhelm laut und nahm das Bild des zehn Jahre älteren Bruders in die Hand. Sein Geld war es gewesen, das ihm die Existenzgründung inklusive eigener Praxis ermöglicht hatte. Ohne ihn, der nach dem Ersten Weltkrieg frustriert ausgewandert war und sein kurzes Glück in Brasilien gefunden hatte, wäre für Wilhelm selbst das Studium nicht möglich gewesen. Die Brüder entstammten einer einfachen Bauernfamilie, die für die Ausbildung ihrer Kinder kein Geld aufbringen konnte. Peter war der Enge seines Elternhauses nach Übersee entflohen. Dort hatte er es geschafft, sich vom Bohnenpflücker zum Besitzer einer kleinen Kaffeeplantage in São Paulo zu mausern. Doch noch bevor Wilhelm ihn dort hatte besuchen können – was er gerne getan hätte, denn er liebte den Bruder –, war dieser bei einem tragischen Autounfall verstorben.

Sein Geld hatte Peter testamentarisch der Mutter vermacht. Der Tod des Erstgeborenen brach ihr das Herz zum zweiten Mal, nachdem bereits 1916 ihr Mann in Verdun sein Leben im Schützengraben hatte lassen müssen. Wilhelm und sein Zwillingsbruder Karl hatten gerade das dreizehnte Lebensjahr vollendet, als sie erfuhren, dass ihr Vater nie mehr nach Hause kommen würde. Ein Schicksal, das sie mit vielen Kindern dieser dunklen Epoche teilten. Durch Peters Geld hatte die Familie zwar überleben können, aber die Gemütserkrankung der Mutter hatte auch bei den Söhnen Spuren hinterlassen. Nach dem Tod des Vaters hatten die Zwillingsbrüder den Hof alleine weitergeführt. Sie hatten bis spät abends auf dem Feld geackert und anschließend noch die Mutter getröstet. Eine kaum zu ertragene Doppelbelastung, zumal sie selbst schwer unter dem Verlust gelitten hatten.

*Ihr sollt es mal besser haben als wir.* Wenn Wilhelm an sie dachte, dann kam ihm meist als Erstes dieser Satz in den Sinn, so oft hatte sie ihn ausgesprochen. Sie hatte ihr Versprechen gehalten und genug von Peters Geld für das Studium ihrer Söhne zurückgelegt. Arme Mutter! Das Examen ihrer Kinder hätte sie doch wenigstens noch miterleben sollen. Aber vor drei Jahren war auch sie an den Folgen eines Hirnschlages verstorben. Wilhelm hatte ihr noch am Krankenbett versprochen, er werde sich mit dem Hochschulabschluss beeilen, um sie bald gesund machen zu können. Doch der Tod hatte schneller zugeschlagen, als er erwartet hatte.

Jetzt lebten von den Möckels nur noch die Zwillinge. Wilhelm als Augenarzt in Osnabrück und Karl mit seiner Frau Magda als Rechtsanwalt in Augsburg. Beide Brüder glaubten fest an eine Art schicksalhafte Bestimmung, die es ihnen nach all der Trauer und dem Schmerz über den Verlust der halben Familie wenigstens ermöglichen sollte, heute ihren ersehnten Beruf ausüben zu können.

Viel besaß Wilhelm 1932 von dem ererbten Geld nicht mehr, doch das brauchte er auch nicht. Er verdiente nun selbst und das recht gut. Als nur einer von vier Osnabrücker Fachärzten für Augenheilkunde wurde er gebraucht, von Alt und Jung. Und zumindest bei manch einem halbstarken männlichen Patienten, der mit einem blauen Auge zu ihm kam, dachte er sogar, dass er beruflich doch von den angespannten Verhältnissen auf der Straße profitierte. Auf politische Diskussionen brauchte er sich nicht einzulassen, wenn er nicht wollte. Denn, ob junger Nationalsozialist oder Kommunist oder für was sich ein Schläger in dieser Zeit noch hielt, auf dem Behandlungsstuhl zeigten sich alle gleich. Klein mit Hut, darum bittend und bettelnd, dass er den Eltern nicht verraten möge, wie sie sich ihre Blessuren zugezogen hatten. Das unterlag allerdings ohnehin der ärztlichen Schweigepflicht.

Später meinte Wilhelm einmal, dass es jener 1. August 1932 gewesen sein müsste, an dem er den letzten SA-Raufbold behandelt hatte. Es war der Tag nach den spektakulären Reichstagswahlen, bei denen die NSDAP über 37 Prozent erlangen konnte. Auch Osnabrück kam in den Nazi-Rausch. Noch kurz vor den Wahlen war sogar Hitler persönlich mit einem Flugzeug eingeflogen worden, um vor den Osnabrückern zu sprechen. NSDAP-Kundgebungen häuften sich, und die SA zeigte überall Präsenz. Dass er bald selbst der braunen Truppe angehören würde, daran hatte er damals im Traum nicht gedacht.

Jenen 1. August 1932 aber vergaß er nie, denn er veränderte sein Leben für immer.

Das Klingeln der Haustür riss Wilhelm aus den Gedanken an seine Familie. Er ging aus dem Behandlungsraum über den rot gekachelten Flur, entriegelte die Tür, die sowohl Eingang zu seinen privaten Räumlichkeiten als auch zur Praxis gewährte. Er begrüßte die erste Patientin des Nachmittags. Vier Untersuchungstermine standen heute an. Eine ältere Frau mit bakterieller Bindehautentzündung, ein brüllender Knabe mit Wespenstich direkt unterhalb der Augenbraue und ein Lehrer der Chemie mit Verätzung durch Natronlauge. Schließlich noch der Lkw-Fahrer, der sich vor zwei Wochen bei einem Verkehrsunfall einen tiefen Riss im Augenlid zugezogen hatte und einen Verbandswechsel benötigte. Wilhelm tat sein Bestes, begutachtete und dokumentierte die Verletzungen, trug Salben auf, verabreichte Augentropfen, beruhigte und stellte Rezepte aus. Erschöpft zog er sich am frühen Abend seinen Kittel aus, legte die medizinischen Instrumente zurück in die Schränke und Schubladen, als es erneut an der Tür klingelte.

*Wer ist das denn noch? Habe ich einen Termin vergessen?* Er schaute zur Wanduhr. Halb sieben. Nein, um die Zeit kam normalerweise niemand mehr. Etwa ein Notfall?

Irritiert verließ er den Behandlungsraum und ging über den Flur. Links führte die Treppe hinauf in den Privatbereich. Eigentlich hätte er jetzt genau dort hochgehen sollen, um den Feierabend einzuläuten. So manch einen Abend im Felde verfluchte sich Wilhelm zehn Jahre später dafür, dass er es nicht getan hatte – sein Leben wäre einfacher verlaufen. Ob ihn der Schatten der hübschen Damen-Silhouette dazu bewegte, welchen die Abendsonne an die Glasscheibe der Haustür geworfen hatte, oder seine verantwortungsvolle Art, die es ihm unmöglich machte, einen Hilfesuchenden abzuweisen? Den Grund hatte er sich nie erklären können.

Er öffnete die Tür und sah sich unvermittelt einer jungen Frau mit tiefblauen Augen und braunen Locken gegenüber, die ihr über eine Perlenkette ins tief ausgeschnittene Dekolleté gefallen waren. Sie trug ein rosafarbenes, ärmelloses Freizeitkleid mit weißem Blümchenmuster, das ihr etwas Anmutiges, Reines verlieh, das im Gegensatz zu ihren kecken Locken stand. Was für eine wunderschöne Frau, dachte Wilhelm perplex, die Klinke noch in der Hand. Dabei hätte ihr Betragen normalerweise all die Faszination schnell wieder von ihm nehmen müssen. Denn der erste Satz, den sie zu ihm sprach, erwies sich nicht nur als unromantisch und in keiner Weise anziehend, sondern gar als kindisch und albern.

»Guten Abend, Herr Doktor. Ich sehe alles verschwommen. Können Sie mir bitte einmal tief in die Augen schauen?«

Ohne dass er antworten konnte – er hätte nicht gewusst, was –, hörte er schon von der Straße ein Gekicher und Gegacker von mindestens zwei weiteren Mädchen. Worauf ihm die junge Frau kurz zuzwinkerte, ihm ein flapsiges »Schuldigung« zuwarf und sich dann ebenfalls kichernd und glucksend aus dem Staub machte, einen leichten Duft nach Rosen, und er glaubte auch Jasmin, hinterlassend. Wilhelm lauschte dem Klackern ihrer Absätze durch den Hausflur die Tür hinaus und spürte ein Kribbeln in der Magengegend.

Was war denn das? Ein so hübsches Mädchen habe ich noch nie gesehen, dachte Wilhelm und ärgerte sich gleichzeitig darüber, dass sie wahrscheinlich viel zu jung war. Denn etwas vergleichbar Albernes hatte er noch von keiner erwachsenen Dame gehört.

Trotzdem ging ihm die unerwartete Besucherin fortan nicht mehr aus dem Kopf. Konnte ihn allein weibliche Schönheit denn so aus der Fassung bringen? War es ihre Ausstrahlung? Ihn überkam das sonderbare Gefühl, diese Frau zu kennen. Wie eine Art wunderschönes Déjà-vu. Ja, er war sich sicher: Er hatte schon von ihr geträumt, mehrmals. Im Traum hatte er sich nach ihr gesehnt, ohne sie zu kennen. Er wollte, nein, er musste sie wiedersehen, um diesem Rätsel auf die Spur zu kommen. Das wurde ihm noch an diesem Abend klar. Im Schein der funkelnden Sterne wälzte er sich bei offenem Fenster in seinem Bett hin und her und machte sich darüber Gedanken, woher die junge Frau kam und was der Sinn ihres Streiches gewesen sein könnte.

# DER BEUNRUHIGTE PROFESSOR

Nun blieb Wilhelm keine Wahl, als sich auf sein Schicksal zu verlassen, und das fiel ihm als rational denkender Mensch nicht leicht. Denn das mysteriöse Mädchen hatte ihm nicht einen einzigen Anhaltspunkt hinterlassen. Ob das kichernde Damentrio ihn rein zufällig ausgewählt hatte? Einen ähnlichen Schabernack noch mit anderen Leuten in der Nachbarschaft getrieben hatte? Oder waren sie bewusst zu ihm gekommen? Die Vorstellung gefiel ihm am besten.

Gesehen hatte er das bezaubernde Fräulein noch nie in der Stadt, aber er war ja auch erst ein halbes Jahr zurück aus Münster und während der Studienzeit nicht oft in die nahe Heimat gefahren. Würde man sich einfach so wieder begegnen? Er lebte ja in einer Kleinstadt, die aber immerhin groß genug war, als dass ein zufälliges Aufeinandertreffen Monate würde dauern können. Doch er wollte sich nicht auf das Schicksal verlassen, denn immer öfter ertappte er sich schon in den folgenden Tagen dabei, dass seine Gedanken um jene rätselhafte dunkelgelockte Frau kreisten, deren Namen er zu diesem Zeitpunkt noch nicht kannte.

Nachdem die letzten Tagespatienten die Praxis verlassen hatten, blieb der junge Augenarzt an den folgenden Tagen immer noch mindestens eine halbe Stunde länger als sonst in der unteren Etage, in der Hoffnung auf einen erneuten Klingelstreich oder ein anderes Zeichen von ihr. Doch sie ließ sich nicht blicken, und so holte Wilhelm der Alltag in den kommenden Wochen wieder ein. Und die politisch veränderte Landschaft, deren Gefahr er noch nicht einzuschätzen wusste. Die vor drei Jahren ausgelöste Wirtschaftskrise hatte Deutschland nach den USA am heftigsten getroffen, da das Land nicht mehr in der Lage war, die ihm nach Ende des Ersten Weltkrieges aufgebürdeten überzogenen Reparationszahlungen zu stemmen. Unternehmen konnten Löhne nicht weiterzahlen, die Arbeitslosenquote war schnell auf über drei Millionen gestiegen, gleichzeitig waren immer wieder Steuern erhöht worden. Durch zunehmende Zukunftssorgen hatten sich die Arbeiter von der wie gelähmt wirkenden Regierung abgewandt und in radikalen Parteien und Verbänden Ventile für ihre Wut gefunden. Auch der Mittelstand hatte sich aus Angst vor dem sozialen Abstieg radikalisieren lassen. Seit Monaten lieferten sich Bürger im ganzen Reich erbitterte Straßenkämpfe, die schon viele Menschenleben gefordert hatten. Als besonders brutal erwiesen sich dabei der Rote Frontkämpferbund der KPD und die SA der NSDAP. Deutschland schien am Rande eines Bürgerkrieges angekommen, und jede Seite suchte nach geeigneten Sündenböcken. Die Nazis sahen Kommunisten und Juden als die Verantwortlichen für die katastrophalen Umstände an, machten sie für die Kriegsniederlage im Ersten Weltkrieg verantwortlich, forderten die Aufkündigung des Versailler Friedensvertrages und fanden damit großen Zuspruch in der Bevölkerung. Wilhelm hatte bisher, insbesondere über die Situation der Juden, nicht viel nachgedacht. Erst als er einen Anruf seines ehemaligen Universitätslehrers aus Münster erhielt, wurde er nachdenklicher.

»Was sagen Sie denn zu dem Ergebnis der Reichstagswahlen vom 31. Juli, Wilhelm?«, fragte Professor David Cohen während des Ferngespräches. Er wirkte ängstlich und verzweifelt. »Ist es nicht trostlos? Wohin soll das führen?«

»Ach, ich würde das nicht dramatisieren«, antwortete Wilhelm. »Was soll denn geschehen? Es ist ja nicht gesagt, dass sich die Nazis die ganze Macht erstreiten, so wie es dieser Sonderling Hitler predigt.«

»Ach nein? Ich bin mir da nicht so sicher. Das Volk denkt anders. Die NSDAP hat im Vergleich zu 1930 volle 19 Prozentpunkte dazugewonnen und steht jetzt bei unfassbaren 37,3 Prozent. Da kann man sich ausmalen, wie die das nächste Mal abschneiden werden. Ich glaube nicht, dass die Katastrophe noch aufzuhalten ist.«

»Katastrophe?« Wilhelm hielt inne. »Herr Professor. Selbst wenn. Vielleicht sind die Nationalsozialisten nicht so übel. Etwas muss ja schließlich geschehen. Diese sogenannte Weimarer Republik schien mir doch von Anfang an als zum Scheitern verurteilt. Von Papen macht genauso kläglich weiter, wie Brüning aufgehört hat. Von Hindenburg ist krank und alt und, wenn Sie mich medizinisch befragen wollen, dazu noch neurotisch.«

»Hören Sie auf …«

»… Die Parteien finden keinen Konsens, der Reichstag ist wie gelähmt. Die Arbeitslosigkeit ist so hoch wie lange nicht mehr. Es kommen immer mehr Suchtkranke in meine Praxis. Alkohol und Opium. Das vertrauen sie mir an, obwohl sie mich vordergründig wegen Augenproblemen konsultieren. Aber da kann ich nichts machen, außer sie zu bitten, sich Hilfe bei ihrem Hausarzt oder in einer Klinik zu suchen. Sie denken aber nicht daran. Langsam muss Schluss sein. Sollen wir denn auf ewig Vasallen der Franzosen und Engländer bleiben?«

»Nein«, antwortete Cohen und stöhnte. »Aber das muss anders laufen, demokratisch gelöst werden und nicht mit dieser Hetze. Wehe und Not. Ich prophezeie Ihnen, uns Juden wird es abermals an den Kragen gehen. Womöglich kommt es für uns noch schauderhafter als im letzten Jahrhundert.«

»Herr Professor, Sie übertreiben. Sie sind doch selbst Patriot und Deutscher. Was sollte denn ein Hitler gegen Sie aufwenden können?«

Cohen atmete schwer. »Dass ich Patriot bin, steht außer Frage. Natürlich liebe ich mein Vaterland. Aber ob das zählt? Haben Sie *Mein Kampf* gelesen?«

»Ein paar Seiten überflogen. Übel geschrieben, bringt mich nicht voran. Und seien wir ehrlich, nach dem, was man so hört, ist das meiste doch eher Spinnerei.«

Cohen gab keine Antwort.

»Außerdem, Herr Professor, Sie besuchen doch die Synagoge gar nicht, oder?«

»Nein. Aber dennoch, seien Sie doch nicht so borniert! Hat man Sie auch infiziert?« Wilhelm vernahm ein Rascheln in der Leitung. »Ich zitiere aus *Mein Kampf*: *Das ganze Dasein der Juden ist schon auf einer einzigen großen Lüge aufgebaut, nämlich der, dass es sich bei ihnen um eine Religionsgenossenschaft handle, während es sich um eine Rasse – und zwar was für eine – dreht. Als solche aber hat sie einer der größten Geister der Menschheit für immer festgenagelt …*«

Nun rang Wilhelm nach Worten. Er war überrascht, noch nie hatte er den sonst allzeit gefassten, rational denkenden und stets zuvorkommenden und freundlichen Cohen so erzürnt erlebt.

»Es ist doch klar ersichtlich, was da vor sich geht«, fuhr der Professor fort. »Die Nazis wollen uns aus der Wirtschaft drängen und dann bald auch aus der Forschung. Meine Reputation ist bedroht. Ich habe hier den *Völkischen Beobachter* vorliegen. Über fünfzig Wissenschaftler aus dem ganzen Land geben ein Plädoyer für die NSDAP ab. Was, wenn ich bald nicht mehr lehren darf?«

Wilhelm konnte nicht fassen, was er hörte. Cohen war einer der angesehensten und bedeutendsten Forscher seiner Disziplin.

»Sie nicht mehr dozieren?«, fragte er. »Also bei allem Respekt. Ich bitte Sie, das ist absurd.« Er räusperte sich. »Ich will Ihnen was sagen. Ich glaube nämlich, dass, wenn die Nationalsozialisten an die Macht kommen sollten, dann wird es von Grund auf besser. Wir lösen uns erst von den Versailler Fesseln und werden wieder ein richtiges Deutschland. Das ist doch auch im Sinne der deutschen Juden?«

Cohen schrie jetzt. »Wilhelm! Ich bin empört. Das klingt fast so, als sympathisierten Sie mit den Nazis. Nicht, dass Sie auch noch auf die Idee kommen, dieses Pack zu wählen.«

Der Augenarzt schwieg erneut.

»Wilhelm?«

»Ich …«

»Sie haben doch wohl nicht etwa?«

Wilhelm geriet ins Stottern. »Nein, habe ich nicht. Aber unter Umständen werde ich sie wählen. Was aber spielt das für eine Rolle? Das muss doch unser Verhältnis nicht beeinflussen, Herr Professor, und das hat auch nicht im Geringsten mit ihrer Lehrtätigkeit zu tun. Politik ist das Eine, aber die Wissenschaft ist eben gänzlich unabhängig davon.«

Cohen schrie nun so laut, dass Wilhelm den Hörer vom Ohr nehmen musste, ihn aber dennoch deutlich verstand. »Sie haben ja eine Meise. Sie wissen wohl nicht mehr, wem Sie Ihre Zulassung zu verdanken haben? Haben Sie denn nichts bei mir gelernt?«

Er zögerte. »Doch, natürlich. Ja. Die gesamte Physiologie des Auges. Zellwachstum, Behandlung von …«

»Sie wollen mich hochnehmen, Sie Lump. Ich bin maßlos enttäuscht. Kommen Sie zur Besinnung, Herr Möckel. So will ich nichts mit Ihnen zu tun haben.«

»Herr Professor, regen Sie sich bitte ab«, sagte Wilhelm, dem langsam mulmig zu Mute wurde. Nein, so kannte er seinen Doktorvater nicht, so sprach er nie, so gab er sich nicht. Etwas musste geschehen sein. »Verstehen Sie mich doch bitte richtig«, fuhr er fort. »Ich habe allerhöchsten Respekt vor …« Den Satz sprach er nicht zu Ende, denn Cohen hatte das Gespräch beendet.

Nach dem Telefonat ärgerte sich Wilhelm. Er sah ein, dass er zu forsch gesprochen hatte. Natürlich, der Professor war Jude. Es stand zwar außer Frage, dass sich seine Sorgen als gänzlich unbegründet herausstellen würden, aber er hatte nicht sensibel genug reagiert. In den letzten Tagen hatte auch er die Möglichkeit in Betracht gezogen, dass die Nationalsozialisten die Macht ergreifen könnten. Hatte er zu deutsch gedacht? Ja, wie würde es den Juden in einem solchen Fall ergehen? Sicherlich wären die Androhungen, so wie Hitler sie in seinen Pamphleten und Reden äußerte, nicht umsetzbar. Die Nazis sind ja keine Unmenschen, sondern alles intelligente Leute, dachte Wilhelm. Außerdem, wenn es Deutschland erst wieder besser erginge – und das zu bewegen, traute er den Nationalsozialisten zu – dann würden doch auch ihre antisemitischen Hirngespinste abebben?

Wilhelm nahm sich in der Mittagspause vor, ein paar Schritte durch den nahen Bürgerpark zu unternehmen, um in Gedanken ein Entschuldigungsschreiben an Professor Cohen zu formulieren. Als er gerade die Praxistür zugeschlossen hatte und über den Kiesweg des Vorgartens zur Straße hinunterging, bemerkte er von der Seite Frau Kötter von nebenan in seine Richtung laufen. Eine alte Witwe in den Siebzigern, die Wilhelm schon mehrfach durch penetrante Neugier unangenehm aufgefallen war. Zum Glück schien sie noch gute Augen zu besitzen, denn als Patientin hatte er sie bisher nicht begrüßt. Aber mit Sicherheit wusste sie genau darüber Bescheid, wer bei ihm ein- und ausging.

»Guten Tag, Herr Doktor!«, rief sie herüber und zog fest an der Leine, an der ihr Dackel zuckte. »Fiffi, mach sitz!«

Offenbar war sie im Begriff, ihm einen Tratsch aufzuschwatzen, doch er hatte dafür keinen Kopf. Er hob seine graue Ballonmütze an und wollte einfach vorbeigehen.

»Der tut Ihnen doch nichts, Herr Doktor. Haben Sie Mittagspause?« Frau Kötter grinste gespielt freundlich. Am liebsten hätte Wilhelm ihr die abgewetzten Krempen ihres braunen Federhutes über die Ohren gezogen. »Genau. Ich will mir die Beine vertreten.«

»Oh, das ist wichtig. Sie haben jede Menge Patienten und Arbeit. Schlimme Zeiten erleben wir. Alle sind krank. Und einige können auch nicht mehr richtig gucken. Wenn Sie verstehen, was ich damit ausdrücken will.«

Sollte das ein Witz sein? Offenbar, denn die Schabracke grinste ihn forsch an. Er konnte noch nicht mal genau beschreiben, warum er die Kötter verabscheute, sie widerte ihn einfach an mit ihrem übertriebenen Wangenrouge und dem rosafarbenen, unsauber aufgetragenen Lippenstift, der gar nicht zu ihrem Alter passen mochte. Ihre Art war scheußlich. Er wollte sie möglichst schnell abschütteln. »Das ist vermutlich so«, sagte er. »Aber ich mache das gerne. Ich wünsche Ihnen …«

»Haben Sie gehört? Der Herr *Remark* ist heute in der Stadt gesichtet worden. Schreibt sich jetzt mit *-que* hinten. Künstlername. Das soll doch wohl keine Kunst sein. Unsinn: Schmutzliteratur ist das.« Frau Kötter wirkte plötzlich aufgeregt und erwartete wohl, dass Wilhelm darauf ansprang. Na gut, ein paar Worte lassen sich nicht verhindern, dachte er und ließ sich zu einer Antwort hinreißen. »Erich-Maria Remarque?«

»Ja, der neue Osnabrücker Hollywood-Star. Künstler, meine Güte, nur Hohn und Spott habe ich dafür übrig.« Sie sprach in einem arroganten Tonfall und deutete höhnisch einen affektierten Zug an einer Zigarette an.

»Ich glaubte, der wäre längst in die Schweiz ausgewandert«, sagte Wilhelm. Die Alte plappert eh nur Blödsinn, dachte er sich.

»Mach sitz!« Frau Kötter zog die Leine mit einem Ruck bis an ihre Knie, Fiffi röchelte und quiekte. »Ist er ja auch, er hat aber doch Familie im Landkreis. Wundert mich, dass er sich her traut. Der gerät immer mehr in die Kritik. Berechtigterweise. Eine Kanaille übelster Sorte. Haben Sie seinen heuchlerischen Film gesehen?«

»*Im Westen nichts Neues*? Nein, aber das Buch habe ich im vergangenen Winter gelesen. Überaus spannend. Ein vorzügliches Werk über die Kameradschaft im Kriege.« Wilhelm hatte es regelrecht verschlungen und dabei an vielen Stellen an seinen Vater denken müssen.

»Na, das geben Sie aber mal nicht so laut preis, Herr Doktor Möckel«, sagte Frau Kötter. »Nicht, dass Ihnen das noch jemand falsch auslegt. Ich sage besser nichts weiter. Aber wenn Adolf Hitler endlich an der Macht ist, dann …«

Wilhelm reichte es. »Gnädige Frau, entschuldigen Sie. Mein Terminkalender ist voll, und ich möchte mir noch etwas aus der Konditorei besorgen. Sollte ich auf dem Weg Herrn Remarque begegnen, dann mahne ich ihn zur Obacht.«

»Gehen Sie dem lieber gleich aus dem Weg, der ist mit dem Jud im Bunde«, sagte Frau Kötter und gab ihrem jaulenden Köter einen Tritt in die Seite. »Einen schönen Tag wünsche ich, Herr Doktor, und dass mir keine Klagen kommen!«

»Ich empfehle mich.« Wilhelm hob seine Mütze an, schlenderte zum Bürgerpark und drehte dort ein paar Runden um den Ententeich. Der Spaziergang im Grünen, bei strahlender Mittagssonne, tat ihm gut. Aber was er Cohen schreiben wollte, wusste er danach immer noch nicht.

Als Wilhelm nach einer halben Stunde zurückkehrte und das Tor zum Vorgarten öffnete, stolperte der Postbote mit seiner überfüllten Ledertasche die Treppen vor Wilhelms Haus herunter. »Guten

Tag, Herr Doktor. Ich hab Ihnen was eingeworfen. Ein außergewöhnlich hübscher Umschlag ist darunter.«

*Warum sind die bloß alle so fürchterlich neugierig geworden in dieser Stadt?* Das schmeckte Wilhelm nicht, gerade ein Briefausträger sollte doch die Privatsphäre zu wahren wissen. Trotzdem hakte er nach: »Aha, was ist es denn, Herr Schneider?«

»Ein Brief, sehr edles Papier und hochwertige Tinte. Da will sich jemand Eindruck verschaffen. Der Schwung der Handschrift ist ganz sicher damenhaft, das erkenne ich von Berufs wegen. Und außerdem riecht er nach süßem …«

»Herr Schneider, Sie schnüffeln an meiner Post?« Wilhelm schaute ihn grimmig an. Der Bote lachte und fasste sich an die Schirmmütze. »Nanu, Sie sind perplex, was? War nicht zu überriechen, kann ich nichts dafür.«

Wilhelm spürte ein Kribbeln im Bauch und eilte an dem Postbeamten vorbei.

»Ja, ja, ich kenne das genau«, hörte er ihn noch brabbeln. »Bei uns Briefausträgern ist es so wie bei Ihnen werten Doktoren. Die Frauen haben ein Herz für uns, wenn wir nur immer freundlich sind, nicht wahr?«

Als Wilhelm den Umschlag in der Hand hielt, spürte er instinktiv, dass *sie* den Brief verfasst hatte. Er lief in den Behandlungsraum, setzte sich an den Schreibtisch und nahm den goldenen Brieföffner aus der obersten Schublade, mit dem er das Kuvert aufriss. Rosen und ja, jetzt war es sich sicher, auch Jasmin roch er. Er sog den Duft auf. Ihr Parfum, er erinnerte sich genau. Unter heftigem Herzklopfen begann er zu lesen:

*Lieber Herr Doktor Möckel,*
*mit diesem kleinen Brieflein möchte ich mich aufrichtig entschuldigen. Ich bin eine der Gören, die Ihnen vor zwei Wochen einen total albernen Streich gespielt haben. Sie erinnern sich. Ich behauptete,*

*schlecht sehen zu können und bat um eine Untersuchung. Das war nicht damenhaft. Das war kindisch. Zu meiner Entschuldigung möchte ich anbringen, dass ich gerade, wohl ein wenig zu ausgelassen, meine Semesterferien in Osnabrück verlebe. Ich studiere bald im zweiten Semester Medizin in Münster. Mit meinen Freundinnen habe ich an besagtem Tag ein bisschen zu viel Wein getrunken. Am Tage. So etwas mache ich sonst nicht, das sollten Sie nicht denken von mir. Luise wohnt in der Nähe Ihrer Praxis, und Sie liefen einmal vorbei, als wir am Fenster standen. Haben Sie den Kuckuck gehört? Das war die freche Luise. Sie war es auch, die mir verraten hat, wer Sie sind. Und dann habe ich diese blöde Wette verloren …*

*Ich hoffe, Sie legen mir das nicht als aufdringlich aus, dass ich jetzt auch noch die Frechheit besitze, Ihnen privat zu schreiben. Es schickt sich ja allgemein nicht, dass ein Mädchen einem unbekannten Mann, und dann noch einem so viel älteren, einen Brief aufsetzt. Aber fragen Sie doch meine Freundinnen, ich betrug mich schon immer etwas anders. Wenn Sie sich nun gekränkt fühlen, so ignorieren Sie dieses Schreiben am besten. Ich werde darüber hinwegkommen. Wenn aber nicht, so würde ich Ihnen gerne beweisen, dass mit meinen Augen alles in bester Ordnung ist. Eine gute Gelegenheit dafür böte sich im Kino. Am nächsten Samstag läuft im Capitol* Das blaue Licht. *Der erste Film von Leni Riefenstahl als Regisseurin. Ich hoffe, Sie mögen sie. Ich liebe sie! Die Vorführung beginnt um 19:30 Uhr. Ich schlage vor, Sie sind eine Viertelstunde zuvor am Eingang. Ich lege Wert auf Pünktlichkeit. Und ich gehe mit oder ohne Sie hinein.*

*P.S.: Ob Sie erscheinen oder nicht. Ich verstehe mich als Patientin. Da Sie um die ärztliche Schweigepflicht genauso Bescheid wissen wie ich, sollten meine Eltern über dieses Treffen nicht informiert oder befragt werden.*

*Ich bin alt genug.*
*Annemarie*

Annemarie. Welch bezaubernder Name und was für ein schneidiges Fräulein! Wilhelm hielt das Schreiben vor sich und schmunzelte. Wieder spürte er das wohlige Kribbeln im Bauch. Medizin studierte sie also, dann war sie doch nicht so jung, wie er dachte. Er überlegte: zweites Semester. Sie musste in Münster angefangen haben, als er die Hochschule gerade verlassen hatte. Man würde sicherlich über den ein oder anderen Lehrenden der aufstrebenden medizinischen Fakultät, den man gemeinsam kannte, ins Gespräch kommen. Eine gute Ausgangsposition. Er schaute auf den goldgelben Umschlag, auf dem sein Name in einer sympathisch-weiblichen Handschrift geschrieben stand. Vorsichtig strich er mit dem Daumen über den mit Blümchen gemusterten Rand. Als Wilhelm den Umschlag wendete, erkannte er auch auf der Rückseite keinen Absender. Zu dumm! Sie liebte Geheimnisse. Aber wie kam sie darauf, dass er ihren Eltern etwas erzählen könnte, wenn er nicht mal wusste, wie sie hieß? Egal, die Hauptsache sollte sein, dass sie ihn mochte, und davon wollte er nun fest ausgehen.

# DAS BLAUE LICHT

Wilhelm fand sich eine halbe Stunde vor Beginn der Vorführung vor dem Osnabrücker Capitol ein. Seine weißen Glattlederschnürschuhe hatte er poliert, den Aufschlag der weiten, schwarzen Wollhose akkurat gesetzt und die dunkelblonden Haare mit Pomade zurückgekämmt. Unter der lockeren Weste trug er sein bestes Hemd mit aufgesetztem Kragen. So kam er immer an bei den Damen. Er hoffte, dass er damit auch Annemaries Geschmack treffen würde. Mit einer Rose in der Hand wartete er direkt unter dem pompösen Leuchtlettern-Schriftzug, der da lautete: Dies ist das Kino Capitol. Sie würde ihn hier nicht verfehlen.

Fünf Minuten vor Beginn der Vorstellung stand kein Mensch mehr in der Schlange des Verkaufsschalters, und Wilhelms Miene zeigte sich getrübt. Mehrmals hatte er sich nervös nach allen Seiten umgeschaut. Ein älterer Herr in braunem Mantel, der auf einer Bank vor dem Eingang des Kinos saß, blickte ihn mitleidig an, schüttelte den Kopf und vertiefte sich wieder in das Programmheft, das er gerade studierte. Auf der Bank daneben saß eine junge, blonde Frau in einem viel zu kurzen hellgrünen Rock und grinste ihn verschmitzt an.

*Annemarie kommt nicht. Wie peinlich.* Was hatte er sich nur vorgemacht? Von wegen, sie legte Wert auf Pünktlichkeit. Sie trieb abermals Spielchen mit ihm. Er kam sich vor wie ein begossener Pudel. Der eine hatte Mitleid mit ihm, die andere witterte eine Chance, als Notbegleitung herhalten zu dürfen. Darauf konnte er getrost verzichten. Als er gerade schon überlegte, wo er die Blume entsorgen konnte, hörte er eiliges Damenschuhgeklapper auf dem Gehsteig hinter sich. Das kam ihm bekannt vor, genauso wie das flapsige »Schuldigung«, das ihm Annemarie in dem Moment zuwarf, in dem er sich umdrehte. Da stand sie vor ihm in einem an der Taille eng anliegenden, hellblauen Kleid, noch ganz außer Atem. Er bemerkte, dass sie ihre Augenbrauen zu einem dünnen Strich gezupft hatte. Darunter schauten ihn ihre dunkelblauen Augen an. Ihre lockigen Haare saßen perfekt unter dem ebenfalls bläulichen Filzhut. Selbst ihr ledernes Handtäschchen, das sie an einer Kordel hielt, leuchtete in verschiedenen Blautönen. Da hatte sie doch ein zum Film passendes Outfit gewählt. Hätte auch er ein blaues Jackett …?

»Also, es tut mir von Herzen leid, Herr Doktor. Aber meine Freundin, die Luise, ist so eine Schnabbelliese …« Annemaries Geständnis wurde von dem jungen Mann mit roter Schirmmütze, der am Kartenverkaufsschalter saß, unterbrochen. »Wenn Sie noch hineinwollen, dann jetzt. Letzte Gelegenheit. Ich mache den Laden zu.«

»Na, dann rein ins Vergnügen«, sagte sie und hakte sich bei ihm unter. Bevor Wilhelm die Billetts, zwei Flaschen Zitronenlimonade und eine Schachtel Eiskonfekt kaufte, warf er erneut einen Blick auf die Bänke vor dem Kino. Das blonde Mädchen schaute grimmig auf die Straße, der ältere Mann aber lächelte und hob den Zylinder an. Wilhelm nickte ihm kurz zu, dann gingen sie hinein und durch das Foyer in den riesigen, bis etwa zur Hälfte gefüllten Kinosaal. Er hatte seine Begleitung Plätze ganz vorne vor dem Orchestergraben auswählen lassen, wo inzwischen keine Musiker mehr spielten, denn das

Capitol, als eines der modernsten Kinos in Norddeutschland, nahm längst keine Stummfilme mehr ins Programm auf.

Wilhelm bekam von dem Inhalt des Filmes so gut wie nichts mit. Während Annemarie fasziniert auf die Leinwand starrte, beobachtete er nur sie, studierte jede ihrer Gefühlsregungen und Gesten. Nach der Vorführung lud er sie in eine Bar nahe dem Capitol ein, sie setzten sich auf die Hocker am rot schimmernden Tresen, über dem zwei riesige Kronleuchter schwebten. Sie bestellte Martini auf Eis und er einen Gin Sour. Über die Lautsprecherboxen klimperte ein Piano, und Marlene Dietrich sang: *Nimm dich in Acht vor blonden Frauen*. Wilhelm schmunzelte, da musste er sich ja bei Annemarie keine Gedanken machen. Erneut spürte er das angenehme Kribbeln in seinem Bauch.

»Doktorchen?«

Er hatte vor Auf- und Erregung nicht zugehört.

»Wie fanden Sie die Vorstellung?«

Er überlegte. »Oh, bezaubernd.« Und machte eine kurze Pause, in der er angestrengt nachdachte, wie er das Gespräch in eine andere Richtung lenken könnte. »Aber nicht so bezaubernd wie meine Begleitung«, sagte er und kam sich albern dabei vor.

»Alle Wetter. Sie sind ja ein Charmeur, Doktorchen.« Annemarie lächelte, zum Glück, und ließ sich von einer Diskussion über den Inhalt des Filmes abbringen, zu der er nicht viel hätte beitragen können.

»Ich ahnte es.« Sie schaute ihn neugierig und dabei etwas schnippisch an. »Das haben wahrscheinlich Tausende Damen vor mir von Ihnen gehört.«

»Nein, nicht viele«, sagte Wilhelm. »Nur die Schönsten.«

»Donnerknispel, das beruhigt mich aber.« Annemarie kippte ihren Martini in einem Zug hinunter und wies den Barmann an, den nächsten einzuschenken.

»Und Sie haben nicht nur einen strammen Zug drauf, sondern sicher bereits Tausenden Männern vor mir Klingelstreiche gespielt und ihnen danach Briefe geschrieben?« Er versuchte zu kontern.

»Nur den Schönsten.«

*Meine Güte. Sie ist nicht nur wunderschön. Sie ist auch schlagfertig und garantiert nicht auf den Kopf gefallen.*

»Annemarie, Sie studieren also Medizin an der Westfälischen Wilhelms-Universität. Welche Fächer belegen Sie im laufenden Semester?«

Sie schlug lasziv das rechte Bein über das andere. Er kam nicht umhin, dabei auf ihre schwarze Strümpfe zu schielen.

»Na, nun wollense mich aber testen, wie?«, fragte sie.

»Nein, Gott bewahre«. Wieder durchblickte sie ihn. »Sie haben sicher nicht gewusst, dass auch ich mein Medizinstudium in Münster abgeschlossen habe?«

Annemaries Gesicht lief rot an. Hatte er sie in Verlegenheit bringen können? »Sie wussten es, natürlich wussten Sie es«, sagte er und lächelte.

»Meine Freundin Luise hat es mir erzählt, ihr Vater hat vor einiger Zeit mit Ihnen auf der Straße geplaudert. Und ich finde es toll, dass die Uni in Münster Ihren Vornamen trägt.« Sie trank den letzten Schluck aus dem Cocktailglas, auf dessen Rand sich ihr roter Lippenstift abzeichnete. Der Barmann verstand ihren Fingerzeig und kam mit der grünen Flasche in der Hand auf sie zu.

»Wie gefällt es Ihnen denn in Münster?«, fragte Wilhelm.

»Gut.«

»Wohnen Sie denn dort?«

»Iwo. Ich habe meine Familie und alle Freundinnen hier. Ich fahre morgens mit der Eisenbahn hin und abends zurück. Die Fahrt dauert nur eine Stunde, und in der Zeit kann ich für die Seminare lesen.«

»Ihre Familie? Interessantes Thema. Was macht denn Ihr Vater von Berufs wegen, wenn ich fragen darf? Ich weiß ja nicht mal Ihren Nachnamen, Fräulein Annemarie.«

Sie nippte an ihrem dritten Martini. »Huch, wie unhöflich von mir. Gutenberg heiße ich. Wie der Gutenberg, dem wir unsere guten Bücher zu verdanken haben.«

»Einprägsamer Name«, sagte Wilhelm. »Mir ist in Osnabrück nur einer bekannt, und der ist Pauker am Carolinum, Sie wissen schon, dem Gymnasium. Doktor Albert Gutenberg.«

Annemarie schaute erstaunt. »Nanu, Sie sind auf dem Caro gewesen? Dann hatten Sie etwa meinen Vater im Unterricht?«

Er nickte verwundert, konnte sich nicht entscheiden, ob ihr Ausdruck eher stolz oder verlegen wirkte. Mit Herrn Gutenberg verband er nicht die beste Erinnerung seiner Schulzeit. Und so sehr er sich anzustrengen versuchte, er erkannte optisch nicht die geringste Ähnlichkeit zwischen dem strengen Lehrer und der hübschen Frau vor sich.

»Sie schauen so skeptisch«, sagte Annemarie. »Ach ich weiß schon. Vati ist etwas strapaziös.« Sie machte eine Pause und ließ ihren Blick über die wenigen Gäste wandern, die in der Bar saßen. Allesamt junge Leute, die schon mit ihnen im Kinosaal gesessen hatten. »Deswegen sollte mein Vater lieber nichts von unserer Verabredung erfahren. Jetzt kennen Sie ja den Namen.«

»Ärztliche Schweigepflicht, ich verstehe und halte mich daran«, sagte Wilhelm.

»Und was tut Ihr Vater beruflich?«

Er wischte sich mit der Hand über das Gesicht, wollte jetzt nicht seine gute Stimmung verlieren, aber seine Begleitung auch nicht anlügen. »Der ist tot. Im Krieg gefallen, als ich noch klein war.«

»Oh.«

»Schon in Ordnung. Es ist viel Zeit verstrichen.«

Sie legte eine Hand auf seinen Oberschenkel. »Das tut mir so leid, Herr Doktor. Wie geht es Ihrer Mutter bloß damit?«

»Die ist auch verstorben.«

»Oh.«

»Es ist nicht schlimm. Das konnten Sie unmöglich erahnen.« Er umschloss ihre Hand mit der seinen, die sie kurz versuchte wegzuziehen, es sich dann aber doch gefallen ließ. Sie fühlte sich weich, warm und zart an.

Das Krachen der hölzernen Eingangstür störte die Harmonie der beiden. Wilhelm sah, wie zwei Männer in brauner Uniform in die Bar stolperten. Sie lachten und grölten. SA und Alkohol, da hatte man vorsichtig zu sein. Ihre Jacken hingen ihnen aus der Hose, die Schnürsenkel der Marschstiefel waren gelockert. Der lange schlaksige Mann, den er auf um die Zwanzig schätzte, hielt eine Schnapsflasche in der Hand und stützte sich auf seinen kleinen, rundlichen, in etwa gleichaltrigen Kameraden. Beide glotzten mit leeren, schielenden Augen in das Lokal.

»Wo kann man hier pissen?«, lallte der Dicke. Verängstigt wies der Barmann mit dem Daumen in einen Gang, der seitwärts des Tresens abging. Der Betrunkene torkelte dorthin und öffnete sich im Gehen den Hosenstall. Sein Kumpan stellte sich breitbeinig in die Mitte der Bar, nahm einen tiefen Zug aus der Flasche, schaute sich um, rülpste und schrie: »Was glotzt'n ihr alle so blöde? Noch nie 'n paar richtige Soldaten gesehen? Will mir jemand von euch halb garen Napfkuchen vielleicht die Stiefel polieren?«

Wilhelm bemerkte, dass die Gäste an den Tischen die Köpfe nach unten senkten.

»Euch Sozi-Schinken geht es bald an den Kragen, das wisst ihr wohl, und da läuft euch der Arsch auf Grundeis«, lallte der Mann mit den zerzausten blonden Haaren, während er auf die Theke zuwankte. Annemarie drehte sich angewidert weg.

»Nana, hier sind doch wohl keine Juden anwesend in einer deutschen Kneipe?«, rief er, und Wilhelm ahnte, was er vorhatte. Kurz bevor die Hand des Rüpels den Rücken seiner Begleitung berühren konnte, sprang er auf und schubste ihn weg. Der Kerl taumelte ein paar Schritte rückwärts, wedelte mit den Armen in der Luft und fiel dann wie ein Sandsack zu Boden. Es klirrte, als die Flasche auf den Dielen zersprang. Breitbeinig saß der SA-Mann auf dem Boden und brauchte eine Weile, um zu merken, was geschehen war. Er inspizierte seine nasse Uniformjacke, schaute dann auf und starrte Wilhelm mit schäumendem Mund an. Er griff nach dem abgeschlagenen Flaschenhals. Es dauerte zwei Minuten, bis er sich aufgerappelt hatte. Genug Zeit, dass Wilhelm aufstehen und sich ruhig die Ärmel seines Hemdes zurückkrempeln konnte.

»Na warte, du Kommunistenschwein«, brüllte der betrunkene Nachwuchs-Nazi und stürzte, den Flaschenhals wie einen Degen vor sich haltend, auf den Tresen zu.

»Trau dich!«, schrie Wilhelm und hielt ihm beide Fäuste entgegen. »Du hast genau einen Versuch. Nur einen einzigen, Kamerad.«

»Herr Doktor!«, rief Annemarie. »Passen Sie um Himmels willen auf.«

»Alles in Ordnung, ich war Profiboxer«, sagte Wilhelm laut und gelassen, ließ dabei seine Fäuste in der Luft kreisen und tänzelte von einem Fuß auf den anderen. Ein Raunen ging durch die Bar.

Der blonde SA-Mann zögerte, versuchte, den Bewegungen seines Kontrahenten zu folgen.

»Schlag zu!«, schrie jemand von hinten aus einer Sitzecke.

Das Braunhemd wich zurück und ließ die Flasche fallen. »Ihr Heinis seid es nicht wert, dass ich mir meine Finger an euch schmutzig mache«, stieß er hervor und torkelte zum Ausgang. Draußen fing er an zu rennen, und Wilhelm schmunzelte. Als ein paar Sekunden später, offenbar von dem Lärm aufgeschreckt, der andere Störenfried aus der Toilette stürmte und bemerkte, dass sein Kamerad geflohen war, sodann Wilhelm mit seinen hochgekrempelten Ärmeln erblickte, der ihn zu sich rüber winkte, lief er ohne ein weiteres Wort zu sprechen aus der Bar. Die Gäste lachten, applaudierten und hielten ihre Gläser hocherhoben zur Theke.

»Danke schön, der Herr«, flüsterte der Barmann. »Möchten Sie etwas trinken? Geht aufs Haus!«

»Danke, nein ich bin zufrieden«, antwortete Wilhelm und klappte sich die Ärmel zurück.

»Alle Wetter, Herr Doktor. Dass Sie als Arzt ein solches Temperament haben!« Annemarie berührte seinen Oberarm.

»Ich wehre mich nur gegen betrunkene Wirrköpfe«, sagte Wilhelm und setzte sich wieder auf den Barhocker.

»Sie sind Profiboxer gewesen?«

Er lachte. »Nein, habe noch nie geboxt, aber als Zuschauer in einigen Kämpfen gesessen und mir die Grundstellung gemerkt. Wenn man noch böse genug dreinschaut dabei und etwas vom Boxen faselt, wirkt das immer.«

»Immer?«

»Ja nun, auch in Münster laufen diese Halbstarken rum, die glauben, sie seien Soldaten.«

»Mir bereiten die Sorge«, sagte Annemarie. »Man sieht sie überall in der Stadt. Diese Hitlerjugend und SA-Schergen.«

»Infantile rebellische Jugendbewegung«, sagte Wilhelm. »Wenn sich die politische Lage entspannt hat, dann sind die schnell zurück an Muttis Herd.«

»Oh, Doktorchen, Sie sind ein Held … mein Held!«

Er lachte. »So einfach ist das? Da habe ich aber mehr zu bieten, will ich hoffen.«

Er wollte die Situation entspannen und nicht den Rest des Abends damit vergeuden, über Raufereien oder Politik zu reden. Doch schmeichelte es ihm, dass er mit so geringem Aufwand bei Annemarie hatte punkten können. Er war sich nicht mal darüber klar, ob er die Suffköppe überwältigt hätte. Über Nahkampferfahrung zumindest verfügte er nicht. Seine Fähigkeiten kamen dann zur Geltung, wenn Kämpfe bereits ausgetragen worden waren. Er nahm sich abermals vor, das Gespräch in eine andere Richtung zu lenken. »Wo sind wir stehen geblieben?«

Sie zuckte mit den Schultern.

»Meine Familie?«

»Oh, ja! Aber das ist ja anscheinend ein trauriges Kapitel. Sie haben ja …«

»Genau, ich habe keine Eltern mehr«, sprach Wilhelm den vermuteten Satz zu Ende. »Dafür aber einen phänomenalen Zwillingsbruder.«

»Ach, tatsächlich?« Sie lächelte, als falle ihr ein Stein vom Herzen.

»Er heißt Karl, lebt in Augsburg und sieht genauso aus wie ich.«

»Donnerknispel. Das ist ja wundervoll. Meine Eltern haben mich leider nicht mit Geschwistern beglückt. Wenn der Karl auch so nett und stark ist wie Sie, sollten Sie ihn mir besser nicht vorstellen.« Sie lachte und trank einen großen Schluck aus ihrem Martiniglas.

»Nein, im Kopf und im Herzen sind wir total verschieden«, sagte Wilhelm. »Und Karl ist sowieso bereits fest unter der Haube.«

»Och, das macht nichts. Ich hab ja auch Sie viel lieber.« Annemarie nahm ihr rechtes Bein vom linken und legte es nach einer für Wilhelms Geschmack etwas zu langen Pause über das andere. Er bemühte sich, diesem erotisierenden Wechsel von Körperteilen nicht mit den Augen zu folgen. Sie rückte näher an ihn heran und fragte: »Warum gibt es keine Frau Möckel? Sie sind doch schon über dreißig?«

Er hustete. »Sehe ich etwa so alt aus? Ich bin gerade neunundzwanzig Jahre alt.«

»Donnerknispel.«

»Ja, genau. Donnerknispel. Und eine Frau habe ich noch nicht gefunden. Aber bis eben ein gutes Gefühl gehabt, dass es bald passieren könnte.« Er runzelte die Stirn. »Wenn Sie mich aber schon so schlecht einschätzen, was mein Alter betrifft …«

»Nein, nein. Es tut mir leid, ich habe das nicht so gemeint.« Sie stellte ihr Glas auf den Tresen. Als der Barmann sie erneut musterte, schüttelte sie mit dem Kopf. »Dann sind wir ja nur zehn Jahre auseinander. Aber trotzdem: Stört Sie das?«

»Nicht im Geringsten. Außerdem wirken Sie ein paar Jährchen älter, wenn ich ehrlich sein darf. Also zumindest heute und in Ihrem Brief. An der Haustür bei unserer ersten Begegnung …«

»Ja ja«, sie unterbrach ihn. »Da war ich kindisch, der Wein. Ich hatte mich entschuldigt.«

Wilhelm nickte.

»Aber dass ich älter wirke, das meinen viele. Ich hoffe inständig, es liegt am Charakter und nicht am Aussehen, bin ja nun kein Backfisch mehr. Davon dürfen Sie sich gerne überzeugen, wenn das noch nicht ganz klar ist!«

Wilhelm ergriff seine Chance. »Annemarie. Ich habe lange über Sie sinniert und bin spätestens heute zu dem Schluss gekommen, dass ich mich für Sie interessiere.«

Seine Begleitung prustete los. »Schuldigung, aber das klingt wirklich total steif.« Noch einmal strich sie mit der Hand über seinen Oberschenkel. »Doktorchen, Sie lechzen nach mir. Das dürfen Sie doch unverfroren zugeben.«

Wilhelms Herz begann, wie wild zu rasen. So draufgängerisch hatte sich ihm noch kein Mädchen genähert. Ob diese plötzliche Zuwendung am Alkohol lag oder daran, dass er den SA-Pöbel aus der Bar verjagt hatte? Ihre ungewöhnlich offenherzigen Annäherungsversuche hatten für ihn etwas Verstörendes. Seine Begleitung brachte ihn um den Verstand. Erst schien sie kindisch, dann wieder damenhaft, intelligent und gut gebildet. Und nun gab sie sich so direkt und forsch. Vielleicht war es diese ungewöhnliche Mischung, die er bei einer Frau nicht kannte und nicht erwartete. Möglicherweise war es genau ihre facettenreiche Art, mit der sie ihn bezirzen konnte. Und sie lag ja mit allem richtig, das musste er sich eingestehen – er fand sie umwerfend und schaute ihr nun lange in die Augen. Sie aber wich seinem Blick aus. Offenbar erkannte sie selbst, dass sie sich zu direkt geäußert hatte.

»Ich sollte jetzt besser gehen«, sagte sie und seufzte. »Ich rede dummes Zeug, habe einen kleinen Schwips. Und dann mache ich komische Sachen. Wissense ja schon.«

Wilhelm wollte nicht, dass sie ihn alleine ließ, er wollte mehr von ihr erfahren, sich ein vollkommenes Bild machen, das Rätsel lösen, die Faszination ergründen. »Ich kann ein Wasser bestellen, oder wir schlendern noch etwas draußen herum«, sagte er eilig. Doch sie stand auf und zog ihr Kleid zurecht. »Nein, nein.« Sie wies mit dem Zeigefinger auf die Straße, die man durch die Frontscheibe des Lokals gut einsehen konnte. »Da habe ich meinen Drahtesel geparkt, und das Licht funktioniert nur noch schwach. Ich will nicht losradeln, wenn es stockfinster ist.«

Wilhelm ahnte, dass er sie nicht mehr umstimmen können würde. Aber einen Versuch wagte er noch. »Darf ich Sie nach draußen begleiten? Ich kann mir die Fahrradleuchte einmal anschauen.«

»Nee. Wensse das gemacht haben und es klappt nicht, dann muss ich ja im Dunkeln fahren. Außerdem sind Sie Arzt und kein Mechaniker. Trinken Sie Ihren Gin. Sie haben nicht einen einzigen Schluck genommen.«

Wilhelm wunderte sich und schaute auf das Glas, das vor ihm auf dem Tresen stand. Sie hatte recht, er hatte sein Getränk gar nicht angerührt.

»Also, ich hatte einen schönen Abend und bedanke mich. Auch dafür, dass Sie diese ekelhaften SA-Leute verjagt haben. Hatte schon mitbekommen, dass der mich anfassen wollte. Das war große Klasse, auch wenn ich nicht verstehe, warum der das mit den Juden in meine Richtung gesagt hat.«

Wilhelm lachte. »Ich glaube, für die sind einfach alle Juden, Sozis oder Kommunisten, die nicht in Braunhemden stecken, da würde ich gar nichts drauf geben.«

»Na, wennse das so sehen.« Sie drehte sich um und lief zum Ausgang. Er starrte auf ihren Hintern, der sich eng unter dem Seidenstoff ihres Kleides abzeichnete. »Aber wann sehen wir uns wieder?«, rief er ihr hastig hinterher. »Wie erreiche ich Sie?«

»Schauen Sie doch in den nächsten Tagen in den Briefkasten«, sagte Annemarie, warf ihm einen Handkuss zu und verschwand durch den Eingang. Er beobachtete sie durch die Scheibe, wie sie auf ihr Rad stieg, und schaute ihr so lange nach, bis sie seinem Blickfeld entschwand. Nachdem er den Gin ausgetrunken hatte, musste er vor sich selbst zugeben: *Ich bin verliebt!*

Fahre ich etwa Schlangenlinien, fragte sich Annemarie, als sie durch die schmalen Gassen der Altstadt nach Hause radelte. Sie hatte zu viel getrunken, das stand außer Frage. Das hatte der tolle Mann, mit dem sie einen so wundervollen Abend verbracht hatte, aber hoffentlich nicht als verwerflich betrachtet. Wilhelm machte sie auf eine geheimnisvolle, nie gekannte Art und Weise unsicher, und sie wollte nicht, dass irgendein schlechtes Licht auf sie fiel. Jetzt empfand sie ihr Verhalten teilweise als zu unüberlegt. Wie dumm von ihr. Da hatte sie ihm, frech wie sie war, doch in ihrem Brief geschrieben, dass sie Wert auf Pünktlichkeit legte. Was ja auch stimmte, aber dann war ausgerechnet sie zu spät erschienen. Peinlich. Dabei hatte sie sich gar nicht mit ihrer Freundin Luise getroffen, deren Redseligkeit sie als Ausrede benutzt hatte. In Wahrheit hatte sie sich einfach nicht entscheiden können, was sie anziehen wollte. Drei Komplettwechsel der Garderobe und sechs verschiedene Kombinationen hatte es gebraucht, bis die Wahl aufgrund der fortschreitenden Zeit auf das blaue Kleid fallen musste. Was wäre denn geschehen, wenn Wilhelm nicht gewartet hätte? Nicht auszudenken, eine zweite Chance hätte sie womöglich nicht mehr bekommen. Jetzt hatte sie es also mit einem Mann zu tun, der nicht nur toll aussah, intelligent war und Arzt zudem, sondern sich als mutig genug erwiesen hatte, sie vor SA-Schlägern zu schützen. Sie fühlte ein sonderbar warmes, wohliges Gefühl in der Magengegend. *Ob das Liebe ist?*

»Heh, passen Sie doch auf, Fräulein!« Annemarie erschrak, riss den Lenker herum und wäre beinahe gestürzt. Sie schaute sich um. Au Backe! Beim Abbiegen vom Waterloo-Tor in Richtung Kronprinzenwall hatte sie einen Spaziergänger übersehen. Ein älterer grauhaariger Mann ohne Hut fuchtelte mit einem Spazierstock in der Luft herum. Betrunken sein ist lustig und blöd zugleich, dachte sie und nahm sich vor, beim nächsten Treffen mit Wilhelm, das sie um nichts in der Welt verpassen wollte, keinen Alkohol anzurühren, was auch immer sie verabredeten. Sie hoffte, dass sie heute nicht zu aufdringlich rübergekommen war. Natürlich hatte sie bewusst mit ihren Reizen gespielt und auch bemerkt, dass diese ihn in Verlegenheit gebracht hatten. Pure Absicht, aber zu viel. Er war ein gestandener Mann und kein Student, den das hätte sofort schwach werden lassen. Es war aber nicht zu übersehen gewesen, dass Wilhelm sie begehrte. Hätte er sie sonst beschützt?

Doch hatte sie mehr zu bieten als nur Schönheit. Ihr kam in den Sinn, bei der nächsten Zusammenkunft ihre Liebenswürdigkeit zur Geltung zu bringen. Der arme Mann hatte Mutter und Vater verloren, in so jungen Jahren. Vielleicht hätte sie ihn nicht gleich so viel über Privates ausfragen sollen? Ein Gespräch über Medizin zum Beispiel könnte interessant für ihn sein. Sie würde ihm damit zeigen, dass sie eine intelligente Frau war und kein albernes Mädchen mehr. Aber hoffentlich hatte er das schon bemerkt.

Sie bog in die Straße ein, die zu ihrem Elternhaus führte. Bestimmt hatte Mutti noch etwas vom Abendessen übrig gelassen. Bei all der Aufregung hatte sie nämlich seit dem Frühstück nichts mehr zu sich genommen, außer dem bisschen Eiskonfekt. Sie strampelte die schräge Einfahrt herauf und stellte ihr Fahrrad oben neben dem blauen Mercedes-Benz 8/38 ab, den sich ihr Vater vor zwei Jahren für teures Geld gekauft hatte. Ihr fiel ein, dass sie vor Wilhelms Haus kein Automobil gesehen hatte. Besaß er etwa keins? Geld sollte er doch genug haben. Aber wer wusste schon, wie viel so eine Praxis verschlang mit all den hochmodernen Geräten, die man heute so brauchte. Außerdem machte sie sich nicht allzu viel aus Geld.

Ihr kam der Gedanke, dass sie sich ja auch einmal den Wagen ihres Vaters ausleihen könnte. Sie würde Wilhelm fahren lassen und mit ihm eine Rundfahrt durchs Osnabrücker Land machen. Das wäre romantisch, dachte sie. Gleichzeitig war ihr bewusst, dass sich eine solche Spritztour mit dem Schwarm in Vaters Wagen ebenso wenig schickte, als wenn eine Frau am Steuer saß. Um den Führerschein machen zu können, brauchte sie die Erlaubnis ihres Vaters, und der hielt nichts von Frauen am Steuer. Wenn sie mal verheiratet sein würde, würde ihr Ehemann darüber entscheiden dürfen. Was Wilhelm wohl davon hielt? Sie würde ihn bald einmal fragen.

Ihre Eltern sollten aber zunächst noch nichts wissen von ihrer männlichen Bekanntschaft. Das wollte sie ihnen vorsichtig und mit Bedacht beibringen. Schließlich war das etwas ganz Neues, und da ihr Vater auf alles, was er nicht gewohnt war, mit Strenge reagierte, so konnte auch eine zu früh offenbarte Liebschaft zum Risiko werden. Und außerdem: Ob aus der Sache mit Wilhelm mehr werden würde, wusste sie ja noch nicht. Aber sie hoffte es. Sehr sogar!

Egal. Ich freue mich auf alles, was ich mit diesem tollen Mann noch erleben werde, dachte sie, ging die Stufen zur Haustür hinauf und nahm den Schlüssel aus ihrer Handtasche. Jetzt erst mal in die Küche und nach etwas zu essen suchen. Danach wollte sie lange schlafen und sich am nächsten Tag nachmittags mit Luise und Sophie treffen und ihnen alles erzählen. Richtig löchern würden die beiden sie. Das wäre aber in Ordnung, sie hatte ja Spannendes zu berichten. Sie würde dann mit ihren Freundinnen in Ruhe besprechen, wann sie den nächsten Brief am besten abschicken könnte. Nicht zu früh, aber auch nicht zu spät, das musste gut geplant sein, sonst verlor ein Mann das Interesse.

Hach, Verliebtsein ist nicht leicht, aber immerhin darf ich das zum ersten Mal und endlich erleben, dachte Annemarie, als sie die Tür aufschloss und dann rief: »Mutti. Ich bin zu Hause!«

# LIPPENBEKENNTNISSE

Erst am fünften Tag nach ihrem letzten Treffen erhielt Wilhelm den sehnsüchtig erwarteten Brief. Er roch noch intensiver nach Rosen und Jasmin. Sie sprühte die Briefe absichtlich ein, das war nun unverkennbar und … sehr romantisch. Wilhelm hatte schon Sorge gehabt, dass Annemarie sich nicht melden würde. Andererseits wusste er von dem strikten Frauen-Kodex, der besagte, dass man sich als Dame unbedingt Zeit lassen sollte nach einem ersten Rendezvous.

Mit Spannung las er ihre Nachricht. In sprachlich wundervoll verfassten Zeilen ließ sie sich darüber aus, wie schön sie den Abend mit ihm empfunden hatte. Sie wünschte sich nichts sehnlicher, als von ihm auf ein Stück Kuchen in der Altstadt eingeladen zu werden, nannte Datum, Ort und Uhrzeit für die Verabredung. Er fühlte sich geschmeichelt und bestätigt, gehorchte und führte sie aus. Sie aßen Bienenstich mit Sahne, sprachen über ihre Anatomievorlesungen und seine Doktorarbeit. Sie zeigte sich interessiert an Augenheilkunde, und Wilhelm kam nicht umhin, ihr Vorlesungen einiger von ihm besonders geschätzter Dozenten zu empfehlen: Ophthalmologische Chirurgie, Erkrankungen der Lider, Funktion des Tränenapparates. Sie hörte interessiert zu, stellte detaillierte

Fragen und überlegte, sich nach der Zwischenprüfung zu spezialisieren. »Ich könnte mir vorstellen, mich auf Kinderaugen zu konzentrieren«, sagte sie. »Das könnte mal eine praktische Nische werden. Dann wäre es möglich, dass wir zusammenarbeiten. Du kümmerst dich um die großen und ich mich um die kleinen Augen.« Sie lachte, er war beeindruckt.

Im dritten Schreiben kündigte Annemarie an, eine Oper im Nationaltheater besuchen zu wollen. Sie sahen *Der Wildschütz* von Albert Lortzing. Als im dritten Akt der zu Unrecht vom Grafen beschuldigte Schulmeister Baculus begnadigt wurde und sein geliebtes Gretchen zurückbekam, lief Annemarie vor Rührung eine Träne über die Wange. Wilhelm bemerkte das aus dem Augenwinkel, nahm ihre Hand und hielt sie bis zum Schlussapplaus fest gedrückt.

Für das Bier im Anschluss an die Vorstellung hatten sich die beiden einen besonderen Spaß ausgedacht. Wilhelm hatte seine Freunde Fritz Klatt aus Osnabrück und Ernst Dombrowski aus Münster zu einem Umtrunk in den Grünen Jäger eingeladen, und Annemarie ihrerseits ihre besten Freundinnen Luise und Sophie dazu bestellt. Als sie gemeinsam Hand in Hand durch die schmalen Gassen der Altstadt zur Gastwirtschaft schlenderten, spürten beide, dass sich etwas zwischen ihnen geändert hatte. Sie fühlten sich als Paar, gehörten zusammen, auch wenn es keiner von beiden aussprach. Schließlich hielt Wilhelm dieses prickelnde neue Gefühl nicht mehr aus. Er schaute in beide Richtungen die Straße hinunter, und als er sich versichert hatte, dass sie nicht beobachtet wurden, schob er Annemarie sanft in einen unbeleuchteten Hauseingang. Zärtlich strich er ihr über die Haare, bevor er seinen Mund auf den ihren drückte.

Sie öffnete ihre Lippen und genoss es, wie ihre Zungen sich zum ersten Mal berührten. Wilhelm schloss sie in seine Arme, und sie schmiegte sich immer fester an ihn. Erst als das Licht in einer der oberen Etagen anging, lösten sie sich voneinander, lachten und liefen dann Hand in Hand zum Grünen Jäger, wo sie schon auf die Gruppe ihrer Freunde trafen.

Nach einem frischgezapften Bier wurden zuerst die Frauen redselig und lockerten damit die neu zusammengewürfelte Runde auf.

»Also, wenn Sie versprechen, meiner Busenfreundin Annemie nie etwas anzutun, haben Sie meine Erlaubnis, sie weiterhin auszuführen«, sagte Luise und erzählte dann lange und ausgelassen über die Eckpfeiler ihrer besonderen Freundschaft, die bis in die Kindheit zurückreichte. »Die Annemie ist eine, auf die man sich immer verlassen kann!«

Nun sah auch Fritz sich in der Situation, Werbung für seinen Freund machen zu müssen. »Na, da können wir mithalten. Willi war der beste Schüler in unserer Klasse, der schnellste Spieler auf dem Bolzplatz und ist, spätestens seit wir volljährig sind, der Traum aller zukünftigen Schwiegermütter.« Er legte einen Arm um Wilhelm. »Nur singen kann ich besser, oder?« Fritz räusperte sich und begann zu schunkeln, zog dabei seinen Freund mit. »Weißt du noch? Wir waren ein paar Mal bei der Liedertafel.« Er hob seinen Krug über das riesige, senkrecht aufgestellte und bauchige Bierfass, das der Runde als Tisch diente, und sang: »Und dringt ein feindliches Geschoss in eines Seemanns Herz. Nicht klagt der wack're Kampfgenoss, ihm macht es keinen Schmerz.«

Wilhelm verdrehte die Augen. Die Frauen lachten, aber Fritz ließ sich nicht stören. Er warf die blonden Haare nach hinten, blinzelte Luise zu und trällerte noch inbrünstiger: »Hohe, ruft er, was schadet's mir! Ich sterb den Ehrentod. Für Seemanns heiliges Papier, die Flagge Schwarz-Weiß-Rot.«

»So, nu ist's aber gut«, beschwor ihn Wilhelm, zog Fritz' Arm von seiner Schulter und hielt ihm seinen Bierkrug entgegen. »Prost, du Möchtegern-Seemann!«

Fritz trank, stellte das halbvolle Glas auf einen Bierdeckel und rülpste. »Seemann hin, Seemann her. Es geht ums Vaterland, Willi.

Du solltest dir überlegen, in die SA einzutreten. Da singen wir die schönsten Lieder über die Heimat.«

Ernst runzelte die Stirn unter seiner schwarzen Melone, die an die Kopfbedeckung von Charles Chaplin erinnerte. Der dünne, blasse Mann mit schmalem Schnurrbart war von gänzlich anderem Schlag als der athletische und meistens vorlaute Fritz. Die beiden hatten sich bisher nur auf ein paar Geburtstagsfeiern gesprochen und konnten nicht viel miteinander anfangen. Mit Ernst hatte Wilhelm seine Stube an der Universität Münster geteilt. Er war eher von ruhigem, ausgeglichenem Charakter, stets loyal und verfügte über ein sagenhaftes Fachwissen in der Medizin, was seinen Freund tief beeindruckte.

»Der Wilhelm ist jetzt promovierter Arzt«, sagte Ernst. »Sein Interesse gilt der Wissenschaft und damit natürlich auch dem Vaterland. Aber in die SA gehört er nun mal nicht.«

»Ach, was weißt denn du schon.« Fritz winkte ab und wandte sich Luise zu, die ihn schon die ganze Zeit über schwärmend angeschaut hatte. Er machte ihr ein Kompliment zu ihren blonden, mit größter Sorgfalt geflochtenen Zöpfen und verkündete stolz, dass er soeben zum Obersturmmann der Osnabrücker SA-Standarte befördert worden war. Der Kaufmannstochter Luise schien das zu imponieren. Ernst hingegen fand mit der ebenfalls zurückhaltenden Sophie eine nette und entspannte Unterhaltung, bei der er sich überaus interessiert an den Ausbildungsinhalten ihrer Krankenschwesternschule zeigte.

»Ein grundverschiedenes Trüppchen«, resümierte Annemarie, als Wilhelm sie später nach Hause begleitete. »Aber deine Freunde passen doch jeweils zu meinen Freundinnen, oder denkst du nicht?«

»Möglich, aber keiner passt so gut zueinander wie wir beide«, antwortete Wilhelm und drückte sie fest an sich, als sie unter der leuchtenden Laterne stehen blieben, die an der Kreuzung zu Annemaries Straße stand. Wieder küssten und berührten sie sich lange und innig. Wilhelm spürte, wie ihm sein Blut in die Lenden schoss und in ihm das unbändige Verlangen danach wuchs, ganz mit seiner Liebsten zu verschmelzen.

»Bald«, flüsterte Annemarie in sein Ohr, so, als habe sie seine Gedanken gelesen.

Sie drückte ihm einen letzten Kuss auf die Wange, verabschiedete sich und lief dann den Gehweg zu ihrem Elternhaus hoch. Er schaute ihr nach. Bevor sie hinter einer Hecke verschwand, winkte sie ihm noch einmal zu, und er seufzte vor Glück.

Annemaries postalische Einladungen entwickelten sich zu einem festen Ritual. Bald hatten die beiden Verliebten den Zoo besucht, ein romantisches Picknick am See gemacht und eine Fahrradfahrt entlang des Flusses Hase unternommen. Sie sprachen über Physiologie, Chemie und immer wieder über Augenheilkunde. Sie tauschten sich aus über den Sinn des Lebens, über Ethik und Moral, Musik und Literatur und ihre Vorstellungen von der perfekten Kindererziehung. Sie sangen gemeinsam Lieder und erzählten sich anzügliche Witze, lachten und küssten sich. Ihre gegenseitigen Berührungen wurden intimer und leidenschaftlicher. Annemarie war für Wilhelm zur heißblütigen Geliebten und zu einer guten Freundin gleichermaßen geworden. Er musste der glücklichste Mann der Stadt sein. Fast alles konnte er mit ihr teilen. Sie besaß die gleichen fachlichen Interessen und dachte ähnlich über gesellschaftliche Fragestellungen nach wie er. Sie war belesen und wissbegierig, gab sich mal als Dame, dann wieder als freches Mädchen. Sie hatte einen spitzfindigen Humor und einen Blick, der ihn zum Dahinschmelzen brachte. Er hatte die Frau aus seinen Träumen gefunden, und er wollte sie um jeden Preis festhalten.

Doch trotz ihrer häufig indiskreten Fragen und gewagten Komplimente, die über ihre Lippen kamen, hatte es Wilhelm immer noch nicht fertiggebracht, mit ihr zu schlafen. Obwohl es bereits Gelegenheit dazu gegeben hätte. Aber er hatte den Moment verpasst, und das, obwohl er gar nicht schüchtern war. Das kannte er von sich nicht, schob es darauf, dass er es zum ersten Mal ernst meinte mit einer Frau. Denn ein solch tiefes und ehrliches Verliebtsein erlebte er als gänzlich neu, und er wollte auf keinen Fall etwas falsch machen.

Es passte zu Annemarie, dass sie ihm letztendlich in dieser wichtigen Sache zuvorkam. An einem regnerischen Freitag gegen Ende Oktober stand sie durchnässt vor der Praxistür. Sie wusste, dass er Pause machte, und er, dass sie ihren Schirm absichtlich vergessen hatte.

»Ich fürchte, dass ich mir ein Hemd von dir werde leihen müssen«, sagte sie, als sie sich auf den Behandlungsstuhl setzte und damit begann, ihre nasse Bluse aufzuknöpfen. Wilhelm schluckte, als er wie gebannt auf ihren entblößten Busen schaute.

»Ich würde dir auch mein letztes Hemd noch geben, das weißt du«, sagte er, als Annemarie sich auch den BH abstreifte und seine Hand an ihre Brust führte.

»Aber ich bemerke, das ist erst mal nicht nötig«, flüsterte Wilhelm, beugte sich über sie und bedeckte ihr Gesicht und ihren nackten Oberkörper mit zärtlichen Küssen.

Während er sie überall streichelte, wanderte sein Mund immer tiefer herunter, bis er ihren Bauchnabel erreichte. Annemarie stöhnte, als er ihren Rock nach oben schob. Sie spürte seinen heißen Atem auf den Innenseiten ihrer gespreizten Schenkel. So fühlte sich das also an. So ungekannt und aufregend. Ein Empfinden, als würde sie vor Erregung explodieren. Sie wand und räkelte sich auf dem quietschenden Leder des Stuhles, bis auch sie ihr Verlangen nicht mehr bändigen konnte. Ihre Fingernägel verkrallten sich in seinem Nacken. »Ich will dich ganz, Wilhelm«, hauchte sie. »Jetzt!«

Annemarie liebte zum ersten Mal in ihrem Leben einen Mann, und Wilhelm schlief an diesem Tag mit einer Frau, die er wirklich liebte.

Schon kurz nach diesem Nachmittag bestand Wilhelm darauf,

ihren Eltern vorgestellt zu werden. Sonst würde ihn ein schlechtes Gewissen plagen, sagte er zu ihr. Annemarie sah das ein und bereitete ihre Eltern vor, auch wenn sie sich vor einer negativen Reaktion ihres Vaters fürchtete. Zu ihrem großen Erstaunen aber protestierte der gar nicht. Er habe das sowieso schon geahnt, entgegnete er seiner Tochter. Und er habe sich schon seit Wochen gefragt, wann sie damit endlich rausrücken wollte.

Als Wilhelm am verabredeten Tag ins Haus der Gutenbergs trat und ihr Vater ihn kurz nach der Begrüßung schon zu einer Unterredung unter Kavalieren in sein Arbeitszimmer zitierte, sorgte sich Annemarie erneut. Als sie jedoch nach einer Stunde in das Büro ging, um im Auftrag der Mutter zu erfragen, wann diese mit dem Essenswunsch der Herren zu rechnen habe, fiel ihr ein Stein vom Herzen. Da sah sie ihren Vater und Wilhelm locker miteinander plaudern und lachen. Sie saßen in den roten Polstersesseln am ovalen Nussbaumtisch, auf dem ein voller Aschenbecher und eine zur Hälfte geleerte, hellblaue Likörkaraffe standen. Der sonst so strenge Oberstudienrat hatte auf dem Grammophon Benny Goodman aufgelegt, und als sie Annemarie sahen, prosteten ihr die beschwipsten Männer im Schwung des Swings mit den Kristallgläsern zu, die sie locker in den Händen balancierten. So schnell hatte sich das erledigt, Alkohol und amerikanischer Musik sei Dank, dachte sie. Wilhelm erwähnte später, mit einem Rausch habe das nichts zu tun gehabt. »Es hat sich herausgestellt, dass wir beide ganz ähnliche politische Haltungen und den gleichen Musik- und Literaturgeschmack teilen«, erklärte er ihr. »Außerdem habe ich mit meiner guten gesellschaftlichen und finanziellen Stellung als Mediziner Eindruck machen können.«

Das Wort der beiden Männer sollte jedenfalls Bestand haben, und Annemarie zeigte sich überglücklich.

* * *

Es schien, als stünde dem Liebesglück der beiden nun nichts mehr im Wege. Wilhelm schaute sich bald verschiedene Verlobungsringe beim Juwelier an und erdachte sich romantische Szenarien für einen Antrag. Doch kurz nach Neujahr 1933, ganz plötzlich und viel zu früh, erfuhr die junge Beziehung eine schicksalhafte und traurige Wendung, die alle weiteren Pläne des Paares umkrempelte und ihre Liebe auf eine harte Probe stellen sollte.

Zum ersten Mal erwähnte es die sensationssüchtige Frau Kötter von nebenan. Unter Fiffis Gejaule und Gezerre machte sie Wilhelm bei einer ihrer mehr oder weniger zufälligen Begegnungen vor der Praxis darauf aufmerksam, dass seine neue Bekanntschaft doch recht jüdisch aussähe. Das tat er in dem Moment noch als Spinnerei einer in die NS-Ideologie vernarrten, einsamen Witwe ab. Ein paar Tage später geriet er jedoch ins Grübeln. Er lud Annemarie zu einer Tanzveranstaltung in den angesagten Club der Harmonie ein, auch Fritz kam mit dazu. Wilhelm stellte seine neue Freundin noch ein paar anderen alten Bekannten vor und spürte, dass ihm die hübscheste Frau im Tanzsaal gehörte. Während sie verfolgt von lustvollen Männer- und neidvollen Damenblicken in ihrem schwarzen, bodenlangen Abendkleid auf der Tanzfläche zu Hans Albers' Fliegerlied tanzte, wandte sich Fritz in einer ruhigen Minute an Wilhelm. Er setzte sich zu ihm an den Tisch und stellte zwei volle Gläser Bier darauf ab. Als sie angestoßen hatten, strich sich Fritz seine schwedenblonden Haare aus der Stirn und sagte: »Glückwunsch zu Annemarie. Sie ist eine tolle Frau. Ich hoffe, du kannst sie halten.«

Wilhelm lachte. »Ja, das ist sie. Die Frau meines Lebens, will ich meinen. Und natürlich werde ich sie halten. Wieso denn auch nicht? Ich habe in Kürze sogar vor, bei ihrem Vater um ihre Hand anzuhalten.«

»Wie gesagt, wie gesagt, meine Gratulation, das ist toll.« Fritz hielt seine Nase tief ins Glas und schlürfte. Er schaute dabei ins

Leere und sah nicht so aus, als ob er sich tatsächlich für seinen Freund freuen würde.

»Was ist mit dir?«, fragte Wilhelm und zog Fritz kräftig am braunen Schlips, so, als wolle er ihn aufwecken. »Du wirkst merkwürdig, als ob etwas nicht stimmt. Du bist doch nicht eifersüchtig? Oder machst du dir Sorgen, dass unsere Freundschaft darunter leiden konnte, wenn ich verheiratet bin?«

»Papperlapapp!« Fritz stellte das Glas ab und zog sich den Binder am Kragen glatt.

»Was ist es dann?«

Er schaute auf und glotzte Wilhelm mit gläsernen Augen an. »Du weißt doch, dass ich aktiver und stolzer SA-Obersturmmann bin?«

»Habe ich mehrfach mitbekommen, ja!«

Fritz fuhr fort: »Auf unseren Standartentreffen reden wir viel über Politik und auch über Juden und anderes Pack.«

Wilhelm zuckte mit den Schultern. »Ja, kann ich mir gut vorstellen. Aber was hat das mit mir und Annemarie zu tun?«

»Mhh, wo fange ich an?« Fritz ließ den Zeigefinger über den Rand des Glases kreisen.

»Fang einfach an!« Wilhelm stieß ihn in die Seite.

»Na gut. Also Erich Meiser, unser Scharführer, hat neulich einen Vortrag über Juden und ihr charakteristisches Aussehen gehalten, damit wir die auch erkennen können in der Stadt. Die Lumpen muss man ja immer im Auge behalten.«

»Und?« Wilhelm war verwirrt, er wusste nicht, worauf Fritz hinauswollte.

»Na ja«, murmelte Fritz. »Meiser hat ein Fotoalbum rumgehen lassen, mit Bildern von jüdischen Frauen.« Er trank einen Schluck und knallte das Bierglas dann abrupt auf den Tisch. »Nun will ich offen sprechen. Ich mache mir Sorgen, dass Annemarie eine Jüdin ist. Und wollte dich fragen, ob du sicher bist, dass …«

»Was?« Wilhelm sprang wütend vom Stuhl auf. »Was redest du da für eine Scheiße?«

»Setz dich bitte wieder! Willi!«

Kopfschüttelnd setzte er sich zurück, trank sein Bier in einem Zug aus und schaute Fritz dann mit Zornesfalten auf der Stirn an: »Und weiter?«

»Annemarie sieht aus wie eine Jüdin. Alles passt. Die dunklen Locken, die fahle Hautfarbe. Ganz besonders der markante Huckel auf ihrer Nase und der Leberfleck auf der rechten Wange. Und sie bewegt sich sehr aufreizend, will ich meinen.«

»Du hast doch eine echte Meise, genau wie dieser Meiser!«, schrie Wilhelm. »Völliger Humbug. Ist dir nicht die Perlenkette mit dem Kreuz aufgefallen, die sie heute um den Hals trägt? Sie ist Christin. Evangelisch-lutherisch. Wie du und ich!«

»Mensch, du weißt, dass das damit nichts zu tun hat«, antwortete Fritz. »Es geht nicht um Religion. Das ist eine Frage der Rasse.«

Wilhelm dachte daran, dass Frau Kötter bereits Ähnliches bezüglich des Aussehens seiner Freundin vermutet hatte. Ihm fehlten die Worte.

»Du musst wissen, es geht auch um mich«, sagte Fritz entschlossen. »Ich will bei der SA Karriere machen, später vielleicht in der Partei. Da darf ich mich nicht mit Juden rumtreiben.«

Wilhelms Hände zitterten. Nach einer Schweigeminute schmiss er mit dem Handballen sein Glas vom Tisch. Die umstehenden Gäste sprangen zur Seite und schauten ängstlich in seine Richtung. »Schluss jetzt!«, rief er. »Ich will davon nichts mehr hören! Annemarie ist keine Jüdin. Ein für alle Mal nicht.«

»Ist ja gut«, stammelte Fritz, den der Wutausbruch seines Freundes hatte zusammenzucken lassen. »Ich wollte ja nur sichergehen. Wenn du Bescheid weißt, ist doch alles in Ordnung. Komm, ich hole uns zwei neue Bier.«

»Nein, mir reicht's«, sagte Wilhelm und stand auf. Ohne ihm die

Hand zu reichen, sagte er: »Einen schönen Abend, Fritz. Und denk mal in Ruhe darüber nach, was du da für einen Kokolores palaverst, wenn du morgen nüchtern bist.«

Er suchte Annemarie auf der Tanzfläche, und als er sie fand, überredete er sie, noch in der Gaststätte Olle Use einzukehren, bevor er sie nach Hause bringen wollte. Von seinem Streit mit Fritz erwähnte er nichts.

Die folgende Nacht dachte Wilhelm über die Mutmaßungen seines Freundes nach und über das, was die Kötter gesagt hatte. Hatte nicht auch der SA-Pöbel in der Bar nach dem Kinofilm so etwas gerochen? Und ja, er hatte auch schon Bilder von Jüdinnen gesehen, und etwas davon hatte Annemarie in der Tat. Aber wenn sie Jüdin war, das hätte sie ihm doch gesagt. Sie war doch in allem so ehrlich. Es würde überhaupt keinen Sinn ergeben, so etwas zu verheimlichen.

Weil er sich einfach nicht traute, Annemarie direkt darauf anzusprechen – aus Furcht, sie zu beleidigen –, suchte er am nächsten Morgen Rat bei Karl. Es war kein leichter Entschluss, denn er wusste, dass sein Bruder schon lange, bevor Hitler an die Macht kam, ein glühender Unterstützer der Nationalsozialisten gewesen war, und kannte somit seine Einstellung bezüglich Juden. Als Wilhelm ihn trotz seiner Bedenken Anfang Januar 1933 in Augsburg anrief, gehörte Karl der Partei bereits an. Was den Augenarzt politisch eigentlich nicht kümmerte, denn auch er sah zu dieser Zeit in den Nazis eher eine Chance zur Verbesserung denn zur Verschlechterung von Deutschlands immer noch prekärer Lage. Und mit Juden hatte er selbst nicht groß zu tun. Außer bis vor Kurzem mit Professor Cohen, den er aber über die schöne Zeit, die er mit Annemarie verbracht hatte, völlig vergessen hatte. Eine Entschuldigung für das verpatzte Telefongespräch stand noch immer aus.

Wilhelm berichtete also Karl, wie wahnsinnig aufregend alles sei mit der neuen Freundin, dass er zum ersten Mal wirklich liebte, dass er sie heiraten wolle und sein Zwillingsbruder sie unbedingt kennenlernen müsse. Zunächst schien sich Karl für ihn zu freuen, aber als er ihn dahingehend einweihte, dass Fritz und seine Nachbarin Annemarie ein jüdisches Aussehen attestierten, mahnte ihn Karl zur Vorsicht. Statt ihn zu beruhigen, riet er ihm, sich in der Angelegenheit auf der Stelle Klarheit zu verschaffen. Und wenn sich der Verdacht bewahrheite, so müsse er sich sofort von der neuen Freundin trennen und dürfe sie auf keinen Fall zur Frau nehmen. Denn in dieser Zeit des Umbruchs solle er unter keinen Umständen mehr mit Juden verkehren. Das könne seiner Karriere als Arzt ernsthaft Schaden zufügen.

Das Gespräch mit Karl verunsicherte Wilhelm, und er beschloss, bevor er sich in unnötigen Grübeleien verlor, Annemarie bei einem Winterspaziergang durch den verschneiten botanischen Garten am Osnabrücker Schloss mit der Sache zu konfrontieren. Als sie sich gemeinsam auf eine Bank gesetzt und eine Weile den weichen Flocken zugesehen hatten, die auf die vereisten Wege und Beete niederregneten, nahm er all seinen Mut zusammen:

»Sag, Annemie, hast du Geheimnisse vor mir?«

Sie schaute ihn zwischen ihrem eng am Kopf anliegenden, hochgezogenen hellbraunen Pelzkragen heraus erstaunt an. »Wie bitte? Was meinst du?« Sie schüttelte den Kopf ungläubig, beinahe wütend. »Wir reden doch über alles. Das ist es doch, was unsere Beziehung so wundervoll einzigartig macht.«

»Ich weiß nicht recht, wie ich es erklären kann …« Er rieb die schwarzen Lederhandschuhe aneinander, so als würde dort sein nächster Satz geformt.

»Nun sag schon!« Sie stieß ihn an der Schulter an.

»Na gut. Nehmen wir an, du hättest eine jüdische Herkunft. Würdest du sie mir verschweigen?«

»Um Gottes willen, Wilhelm!« Sie sprang von der Bank auf, als hätte sie mitten im Winter eine Wespe gestochen. »Wie kommst du denn auf so einen Firlefanz?«

Annemaries Gesicht errötete, sie guckte so zornig, wie er es noch nie bei ihr erlebt hatte. Was für eine Reaktion! »Mehrere Leute haben mich auf dein Aussehen angesprochen«, sagte Wilhelm, um sich schnell zu rechtfertigen. »So, nun ist es raus. Ich musste dich das einfach fragen, verstehst du?«

»Nein, tue ich nicht!« Sie schrie, und das Echo ihrer Stimme war deutlich an den gelben Mauern des Barockschlosses zu hören. »Dass ich aussehe wie eine Jüdin?! Wer hat das behauptet?«

»Das ist doch egal«, antwortete Wilhelm beschwichtigend. Er stand auf und wollte sie in den Arm nehmen. »Es ist wohl Spinnerei. Es tut mir aufrichtig leid.«

Annemarie schlug wütend seinen Arm beiseite. »Gar nichts ist egal. Und du? Was denkst du?«

Wilhelm wusste nicht, was er antworten sollte.

»Findest du das auch, will ich wissen. Los, rede Fraktur mit mir!« Sie stampfte zweimal mit ihrem Stiefelabsatz in den Schnee. Ein paar Vögel flatterten auf. »Sag es!«

»Nein. Ich meine ja. Du siehst theoretisch ein bisschen so aus, aber du bist ja keine Jüdin. Was macht das schon?«

»Das ist eine bodenlose Frechheit. Das ist mir noch nicht untergekommen. Ich und ein Jude. Du bist ja nicht besser als die besoffene SA.«

»Beruhige dich doch bitte.« Wilhelm bekam Angst und versuchte erneut, sie in den Arm zu nehmen. Sie sprang zur Seite. »Fass mich nicht an, hörst du! Ich werde jetzt gehen, und du kommst mir nicht hinterher, oder wir sind schneller geschieden, als du an Hochzeit denken kannst.« Sie schubste ihn energisch von sich weg und rannte zum Haupttor des Gartens.

»Annemie, komm zurück, ich habe es wirklich nicht so gemeint!«, rief er, aber nur noch leise, denn er spürte bereits einen bleischweren Kloß im Hals. Er wusste, er musste sie ziehen lassen. Alles würde noch schlimmer werden sonst. Den Tränen nahe setzte er sich wieder auf die Bank. Die plötzliche Stille um ihn herum machte ihn fast verrückt. Er wollte nicht alleine sein. So wie jetzt hatte er sich gefühlt, als seine Mutter gestorben war. Er kam sich vor wie ein verlassener Junge und konnte nur hoffen, dass sie ihm bald verzeihen würde. *Was für einen Unsinn habe ich da für bare Münze gehalten? Alle Welt ist irregeworden durch diese judenfeindliche Hetzerei.*

Wütend stapfte Annemarie durch den Schnee in Richtung Straßenbahnhaltestelle. Ganz plötzlich war ein eisiger Wind aufgezogen, und sie musste sich ihren Hut tief ins Gesicht ziehen, damit sie bei dem Schneetreiben den Gehweg erkennen konnte. Der blöde, dämliche Schnee regte sie auf, genauso wie die Bahn, die mit Sicherheit wie immer bei schlechtem Wetter viel zu spät kommen würde.

*So, eine Jüdin soll ich also sein?*

Warum nur, warum wurde sie seit ihrer Kindheit mit diesen abschätzigen und unsinnigen Bemerkungen konfrontiert? Im Kindergarten, in der Schule, selbst in der Uni hatte der ein oder andere Dummkopf eine Bemerkung gemacht. Aber jetzt Wilhelm? Das ging zu weit. Luise und Sophie hatten jedenfalls noch nie gefragt, ob sie eine Jüdin sei. Warum sollten sie auch auf solche Gedanken gekommen sein? Sie kannten sie von Kindesbeinen an und wussten, dass sie und ihre Eltern nichts mit dem Judentum am Hut hatten. Annemarie kannte Juden nur vom Sehen. Ja, manchmal beobachtete sie junge Frauen in ihrem Alter, wenn sie zur Synagoge an der Rolandstraße gingen. Aber von ihnen sah doch keine aus wie sie? Überhaupt nicht! Oder doch? Ein bisschen vielleicht?

Die Leute lasen zu viel in diesem judenfeindlichen *Stürmer*. Da wurden die jüdischen Mannsbilder zwar immer verdammt hässlich dargestellt, die Frauen aber stets übertrieben schön, so, als wollten sie nichts anderes als deutsche Männer verführen. *Ja, bestimmt liegt es daran, hübsch bin ich ja wohl. Die sind alle nur neidisch, das ist es!*

Annemarie erreichte die Haltestelle und schaute die Hitlerjungen, die sich dort zu viert auf die einzige Bank im Häuschen quetschten, böse an. In den letzten Monaten waren immer mehr von diesen Halbstarken in der Stadt aufgetaucht, sie vermehrten sich wie die Fliegen. Die Großen in der SA, die kleinen in der HJ, alles derselbe Schlag. Da saßen sie in ihren schwarzen Mänteln mit Hakenkreuzbinde am Ärmel und fühlten sich wie echte Soldaten. Können aber nicht Platz machen für eine Dame.

»Was ist los? Glaubt ihr etwa, dass ich eine Jüdin bin?« Sie fuhr die Jungen grundlos an, das wusste sie. Erschrocken starrten sie acht Augenpaare unter braunen Schirmmützen an.

»Nein, Fräulein«, sagte der größte der Bengel, stand auf und stellte sich schützend vor seine kleineren Kameraden. »Wie kommen Sie darauf? Haben wir etwas gemacht?«

»Ich sehe es euch doch an, wie ihr mich anglotzt. Warum macht ihr denn nicht Platz für eine Dame? Habt ihr keine Erziehung genossen? Ich bin arisch.«

Der etwa Zwölfjährige guckte sie verängstigt an, drehte sich dann zur Bank und tuschelte etwas. Einen Teil konnte sie deutlich verstehen. »Los, wir hauen ab. Die ist nicht ganz frisch im Oberstübchen.«

Der Erste sprang auf und lief davon, die anderen folgten ihm. Nach etwa zehn Metern blieb der älteste Junge, mit dem sie gesprochen hatte, abrupt stehen, wandte sich um und rief: »Jude, Jude!« Danach lachte er, warf einen Schneeball in ihre Richtung, der dumpf gegen die Seite des Haltestellenhäuschens prallte. Dann rannte er sogleich hinter seinen Freunden her. Annemarie lief eine warme Träne die Wange hinunter. Was war bloß in sie gefahren? So gehässig mochte sie nicht sein. Die Kinder hatten ihr nichts getan.

Als sie das Bimmeln der herannahenden Straßenbahn hörte, nahm sie sich fest vor, zu Hause ihre Eltern zur Rede zu stellen. Sie wollte wissen, wer ihre Großeltern mütterlicherseits waren, die sie nie kennengelernt hatte, um endgültig ausschließen zu können, dass auch nur irgendetwas Jüdisches in ihr war. Der Spuk musste ein Ende haben. So schnell wie möglich.

# BITTERE PILLEN

Wilhelms Zustand der Traurigkeit hielt an. Dass sich Annemarie nicht meldete, entwickelte sich zur Höllenqual. Während der Arbeit konnte er sich kaum mehr konzentrieren. Erst nach einer vollen Woche erhielt er Nachricht.

»Von ihr«, sagte der Postbeamte Schneider, als er ihm das Kuvert übergab. »Er duftet nicht, zum ersten Mal nicht. Tut mir leid!«

Wilhelm befürchte das Schlimmste. Sie würde sich trennen wollen. Er verfluchte Frau Kötter, Fritz, Karl und am meisten sich selbst. Mit zitternden Händen riss er den Umschlag auf.

*Münster, 15.1.1933*

*Wilhelm,*
*wundere Dich nicht, ich schreibe Dir aus Münster. Ich bin zwei Tage nach unserem letzten Zusammentreffen abgereist und übernachte hier vorläufig in einer Studentenunterkunft. Nicht Du warst der Grund, sondern meine Eltern. Ich will sie nicht sehen. Nie wieder! Deswegen bleibe ich erst mal hier. Ich will Dir nun auch ehrlich sagen, warum ich so durchgedreht bin, als Du mir offenbartest, ich sähe jüdisch aus. Weißt Du, es ist nicht das erste Mal gewesen, dass ich das hören muss-*

*te. Seit Beginn der Volksschule bin ich immer wieder mit solchen Äußerungen konfrontiert worden. Ich wollte es selbst nicht wahrhaben und aus Angst, zu erfahren, dass tatsächlich etwas Jüdisches in mir ist, habe ich mich nicht getraut, die Eltern zu fragen. Ich habe es einfach verdrängt. Ich war mir in den letzten Wochen so sicher, dass es etwas werden könnte mit uns. Als nun auch Du im Schlosspark mit dem Judenthema anfingst, war ich einfach geschockt. Ich bin so wütend geworden, dass ich sogar fremde Kinder angeschnauzt habe. Auch Dir ist es also nicht entgangen, dass ich anders aussehe. Nicht wie ein deutsches Mädchen. Ich musste nun also meine Eltern dazu befragen, mir blieb keine Wahl mehr. Zuerst habe ich Mutter konfrontiert. Das Gespräch war so schrecklich, so schlimm. Ich weine bittere Tränen, während ich das hier schreibe. Ich heule seit Tagen: Wilhelm, es ist wahr!!!!*

*Meine Mutter ist die Tochter eines Juden und einer Jüdin. Sie heißt mit Mädchennamen Rosenthal. Ich bin eine halbe Jüdin. Ein Mischling ersten Grades.*

*Aber schon ihre Eltern haben die Religion nicht gelebt, und ich selbst bin ganz normal evangelisch getauft worden. Doch in meinen Adern fließt Judenblut, das weiß ich ja nun. Das erklärt dann auch mein Aussehen.*

*Warum gefalle ich Dir? Weil jüdische Frauen so erotisch wirken? Gefalle ich Dir überhaupt noch, wenn Du das jetzt erfährst mit meinen schlechten Genen? Wer soll denn je mit mir Kinder haben wollen? Außer ein Jude selbst vielleicht? Aber ich will keinen Juden. Ich will Dich! Ich bin entsetzt und wütend, besonders auf Mutter. Sie kann gar nicht genug Tränen vergießen und sich entschuldigen – dass sie mich ein Leben lang belogen hat, verzeihe ich ihr nicht. Niemals. Ich muss doch als ihr Kind wissen, woran ich bin.*

*Mit Vater habe ich auch gesprochen, und er meint, dass Du nun bestimmt nicht mehr bei mir bleiben willst. Jetzt, nachdem alles ans Tageslicht gekommen ist. Vater ist arischer Abstammung, und er sagt, er habe so reines Blut, dass meine Nachfahren von den schlechten Genen der Mutter nichts mehr mitbekommen werden.*

*Was ist das mit dem Blut, Wilhelm? Wir sind doch Mediziner. Tragen denn nicht alle Menschen das gleiche Blut in sich? Macht es so viel aus, welcher Abstammung man ist? Vater sagt, es gebe so viel Vermischung durch die Wanderungen in Europa, dass man heute kaum mehr von reinen Rassen sprechen könne. Aber die Nazis sind da anderer Meinung. Was meinst Du als Augenarzt? Wie hast Du mich angeschaut? Hast Du sie nicht erkannt, die jüdische Seele? Sind die Augen nicht Spiegelbild des Charakters? Wirst Du überhaupt noch ein Wort mit mir wechseln?*

*Vater sagt, die Judenhasser und Antisemiten seien nur neidisch, weil aus den Juden so viele fleißige und tüchtige Leute erwachsen. Das spricht doch eher für gutes Blut? Was ist so schlimm an den Israeliten? Vater sagt, selbst Bismarck habe schon behauptet, ein paar Tropfen frisches, jüdisches Blut könne das schwerfällige germanische Blut nur besser machen. Wie steht denn Hitler zu Bismarck? So vieles weiß ich nicht. So vieles muss ich aber jetzt wissen. Ich habe noch nicht mal den Talmud gelesen. Muss ich das nun? Ich bin doch Protestantin. Soll ich mich mit dem Judentum beschäftigen? Ich habe kein Interesse daran. Mir reicht es schon, dass ich jüdisch aussehe.*

*Ich schaue in den Spiegel und sehe die jüdische Nase, die Judenaugen und das Judengrinsen. Ich habe sogar Plattfüße, und das ist mir nie aufgefallen, bis jetzt. Wilhelm, wäre ich Dir weniger wert gewesen, hättest Du es von Anfang an bemerkt? Ist es mein Judenblut, das mich so anders macht? Bin ich deshalb triebhafter und frecher als andere Frauen in meinem Alter?*

*Vater sagt, es sei nicht schlimm, wenn Christen und Juden sich mischen. Nur schlecht sei es, wenn Proleten und Schwachsinnige sich paaren. Das müsse verboten werden, meint er. Er sagt, die minderwertigen Ostjuden trügen allein Schuld an dem Hass, der nun allen Juden in Deutschland entgegenschlägt. Ich solle an die Westjuden denken, an die portugiesischen Juden und daran, welche Fortschritte sie der Menschheit gebracht hätten. Mutter hat westjüdisches Blut, das soll wohl sicher sein. Ist das denn gutes Judenblut? Machst Du da einen Unterschied? Ich bin zutiefst erschüttert und glaube an gar nichts mehr. Was ist, wenn sie mich wieder angelogen haben und in Wirklichkeit ganz minderwertiges ostjüdisches Blut in mir fließt?*

*Aber Vater sagt, man dürfe auf keinen Fall mehr Ostjuden ins Land lassen und das würden die Nazis schon zu verhindern wissen. Anscheinend begrüßt er Hitler, obwohl er eine Jüdin zur Frau und einen Mischling als Tochter hat. Ist das zu verstehen? Aber dann kann ich ja nicht ostjüdischer Abstammung sein, wenn er bei uns bleibt, oder?*

*Was wird nun werden? Schau Dich doch mal um auf den Straßen. Sie hassen die Juden. Sie verabscheuen mich. Überall diese Hitlerjungen und SA-Männer. Ich habe das Gefühl, sie beobachten mich schon. Ich verabscheue mich langsam selbst. Ich hasse die Juden! Aber erst jetzt, wo ich weiß, dass ich selbst einer bin. Muss ich Hitler wählen? Meinen eigenen sozialen und beruflichen Untergang?*

*Es würde mich nicht wundern, wenn auch Du mich hasstest in dem Moment, wo Du diese Zeilen liest, mich unausstehlich fändest, wie ich mich selbst. Ich kann nicht mal mit irgendjemandem sprechen. Ich habe Angst, dass Luise und Sophie mich verachten, wenn sie die Wahrheit erfahren. Ich will sie nicht verlieren.*

*Für den Fall der Fälle, sagt Vater, lasse sich mein gutes arisches Blut, das von seiner Seite stammt, auf bis zu fünfhundert Jahre zurückverfolgen. Doch was habe ich davon, wenn das Blut der Mutter doch jetzt rein jüdisch ist und eine ganze Hälfte meines Körpers durchströmt?*

*Da hilft doch kein arischer Urahn und auch kein Aderlass? Es ist, wie es ist. Die schlechten Gene haben sich doch durchgesetzt, wenn ich aussehe wie eine Jüdin, oder nicht? Bin ich denn vom Charakter auch so? Sind die denn eigentlich so schlimm in ihrem Wesen, und wenn ja, warum? Ich kenne keine Juden persönlich. Nur das, was man so hört. Findest Du, ich bin geizig und gierig? Möchte ich die Welt unterjochen?*

*Ich wollte doch nie Bankiersgattin werden, sondern eine gute Ärztin. Nicht wegen Reichtum, das hat mich nie interessiert. Was ist schon Geld? Ich bin nicht geizig, hörst Du? Ich habe mich doch nur immer einladen lassen, weil man das als Frau so macht. Und ich bin Studentin und Du Arzt. Aber gierig bin ich doch nicht? Habe ich zu viele Martini bestellt? Zu viel Wein? Ist das jüdisch?*

*Ich möchte Menschen helfen. Das ist doch ein guter Charakterzug, oder? So gerne möchte ich Medizinerin sein. Doch wer lässt sich schon gerne von einer Halbjüdin behandeln? Werde ich es jetzt, wo ich es weiß und doch so ehrlich bin, überhaupt noch leugnen können, wenn mich jemand fragt?*

*Wilhelm. Ich kann nicht mehr. Ich verliere die Contenance. Ich will nicht, dass Du mich noch länger ertragen musst. Am liebsten würde ich gar nicht mehr sein. Jetzt habe ich nur noch einen einzigen Wunsch, und ich hoffe, dass Du Dich nicht ekelst vor meinem Judenblut. Bitte, mein guter, treuer Wilhelm, ich möchte Dich noch ein letztes Mal sehen, um Abschied nehmen zu können. Gestehe mir das zu, nach all der schönen Zeit, die wir hatten. Ich liebe Dich. Ich liebte Dich. Dich werde ich immer lieben, aber wir können so nicht zusammen sein. Komm mich hier in Münster besuchen, sobald Du es einrichten kannst, ja? Ich will Dich noch einmal spüren. Wenn Dir noch etwas an mir liegt. Es wird unsere letzte Begegnung sein, das verspreche ich. Nichts soll Dich mit einer Jüdin in Verbindung bringen. Nur den einen Abend möchte ich noch, und der soll ganz schön werden. Da gebe ich mein Wort drauf. Bitte!*

*Annemarie Gutenberg (Rosenthal)*

Während Wilhelm den Brief las, schossen ihm Tränen in die Augen. Aber nicht weil sie jüdischer Abstammung war! *Das ist mir doch total egal! Ich bin Arzt und kein NSDAP-Politiker. Warum soll eine Jüdin mir zum Nachteil sein?* Das hatte er schon bei dem Telefongespräch mit Karl nicht begreifen wollen. Annemarie hatte mit dem Judentum nichts zu schaffen. Sie lebte als gläubige Christin. Und die Rassentheorien empfand Wilhelm als geradezu lächerlich.

Was hatte der Antisemitismus in den Köpfen der Leute angerichtet? Warum musste Annemarie, dieser so wunderbare Mensch, leiden unter irgendwelchen politischen Ideologien, für die sie nichts konnte? So wunderschön, so klug, so liebenswert war sie. Er wollte keine Minute länger warten, wollte zu ihr fahren und ihr all das sagen, was ihm gerade durch den Kopf ging. Er packte ein paar Sachen zusammen, zog seinen braunen Wintermantel über und die Schirmmütze auf. Dann heftete er einen Notizzettel an die Praxistür, auf den er geschrieben hatte, dass er leider erkrankt sei, und eilte zum Bahnhof, wo er die nächste Verbindung in die Nachbarstadt nahm.

Die neu gegründete Studentenhilfe Münster hatte vor Kurzem ein erstes, wenn auch kleines Wohnheim für Frauen eingerichtet, das direkt am Campus lag und sowohl angehenden Juristinnen wie Medizinstudentinnen eine preiswerte Unterkunft bot. Als Wilhelm vor die Scheibe des Pförtnerraumes trat, öffnete ein junges Mädchen mit rötlicher Bubikopf-Frisur. »Was kann ich für Sie tun?«

»Ich möchte zu Annemarie Gutenberg, bitte.«

Reflexartig zog das Fräulein die Glasscheibe zu. Bemerkte er da Angst in ihren Augen? Gedämpft hörte er, wie sie von drinnen rief, er solle sich kurz gedulden. Dann sah er sie aus der Hintertür hinauseilen. Ein paar Minuten später ging die Seitentür auf dem Gang des Westflügels auf. Hinter dem Bubikopf erkannte er einen Mann, der, als er ihn erblickte, der Empfangsdame etwas zuflüsterte. Dann kamen beide auf ihn zu. Was hatte das zu bedeuten? War Annemie abgereist? War ihr was passiert? Ihm wurde flau im Magen.

»Klaus Meierhof«, sagte der Mann und streckte Wilhelm die Hand entgegen. Er trug Vollbart, eine Brille mit hauchdünnen, runden Gläsern und schien in seinem Alter zu sein. »Ich verwalte diese Unterkunft. Es tut mir leid, Fräulein Gutenberg befindet sich im Universitätsklinikum.«

Wilhelm atmete erleichtert auf. »Ach natürlich. Ich bin schwer von Kapee heute. Es ist ja erst vierzehn Uhr, sie hat Seminare. Wissen Sie, wann …«

»Sie ist dort als Patientin aufgenommen worden.« Meierhof unterbrach ihn rasch.

»Als was?« Wilhelms Brustkorb zog sich zusammen, blitzartig kehrten die Verlustängste zurück. »Das kann nicht sein. Warum? Was hat sie denn?«

»Ich bedaure, das darf ich Ihnen nicht mitteilen.«

»Und ob Sie das dürfen«, sagte Wilhelm laut. »Ich bin nicht nur ihr Lebensgefährte, sondern auch ihr Arzt.« Er fuchtelte wütend mit dem Strauß Rosen herum, den er in der Hand hielt, seit er ihn am Bahnhof Münster gekauft hatte. Bevor Meierhof etwas entgegnen konnte, zog er seinen Ausweis aus der Geldbörse und schob ihn dem überraschten Heimleiter vor die Nase, dem Schweißperlen auf der Stirn standen. »Sie, sie …«

»Ja, was sie? Sie?«

»Fräulein Gutenbergs Kommilitonin hat sie heute Morgen leblos im Zimmer aufgefunden. Ein Sanka hat sie über den Campus rüber ins Klinikum transportiert. Sie lebt, soweit ich weiß.« Meierhoff stotterte.

Vor Schreck ließ Wilhelm die Blumen fallen, der Bubikopf bückte sich danach. »Warum?«, blökte er den Heimleiter an.

»Da lag ein Tablettenfläschchen auf ihrem Nachtschrank. Mehr weiß ich nicht. Ich verstehe das nicht, keiner hier. So jung und hübsch. Da will man sich doch nicht umbringen!«

Ohne noch ein weiteres Wort zu sagen, stürmte Wilhelm aus dem Heim und rannte auf kürzestem Weg zur Klinik.

Er rang nach Luft, als er die Tür zum Krankensaal aufriss. Unter den hohen, cremefarbenen Wänden standen an jeder Seite des Raumes vier gemachte Betten. Es roch nach Bohnerwachs, Sterillium und Schweiß. Nur ein Krankenbett war belegt. Am hinteren Ende des Saales, vor einem Fenster mit zugezogenen, dünnen Stoffgardinen, lag sie in den Laken, kreidebleich, die Decke bis zum Kinn hochgezogen, die Augen geschlossen. Sie atmete ruhig. Das erkannte er von Weitem. Trauer und Panik wichen einer vertrauten Gefasstheit, die Wilhelm immer spürte, wenn er Patienten behandelte. Er lief leisen Schrittes auf sie zu. An der Bettstange hing eine halb durchgelaufene Infusionsflasche, deren Schlauch in ihre linke Armbeuge führte. Er zog einen Stuhl an das Bett heran und nahm ihre Hand.

»Annemie. Was machst du für Sachen?« Er flüsterte. Sie rührte sich nicht.

Erst als er ihr den Ärmel des Nachthemdes nach oben krempelte und an ihrem Oberarm die Manschette des Blutdruckgerätes festmachte, regte sie sich. Er drückte die Stöpsel des Stethoskops in seine Ohren, setzte das am Ende des Schlauches sitzende Bruststück in ihre freie Armbeuge und presste mehrmals schnell hintereinander den Gummiball zwischen seinen Handflächen.

»Au!« Annemaries Lippen öffneten sich zaghaft. »Doktor Berthold?«

»Psst!«, sagte Wilhelm und ließ die Luft aus der aufgeblähten Manschette entweichen. Er schaute auf die runde Ziffernskala des Blutdruckmessgeräts. »Neunzig zu fünzig«, sagte er. »Du bist noch schwach.«

Jetzt riss Annemarie die Augen auf. »Wilhelm. Ich glaubte, du wärest. Ich dachte, ich wäre …«

»Ganz ruhig«, sagte er, während er die Manschette von ihrem Arm wickelte und das Stethoskop in der Schublade des Nachtschrankes verstaute, aus der er es genommen hatte. »Ich bin jetzt bei dir.« Er streichelte ihr sacht über den Kopf.

»Ich wollte nicht, hörst du …« Sie sprach mit zittriger, schwacher Stimme.

»Ich weiß«, sagte Wilhelm. »Du musst dich ausruhen, Annemie, wir reden später. Ich spreche erst mit dem diensthabenden Kollegen. Er wartet draußen.« Er gab ihr einen Kuss auf die Stirn und stand auf.

»Komm bald wieder«, hauchte sie, atmete schwer und nickte weg.

»Diamorphin. Keine toxische Dosis, aber hätte sie noch ein paar Pillen mehr eingenommen, hätte das ein böses Ende nehmen können.« Doktor Berthold sprach in mahnendem Ton zu Wilhelm, als der auf einem Stuhl im Dienstzimmer Platz genommen hatte.

»Diamorphin, also Heroin, wo hat sie das denn her?«, fragte Wilhelm – mehr sich selbst als den Universitätsarzt.

»Das fragen wir uns auch. Wir verschreiben Heroin seit über zwei Jahren nicht mehr. Ein zu hohes Suchtpotenzial ist festgestellt worden.« Berthold zuckte mit den Schultern.

»Ist mir bekannt«, antwortete Wilhelm. »Teufelszeug.«

Der Kollege im weißen Kittel saß ein paar Meter von ihm entfernt auf einem Drehstuhl am Schreibtisch und zupfte mit zwei Fingern an seinem Kinnbart. An den Wänden des Büros erkannte Wilhelm Plakate mit anatomischen Abbildungen weiblicher Geschlechtsorgane. Die Brille war Doktor Berthold auf die Nasenwurzel gerutscht, und seine dunklen Augen unter den buschigen Brauen starrten Wilhelm an. Was wollte der von ihm?

»Was ist mit Ihnen, sprechen Sie nicht weiter?«, fragte Wilhelm.

»Wie lange nimmt sie das bereits?«, entgegnete Berthold.

»Wie bitte? Entschuldigung. Ich stehe wohl auf dem Schlauch.«

Sein Kollege rollte mit dem beweglichen Stuhl auf ihn zu, zwanzig Zentimeter vor ihm bremste er abrupt mit den Sandalen ab. »Heroin!«

»Das habe ich verstanden«, sagte Wilhelm und beugte den Oberkörper so weit nach hinten, wie es ihm möglich war. Berthold roch aus dem Mund. Irgendetwas faulte darin, glaubte Wilhelm und bemühte sich, nur durch den Mund zu atmen.

»Ich denke nicht, dass Sie verstanden haben. Ich will es Ihnen aber gerne aufdröseln. Ich gehe nicht davon aus, dass sich Ihre Lebensgefährtin mit der Aktion das Leben hat nehmen wollen. Sie zählt zu den fleißigsten Studenten und kennt sich in der Pharmakologie aus. Sie hätte mehr geschluckt, wenn sie etwas in der Richtung vorgehabt hätte. Das Fläschchen war noch halb voll.«

»Können Sie bitte mit dem Stuhl ein Stück zurückfahren? Mir wird übel.«

Berthold stieß sich mit der rechten Sandale ab und rollte mit Schwung nach hinten. »Das kann ich mir vorstellen, wenn Sie von ihrer Suchtkrankheit bisher nichts wussten.«

Wilhelm sprang vom Stuhl auf. »Sucht? Auf keinen Fall. Da muss ein Irrtum vorliegen.«

»Aha. Interessanter Aspekt.« Der Universitätsarzt drückte die Brille mit dem Zeigefinger wieder fest an die Nasenwurzel. »Sie meinen eher, das könnte eine einmalige Sache gewesen sein?«

»Hören Sie. Ja. Auf jeden Fall.« Wilhelm sprach hektisch. »Es ist etwas in ihrem Leben passiert, das sie zur Verzweiflung gebracht hat. Sie können mir das glauben.«

»Ach, so ist das. Führen Sie aus, Herr Kollege.«

»Ich kann keine Details preisgeben. Es hat mit ihrer Familie zu tun. Wenn Sie das Heroin freiwillig genommen hat – wovon ich nun ausgehe – dann nur, um sich zu beruhigen.«

»Da gibt es gesündere Methoden.« Berthold fummelte ein silbernes Zigarettenetui aus seiner Brusttasche. »Sie auch?«

»Nein … Ach, doch, geben Sie mir eine.«

Der nervöse Kollege rollte erneut auf ihn zu, reichte ihm eine Kippe und zündete sie mit einem goldenen Benzinfeuerzeug an. Dann rutschte er wieder zurück, entflammte seinen Glimmstängel und ließ das Etui in der Tasche verschwinden.

»Nun, Herr Doktor Möckel«, sagte Berthold. »Ich kann nichts Anderes beweisen. Sie sollten aber Verständnis dafür aufbringen, dass ich den Vorfall der Universitätsleitung melden muss.« Er stieß Rauch aus den Nasenlöchern »Allein aus dem Grund, dass wir die Pflicht haben, herauszufinden, ob die Tabletten aus diesem Hause stammen.«

»Ist das nötig?«

»Absolut.«

»Na, dann ist es so.« Wilhelm zog an seiner Zigarette, atmete den Rauch tief ein und stieß ihn in mehreren kurzen Stößen aus. »Wissen Sie … Ich bin einfach froh, dass sie lebt. Das Andere wird sich irgendwie regeln lassen.«

»Wenn Sie meinen.«

»Ja. Hören Sie. Ich muss jetzt zu ihr.«

»Dann gehen Sie. Es ist nicht so, dass ich hier keine Arbeit zu erledigen hätte.«

Wilhelm stand auf und wollte gerade zur Tür eilen, als Berthold ihn aufhielt: »Ach, auch wenn Sie es mir anschließend nicht verraten werden. Finden Sie für sich heraus, ob da ein langfristiger Tablettenmissbrauch stattgefunden hat. Der könnte empfindliche Auswirkungen auf die Entwicklung des Kindes haben.«

»Welches Kind? Wir haben kein Kind.« Wilhelm wandte sich verwirrt um.

»Noch nicht.« Berthold schüttelte den Kopf und lachte. »Wissen Sie das etwa auch nicht? Was führen Sie da für ein Bratkartoffelverhältnis?«

Wilhelm merkte, dass er schweißnasse Hände bekam. Eine Hitzewelle durchströmte seinen Köper. Er lief um den Schreibtisch herum auf Berthold zu und packte ihn bei den Oberarmen, schaute ihm aus wenigen Zentimetern Entfernung in die Augen.

»Heh, halten Sie Abstand, Mensch«, raunte der Arzt.

Wilhelm rüttelte an seinen Schultern. »Ist das wirklich wahr? Ist sie schwanger?«

»Ja, meine Güte. Lassen Sie mich los, Sie Irrer. Erkundigen Sie sich doch einfach selbst bei ihr. Wird vielleicht Zeit. Ist immerhin der dritte Monat. Oder ist das Kind nicht von Ihnen?«

»Von wem denn sonst?«, fragte Wilhelm, dachte aber im nächsten Moment, dass sich daraus eine berechtigte Frage ergab. Er ließ seinen Kollegen los. »Entschuldigen Sie. Aber woher wissen Sie das überhaupt? Hat sie Ihnen das verraten?«

Berthold grinste. »Fräulein Gutenberg erwies sich der Kommunikation nicht mehr als mächtig. Ich bin von Haus aus Gynäkologe, falls sie das noch nicht bemerkt haben.« Er wies auf die anatomischen Plakate an der Wand. »Ich pflege überdies, meine Patientinnen immer einer umfangreichen Untersuchung zu unterziehen. Wir sind eine Forschungsklinik und kein Judenlazarett. Auch wenn Ihre Lebensgefährtin, phänotypisch betrachtet, ein wenig so aussieht wie eine …«

»Halten Sie den Mund!« Wilhelm konnte seine Wut nicht zurückhalten, ihn ekelte die Vorstellung an, dass der abstoßende Arzt Annemarie untersucht hatte, und er mochte sich nicht ausmalen, wie das ausgesehen hatte.

»Was ist denn mit Ihnen los? Sie sind doch auch Arzt. Verstehen Sie etwa keinen Spaß?« Berthold versuchte, sich zu rechtfertigen, und Wilhelm war bemüht, in Anbetracht der Gesamtsituation über den blöden Spruch hinwegzusehen. »Verzeihen Sie, Herr Kollege. Es sind meine Nerven. Ich werde zum ersten Mal Vater.«

»Aha, verstehe.«

»Ich gehe davon aus, dass Sie die Schwangerschaft meiner Lebensgefährtin nicht der Universitätsleitung melden müssen?«

»Nicht, wenn sie es nicht will. Nein, selbstverständlich nicht.«

»Sie will es nicht«, sagte Wilhelm. »Und ich werde mich jetzt wieder zu ihr begeben.«

»Tun Sie, was Sie nicht lassen können.« Berthold drückte seine Zigarette in einen Aschenbecher auf dem Schreibtisch und sagte: »Dann wünsche ich eine angenehme Nachtruhe. Ich schätze, dass Sie bleiben. Also fühlen Sie sich frei, von einem der Betten Gebrauch zu machen. Gehört zum Kundendienst, aber ziehen Sie es hinterher bitte ab.«

Was für ein liebenswertes Arschloch, dachte Wilhelm. Als Oberarzt einer Universitätsklinik stand Berthold in der Rangordnung über ihm. Nicht wenige von diesen pseudoelitären Typen nutzten das aus und behandelten Praxisärzte, auch wenn sie über eine Fachausbildung verfügten, wie die eigenen Patienten. Er sollte ihn besser in Ruhe lassen, zumal der Gynäkologe zu viel wusste.

»Danke und einen angenehmen Abend«, sagte Wilhelm und verließ nachdenklich das Zimmer. Er nahm das Angebot, sich hier ein Lager zu errichten, nicht an, sondern verbrachte die Nacht auf dem Stuhl vor dem Bett seiner Freundin. Ohne zu schlafen. Die meiste Zeit hielt er ihre Hand. Sie schlief lange.

Am Morgen schickte er die Schwester, die mit dem Frühstück kam, hinaus. Die Infusion hatte er Annemarie abgenommen und ihre Vitalfunktionen überwacht. Ihr Blutdruck hatte sich über Nacht normalisiert. Als sie erwachte, sprachen sie über den vergangenen Tag, an den sie sich nicht zu erinnern vermochte. Doch sie wusste noch, dass sie die Tabletten eingenommen hatte, schwor aber, nicht mit der Absicht gehandelt zu haben, sich etwas anzutun. Außerdem versicherte sie hoch und heilig, dass sie das erste Mal Heroin geschluckt habe und dass sie nicht gedenke, es je wieder zu tun. Wer ihr die Pillen verschafft hatte, mochte sie nicht sagen. Der junge Arzt würde Ärger bekommen. Das wollte sie nicht. Vielleicht besser so, dachte Wilhelm, er hatte keine Lust, deswegen noch einmal mit Berthold konfrontiert zu werden.

Annemarie rang nach Luft und strich sich nervös über den Hals. »Weißt du, ich verkrafte das nicht, dass ich eine Jüdin bin. Ich wollte einfach nicht mehr denken. Ich habe nicht damit gerechnet, dass du zu mir kommst.« Sie war völlig außer Atem.

»Annemie. Wir stehen das beide gemeinsam durch. Denn mir ist das völlig egal, ob du Jüdin bist.«

»Halbjüdin.«

»Auch das ist mir egal«, sagte Wilhelm.

»Du verstehst nicht. Wenn das rauskommt. Hier treten jetzt alle dem Nationalsozialistischen Studentenbund bei, radikalisieren sich, schwören sich auf Hitler ein.«

Er zuckte mit den Achseln. »Na, dann tritt doch auch bei! Dir steht ja nicht auf der Stirn geschrieben, dass deine Mutter Jüdin ist.«

Annemarie drehte ihren Kopf zum Fenster. Tränen rannen über ihr Gesicht, sie schniefte. »Ach, mein Wilhelmchen. Ich bin froh, dass du da bist. Du wirst mich nicht verlassen?«

»Nein.« Er wartete kurz ab, bevor er das ansprach, was ihn am meisten verunsicherte: »*Nicht*, weil du Halbjüdin bist. Aber wenn du mir noch einmal etwas dermaßen Wichtiges verheimlichst oder dich so gehen lässt, während mein Kind in deinem Bauch heranwächst, dann kann ich dafür nicht garantieren.«

Annemarie zuckte im Bett zusammen. »Du weißt es? Von Berthold?« Ihre Unterlippe zitterte. »Er ist Gynäkologe. Natürlich.« Sie setzte sich im Bett auf und umarmte Wilhelm. Er spürte, wie ihre Tränen auf seinen Hals hinabliefen. »Es tut mir leid, es tut mir so unendlich leid.«

Zögerlich streichelte er ihr über den Rücken. »Warum hast du es mir unterschlagen?«

»Ich wollte es doch sagen, bestimmt. An dem Tag, als wir im Schlossgarten spazieren gegangen sind. Aber du kamst mir zuvor mit der Judenfrage. Und dann war es mir nicht mehr möglich. Ich musste danach doch dringend meine Eltern befragen wegen der Sache. Es geht ja auch um das Kind, das zumindest ein Vierteljude sein wird.«

»Jetzt höre bitte endlich auf mit dem Judenzeug. Du bist ein Mensch, ein ganz und gar wundervoller dazu. Und das soll auch unser Kind sein.«

Sie strich Wilhelm mit beiden Händen durch die Haare und sagte: »Ach, du bist lieb. Ich kann mich so glücklich schätzen, dass wir uns haben.«

»Ich doch ebenfalls«, antwortete er. »Wissen deine Eltern, dass du schwanger bist?«

»Nein, natürlich nicht. Ich wollte ja auch gar nicht mehr mit ihnen reden.«

»Das wirst du aber tun müssen! Das verlange ich als Vater des Kindes!«

»Du hast recht, Wilhelm. Wir machen nun alles so, wie du es willst. Wenn du nur bei uns bleibst. Gleich, wenn ich zu Hause bin, erzähle ich meinen Eltern von der Schwangerschaft. Großes Annemie-Ehrenwort.« Sie nahm seinen Kopf zwischen ihre Hände und schaute ihn besorgt an. »Aber du wirst den Eltern nichts sagen von diesem Vorfall mit dem Diamorphin?«

»Nein, ich bin ja kein Depp«, sagte er. »Damit würde ich ja kurzerhand zeigen, dass ich nicht richtig auf dich aufpassen kann.«

Annemarie küsste ihn lange auf den Mund, schmiegte dann ihren Kopf an seine Schulter und flüsterte: »Dann haben wir ein paar wichtige Geheimnisse. Es soll nie jemand erfahren, dass ich eine Halbjüdin bin. Versprochen?«

»Karl werde ich es stecken müssen, der wird mich beraten, wie es weitergeht, aber der schweigt wie ein Grab, das ist unter

Zwillingsbrüdern Ehrensache. Keinem anderen verrate ich es, sofern es nicht zu unserem Vorteil ist. Da hast du mein Wort.«

»Na gut.«

Wilhelm legte sich zu Annemarie aufs Bett und umschlang sie von hinten. Aneinandergeschmiegt lagen sie da. Er flüsterte: »Du, ich freue mich auf das Kind. Es fühlt sich gut an, Vater zu werden. Wie sollen wir es nennen?«

Sie überlegte eine Weile, bis sie auf jeweils einen Namen für einen Jungen und einen für ein Mädchen gekommen war. Bevor sie diese kundgeben wollte, merkte sie, dass ihr Liebster angefangen hatte, zu schnarchen. Sie drehte sich zu ihm und streichelte ihm mit den Fingerkuppen über die Wangen. *Ich liebe dich so sehr, mein starker, herzallerliebster Wilhelm. Du Vater meines, unseres Kindes.*

Als die Krankenschwester das zweite Mal mit dem Frühstück kam und Annemarie sie ebenfalls bat, hinauszugehen, gab sie es auf und aß es im Schwesternzimmer selbst.

Statt in der Mittagszeit direkt wieder nach Osnabrück zurückzufahren, überredete Wilhelm seine Freundin noch zu einem Spaziergang zum nahegelegenen Aasee. Die frische Luft wird Annemarie guttun, dachte er. Und wie zur Bestätigung seiner Einschätzung nahmen ihre Wangen schon nach ein paar Schritten fast die Farbe ihres wollenen, roten Krempenhutes an. *Wie bildhübsch sie doch ist!* Wilhelm wurde nervös, denn vorhin im Krankenzimmer hatte er einen Plan gefasst, der ihm einiges an Mut abverlangen würde.

Als sie am See ankamen, dessen künstliche Anlegung nach vielen Jahren nun kurz vor ihrer Fertigstellung stand, schlenderten sie Hand in Hand den Uferweg entlang und blickten staunend auf die große Wasserfläche, die fast 20 Hektar umfassen sollte. Zwar waren die gepflanzten Bäume jetzt kahl und das Wetter war diesig und kühl, aber sie konnten beim Anblick der hübschen Stege für Segel- und Ruderboote erahnen, welch prächtiges Erholungsgebiet hier im Frühjahr entstehen würde. Ein paar Dutzend Schwäne mit orangefarbenem Schnabel trieben vergnügt im See. Die Kälte schien ihnen nichts auszumachen.

»Es sind Höckerschwäne«, sagte Annemarie »Sie ziehen nicht in den Süden, finden hier Futter und haben ein dickes Gefieder.«

Nachdem sie ein paar hundert Meter um das Gewässer gegangen waren, blieb Wilhelm vor einer Bank stehen. Er zog sein Taschentuch aus der Hosentasche, wischte damit über die Sitzfläche und bat seine Freundin, Platz zunehmen. Als sie das tat, setzte er sich sogleich daneben, und sein Herz begann, heftig zu schlagen. Es ist so weit, wollte es ihm mitteilen.

»Magst du den Aasee?«, fragte Wilhelm mit leicht zitternder Stimme.

»Ja natürlich«, antwortete sie, nahm seine Hand und schaute vergnügt in die Ferne.

»Liebst du mich denn noch immer?«

Sie drehte sich um und schaute ihn mit einer hochgezogenen Augenbraue an. »Ähm, ja!?«

Wilhelm ließ sich nicht irritieren und fragte weiter: »Ergibt zwei mal zwei vier?«

»Ja?« Sie kniff ihn in den Oberschenkel. »Sag mal, was ist denn das für ein albernes Kinderspiel, das du da gerade mit mir veranstaltest?«

Wilhelm lächelte. »Ich wollte dich nur auf das Ja einstimmen«, sagte er, stand auf und kniete sich vor Annemarie nieder. Er holte eine schwarze Schatulle aus der Seitentasche seines Wintermantels und zog daraus einen goldenen Ring mit vier geschliffenen, blau funkelnden Diamanten. »Eigentlich wollte ich dich in Osnabrück fragen. Ich trage den Ring schon eine Weile in meiner Tasche herum. Und jetzt ist der richtige Moment gekommen, wie ich finde.« Er nahm die Mütze vom Kopf, stülpte sie über sein Knie, ergriff ihre zitternde linke Hand und zog ihr den weißen Wollhandschuh herunter. »Willst du mich heiraten, mein Schatz?«

Annemarie legte ihre freie Hand vor ihren Mund. Er sah, wie sich ihre Augen mit Tränen füllten.

»Ja, oh ja. Ja. So viele Jas, wie du möchtest.« Sie warf sich um seinen Hals und flutete sein Gesicht mit Küssen. Dann standen beide auf, und sie ließ sich den Ring überstreifen, schaute ihn fasziniert von allen Seiten an. »Er ist wundervoll.«

»Die Steine haben die Farbe deiner Augen, Annemie.«

»Ich liebe dich, Wilhelm.«

»Und ich dich für immer«, sagte er, setzte sich zurück auf die Bank und streichelte ihr über den Bauch. »Und den da drin … Entschuldigung, oder die da drin natürlich.«

»Oh, und er oder sie dich!«

Sie umarmten und küssten sich lange. »Dann ist sich die Familie Möckel ja einig«, sagte Wilhelm, dem selbst eine Träne der Rührung über die Wange lief, nach einer Weile. »Aber wir alle müssen jetzt mal was essen und uns aufwärmen. Komm, ich lade dich da vorne auf ein Mittagessen in die Gaststätte Himmelreich ein! Du darfst bestellen, was immer du möchtest.«

Als sie am Tisch des gut gefüllten Restaurants saßen, das direkt am See lag, merkten sie beide erst, wie hungrig sie waren. Nach der würzigen Flusskrebssuppe bestellten sie Rinderbraten mit Rotweintunke, grünen Bohnen und Petersilienkartoffeln. Wilhelm fühlte sich danach pappsatt, aber Annemarie ließ zum Nachtisch noch ein großes Stück Prinzregententorte mit extra Sahne kommen. Die Schwangerschaft machte sich bemerkbar. Beide spürten bereits – auch wenn man sie nicht sah –, dass eine dritte Person mitaß. Schon bald aber würde sich herausstellen, dass sie damit gewaltig irrten.

# UNTER BRÜDERN

Der 30. Januar 1933 sollte einer der verheerendsten Tage in der deutschen Geschichte werden. Als Wilhelm und Annemarie über den Rundfunk von der Ernennung Hitlers zum Reichskanzler erfuhren, schmiss sie vor Wut ihren Suppenteller vom Tisch und vergrub ihr Gesicht in den Händen. Er nahm es gelassen hin und versuchte, sie einmal mehr zu beruhigen. Noch immer blieb er davon überzeugt, dass sich die politische Lage Deutschlands durch die Nationalsozialisten verbessern würde. Er begriff noch nicht die Gefahr, die sich für die von den Nazis verachteten Personengruppen ergeben würde. Da erging es ihm wie vielen Mitbürgern, die Hitler in Erwartung einer besseren wirtschaftlichen und politischen Stellung Deutschlands in Europa gewählt oder jedenfalls in Kauf genommen hatten. Annemarie aber wähnte sich, seit sie von ihrer Herkunft erfahren hatte, in steter Angst. Dass diese berechtigt war, sollte sich in den folgenden Monaten und Jahren für die Familie Möckel mehr als deutlich zeigen.

Auch Reichspräsident Paul von Hindenburg unterschätzte die Gefahr, als er Hitler zum Reichskanzler ernannte. Die NSDAP stellte längst die stärkste Kraft im Reichstag, und immer mehr einflussreiche Bürger forderten ihre Regierungsbeteiligung. Auch die Kommunisten der KPD hatten reichlich Stimmen dazugewinnen können. Eine stabile Regierungsbildung der Konservativen, wie von Hindenburg es sich wünschte, rückte mit der gestiegenen Beliebtheit der Radikalen in weite Ferne. So dachte der greise Reichspräsident, er könne sich mit Hitlers Hilfe des linken Randes im Parlament erwehren. Gleichzeitig glaubte er, die NSDAP im Zaum halten zu können, denn diese zog nur mit drei Ministerstellen in die neue Regierung ein. Hitler, nahm von Hindenburg an, würde mit dem Erreichen des Reichskanzlerpostens endlich Ruhe geben. Während er also meinte, zwei Fliegen mit einer Klappe geschlagen zu haben, hatte er der Machtergreifung der Nationalsozialisten Tür und Tor geöffnet. Denn Hitlers Pläne erwiesen sich als durchkalkuliert. Die Weimarer Verfassung erlaubte ihm als Reichskanzler, nach Belieben Notverordnungen zu verhängen. Zwei davon sollten ihm bald die alleinige Macht im Staate sichern.

Wilhelm interessierte das alles nicht. Er wollte schnell die Hochzeit arrangieren, hatte Herrn Gutenberg inzwischen auch um Erlaubnis gebeten. Der hatte, ob der Schwangerschaft seiner Tochter, natürlich nichts dagegen. Im Gegenteil, er verlangte sogar die möglichst baldige Heirat. Er hatte Wilhelm aber keine Vorwürfe gemacht, hatte längst gemerkt, dass ein angesehener Augenarzt eine ausgezeichnete Partie für seine Tochter war. Außerdem begannen die beiden wichtigsten Männer in Annemaries Leben, sich nicht nur zu respektieren, sondern sogar zu mögen. Alles war also in trockenen Tüchern, und Wilhelm dachte nicht daran, sich seine Pläne durch den erstarkenden Antisemitismus der Nationalsozialisten durchkreuzen zu lassen. Er hatte fest vor, seine Verlobte so schnell wie möglich zu ehelichen. Doch dafür gab es noch eine letzte unangenehme Aufgabe zu erledigen. Er musste seinen Bruder als seinen einzigen Familienangehörigen einweihen. Keine leichte Aufgabe, denn Karl war voll auf Hitler-Kurs, und er hatte ihn ja bereits ausdrücklich gewarnt, was es bedeuten würde, wenn sich herausstellte, dass Annemarie jüdischer Herkunft war. Auch das konnte er ihm aber nun nicht mehr verheimlichen.

Wie erwartet, tobte Karl am Telefon, als Wilhelm ihm alles erzählte. Doch nach einer hämmernden Moralpredigt stimmte er einem Besuch der beiden in Augsburg schließlich zu, bei dem er Annemarie kennenlernen sollte. Wilhelm erhoffte sich von dieser Zusammenkunft, dass das einnehmende Wesen seiner Freundin Karl besänftigen oder gar beeindrucken könnte. Während Karl geglaubt haben muss, er würde den Bruder bei einem persönlichen Gespräch unter vier Augen noch umstimmen können. Wohl auch deswegen schlug er direkt das zweite Februar-Wochenende für ein Treffen vor. Er buchte eine Zugverbindung, und so reisten Wilhelm und Annemarie nach Augsburg. Am frühen Freitagabend des 12. Februars 1933 trafen sie nach einer langen Bahnfahrt in der schmucken Bauhaus-Villa am Rande der historischen Altstadt ein, in der sie das Wochenende verbringen wollten. Annemarie und Karls Frau Magda verstanden sich auf Anhieb und nutzten das laue Wetter am nächsten Vormittag für einen ausgedehnten Spaziergang entlang des Stempflesees im Siebentischwald.

Karl hatte am Morgen beim Frühstück nur ein paar flüchtige Worte mit der ungewollten Schwägerin in spe gewechselt. Wesentlich mehr sollte er bei der Unterredung sprechen, zu der er Wilhelm in seine pompöse Kanzlei zitierte, die dieser schon von vergangenen Besuchen her zu bestaunen wusste. Auch das glanzvolle und behagliche Anwaltsbüro entsprang Peters Erbe. Doch als er es an jenem Tag betrat, kam es ihm verändert vor. Er bemerkte es nicht gleich und er strengte sich an, den Unterschied zu finden, während er seinen Blick durch das Zimmer schweifen ließ. Durch die hauchdünnen weißen Gardinen des mannshohen Seitenfensters fielen die Sonnenstrahlen auf Karls massiven Schreibtisch. Das Licht spiegelte sich auf dem schwarzen Klavierlack der Schreibtischplatte, auf der sein goldenes, mit Lorbeermuster verziertes Tintenfässchen und die beiden schräg nach vorne gestellten, mit bronzenen Panthern verzierten marmornen Buchstützen standen. Auf der anderen Seite des Raumes zeigten sich die Regale mit Büchern der Juristerei so vollgestellt, dass man kein Stück der weißen Wand mehr dahinter erkannte. Aber das konnte es nicht sein, was ihn irritierte.

Dann, als sich Karl hinter den Schreibtisch setzte und ihn anwies, auf dem Sessel davor Platz zu nehmen, bemerkte er es.

»Du hast es gewagt, Vaters Gemälde gegen den da auszutauschen?« Wilhelm wies mit dem Zeigefinger auf ein Porträt, das Adolf Hitler in SA-Uniform zeigte. Es hing golden eingerahmt an der Wand über Karl.

»Ja, nun.« Karl schaute ihn mit demselben Ausdruck an, den auch Wilhelm aufsetzte, wenn er in unangenehmen Situationen nicht gleich wusste, was er sagen sollte. Überhaupt ähnelten sich die Zwillinge äußerlich stark. Würde Karl keinen Seitenscheitel tragen, sondern die dunkelblonden Haare so nach hinten gestrichen wie Wilhelm und sich seinen zweigeteilten Schnurrbart abrasieren, so manch einer würde Schwierigkeiten bekommen, sie auseinanderzuhalten. Doch so sehr sie sich optisch glichen, der Charakter und ihre Einstellungen entzweiten sie. Das merkte Wilhelm an diesem Vormittag wieder in aller Deutlichkeit. »Ist das dein Ernst?«, fragte er empört und starrte weiter ungläubig auf das Gemälde.

»Beruhige dich«, sagte Karl. »Ich habe Vatis Bild im Schlafzimmer aufgehängt. Kannst dir ja ausmalen, was Magda darüber denkt.«

Wilhelm ließ sich auf den schwarzen Sessel fallen und sah seinen Bruder mit aufgerissenen Augen an.

»Hör zu, Brüderchen«, sagte Karl in einem mitleidigen Tonfall. »Die Zeiten haben sich geändert. Ich arbeite jetzt quasi für den da hinter mir.« Er legte eine Pause ein, während er die Reaktion des

Zwillingsbruders genau beobachtete. »Und meine Klienten schätzen den Kanzler. So wie ich selbst natürlich, sonst würde er da ja nicht hängen … Wilhelm?«

»Was?«

»Du hältst nicht viel von ihm, nehme ich an?«

»Ich bin mir nicht sicher. Mich irritiert, dass ein einziger Mann so heroisiert wird. Meine Patienten grüßen mich mit ›Heil Hitler‹, und die sind nicht mal in der Partei, tun so, als wäre der Mann der neue Reichspräsident oder der Führer der Deutschen.«

»Nun, da haben sie sicherlich nicht ganz unrecht«, sagte Karl. »Ich denke, nach den nächsten Wahlen ist die NSDAP die größte Macht im Staat.«

Wilhelm zuckte mit den Achseln. »Und, wenn schon. Dieser neue Geist über dir … über uns, den wir Nationalsozialismus nennen, er ist doch geboren im Schützengraben, da, wo die Männer ihr Leben für das Vaterland gaben.«

»In Verdun, wie Vater.« Karl nickte.

»Ja, diejenigen, die heimgekehrt sind, haben ihn mitgebracht, diesen Zorn. In den Soldaten ist er erwachsen. Es war nur eine Frage der Zeit, bis jemand kommen würde, der ihn zur Staatspolitik erhebt.« Wilhelm sah noch einmal in die blassblauen Augen des Führers, dann wandte er sich ab. »Aber ob der da oben wirklich der Richtige ist, um das Land nach vorne zu bringen? Er hat gute Ansichten, keine Frage. Und ich glaube, dass er politisch auf dem richtigen Weg ist. Aber dieser Antisemitismus. Wozu das alles?«

»Du weißt, wem wir unser Studium und das Geld zu verdanken haben«, sagte Karl.

»Das werde ich nie vergessen. Gott sei Peters Seele gnädig.«

»Was glaubst du, wie die Meinung unseres älteren Bruders zu Hitler ausgefallen wäre? Hat er nicht, bevor er sich umgebracht hat, immer davon gesprochen, dass die Sozialdemokraten die deutschen Soldaten geopfert hätten? Das ist genau das, was Hitler postuliert. Und es ist eine Tatsache, dass die SPD mit Juden durchsetzt ist.«

Wilhelm zuckte zusammen. »Umgebracht? Peter ist bei einem Autounfall ums Leben gekommen!«

Karl seufzte. »Du glaubst es immer noch.«

»Was?«

»Du hättest dir Peters Hinterlassenschaften ansehen sollen, wolltest du ja in deinem Schmerz nicht. Ich habe sein Tagebuch studiert. Unser großer Bruder litt an nervlich bedingter Trübsal. Dass das Geld ihn glücklich gemacht hat – dieser Schein hat getrogen. Er hat nie vergessen, was ihm im Kriege widerfahren ist und wem er das zu verdanken hat.«

»Das ist nicht dein Ernst?« Wilhelm fühlte sich schäbig, er hatte nie an der Todesursache seines Bruders gezweifelt. »Aber es stand doch in der Zeitung. Er fuhr bei zu hoher Geschwindigkeit mit dem Automobil vor einen Baum.«

»Korrekt. Aber dass er dabei sturzbetrunken gefahren ist, konnte man dem Artikel nicht entnehmen. Peter hatte doch bis dahin immer Alkohol gemieden, das weißt du. Nenne es meinetwegen Unfall. Ich behaupte, es war Selbstmord. Entweder beabsichtigt oder fahrlässig herbeigeführt. Ich kenne keinen Soldaten, der nicht so dachte wie Peter. Sie haben es nicht verdient, ungehört zu bleiben. Hitler gibt ihnen ihre Ehre zurück.«

Karl stand ohne eine Antwort auf und ging zur Vitrine, die sich in der Ecke zum Fenster befand. »Möchtest du etwas trinken?«, fragte er mit dem Rücken zu ihm gewandt.

»Was hast du anzubieten?« Obwohl es ihm in den Kopf schoss, dass Peter bei dem Unfall alkoholisiert gewesen sein könnte, dürstete es Wilhelm nach etwas Hochprozentigem. So ambivalent ihm das in diesem Moment selbst erschien.

»Wie wäre es mit einem ausgezeichneten französischen Armagnac?«, fragte Karl.

»Gern«, sagte Wilhelm und hörte im nächsten Augenblick das markante Ploppen des Korkens, der aus einer Flasche entfernt wurde. Sein Bruder klemmte zwei Schwenkgläser zwischen die Finger und ließ sie daraus auf ein Tablett gleiten, das auf dem hohen Serviertisch neben der Vitrine lag. Er befüllte die Gläser, kam zurück zum Schreibtisch und reichte dem Zwillingsbruder das eine.

»Auf dein Wohl!«

»Auf deines«, sagte Wilhelm und trank. Er schmeckte Pflaumen- und Haselnussaroma auf der Zunge und musste sich schütteln. Was für ein starker Edelfusel!

»Wegen deines Wohles im Übrigen«, fuhr Karl fort, »möchte ich jetzt ein ernstes Wort mit dir tauschen.«

»Ich kann mir vorstellen, dass es um meine zukünftige Frau geht«, antwortete Wilhelm und nahm einen weiteren Schluck.

»Das ist kein Spaß«, sagte Karl laut, während er sich nacheinander über beide Schultern strich, so als wollte er Staub von seinem blitzsauberen, dunklen Stresemann-Sakko entfernen. »Auch wenn ich heute privat in meinem heimischen Büro keine Uniform trage, fungiere ich in dieser Stadt als Ortsgruppenleiter der NSDAP. Ich gedenke, mich überdies auch als Kandidat zur nächsten Wahl des Kreisleiters aufstellen zu lassen.«

»Na, herzlichen Glückwunsch«, sagte Wilhelm. »Was aber hat das mit mir und Annemarie zu tun?«

Karl zupfte an seiner Krawatte. »Hör zu. Ich habe nichts gegen sie. Ich kann nicht mal behaupten, dass ich persönlich etwas an irgendeinem Juden zu kritisieren habe. Aber sie sind nun mal unser Unglück. Die meisten jedenfalls.« Er trank mit einem Zug die Hälfte des Glases aus und schüttelte sich danach so, wie es sein Zwilling getan hatte.

»Annemarie ist nicht mein Unglück, sie ist mein *Glück*, das du nicht im Ansatz versuchst kennenzulernen«, sagte Wilhelm betont, worauf Karl wutentbrannt mit der Faust auf den Schreibtisch schlug, sodass die Gläser darauf erzitterten. »Reiß dich jetzt zusammen. Du erkennst die Lage nicht. Eine Jüdin an deiner Seite könnte nicht nur mich in Verruf bringen. Darum geht es nicht. *Du* bist es, der mir Sorgen bereitet. Deine medizinische Karriere ist gefährdet. Sie ist dein Unglück. Dein Glück ist höchstens, dass sie Halbjüdin ist. Du solltest dir überlegen …«

»Stopp!« Wilhelm unterbrach ihn: »Mein lieber Karl. Nein, egal, was du vorschlägst. Ich werde sie heiraten. Das ist nicht umkehrbar. Und wenn dein Hitler so viel von Ehre und Treue hält, wird er auch verstehen, wenn ich zu meiner Frau stehe.«

Karl schüttelte den Kopf, stand erneut auf, diesmal zügiger und holte die Flasche Armagnac vom Serviertisch. Er goss beide Gläser so voll, dass sie überschwappten. »Gut. Sag mir, wie du es siehst!«

Wilhelm sprach ruhig weiter. »Sicher erinnerst du dich noch an Frieda?«

»Ja«, hauchte Karl in sein Trinkgefäß.

»Damals waren wir gerade erst fünfzehn Jahre und beide total verschossen in die Kleine. Als sie sich für mich entschieden hatte und du bitterlich weintest, habe ich ihr einen Korb erteilt, oder nicht?«

»Das weiß ich«, sagte Karl patzig. »Das vergesse ich nicht. Aber was hat das …«

»Psst. Erinnere dich an jenen Abend. Du hast mir geschworen, dass wir uns niemals mehr wegen einer Frau streiten wollen. Und da Annemarie unverkennbar eine Frau ist, sehe ich nicht, warum du diesen Schwur brechen solltest, nur weil sie Halbjüdin ist. Frau bleibt Frau – oder nicht?«

Karls Gesicht wirkte blass. Er schaute seinen Bruder nervös an, trank noch einmal die Hälfte des Glases aus und sagte, während er die Stirn runzelte: »Du bist nicht zu retten. Aber das Versprechen gilt. Politisch missfällt mir das über alle Maßen, aber ich bin Jurist und begehe keinen Vertragsbruch, schon gar nicht am eigenen Bruder. Blut ist dicker als Wasser, nicht wahr?«

»Ganz genau. Auch dicker als ein Armagnac.« Wilhelm trank und schüttelte sich erneut.

»Aber glaube nicht, dass ich mit der Annemarie gut Freund werde.«

»Das brauchst du nicht, mein lieber Bruder. Ich danke dir für dein Verständnis.«

Karl stützte die Ellenbogen auf der Schreibtischplatte ab und formte ein Dreieck mit den Fingerspitzen seiner beiden Hände. »Na gut. Ich hatte gehofft, dir das nicht noch detaillierter erklären zu müssen.«

Was kommt denn jetzt noch, dachte Wilhelm und zog eine französische Meerschaumpfeife mit Bernsteinstiel und eine kleine Tabakdose aus der Westentasche. Während sein Zwillingsbruder nach Worten suchte, befüllte er das Köpfchen und drückte den Tabak mit einem Stopfer fest. Karl zog eine Schublade des Schreibtisches auf und schob ihm einen kristallenen Aschenbecher zu. Dann sagte er: »Es ist alles ein wenig prekärer, als du glaubst. Schon bald wird der Mann da hinter mir an der Wand das Land diktieren. Das steht so gut wie fest.«

»Sieht so aus«, brummte Wilhelm, während er an dem Biss der Pfeife sog und das Feuerzeug über dem Pfeifenkopf kreisen ließ. Das scharfe Aroma des Orienttabaks beruhigte ihn. Genüsslich blies er den Rauch in Karls Richtung, der versuchte, ihn mit seinen Händen an sich vorbei zu wedeln.

»Mit einer jüdischen Frau an deiner Seite könnte man dir als deutschem Arzt schnell Steine in den Weg legen, dessen solltest du dir bewusst sein.«

»Das hast du schon angedeutet«, sagte Wilhelm. »Aber meine Praxis läuft gut wie eh und je. Und selbst wenn die Nazis das so sehen. Wie sollen die denn erfahren von Annemaries Hintergrund?«

»Du bist naiv, Bruder«, antwortete Karl in strengem Tonfall. »Glaubst du, die Nationalsozialisten wollen nicht genau wissen, wer als Jude in diesem Land lebt? Es wird parteiintern bereits gemunkelt, dass, sollten die Nationalsozialisten das Land regieren, alle Deutschen Nachweise über ihre Abstammung werden erbringen müssen.«

»Tsss!«, entfuhr es Wilhelm zusammen mit den Schwaden des Tabakqualmes.

»Ich meine das ernst«, sagte Karl und schlug ein weiteres Mal auf den Tisch. »Es gibt Dinge, von denen du keine Ahnung haben kannst. Wenn du mich in meiner Funktion als NSDAP-Vertreter nicht ernst nehmen willst, dann tue es einfach, weil ich dein vier Minuten älterer Bruder bin.«

Wilhelm stopfte seine Pfeife nach und entzündete sie erneut. »Als dein dreieinhalb Minuten jüngerer Bruder.«

»Sehr witzig«, sagte Karl. »Ich merke, wir kommen hier nicht weiter.« Er holte tief Luft. »Nun denn, wenn es dein unumkehrbarer Beschluss ist, heirate sie! Du bist ein Sturkopf wie ich. Du wirst die Konsequenzen noch zu spüren bekommen, spätestens dann, wenn Hitler Reichspräsident ist. Wer nicht hören will, muss fühlen, sagt man doch. Mehr als eindringlich warnen, kann ich dich nicht. Bitte erwarte aber keine Hilfe von mir, wenn es schiefläuft.«

»Das werde ich nicht«, antwortete Wilhelm.

Nachdem Karl noch einmal ungläubig mit dem Kopf geschüttelt hatte, sagte er: »Nun gut, ich werde dich und Annemarie heute Abend zum Essen ausführen, in ein ausgezeichnetes Restaurant. Wir werden uns gut unterhalten, und ich verhalte mich freundlich ihr gegenüber. Auch wenn mir nicht danach ist, ich gebe mir alle Mühe.«

Wilhelm kaute am Pfeifenbiss, paffte und schlug sein rechtes Bein über das andere. »Das ist doch wunderbar!«

»Und dann möchte ich mit der Angelegenheit auch nichts mehr zu tun haben. Dir ist hoffentlich klar, dass ich mich nicht zu deiner Hochzeit einladen lasse?«

Wilhelm seufzte. »Selbstverständlich bin ich darüber tief traurig, aber ich habe auch nicht damit gerechnet, dass du kommst. Ich bemühe mich, deine Situation eben zu verstehen, und veranstalte deswegen jetzt sicher keinen Aufstand.«

»Dann haben wir uns ausgesprochen. Wir werden sehen, wie sich die Dinge entwickeln.« Karl setzte ein gequältes Lächeln auf. »Versuchen wir den Abend zu genießen und das Drumherum heute mal zu vergessen. Morgen früh, wenn ihr abreist, werde ich übrigens nicht mehr im Hause sein.«

»Schade!«

»Wichtige Termine, Brüderchen. Es gibt einiges aufzuräumen in diesem Land, auch sonntags. Magda wird euch ein Frühstück machen. Ein Taxi, das euch zum Bahnhof bringt, werde ich organisieren.«

»Danke!«

»Trinkst du noch einen mit mir?«

Die Brüder und ihre Frauen genossen den Abend bei einem Vier-Gänge-Menü und viel delikatem Wein in einem der begehrtesten Restaurants im Augsburger Altstadtviertel. Während des ausgezeichneten Essens fragte sich Wilhelm mehrfach, ob das Interesse des Bruders an seiner Verlobten gespielt oder doch echt war. Insgeheim kannte er die ernüchternde Antwort. Aber er wünschte, Karl wäre so, wie er sich an diesem Abend gab: charmant, aufgeschlossen, unpolitisch und tolerant.

Als sie kurz vor Mitternacht zu Hause ankamen und Annemarie todmüde in die dicken Daunendecken des Gästebettes fiel, klärte Wilhelm sie darüber auf, dass sie Karl am nächsten Morgen nicht mehr sehen würden. Er müsse kurzfristig in aller Frühe einen wichtigen Termin wahrnehmen.

»Das ist aber schade«, lallte sie ins Kissen, als ob sie selbst Alkohol getrunken hätte. Aber es war die Schlaftrunkenheit. »Dann habe ich mich gar nicht verabschiedet«, murmelte sie. »Heute Abend hat er sich so nett verhalten, ganz anders als noch gestern bei unserer Ankunft!«

Wilhelm seufzte. »Ja, das habe ich bemerkt. Und jetzt schlaf, du hast noch …«, er zog den Hemdärmel hoch und schaute auf seine Armbanduhr, »… fast sieben Stunden. Ich werde deinen Koffer packen.«

»Vergiss nicht, die … einzupacken.«

»Die was?« Wilhelm hatte das Wort nicht verstanden, bemerkte aber sogleich, dass seine Liebste sanft schnarchte. Nachdem er die Reisekoffer gepackt, sich über der Waschschale, die auf einer Kommode stand, das Gesicht abgeseift und dann den Pyjama angezogen hatte, legte er sich zu Annemarie ins Bett und umklammerte sie fest. Er dachte an Peter und Brasilien und an die morgige Heimfahrt. Dann schlief er ein.

# IN EWIGER LIEBE UND TREUE

Zurück in Osnabrück machte sich Wilhelm sofort daran, die Hochzeit zu organisieren. Das Standesamt konnte ihm zu seinem Glück und Erstaunen noch im selben Monat einen kurzfristigen Termin vorschlagen. Möglicherweise, weil er Andeutungen über die Schwangerschaft seiner Verlobten gemacht hatte. Ohne zu zögern, nahm er das Angebot an. Annemarie war außer sich vor Freude, und auch ihre Eltern zeigten sich stolz – und erleichtert, weil es so schnell ging.

Am 22. Februar 1933 fand nach der Trauung eine bescheidene, aber schöne Hochzeitsfeier im Hause der Gutenbergs statt. Neben Annemaries Freundinnen Luise und Sophie erschienen von Wilhelms Seite Fritz und Ernst. Wie unter den Eheleuten abgemacht, wusste der Freundeskreis auch zu diesem Zeitpunkt noch nichts von Annemaries Stigmatisierung.

Karl und Magda hatten sich wegen einer beruflichen Dringlichkeit entschuldigen lassen, allein Wilhelm kannte den wahren Grund ihres Fernbleibens. Annemarie bedauerte das sehr, doch ihre Enttäuschung hielt sich in Grenzen. Zu eifrig beschäftigte sie sich damit, mit den Hochzeitsgästen über ihren anstehenden Umzug zu

Wilhelm zu sprechen, über die Möbel, die sie anschaffen mussten, über ihre Träume von einer gemeinsamen Praxis und über viele weitere Dinge, die auch Wilhelms Herz erwärmten. Er hörte ihr aufmerksam zu und bewunderte ihre Schönheit. Sie trug ein nostalgisch anmutendes, elfenbeinfarbenes und knielanges Brautkleid im viktorianischen Stil mit tiefem Herzausschnitt und weitläufigen Ärmeln. In die braunen Locken hatte sie einen Silberreif gesteckt. Immer wieder zeigte sie ihren Freundinnen voller Stolz ihren Ehering. Er war aus Gold, und in der Innenseite befand sich eine feine Gravur: *Annemarie & Wilhelm. In ewiger Liebe und Treue.*

Wilhelms Schwiegermutter Edith erwies sich einmal mehr als herausragende Köchin. Die Gäste aßen, tranken und lachten viel und herzlich. Fritz hielt sich an Wilhelms zuvor geäußerten Wunsch, an diesem besonderen Abend nicht über Politik zu sprechen. Er wollte das Thema von seiner Frau fernhalten, solange es ging. Doch das Interesse seines Freundes richtete sich an diesem Abend auch viel mehr auf die hübschen langen Beine von Luise, die er mehr und mehr umgarnte. Spätestens an jenem Abend zeigte sich für alle Anwesenden, dass sich zwischen den beiden die nächste Liebe anbahnte.

Unterdessen vollzog sich ein folgenschwerer Machtergreifungsprozess der Nationalsozialisten. Am Morgen des 28. Februar 1933 las Annemarie in der Zeitung, dass am Vorabend der Reichstag in Berlin gebrannt hatte. Dass Brandstiftung die Ursache sei, darin bestünde kein Zweifel, gab die Berliner Polizei bekannt. Hermann Göring sagte noch am Tatort in seiner Funktion als Reichskommissar für das preußische Innenministerium gegenüber der Presse: »Das ist der Beginn des kommunistischen Aufstandes, sie werden jetzt losschlagen! Es darf keine Minute versäumt werden!«

Reichskanzler Hitler machte die KPD für den Brand verantwortlich und erließ eine Notstandsverordnung, die es Polizei und SA ermöglichen sollte, Bürger ohne Nennung von Gründen und unter der Verweigerung von Rechtsschutz zu verhaften.

»Da ist doch was faul«, sagte Wilhelm am Abend bei einem Gespräch mit seiner Frau. »In einer Woche sind Reichstagswahlen, und Hitler entledigt sich seiner politischen Gegner. Ich kann die Kommunisten nicht ausstehen, aber so blöd können die nicht sein, dass sie sich zu diesem Zeitpunkt quasi selbst entmachten.«

»Was ist nur mit diesem Land los, wo führt das hin?«, fragte Annemarie, und Wilhelm wusste nichts zu antworten. Er bemühte sich in den nächsten Wochen, die politische Radikalität im Land nicht vor seiner Frau zu diskutieren, lenkte ihre und damit auch seine Aufmerksamkeit auf persönliche Dinge, wie den Umzug Annemaries in sein Haus, das genug Platz für eine kleine Familie bot.

Als die NSDAP bei den Wahlen am 5. März 1933 durch die gezielte Ausschaltung der KPD-Sitze formell die notwendige Zweidrittelmehrheit erreichte, hatten sie bereits mit den Renovierungsarbeiten begonnen. Die untere Etage hatte bislang neben Behandlungsraum und Wartezimmer über zwei weitere ungenutzte Räume verfügt. In einem wurde nach Annemaries Geschmack eine Küche mit modernem Herd und Eisschrank eingerichtet. Für die danebengelegene Wohnstube kaufte Wilhelm ein weiß gepolstertes Sofa mit abnehmbaren Armstützen und einen Nähtisch. Seine Freunde Fritz und Ernst halfen mehrere Tage beim Umbau.

Oberstudienrat Gutenberg bewies gerade sein Geschick beim Einbau eines neuen Kachelofens, als Joseph Goebbels die Leitung des neu geschaffenen Reichsministeriums für Volksaufklärung und Propaganda übernahm, das fortan festlegte, welche Meinungen im Volk noch als legitim gelten konnten und welche sanktioniert werden mussten.

In der oberen Etage hatte Wilhelm das Kinderzimmer fast fertig eingerichtet, als der auf Hitlers Kurs eingeschworene und eingeschüchterte Reichstag am 23. März dem Ermächtigungsgesetz des Reichskanzlers zustimmte. Es ließ ihn zum alleinigen Führer des

Reiches werden, und die Nationalsozialisten konnten in der Folge alle politischen Gegner entmachten, von denen nicht wenige in Kellern der SA gefoltert wurden oder in Konzentrationslagern verschwanden. Auch die Hetze gegenüber Juden nahm an Schärfe zu. Im ganzen Reich wurden sie auf offener Straße angefeindet, prominente Juden und politisch Andersdenkende verhaftet. Das betraf auch Osnabrück. Missliebige Lehrer wurden entlassen, Plätze und Straßen umbenannt. Der geschäftige Neumarkt, einer der zentralen Plätze der Stadt, hieß von einem Tag auf den anderen Adolf-Hitler-Platz. Das alles irritierte Wilhelm. Er war schon erschrocken gewesen, als man den jüdischen Maler Felix Nussbaum einige Wochen zuvor förmlich aus der Stadt getrieben hatte. Als nun auch noch sämtliche öffentliche Büchereien von Werken, die plötzlich als jüdisch oder undeutsch galten, gesäubert wurden – wie es die Nazis nannten –, geriet er ernsthaft ins Grübeln. Ihm wurde zum ersten Mal bewusst, dass auch Annemarie, die weiter jeden Tag zum Studium nach Münster fuhr und so fleißig lernte, wie ihr Bauch wuchs, in Gefahr geraten könnte.

Mit Sorge lasen beide über die vielen neu erlassenen Gesetze. Jüdischen Beamten und Behördenangestellten wurde die Arbeitserlaubnis entzogen, die Anzahl jüdischer Kinder an deutschen Schulen ließen die Nazis stark begrenzen. Die Nachricht darüber, dass jüdischen Ärzten die Kassenzulassung verweigert oder entzogen wurde, besorgte Annemarie so sehr, dass sie anfing an, die Politik im Reich zum Hauptthema zu machen. Zunehmend klagte sie über Konzentrationsschwächen beim Studieren und sorgte sich um die Zukunft ihres Kindes. Es half auch nicht viel, dass Wilhelm seiner Frau immer wieder versicherte, dass sie als Halbjüdin von dem ganzen Irrsinn nicht betroffen sei. Und dass ihr Kind ganz sicher ein sorgenfreies Leben würde führen können. Doch auch er musste innerlich anerkennen, dass sich die Gefahr immer enger um sie zusammenzog.

Am 1. April 1933 marschierte die SA im ganzen Reich auf, beschädigte und beschmierte jüdische Geschäfte. Wie auch Wilhelm waren viele arische Bürger des Landes angewidert, vor allem, wenn Gewalt angewandt wurde. So erzielten die Nazis mit ihrer perfiden Boykott-Aktion nicht den gewünschten Effekt. Die Zivilbevölkerung stieg kaum ein in diesen Versuch der Erzeugung des gewollten Volkszorns. In Teilen blieb sie passiv, in kleinen Teilen beschimpften Zivilisten die SA-Leute sogar und stellten sich schützend vor ihre jüdischen Nachbarn. So blies man von offizieller Seite den eigentlich für mehrere Tage geplanten Boykott noch am selben Tag ab, wohl aus Angst, die gerade positive Stimmung für Hitler könne durch derartige Aktionen kippen.

In Osnabrück kam es an jenem Tag zu keinen Sachbeschädigungen. Wohl aber postierten sich vor allen zweiundvierzig Geschäften, die von Juden betrieben wurden, SA-Leute mit Schildern, die zum Boykott aufriefen, und fotografierten Bürger, die trotz ihrer Warnung einen nicht-arischen Laden betraten und stellten diese anschließend in arischen Geschäften zur Schau. Mit dieser Einschüchterungstaktik ging die SA auch in den kommenden Jahren vor.

Trotz der zunehmenden Sorge gab es für Wilhelm und Annemarie auch immer wieder schöne Tage. Der wundervollste in ihrem Leben schließlich ereignete sich am 13. Juli 1933 und begann mit ihrem Wehgeschrei am Morgen. Am späten Nachmittag brachte sie in der Osnabrücker Frauenklinik zu aller Überraschung Zwillinge zur Welt. Das lag allem Anschein nach in den Genen der Möckel-Linie. Der Erstgeborene erhielt auf Wunsch des Vaters den Namen Martin Wilhelm und der zweite wurde nach dem Gusto der Mutter Max Albert genannt. Das Glück, das die frischgebackenen Eltern verspürten, sollte nicht lange halten, denn Deutschland veränderte sich zunehmend zum Nachteil der jungen Familie.

# EINE FRAGE DER RASSE

Karl sollte recht behalten mit seiner Einschätzung, dass nach und nach alle deutschen Juden amtlich erfasst würden. Immer öfter wurde bei Behörden ein Ariernachweis verlangt. Als Annemarie sich Anfang Januar 1934 für die ärztliche Vorprüfung an der Westfälischen Wilhelms-Universität anmeldete, war dieser auch dort gefordert. Sie wurde angewiesen, Tauf- und Geburtsurkunden von sieben Generationen vorzulegen, die ihr bescheinigen sollten, kein jüdisches Blut in sich zu tragen. Da ihre Mutter Edith bereits als Volljüdin beim Standesamt registriert worden war, konnte sich Annemarie den Weg dorthin sparen. Auch sie war urkundlich erfasst und galt als Mischling ersten Grades. Martin und Max waren als Vierteljuden im Register eingetragen. Am 10. Februar 1934 dann ereilte Annemarie die bittere Wahrheit. Ein offizielles Schreiben der Universität Münster machte all ihre Hoffnungen zunichte. Sie las es am Küchentisch, brach in Wutgeschrei aus und rannte dann unter Tränen hinauf ins Schlafzimmer. Wilhelm saß zu dem Zeitpunkt gerade auf dem Sofa im Wohnzimmer und las *Der Weg zurück,* Remarques Nachfolgeroman zu *Im Westen nichts Neues.* Er hatte ihn gekauft, bevor es verboten worden war, und fand ihn ganz ausgezeichnet. Als er seine Frau schreien hörte, ließ er das Buch vor Schreck fallen, sprang auf, lief aus dem Wohnzimmer in den Flur und fand vor der Treppe den geöffneten Brief. Er hob ihn auf und las, was der Rektor der Hochschule seiner Frau mitteilte:

> Der Reichsminister für Wissenschaft, Erziehung und Volksbildung hat der Frau Annemarie Möckel, jüdischer Mischling I. Grades, die Fortführung ihres medizinischen Studiums untersagt.

Ein Schock auch für Wilhelm. Seine Frau war doch nur Halbjüdin. Er lief die Treppen hoch ins Schlafzimmer und versuchte, Annemarie zu beruhigen, erklärte, dass alles nur ein großer Irrtum sein müsse. Er habe die besten Beziehungen nach Münster und würde sich sofort für sie einsetzen und das Missverständnis aufklären. Annemarie reagierte nicht auf seine Versuche, denn sie zeigte sich zu diesem Zeitpunkt längst nicht mehr so naiv wie ihr Mann. Sie fürchtete um ihre Zukunft und die ihrer Kinder.

Am folgenden Montag rief Wilhelm im Sekretariat von Professor Cohen an der Universität an und wollte ihm die unmögliche Lage schildern und um Hilfe bitten. Freundlich teilte ihm eine neue Sachbearbeiterin mit, dass Cohen, wie vier andere jüdische Hochschullehrer der medizinischen Fakultät, bereits vor einer Woche in den vorzeitigen Ruhestand geschickt worden war. Dutzende jüdische Lehrende aus weiteren Fachbereichen würden bald ebenso verabschiedet.

Wilhelm überraschte und verunsicherte das. Er setzte noch am selben Abend ein Schreiben an die Privatadresse seines ehemaligen Professors auf. Darin drückte er ihm sein Bedauern aus, sprach ihm ermutigende Worte zu und seine Anerkennung für die großartige Arbeit, die dieser an der Hochschule geleistet hatte. Er bat außerdem um ein Treffen in Münster, denn wann, wenn nicht spätestens jetzt, sollte eine Entschuldigung auch für das Telefongespräch aus dem vorletzten Jahr angebracht sein. Deutlich hatte sich ja nun bewahrheitet, dass Cohen sich berechtigt Sorgen gemacht hatte, und Wilhelm schämte sich dafür, diese so leichtfertig abgetan zu haben.

Cohen antwortete erst sehr viel später auf sein Schreiben, und das hatte einen besonderen Grund …

Viel Zeit, um über seinen Professor nachzudenken, blieb Wilhelm in jenen Tagen ohnehin nicht, denn Annemarie weinte fast zwei Wochen am Stück um den Verlust ihres Studienplatzes. Es hatte sich herausgestellt, dass die beruflichen Einschränkungen ausnahmslos auch für Mischlinge galten, und das traf jetzt allem Anschein nach selbst für das Studieren eines akademischen Berufes zu. Nicht mehr Ärztin werden zu können kam für Annemarie einer Katastrophe gleich. Und auch Wilhelm war fassungslos und mehr als verärgert. Er hatte seine Frau doch so weit gebracht, dass sie ihr Interesse an der Augenheilkunde intensiviert hatte, sie hatte sich später darauf spezialisieren wollen, und er davon geträumt, die Praxis einmal zu zweit führen und erweitern zu können. Er die großen Augen, sie die kleinen. Eine junge, moderne Familie hatten sie werden wollen. Jetzt fing Annemarie plötzlich wieder an, von ihrem minderwertigen Judenblut zu faseln, das alles zu zerstören drohte. Wilhelm befand sich kurzzeitig so in Sorge um seine Frau, dass er sämtliche Schmerz- und Beruhigungsmittel, die er im Haus aufbewahrte, an einem geheimen Platz verschloss.

Doch sie erholte sich unerwartet schnell. Annemarie erwies sich selbst in einer so ausweglosen Lage als äußerst selbstbewusst. Sie zeigte Stärke, wollte sich nicht unterkriegen lassen. Das lag vor allem an Max und Martin. Die junge Mutter stürzte sich förmlich in die Aufgabe, sich um ihren Nachwuchs zu kümmern. Eine bessere Mutti kann es nicht geben, dachte Wilhelm jedes Mal, wenn er seine Frau mit den Kindern beobachtete.

Das Ehepaar Möckel hielt sich an das einander gegebene Versprechen, Freunden weiter nichts von Annemaries jüdischer Abstammung zu verraten. Luise erzählte Annemarie, dass sie das Studium wegen der Kinder eine Zeit lang aussetzen wolle. Doch vor allen verheimlichen ließ sich ihre Abstammung natürlich nicht. Die Stadtverwaltung wusste Bescheid. Wilhelm überlegte, ob genau das der Grund dafür war, warum ihm die NSDAP wöchentlich Mitteilungen und Parteibeitrittsanträge in die Praxis sandte. Wollten sie ihn erpressen? Was hatte das zu bedeuten? Die Worte seines Bruders hatte er nicht vergessen: *Bitte erwarte aber keine Hilfe von mir, wenn es schiefläuft!* Doch er fühlte sich hilflos wie nie in seinem Leben und musste die Chance nutzen. Es wollte ja auch nur eine Auskunft oder einen Ratschlag erbitten. Denn wer, wenn nicht Karl, der es in Augsburg zu dieser Zeit schon zum Kreisleiter geschafft hatte, konnte besser wissen, was die Nazis von ihm verlangten?

Sein Bruder verweigerte ihm den Ratschlag am Telefon nicht, gab aber eine unmissverständliche Erklärung ab: »Wenn du nicht in die Partei eintreten willst, gehe in die SA. Da hast du mit Politik kaum was am Hut. Aber irgendwas musst du machen, sonst kriegt man dich dran. Zeige deinen Osnabrücker Mitbürgern, dass du ein guter Deutscher bist. Die NSDAP möchte sicherstellen, dass du treu zum Führer und der Anschauung stehst. Das würde mir im Übrigen auch gefallen. Tu es dir und deinen Kindern zuliebe. Dann lassen sie dich in Ruhe.«

So trat, dem anfänglichen Protest seiner Frau zum Trotz, der Augenarzt Wilhelm Möckel im Mai 1934 der städtischen Sturmabteilung bei, und Karl sollte recht behalten: Mitgliedsanträge der NSDAP flatterten fortan nicht mehr ins Haus.

Wilhelm sprach später nicht darüber, ob es ihm in der SA gefallen hatte. Zumindest aber war er der Organisation zu einem Zeitpunkt beigetreten, in der sie politisch und militärisch quasi entmachtet worden war. SA-Chef Ernst Röhm hatte seine Truppe zur neuen Volksmiliz aufbauen wollen. Für die altgedienten Generäle der Reichswehr war das zu viel des Machtanspruches gewesen. Hitler entschied gegen Röhm und ließ ihn am 30. Juni unter einem Vorwand zusammen mit über 100 hohen Mitgliedern der Organisation von der SS verhaften und anschließend ermorden. Die Reichswehr wurde kurz darauf zur Wehrmacht umstrukturiert, und alle politische Macht im Staate verblieb konkurrenzlos bei der NSDAP. Statt in der Partei Verantwortung übernehmen zu müssen, reichte es Wilhelm, an Kameradschaftsabenden, Sportveranstaltungen oder paramilitärischen Übungen der lokalen SA-Standarte teilzunehmen, um so nach außen hin seine Zugehörigkeit zu Deutschland unter Beweis zu stellen. Er versuchte, das Gute darin zu sehen, denn trotz der von ihm abgelehnten Rassenideologie blieb er immer Patriot, stolzer Deutscher und legte besonderen Wert auf Kameradschaft. Zwar ging ihm der Scharführer Erich Meiser mit seinem übersteigerten Nationalismus von Anfang an gehörig auf die Nerven, aber im Sinne des Gemeinschaftsgefühls konnte er auch dessen gelegentlich politisch aufpeitschende Ansprachen ertragen.

Es schien zunächst wieder zu laufen für die Möckels. Die Nazis ließen Annemarie in Ruhe, die Patienten kamen weiterhin in die Praxis und zeigten sich überdies weitaus besser gelaunt als noch vor zwei Jahren. Denn alle sahen in Hitlers Ideen von einem unabhängigen, starken Deutschland neue Hoffnungen. Aufbruchsstimmung ging durchs Land, die Menschen fanden wieder Arbeit und konnten an etwas glauben.

Doch für Wilhelm und Annemarie folgte bald der nächste Tiefschlag. Er traf sie am Sonntag, den 15. September 1935. Die Kinder waren auf einem Ausflug mit ihren Großeltern, und die Eltern wollten sich ein paar entspannte Stunden vor dem gerade neu angeschafften Volksempfänger gönnen. Doch statt guter Musik lauschten sie entsetzt den Worten Hermann Görings, der vom Reichsparteitag der Freiheit die an diesem Tag verabschiedeten

Nürnberger Rassengesetze über das Radio verkündete. Beiden ging das bedrohliche Gekrähe des Präsidenten des Berliner Reichtags durch Mark und Bein.

*Eheschließungen zwischen Juden und Staatsangehörigen deutschen oder artverwandten Blutes sind verboten …*

*… Außerehelicher Verkehr zwischen Juden und Staatsangehörigen deutschen oder artverwandten Blutes ist verboten …*

*… Ein Jude kann nicht Reichsbürger sein. Ihm steht ein Stimmrecht in politischen Angelegenheiten nicht zu …*

*… Die Vorschriften … gelten auch für die staatsangehörigen jüdischen Mischlinge. Jüdischer Mischling ist, wer von einem oder zwei der Rasse nach volljüdischen Großelternteilen abstammt …*

Als Wilhelm merkte, dass seine Frau zu zittern begann und dabei Kaffee verschüttete, drehte er den gerade erst angeschafften Volksempfänger, der ihnen eigentlich hätte schöne Stunden mit guter Musik bereiten sollen, aus. Er setzte sich zu ihr auf das weiße Sofa, nahm ihr behutsam die Tasse aus der Hand und stellte sie auf den Beistelltisch. Zu seiner Überraschung weinte sie nicht, sondern fragte nur leise: »Du, dann besitze ich jetzt also keine Bürgerrechte mehr?«

»Nein.«

»Und was bedeutet das?«

»Nun, du darfst nicht mehr wählen und keine öffentlichen Ämter bekleiden.«

»Dann ist es ja gut.« Jetzt lachte sie.

»Es amüsiert dich?«

»Ich gehe nicht davon aus, dass überhaupt noch jemand für wen anderes als die NSDAP abstimmen darf. Da ich die nicht wählen würde, verzichte ich gerne auf mein Wahlrecht. Und was die öffentlichen Ämter angeht …« Sie stockte plötzlich und sprach mit trauriger, monotoner Stimme. »Weißt du, ich kann keine Ärztin werden. Das ist das Schlimmste.«

Wilhelm drückte sie fest an sich, und sie fuhr fort: »Jetzt brauche ich nichts mehr als dich und die Kinder.«

Wilhelm nahm sie fest in den Arm. »Ich bleibe bei euch, egal was noch passiert. Ich liebe dich und Martin und Max«, sagte er.

»Wir lieben dich auch. Und jetzt gib mir meinen Kaffee zurück und leg eine Platte auf. Das Fliegerlied, ja?«

»Alles, was du willst, mein Schatz.« Er stand auf, nahm die gewünschte Schellackplatte aus dem Fach unter dem Grammophon, legte sie auf den Spieler und die Nadel darauf. Dann setzte er sich wieder zu seiner Frau.

*Vom Nordpol zum Südpol ist nur ein Katzensprung.*
*Wir fliegen die Strecke bei jeder Witterung.*
*Wir warten nicht, wir starten!*
*Was immer auch geschieht,*
*durch Wind und Wetter klingt das Fliegerlied:*
*Flieger, grüß mir die Sonne,*
*grüß mir die Sterne und grüß mir den Mond.*
*Dein Leben, das ist ein Schweben*
*durch die Ferne, die keiner bewohnt!*

Annemarie knüpfte ihre Bluse auf und zog dann Wilhelms Hand unter ihren Rock. »Liebe mich, Schatz, zwischen Eheleuten ist das doch noch erlaubt.«

In der Nacht fand Wilhelm lange nicht in den Schlaf. Seine Frau hatte den ersten Teil der verkündeten Gesetze nicht angesprochen, der sich auf das Verbot der Ehe zwischen Juden und Staatsbürgern deutschen Blutes bezog. Er hatte es selbst nicht begriffen. Sollte etwa dadurch seine eigene Ehe in Gefahr sein?

Am Morgen studierte Wilhelm in allen Osnabrücker Zeitungen mehrmals den genauen Wortlaut des Reichsbürger- und des Blutschutzgesetzes. Es war eindeutig, was hier formuliert stand, doch bezog sich die Eheschließung hiernach lediglich auf neu geschlossene Ehen. Er hatte also nichts zu befürchten. Oder doch? Sicher war er sich nicht. Doch wollte er nicht schon wieder Karl anrufen, also nahm er sich vor, beim nächsten Standartentreffen der SA die anderen zu befragen, wie eine Ehe zwischen Deutschen und jüdischen Mischlingen zu bewerten sei. Er würde natürlich nicht erwähnen, dass es dabei um seine eigene Frau ging. Und das musste er auch gar nicht.

Als er knapp eine Woche nach Verkündigung der Rassengesetze am SA-Standartenhaus an der Möserstraße ankam, um hier zusammen mit den Kameraden ein Box-Turnier gegen die benachbarte SA-Reiterstandarte vorzubereiten, versperrte ihm Scharführer Meiser den Weg. Breitbeinig stand der fette Kerl in brauner Uniform im Eingang. Dahinter erkannte Wilhelm seine Kameraden. Auch Fritz, der ihn nicht grüßte. Das hatte er bis dahin für unmöglich gehalten.

Meiser, dessen Schirmmütze mit Hakenkreuz- und Reichsadlerabzeichen viel zu eng auf dem Kopf saß, setzte zu einer Rede an, die er, der alles andere als einen geschickten Rhetoriker abgab, offenbar penibel vorbereitet hatte. Es sollte ganz offensichtlich ein bisschen nach dem Führer oder nach Goebbels klingen. »Wilhelm Möckel«, sagte er laut. »Es tut uns deutschen Männern und gesetzestreuen Bürgen – und mir besonders – in aller Förmlichkeit leid. Sie stellten dereinst einen guten Kameraden.«

Wilhelm unterbrach ihn. »Stellten? Sag mal, spinnst du? Und du siezt mich?« Er schaute Fritz an. »Was ist los mit euch? Was habe ich getan?«

Meiser räusperte sich und strich sich den braunen Binder glatt. »Du bist ab heute keiner mehr von uns und nicht nur aus der Osnabrücker Standarte, sondern aus der gesamten Organisation der SA ausgeschlossen. Das teile ich dir hiermit offiziell mit. Deine Papiere kannst du bei mir abgeben.« Der Scharführer spuckte beim Sprechen.

»Aber, warum?«, fragte Wilhelm.

»Das weißt du doch selbst.«

»Nein, weiß ich nicht, verdammt noch mal.«

»Tu bitte nicht so«, sagte Meiser. »Wir haben Anordnung von oben, dich nicht mehr hereinzulassen. Du wirst morgen oder übermorgen ein offizielles Schreiben mit Stempel der obersten SA-Führung erhalten.«

Irgendwer schrie aus dem Haus: »Geh doch zu deiner Judenschlampe.« Wilhelm erkannte die Stimme nicht, beobachtete aber Fritz, der keine Anstände machte, ihn zu verteidigen. Das empfand er als das Schlimmste. Sein bester Freund, seit sie klein waren, kümmerte sich einen Dreck um ihn, behandelte ihn wie Luft.

»Das können die doch nicht ernst meinen, Meiser!«, sagte er. »Ich bin Deutscher, stolzer Patriot. Wie ihr!«

»Vielleicht ändert es was, wenn du dich von deiner Judenhure trennst. Dann kann ich sicherlich etwas für dich tun.«

Hatte Meiser das wirklich gesagt?

»Was?« Wilhelms Knie zitterten vor Wut, ihm wurde schwindelig und kurzzeitig schwarz vor Augen. Dann holte er zu einem Haken aus. Er erwischte den Scharführer an der Schläfe, der darauf zur Seite kippte und anfing zu winseln wie ein Kleinkind. Es schien, als sei der Boxkampf bereits in vollem Gange, nur nicht so, wie Wilhelm es sich vorgestellt hatte. Er war bei dem Schwung des Schlages aus dem Gleichgewicht geraten und blickte nun in gebückter Haltung auf die Sohlen von einem halben Dutzend Marschstiefel, die geradewegs aus der Tür zu fliegen schienen. Er spürte

Tritte gegen die Knie und Fausthiebe auf den Brustkorb. Bevor er ernsthaft verletzt werden konnte, entschloss er sich zu dem einzig Richtigen: aufrappeln und wegrennen!

Keiner lief ihm hinterher, doch hinter sich hörte er wüste Beschimpfungen, die allesamt das Wort Jude beinhalteten. Und er war überzeugt davon, nun auch Fritz' Stimme unter den Schreihälsen ausgemacht zu haben. Was für ein Freund. Was für ein Sauhaufen! Das alles wegen einer Frau? Wie hatte er sich in dieser feigen Gemeinschaft so täuschen, wie all die Jahre Fritz die Treue halten können?

Und nun? Wo sollte er hin? Wie ging es weiter? Würde man ihn bald auch aus der Stadt jagen wegen seiner Frau? Nach Hause konnte er jetzt nicht. Er musste etwas unternehmen, sich Klarheit verschaffen, bevor er vollkommen durchdrehte. Ob ihn eine bewusste Entscheidung dazu antrieb, zum Adolf-Hitler-Haus zu laufen, wie man die neoklassizistische Villa der bedeutenden und von dort verdrängten Textilkaufmannsfamilie Schlikker seit Machtübernahme der Nazis nannte, wusste Wilhelm später nicht mehr. Sein Blut war mit Adrenalin vollgepumpt, und er hatte Mühe, klar zu denken, als er über den Braunauer Wall ging und auf die Zentrale der NSDAP-Kreisleitung zusteuerte. An der Fassade des Hitlerhauses hingen von allen Seiten Hakenkreuzfahnen herunter. Über dem Eingang thronte ein grauer Reichsadler, darunter ein Plakat mit der Aufschrift: *Dank und Heil dem Führer!*

Nachdem er sich vor der Tür den Straßenstaub aus der Uniform geklopft und die Haare zurückgestrichen hatte, verlangte er am Empfang, direkt Kreisleiter Erhard Wecker sprechen zu dürfen. Er kannte ihn als früheren Patienten und erhoffte sich dadurch, schnell Gehör zu finden. Ein junger Verwaltungsbeamter fragte Wilhelm nach seinem Anliegen. »Es geht um dringende Fragen zu meiner SA-Mitgliedschaft«, antwortete er. »Teilen Sie Herrn Wecker mit, dass Doktor Möckel ihn sprechen möchte. Er wird sich gut an mich erinnern!«

Nach einer Viertelstunde durftc Wilhelm ins Büro des Kreisleiters, das ebenfalls mit rotweißen Parteifähnchen zugekleistert war. Wecker, der sein braunes Diensthemd mit Hakenkreuzbinde am Ärmel und Parteiabzeichen trug, stand vom Schreibtisch auf, als er eintrat, hob den rechten Arm und grüßte mit »Heil Hitler, Herr Doktor, lange nicht gesehen«. Sein Büro stank nach abgestandenem Rauch und verschüttetem Cognac.

Wilhelm schüttelte ihm die Hand. »Was macht die Kurzsichtigkeit?«, fragte er und meinte damit eher die Weltsicht seines Gegenübers als dessen Sehqualitäten.

»Oh bestens, bitte setzen Sie sich!« Wecker wies auf einen Stuhl und ließ sich selbst wieder in den Sessel zurückfallen. Er nahm die Schildpattbrille von der Nase, hielt sie dem Gast hin und sagte: »Die hier haben Sie mir doch empfohlen vor anderthalb Jahren? Fast alles, was ich seitdem sehe, gefällt mir. Wenn Sie verstehen, was ich meine.« Er setzte sie wieder auf. »Aber deswegen sind Sie nicht hier. Was kann ich für Sie tun?« Er musterte Wilhelm und schaute auf seine Uniform. »Ach, Sie sind doch noch bei der SA?« Er runzelte die Stirn. »Sieht etwas runtergekommen aus, ihre Uniform.«

»Wundert Sie das etwa?«

»Ehrlich gesprochen, schon ein bisschen. Also beides.« »Ich weiß, dass Sie informiert sind, dafür sind Sie ja da, um alles über Ihre Schäfchen zu wissen. An meiner Uniform eben können Sie aber erkennen, dass ich nicht ganz kampflos aufgegeben habe.«

Wecker hatte sich für seinen angekündigten Gast nicht die Mühe gemacht, die Dienstmütze aufzuziehen. Er strich sich über die sauber polierte Glatze, nahm dann ruhig eine Zigarette aus einem Etui und klopfte dreimal damit auf den Schreibtisch. Er zündete sie mit einem Sturmfeuerzeug an, fragte seinen Besucher nicht, ob er auch eine haben wollte. Nachdem er zwei Züge genommen hatte, sagte er mit gelassener Stimme: »Das ist doch nur wegen Ihrer Frau, die nach meinem Kenntnisstand Mischling ersten Grades ist. Das wird nach den neuen Gesetzen nicht toleriert.« Er nahm zwei weitere schnelle und tiefe Züge und drückte die Zigarette danach in seinem Aschenbecher aus. »Die Partei weiß schon ein bisschen länger Bescheid über die Maßnahmen, wenn auch nicht im Detail. Nun aber ist das Gesetz herausgebracht, und ich empfinde es als äußerst ehrenhaft.«

»Ehrenhaft, das nennen Sie ehrenhaft?«

»Es hätte auch schlimmer kommen können«, sagte Wecker und grinste. Dabei verzog sich die tiefe Narbe auf seiner Wange, die vermutlich von einem studentischen Säbelkampf herrührte. Ein Schmiss also, auf den er sicher stolz ist, dachte Wilhelm. Abscheulich sieht dieser Mensch aus.

»Es ist schön, dass Sie das alles so amüsiert«, sagte Wilhelm. »Mich aber kränkt zutiefst, dass ich nun nach und nach ausgeschlossen sein soll aus meinem Volk. Das werde ich auf Dauer nicht ertragen.«

Wecker stellte das Grinsen ein und hörte neugierig zu. »Ich glaube ja, dass der Nationalsozialismus Deutschland befreit hat. Man sieht ja, es geht bergauf. Warum denn soll ich, der nach seinem Stammbaum Vollblutarier ist, nun nicht mehr Teil der Volksgemeinschaft sein? Darauf läuft es doch hinaus, wenn ich nun schon aus der SA ausgeschlossen werde! Schließlich zeige ich damit doch meinen Stolz auf das Land.«

Der Nazi klatschte zweimal in die Hände. »Mein lieber Herr Doktor. Das war ja ein ganz hervorragender Vortrag. Der Führer wäre stolz.« Er lachte und hustete. »Wissen Sie, ich habe überhaupt nichts gegen Sie. Von mir aus könnten Sie in der SA bleiben. Ich weiß ja, dass es Ihnen dort gefallen hat. Sonst wären Sie ja nicht so erzürnt. Aber Sie müssen mich auch verstehen, ich bin Kreisleiter in Osnabrück und verpflichtet, mich in bedingungslosem Gehorsam an jedes einzelne Gesetz zu halten.« Er machte eine Pause und sprach dann mit leiser Stimme weiter. »Herr Doktor, Sie sind ja nicht der Einzige, der Probleme hat. Was meinen Sie wohl, wie man mich hier beäugt? Der erste Ortsgruppenleiter trachtet mir nach meiner Stellung. Ich muss mich jeden Tag neu beweisen und zeigen, dass ich der richtige Mann auf diesem Stuhl bin.«

»Aha«, murmelte Wilhelm. »Wohl kaum mit meiner Situation vergleichbar ...«

»Wie bitte?«

»Ach nichts. Ich habe mich nur gefragt, was man alles so zu tun hat als Kreisleiter.«

»Wieso, wollen Sie sich etwa bewerben?« Wecker machte eine Pause und schaute streng, dann prustete er los und klopfte auf den Tisch. »Ich fürchte, das geht nun nicht mehr, Herr Doktor. Wie gesagt, Ihre Frau ...« Den Nationalsozialisten erheiterte das Gespräch so, dass er sich mit einem Putztuch unter der Brille Tränen wegwischte. »Aber wenn Sie denn unbedingt wissen möchten, was Ihnen entgeht, bitte: Kreisleiter werden nur die treuesten Parteimitglieder und natürlich nur die, die schon vor der Machtergreifung eine Ortsgruppe geleitet haben. So wie ich. Uns zeichnet eine absolute weltanschauliche Klarheit aus, ein einwandfreier Charakter, ein ausgezeichnetes Allgemeinwissen und natürlich Gesetzestreue und Führungsqualität. Ich habe die Verantwortung für alle dreizehn Ortsgruppen dieser Stadt und gebe Anweisungen des Gauleiters direkt weiter. Jeder einzelne Block dieser Stadt hat zu funktionieren. Ich beobachte alles. Zuwiderhandlungen meiner Untergebenen werden sofort nach oben gemeldet und von mir persönlich geahndet.« Wieder senkte er die Stimme »Kein Wunder, dass dem ein oder anderen in diesem Haus meine Nase nicht passt. Aber keiner wird es wagen, mir zu widersprechen.«

»Begriffen«, sagte Wilhelm, den das Denunziationsgehabe und die Arroganz seines Gegenübers zutiefst anekelten. Aber er wusste, wenn er überhaupt irgendwo vorsichtig sein musste, dann hier im Hitler-Haus, besonders vor dem Kreisleiter. Er war nicht mehr der biedere, zurückhaltende Patient Wecker auf seinem Praxisstuhl, sondern besaß jetzt offenbar viel Macht. Über die Stadt, über ihn, über seine Familie. Das schien er auch bestens auszunutzen zu wissen.

»Herr Doktor Möckel. Trennen Sie sich doch einfach von Ihrer Frau. Das geht doch ganz zackig, und Sie sind ein freier Mann. Ich bin der Erste, der sich dafür einsetzt, dass Sie wieder der SA beitreten können.« Er zog ein kleines Hakenkreuzfähnchen aus einer Vase, in der ein verkrüppelter Kaktus steckte, und wedelte feierlich damit über dem Schreibtisch.

»Das werde ich garantiert nicht tun«, antwortete Wilhelm wütend. »Um nichts in der Welt. Ich bleibe treu an der Seite meiner Frau wie auch an der Seite Deutschlands. Beides bedeutet Ehre.«

»Es wäre besser für Sie.« Er steckte das Fähnchen zurück in die Vase.

Wilhelm schüttelte den Kopf.

»Wenn das so ist«, fuhr der Kreisleiter fort. »Warum sind Sie dann hier? Was führt Sie zu mir?«

»Ich will einfach nur wissen, ob meine Frau in Gefahr ist oder unsere Kinder oder die Ehe.«

»Inwiefern?« Wecker schaute verständnislos.

»Wird unsere Ehe nach den neuen Gesetzen weiter bestehen können?«

»Haha, natürlich.« Nach einem erneuten Lachkrampf, der in einen kurzen Hustenanfall überging, krächzte Wecker. »Ich bin über Ihre Gattin informiert. Sie ist zwar rassisch gesehen ein Mischling und damit minderwertiger als Sie und ich, aber hat nichts mit der verbrecherischen jüdischen Religion zu schaffen, ist eben nicht so abgekocht wie diese Volljuden-Bagage.«

»Und was heißt das nun?«, fragte Wilhelm.

»Das bedeutet, sie hat mit Einschränkungen zu leben, keine politischen Rechte, es ist ihr untersagt, akademische Berufe auszuüben und so fort.« Nachdem er den Tisch damit beklopft hatte, steckte er sich eine weitere Zigarette an. »Das Gleiche wird übrigens ebenso Ihre Söhne treffen, die Vierteljuden sind. Merkwürdiges Wort, was? Haha! Und deren Kinder vielleicht auch noch.«

Wilhelm konnte das Lachen vom Husten kaum mehr unterscheiden.

»Wichtig für die Zukunft Ihrer Familie ist, dass sich alle ausschließlich nur noch mit reinen Ariern paaren«, fuhr der Nazi fort. »Dann kommen Ihre Nachfahren raus aus der Sache. Aber, wenn die so starrköpfig sind wie Sie, Herr Doktor …«

Das Gelächter ließ Wilhelm langsam immer zorniger werden. »Noch mal. Ich trenne mich nicht. Für mich ist das alles auch nicht so witzig wie für Sie, Herr Kreisleiter.«

Wecker blies ihm Rauch ins Gesicht, vermutlich mit voller Absicht, dachte Wilhelm. Er ließ sich aber bewusst nicht anmerken, dass es ihn störte.

»Wie gesagt. Ihre Entscheidung. Aber ich will Sie beruhigen. Sie bleiben ja Deutscher, deutscher Arzt. Schließlich brauche ich Sie noch.« Er wies auf seine Brille. »Da haben Sie Glück, was? Hahaha!«

Wilhelm täuschte ein Lächeln an.

»Dass Ihre Nachbarn, Freunde und Kollegen oder Patienten sich von Ihnen abwenden werden, wenn sie erfahren, dass Sie zu einer Halbjüdin halten, kann ich genauso gut verstehen wie nicht verhindern. Leben Sie damit oder lassen Sie es!«

Während er gesprochen hatte, war Wecker aufgestanden, jetzt deutete er zur Tür. »Ich muss Sie nun höflichst bitten zu gehen, denn ich habe …«

»Moment noch«, sagte Wilhelm eilig. »Ich will nur von Ihnen wissen, ob da noch mehr kommt, ob meine Frau bald nicht mehr die

Elektrische benutzen darf oder dergleichen. Ich höre meine Patienten schon solch Dinge munkeln.«

Der Kreisleiter schüttelte sich vor Lachen. »Ich kann nicht mehr! Machen Sie sich nicht komplett zum Gespött. Sie haben Ihre Entscheidung getroffen, Sie werden sie überleben, aber bereuen. Halten Sie einfach zu unserem Führer. Das können Sie artig auch ohne SA-Mitgliedschaft und mit dem halben Judenblut an Ihrer Seite.«

Wecker schlug seine Schuhe aneinander. »Heil Hitler, Herr Doktor!«

»Danke, dass Sie sich die Zeit genommen haben.« Wilhelm stand auf und ging zur Tür, als der Kreisleiter ihn noch einmal beim Namen rief. Er drehte sich um.

»Ist eine hübsche Frau, Ihre Gattin«, sagte der Nazi. »Schlechtes Blut, aber optisch höchst attraktiv. Also, politisch und menschlich kann ich nicht verstehen, dass Sie bei ihr bleiben, aber so rein als Mann bin ich durchaus in der Lage, das nachzuvollziehen. Sie haben sicher aufregende Mannsfreuden nach Sonnenuntergang.«

»Auf Wiedersehen«, sagte Wilhelm und verließ wütend und erleichtert zugleich das Hitler-Haus.

* * *

*Wir sind jung, die Welt ist offen,*
*O du schöne weite Welt!*
*Unser Sehnen, unser Hoffen*
*Zieht hinaus durch Wald und Feld.*
*Bruder, lass den Kopf nicht hängen,*
*Kannst ja nicht die Sterne sehn!*
*Aufwärts blicken, vorwärts drängen*
*Wir sind jung, und das ist schön.*

»Schatz, du kannst einfach nicht singen«, flüsterte Annemarie, die ins Kinderzimmer geschlichen war. Wilhelm hatte die beiden Jungs heute zur Nacht fertig machen dürfen, jetzt lagen sie bereits in den hellblauen Schlafanzügen in ihren Bettchen. Max umklammerte mit seiner zarten, kleinen Hand das braune Holzpferdchen, das ihm Opa Gutenberg geschnitzt hatte. Martin hatte den Daumen, an dem er so gerne nuckelte, im Mund vergessen.

»Psst«, flüsterte Wilhelm. »Sie sind eingeschlafen.« Annemarie schaute auf die Kinder herunter. »Sind sie nicht entzückend?« Sie sprach so leise es ging.

»Ja, und sie wachsen unaufhörlich, wir werden bald neue Betten kaufen müssen«, flüsterte Wilhelm und streichelte erst Martin und dann Max über das weiche, blonde Haar auf ihren kleinen Köpfchen. »Komm, wir gehen runter.«

In der Wohnstube erzählte er Annemarie, die gleich bestürzt auf die verdreckte Uniform und auf einige Kratzer in seinem Gesicht reagierte, zuerst von dem Besuch bei Wecker und dass sie sich keine Sorgen machen müssten wegen ihrer jüdischen Seite. Die Gesetzeslage sei nicht so schlimm wie gedacht. Sie nahm das kommentarlos zur Kenntnis. Mit Wehmut berichtete er danach von dem Rauswurf aus der SA und gestand ihr die Prügelei mit Meiser. Vor allem aber drückte er seine Bestürzung über das Verhalten von Fritz aus, der ihn vor den anderen im Stich gelassen hatte. »Du kannst Luise ausrichten, dass ich unter diesen Umständen auf keinen Fall am Wochenende mit ins Kino gehen werde. Du darfst natürlich hin, wenn du willst.«

Annemarie zog ihre Füße aufs Sofa und guckte ihren Ehemann einige Zeit verwundert an. »Komisch. Luise hat mir den Kinobesuch heute selbst abgesagt, weil sie angeblich schlimm erkältet sei. Sie klang allerdings gar nicht danach.«

Nachdem Annemarie Wilhelms Prellungen und Schürfwunden medizinisch versorgt und ihm einen Pfefferminztee gekocht hatte, schlief er vor Erschöpfung auf dem Sofa ein. Sie beobachtete ihn mitleidig und hielt ihre aufziehende Wut bald nicht mehr aus. Was dachte sich dieser Fritz Klatt eigentlich? Sie musste Luise die Meinung sagen, und zwar sofort. Sie zog sich einen Mantel über und beschloss, eine Runde durch den Bürgerpark zu spazieren. Danach wollte sie Luise, deren Elternhaus am anderen Ende des Parks lag, aufsuchen und zur Rede stellen. Als Annemarie über den Kiesweg zur pompösen Villa hochging, deren sandfarbene Mauen mit dichtem Efeu bewachsen waren und die mindestens über jeweils ein halbes Dutzend Balkone und Erker verfügte, öffnete sich bereits die Haustür. Als wäre sie erwartet worden. Luises Vater stand in edlem schwarzem Smoking im Lichtschein der Eingangsbeleuchtung. Er rauchte eine Pfeife, musterte sie und fragte: »Was wollen Sie denn noch um diese Zeit hier? Meine Tochter ist für Sie nicht zu sprechen!«

Annemarie erschrak. Hatte Herr Brockmann sie gesiezt? Das hatte er noch nie getan, in über zwanzig Jahren nicht. Was war denn nur los?

»Guten Abend, Herr Brockmann! Bitte, ich muss mich nur kurz mit Luise austauschen. Es geht um einen Kinofilm.«

»Tsss, ums Kino.« Der Hausherr äffte sie nach. »Als wenn meine Tochter noch mal mit Ihnen ein Lichtspieltheater besuchen wollen würde. «

Annemarie traten Tränen in die Augen, ihr Magen zog sich zusammen. Sie fühlte sich ungerecht behandelt und wusste nicht einmal warum. Gerade wollte sie sich schon umdrehen und gehen, da rief Brockmann sie zurück. »Nur fünf Minuten. Ich hole sie runter. Nicht in unserem Haus.«

Annemarie nickte, zog ihr Taschentuch aus der Handtasche und wischte sich die Tränen von den Wangen. Was hatte sie Luise getan? Hatte Wilhelm ihr nicht alles erzählt? Hatte er die Schlägerei mit Fritz und den anderen angefangen? Aber warum war dann Herr Brockmann so komisch?

Etwa fünf Minuten später stand Luise in ihrem grünen Seidenpyjama und in Hausschuhen an der Tür. Sie trug ihre Haare offen, lächelte nicht.

»Hallo Luischen«, sagte Annemarie. »Was ist denn nur los?«

»Was los ist?«, fauchte Luise. »Du bist Jüdin, dachtest wohl, du könntest es ewig geheim halten, wie?«

»Ich bin Halbjüdin!«

»Das ist das Gleiche. Du hast mich angelogen, all die Jahre hinterhältig getäuscht!«

»Nein, das ist nicht wahr«, sagte Annemarie, deren Augen sich mit neuen Tränen füllten. »Nicht all die Jahre. Ich habe es doch selbst erst vor nicht mal drei Jahren erfahren.«

»Wer soll dir das noch glauben?« Luise stampfte wütend mit dem Fuß auf den Boden.

»Ich kann dich ja verstehen«, antwortete Annemarie mit nach vorne gehaltenen, flehenden Händen. »Aber was ändert das denn? Wir sind doch beste Freundinnen?«

»Das war mal, und es tut mir leid, dass wir das waren. Besonders für mich!«

Annemarie spürte einen dicken Kloß in ihrem Hals. »Aber all das, was wir miteinander erlebt haben«, stammelte sie. »Wir sind Busenfreundinnen, hast *du* doch immer gesagt. Freundschaft fürs Leben.«

»Nicht mehr!« Luise schrie, und Annemarie hörte ihren Hund Heidi aus dem Haus bellen. »Ich wollte dich eigentlich gar nicht mehr sehen. Aber wenn du es auf die harte Tour willst, bitte: Ich kündige dir hiermit auf alle Zeit die Freundschaft. Ich will nichts, aber auch gar nichts mehr mit dir zu tun haben, und Sophie im Übrigen auch nicht. Das hat sie mir selbst gesagt.«

»Aber, ich … ich … es tut mir leid …«

»Braucht es dir nicht, und tut es dir auch nicht«, fauchte Luise. »Du bist eine Lügnerin. Das liegt euch Juden im Blut!«

Noch immer wollte Annemarie nicht aufgeben. Schluchzend sagte sie: »Ich habe doch gar nicht gelogen. Höchstens eine kleine Notlüge, die hatte aber doch nichts mit euch zu tun. Ich bin doch immer noch dieselbe. Eure gute Freundin Annemie!«

»Bemühe dich nicht weiter!«, sagte Luise und zog die Tür halb zu. »Es ist alles hinfällig. Selbst wenn ich über deine Lügen hinwegsehen könnte. Fritz hat mir endlich einen Antrag gemacht. Wir werden bald heiraten. Und außerdem wird er in die Partei eintreten. Da kann er sich nicht mit dir sehen lassen und mit Wilhelm auch nicht, denn der hat auch gelogen.«

»Mein Mann hat damit nichts zu tun. Es war meine Idee. Er wollte mich nur schützen!«

»Haha!« Luise lachte gekünstelt. »Es wäre wohl klüger für ihn gewesen, er hätte sich von dir getrennt oder dich gar nicht erst zur Frau genommen. Weiß ja nicht, wie lange er schon im Bilde ist. Vielleicht hätte er die Freundschaft mit seinem besten Freund noch retten können!«

»Luise, bitte«, flehte Annemarie. »Ich bin doch nur Halbjüdin und außerdem gläubige Christin. Ich darf ganz normal mit Wilhelm zusammen sein. Nur ist es mir nicht mehr erlaubt, zu wählen und zu studieren.«

»Ach?« Luise schaute sie verächtlich an. »Ich dachte, du machst eine Pause wegen Max und Martin?«

»Ich …«

»Lügenluder, du!«

»Meine liebe, gute Luise, ich brauche dich!«

»Ich dich aber nicht! Und nenn mich nicht so! Du hast wohl außerdem vergessen, vor welchem Hause du stehst. Mein Vater ist einer der einflussreichsten Kaufmänner und angesehensten Bürger dieser Stadt. Wenn wir hier Juden oder meinetwegen auch Halbjuden hofieren und verköstigen, wer soll dann noch bei ihm kaufen?«

Annemarie bemerkte nur noch Hass in den Augen ihrer Freundin. Sie erkannte sie nicht wieder. Aber sie hatte sie verloren, das wusste sie in diesem Moment.

»Und jetzt verschwinde einfach und mach es nicht noch schlimmer!«, rief Luise. »Und richte auch Wilhelm aus, er braucht sich bei Fritz gar nicht mehr zu melden. Es ist vorbei, auch zwischen den beiden!« Sie schaute sie ein letztes Mal verächtlich an, sagte »Leb wohl, Annemarie«, und knallte die Tür zu.

Als Annemarie tränenverschmiert und mit dicken Augen zu Hause ankam, schlief Wilhelm immer noch tief und fest. Sie wickelte seine Füße in die Decke ein, streichelte ihm sanft über die Wange und löschte das Licht. Als sie an der Behandlungstür vorbeiging und bemerkte, dass sie offenstand, dachte sie an Heroin und an Opium. Sie riss sich zusammen, verwarf den Gedanken daran, sich nach etwas Betäubendem umzusehen, und lief nach oben ins Kinderzimmer. Als sie das Licht anknipste, sah sie, dass Max sich im Bettchen aufgerichtet hatte und sie mit ausgebreiteten Armen anschaute. Martin schlief. Sie nahm den lächelnden Max auf den Arm und drehte sich mit ihm im Kreis. »Wir schaffen das, mein Kleiner«, sagte sie, und ihr Sohn antwortete schlaftrunken: »Mami, hab dich lieb!«

Er ließ sich wieder in sein Bett legen, Annemarie gab ihm einen Kuss und flüsterte: »Ich liebe euch, schlaft schön!« Dann schlich sie unter die Dusche und schlüpfte später in ihr Nachthemd. Sie vergoss keine Träne mehr. Erst am nächsten Morgen erzählte sie ihrem Mann von dem Besuch bei Luise. Zunächst empörte er sich, dann aber erklärte er ihr, dass sie auf derart falsche Freunde besser verzichten sollten. Sie hätten es nicht verdient. Annemarie pflichtete ihm bei und versuchte, Luise und Sophie so gut wie möglich zu verdrängen.

# RUINIERT

Annemarie war vom Studium ausgeschlossen und Wilhelm aus der SA, und beide hatten auch noch mehr verloren. Annemarie hatte zwar ihre Eltern, aber keine Freundinnen mehr. Der elternlose Wilhelm musste den Verlust seines engsten Freundes Fritz verkraften. Als Vertraute blieben ihm Karl und Ernst, mit dem er sich wie eh und je über Briefe austauschte, den er aber nicht mit seinen persönlichen Problemen belasten wollte.

Aber sonst schien es zunächst so, als sollte Kreisleiter Wecker recht behalten. In den nächsten zwei Jahren konnten die beiden relativ uneingeschränkt leben. Die Olympiade in Berlin 1936 gebot dem Antisemitismus im Land sogar kurzfristig Einhalt. Es wurden weniger judenfeindliche Gesetze erlassen, und Annemarie wurde auf offener Straße nicht beschimpft wie viele der etwa 500 noch zu dieser Zeit in Osnabrück lebenden sogenannten Volljuden. Aber auch sie spürte, dass ihr mehr und mehr Menschen mit Skepsis begegneten und auch fernere Bekannte sich abwandten. Wer in Osnabrück Jude und auch, wer jüdisch versippt war – wie es die Nazis abfällig auszudrücken pflegten –, hatte sich längst hinter vorgehaltenen Händen in der Stadt herumgesprochen. Und auch, wenn man sie in Ruhe ließ, so wollte doch keiner mehr als nötig mit Juden kommunizieren. Doch auch wenn das soziale Leben von Annemarie und Wilhelm isoliert schien, so florierte immerhin die *Praxis für Augenheilkunde Dr. Wilhelm Möckel* weiterhin, und Max und Martin gediehen prächtig, das ließ beide hoffen. Im Juli 1937 konnten sie schon den vierten Geburtstag der Zwillinge feiern. Es erwies sich als reine Freude, ihre Entwicklung mitzuerleben. Sie aßen bereits selbstständig mit am Tisch, hüpften durchs Haus, liefen immerzu die Treppen rauf und runter oder saßen in der Wohnstube und fertigten mit großer Leidenschaft auf überschüssigem Papier aus der Praxis Bilder an. Martin schätzte helle, warme Farben und Max dunkle. Auch aus medizinischer Sicht fand Wilhelm das interessant und beobachtete genau die künstlerischen Ergüsse seiner Söhne. Beide kamen jeden Abend stolz, mit lachenden und weit aufgerissenen Mündern vor dem Zubettgehen zu ihrem Vater, um ihm ihre geputzten Zähnchen vorzuzeigen. Unisono sagten sie: »Guck mal Vati, total sauber!« Er setzte sie dann, einen links und einen rechts, auf seinen Schoß und gab ihnen einen Gutenachtkuss, bevor ihre Mutter sie ins Bett brachte und ihnen ein Gute-Nacht-Lied vorsang. Mittlerweile hatten auch sie bemerkt, dass Mami einfach besser singen konnte.

Dafür hatte Wilhelm einen Fußball gekauft, den sie liebten. Und er ging an seinen freien Tagen mit ihnen in den Wald, um Pilze zu suchen oder Stöcke zu sammeln, aus denen er ihnen kleine Holzschwerter schnitzte. Die zwei kleinen strohblonden Jungen erwärmten sein Herz, sie machten ihn stolz, und er nahm froh zur Kenntnis, dass sie kerngesund waren und sich prächtig entwickelten. Sie erwiesen sich als tolle Brüder, die sich nur selten zankten. Er erinnerte sich an die Kindheit mit Karl, da war es ähnlich gewesen. Erst im Erwachsenenalter waren die Diskrepanzen aufgetaucht. Er hoffte, dass die eigenen Kinder mit den Unterschieden des jeweils anderen geschmeidiger umgehen würden. Sie waren auf einem guten

Weg. Wenn Martin etwas zuerst erlernte, wie zum Beispiel sich selbst die Schuhe anziehen und binden, schaute sein Bruder so lange zu, bis er es nachmachen konnte. Wenn Max sich in einer Sache als flotter erwiesen hatte, wie etwa beim selbstständigen Pipimachen auf der Toilette, hatte er Martin zuschauen lassen, bis er es sich auch zutraute. Beide freuten sich immer füreinander über ihre Erfolge.

Zu Wilhelms großer Freude kamen Karl und Magda zum Kindergeburtstag für ein paar Tage zu Besuch nach Osnabrück, um endlich ihre Neffen kennenzulernen – und ihnen das Reiten beizubringen. Denn sie schenkten Max und Martin zwei Pferdeschaukeln aus Holz, die überzogen waren mit weichem Fell. Karl brachte sie selbst an der Decke im Kinderzimmer an und verbrachte dort Stunden, um die Kleinen anzustoßen und mit gespieltem Geschrei vor den heransausenden Reitern wegzuspringen. Bestimmt verband auch er Kindheitserinnerungen mit ihnen. Vielleicht wollte er sich auch einstimmen, denn Magda verriet bei einem gemeinsamen Abendessen, dass sie endlich schwanger geworden sei.

Wilhelm freute sich für Karl, der sich allerdings Annemarie gegenüber immer noch auffällig zurückhaltend verhielt. Sie ahnte wahrscheinlich bereits, warum, denn sie war nicht auf den Kopf gefallen. Auch wusste sie, was ein Kreisleiter so tat, wenngleich Karl über seine Arbeit nicht sprach – und sie nicht mit Wilhelm über die Kaltherzigkeit seines Bruders. Umso mehr freute sich Annemarie darüber, dass Magda sie regelrecht umgarnte. Sie gingen während ihres Besuches jeden Tag in die Stadt und genossen es, wie enge Freundinnen durch die Geschäfte zu ziehen und die neuesten Kleider anzuprobieren. Sie führten sie einander im Geschäft vor, sparten dabei beide nicht mit Komplimenten für die jeweils andere und gaben die ein oder andere Reichsmark für ein besonders schönes Stück aus. Nach der Zusammenkunft in Osnabrück schrieben sich die beiden Frauen regelmäßig Briefe. Annemarie hatte eine neue Freundin gefunden, die sie zumindest ein kleines Bisschen über den Verlust von Luise hinwegtrösten konnte, die aber leider zu weit weg wohnte und einen Mann an ihrer Seite wähnte, der nichts auf diese Freundschaft gab. Zum Glück aber hatte Magda in der Beziehung schon immer die Hosen angehabt, und die Osnabrücker Möckels hofften, dass das auch in Zukunft so bleiben würde.

Mit Beginn des Jahres 1938 beobachteten Wilhelm und Annemarie den von der NSDAP nun wieder diabolisch inszenierten Judenhass, der auf eine totale Ausschaltung der Juden aus dem wirtschaftlichen Leben abzielte. Die Nationalsozialisten trieben jüdische Geschäftsbesitzer in den Ruin. Als eine der ersten lokalen Einrichtungen hatte es das über Jahrzehnte beliebteste und größte Osnabrücker Kaufhaus Alsmann getroffen. Nach monatelanger Anti-Judenhetze hatte es bereits Ende 1935 die Türen schließen müssen. Dabei waren von den etwa hundertfünfzig Angestellten lediglich sieben tatsächlich Juden gewesen. Aber der Besitzer war eben ein sogenannter Volljude gewesen, und nur das zählte für die Nazis. Die Deutsche Arbeitsfront, der 1933 nach Auflösung der Gewerkschaften gegründete Einheitsverband der Arbeitnehmer und Arbeitgeber, hatte dem Kaufhaus untersagt, Kündigungen auszusprechen, obwohl die Umsätze auf siebzig Prozent zurückgefallen waren. Kein Wunder also, dass diese Osnabrücker Institution bei gleicher Beschäftigtenzahl schnell in Konkurs gegangen war. Eine arische Firma hatte inzwischen übernommen, und schon strömten die Kauffreudigen wieder in das Gebäude.

Ähnlich erging es anderen jüdischen Ladenbesitzern in der Einkaufszone. Nacheinander schlossen Tuchmacher, Schuhverkäufer, Wurstwarenhändler und Bäcker ihre Türen. Jeden Tag hielten SA-Leute vor den jüdischen Ladengeschäften Wache und fotografierten Deutsche, die noch immer dort Besorgungen machten.

Die Bilder der Kunden stellten sie dann öffentlich in den Schaufenstern arischer Geschäfte aus. Auf kurz oder lang wollten sich die Menschen dieser Denunziation nicht mehr aussetzen und mieden jüdische Läden, die bald einer nach dem anderen aufgaben und von den Besitzern für Spottpreise an Arier verkauft wurden. Bis Mitte 1938 gab es keinen einzigen jüdischen Laden mehr im Zentrum Osnabrucks. Gleiches galt für Arzt- und Anwaltspraxen im gesamten Stadtgebiet. Über zweihundert Juden waren zu dieser Zeit bereits ins Ausland geflohen, die meisten in die Vereinigten Staaten von Amerika.

Die von den Nazis organisierte Judenfeindlichkeit nahm schließlich in den Novemberpogromen eine tödliche und vernichtende Form an. Ein letztes Mal sollte die SA im Mittelpunkt stehen. Angehörige der Sturmabteilung zerstörten im Auftrage des Propagandaministers Goebbels in der Pogromnacht vom 9. auf den 10. November 1938 im Reichsgebiet etwa 7000 Synagogen, jüdische Geschäfte, Wohnungen und Friedhöfe. Mehrere hundert Juden kamen zu Tode, und über 30.000 deportierten die Nazis in Konzentrationslager.

In Osnabrück zündeten SA-Trupps in jener Nacht die örtliche Synagoge an. Feuerwehr und Polizei durften nichts unternehmen. Neunzig Gemeindemitglieder wurden verhaftet. Die Gestapo trieb jüdische Männer in Gefängnisse, die sie in ihrer neu eingerichteten Zentrale im Osnabrücker Schloss unterhielt. Von dort aus wurden sie mit Bussen ins Konzentrationslager Buchenwald verschleppt.

Wilhelm und Annemarie selbst bekamen von der Pogromnacht nichts mit. Karl hatte seinen Bruder gewarnt, und dieser hatte beschlossen, an jenem Tag mit Annemarie und den Kindern im Haus zu bleiben. Doch drangen Berichte von dem, was an diesem Tag in der Stadtmitte geschehen war, auch an sie heran. Es stand ja in allen Zeitungen. Sie lasen von mit Steinen beworfenen jüdischen Frauen oder alten Männern, die in die eiskalte Hase geschmissen worden waren. Diesmal bekamen beide Angst. Und wurden wütend. Am schlimmsten traf Wilhelm, dass ausgerechnet Fritz Klatt sich als einer der brutalsten Antreiber in der städtischen Kristallnacht bewiesen hatte. Dem *Osnabrücker Tageblatt* hatte er ein Interview gegeben über sein entschlossenes Vorgehen gegen die Juden. Mit den Standartenkameraden hatte Fritz jüdische Mitbürger in Schlafanzügen auf den Marktplatz getrieben, ihnen Schilder umgehängt mit der Aufschrift: *Juden sind in Osnabrück unerwünscht*, bevor die Gestapo sie von dort abgeholt und eingekerkert hatte. Den Brand der Synagoge und den anschließenden Abriss kommentierte Fritz im Interview mit den Worten: »Die Flammen der Freiheit haben der Pest in der Stadt den Garaus gemacht.«

Noch einmal flohen zahlreiche Osnabrücker Juden ins Ausland. Aller offensichtlich gewordenen Gefahr zum Trotz aber verblieben einige von ihnen in der Stadt. Diese Menschen waren entweder zu arm, um auszuwandern, blieben unrettbar optimistisch oder besaßen zu viel Stolz, als dass sie freiwillig gegangen wären. Die letzten beiden Punkte trafen auf Doktor Gutenberg zu, der die Überlegungen seiner Frau, das Land zu verlassen, im Keime erstickte und das, obwohl ein Stein auch sein eigenes Haus beschädigt hatte. Der Oberstudienrat betrachtete sich als einflussreichen, geschätzten Bürger Osnabrücks und hielt es für unmöglich, dass Edith oder ihm etwas geschehen könnte.

Dass es Wilhelm selbst wirtschaftlich treffen konnte, damit hatte er nicht gerechnet. Das änderte sich, als Anfang Dezember 1938 ein Reporter des *Osnabrücker Tageblattes* an der Praxistür schellte und ihn um ein Interview bat. Der hagere Mann mit Hitlerbärtchen war um die vierzig Jahre alt und stellte sich als Joachim Stallkamp vor. Einen Fachartikel über moderne Augenheilkunde wolle er schreiben, so gab er kund. Wilhelm dachte sich nichts Böses dabei und zeigte ihm bereitwillig die Praxis und beantwortete sämtliche Fragen. Doch ihm fiel schon während des Gespräches auf, dass der

Reporter immer wieder nach seiner Ausbildung in Münster und explizit nach Professor David Cohen fragte. Was er denn von ihm halte, wollte er wissen.

»Ein großartiger Mann, ich verdanke ihm all mein Können«, antwortete Wilhelm so ehrlich wie auch naiv. »Ich bedaure es zutiefst, dass er nicht mehr lehren darf und nicht mehr im Lande ist.«

Etwa zwei Jahre zuvor war Cohen nach Amerika ausgewandert und hatte Wilhelm darüber in einem Brief, den er aus Chicago schickte, informiert. Er hatte an der dortigen Universität eine Anstellung als Professor für Augenheilkunde bekommen und eindrucksvoll über die moderne und progressive Ausrichtung der amerikanischen Forschung geschrieben. Seither schrieben sie sich hin und wieder Briefe. Cohen hatte ihm verziehen, dass Wilhelm die Gefahr der Nazis unterschätzt hatte.

»Darf ich Sie so zitieren?« Stallkamp unterbrach Wilhelms Gedanken an Cohen.

»Ja, natürlich, wenn es dem Artikel dienlich ist«, antwortete er.

»Was halten Sie denn von dem Vorwurf des Nationalsozialistischen Ärztebundes, dass alle Augenärzte, die bei Cohen gelernt haben, eine minderwertige Ausbildung genossen haben?«

»Wie bitte?« Wilhelm schüttelte verärgert den Kopf und zog die Augenbrauen zusammen. Was für eine Frechheit.

»Sie haben davon nicht gehört?« Stallkamp kritzelte hektisch mit einem Bleistift auf seinem Block herum.

»Nein, um Gottes willen. was erlauben Sie sich? Cohen ist der beste Augenheilkundler, den wir in Deutschland hatten, und ich verbitte mir eine weitere Herabwürdigung meiner medizinischen Qualifikation.«

»Ist ja gut«, sagte der Journalist und hielt schützend den Notizblock vor sich. »Es wird eben gemunkelt, Cohen pfusche jetzt genauso in Amerika. Und wir Reporter sind um eine Aufarbeitung von Skandalen bemüht.«

»Pfuschen? Sie haben ja eine Meise!« Wilhelm spürte ein Zucken in seinen Fingern. »Verschwinden Sie auf der Stelle!« Er packte den frechen Schreiberling am Kragen und schob ihn über den Gang zur Tür.

»Ich meinte doch, das sagt der NS-Ärztebund.« Der kleingeratene Stallkamp sträubte sich und presste hervor: »Das ist nicht unbedingt *meine* Meinung. Es interessiert nur unsere Leser, wenn …«

»Raus!«, schrie Wilhelm und stieß den Journalisten die Stufen vor dem Haus runter. Er konnte sich so eben noch auf den Beinen halten. Wilhelm starrte ihn böse an und wies mit dem Zeigefinger auf die Straße. Genau in diesem Moment gelang es Stallkamp, seine Kamera zu zücken und ein Bild zu schießen. Dann lief er eiligen Schrittes vom Grundstück.

Wilhelm hatte nicht mehr geglaubt, dass überhaupt noch ein Artikel im *Tageblatt* erscheinen würde. Doch der wurde zwei Tage später gedruckt, allerdings anders als erwartet. Auf der Titelseite, mit *seinem* Foto. Das grimmigste, das er je von sich gesehen hatte. Mit dem Titel: *Osnabrücker Augenarzt Möckel verteidigt jüdischen Hochstapler.*

Wilhelm geriet derart in Rage, dass er den Bericht nur bis zur Hälfte lesen konnte. Nach wilden Spekulationen, Vorwürfen und übelsten Anfeindungen gegenüber seinem alten Professor und anderen jüdischen Ärzten wurde er mit dem belobigenden Satz über Cohen zitiert, den er selbst, nichts Böses ahnend, freigegeben hatte. Der sollte ihm jetzt den Kopf kosten. Dafür hatte die Zeitung den Artikel aufgesetzt. Nur dafür.

Bereits am folgenden Tag blieb die Praxis Möckel leer. Lediglich von Frau Knollmeier, deren fortschreitende Altersweitsichtigkeit ihr das Zeitunglesen unmöglich machte, erhielt er Besuch. Wilhelm erklärte Annemarie, die sich über das Wegbleiben der Patienten natürlich schnell wunderte, dass der Grund eine schlimme Grippewelle sei, die gerade in der Stadt herrsche. Er wollte seine Frau wie so oft einfach nicht beunruhigen. Doch auch in den nächsten Tagen kamen keine Patienten, so half auch die Notlüge nicht lange weiter. Er zeigte ihr schließlich den Artikel, den sie mit Fassungslosigkeit las. »Das ist doch auch nur wieder wegen mir«, sagte sie. »Was sollen wir denn jetzt bloß tun?«

»Irgendwer will uns ruinieren. Aber ich lasse das nicht zu.« Wilhelm zerriss wütend die Zeitung, warf sie ins Feuer des Kachelofens. Beide überlegten fieberhaft, was sie unternehmen könnten. Sich beim Ärztebund entschuldigen? Alles als ein Missverständnis darstellen? Stallkamp mit Geld bestechen, damit er eine Revision schriebe? Selbst Cohen nachträglich noch schlecht zu machen kam ihnen kurz in den Sinn, zumal er ja in Sicherheit war. Man hätte ihn sogar fragen können. Doch all das wollte Wilhelm letztendlich genauso wenig wie aufgeben. Sie warteten also zunächst ab.

Der letzte Funken Optimismus verschwand allerdings schnell, als Wilhelm nur eine Woche nach Erscheinen des Artikels ein Brief der Kassenärztlichen Vereinigung erreichte. Während er das Kuvert in der Hand hielt, erinnerte er sich an Karls Worte: *Mit einer jüdischen Frau an deiner Seite könnte man dir als deutschem Arzt schnell Steine in den Weg legen, dessen solltest du dir bewusst sein.*

Wilhelm ahnte, was man ihm mitteilen wollte, und las folglich apathisch die Nachricht, dass man ihm unverzüglich wegen der Gefährdung des Rufes der gesamten Vereinigung die Kassenzulassung entziehen müsse. Er könne privat Patienten behandeln, doch mit finanzieller oder rechtlicher Unterstützung seitens der Vereinigung dürfe er ab sofort nicht mehr rechnen. Eine jüdische Frau und ein jüdischer, hochstapelnder Professor, den er zu schützen versuche, seien zu viel des Guten. Der Verband bat um Verständnis.

»Ich bin ruiniert!«, schrie Wilhelm verzweifelt, so laut, dass Martin und Max, die im Wohnzimmer mit ihrer Großmutter Weihnachtssterne für den Tannenbaum bastelten, anfingen zu weinen.

Selbst wenn Gras über die Sache mit Cohen wachsen würde, was er kaum mehr glaubte, und wieder Patienten kommen sollten, so bekämen diese ihre Untersuchungen nicht mehr von der Krankenkasse bezahlt. Das konnte sich keiner leisten.

In den folgenden Tagen zog sich Wilhelm den Kittel nicht mehr über, verbrachte Stunden damit, aus dem Fenster zu starren, Cognac zu trinken und zum ersten Mal in seinem Leben wahrhaftig Trübsal zu blasen. Oma Edith gab ihr Bestes, dass ihre Enkel nichts vom Leid des Vaters mitbekamen, nahm sie oft zu sich, sang mit ihnen Adventslieder und verwöhnte sie mit heißer Schokolade und Keksen.

Annemarie war in großer Sorge und vermochte nichts zu tun gegen den weiteren bitteren Schicksalsschlag, außer sich innerlich die Schuld für alles zu geben.

Die Lage schien aussichtslos und trostlos, bis in der darauffolgenden Woche, an einem Dienstagmorgen, überraschend jemand an der Haustür klingelte. Ein Patient!

Wilhelm eilte aus dem Wohnzimmer, warf sich schnell den Arztkittel über und öffnete. Irritiert schaute er auf ein kleines, in einen schwarzen Kaftan gehülltes Männlein, das sich den Schnee von dem ebenfalls schwarzen Mantel klopfte. Unter dem schwarzen Filzhut erkannte er lange graue Schläfenlocken. Ein Jude – und dann noch in traditioneller Kleidung. Der hatte vielleicht Nerven. Er hätte nicht gedacht, dass es überhaupt noch Juden gab in Osnabrück, und wusste weder, was er tun noch sagen sollte. Wollte ihm da wieder jemand eine Falle stellen? Aber warum denn jetzt noch? Er war doch schon am Ende.

»Gutn Tag, Har Dokter. Ich möchtse nicht erschreckn. Mein Name is Levi Marcus. Wiese sehn könn, ich bin a Jud.« Der etwa sechzig Jahre alte Mann zitterte und wirkte überaus verängstigt.

»Das sehe ich«, sagte der immer noch verdutzte Augenarzt. »Was in Gottes Namen führt Sie zu mir?«

»Wissns, meyn Augn zent zoy schlecht und keyne Dokter will mich mehr behandln. Ich kenen bezahln zey gut.«

Wilhelm erkannte hinter Marcus, wie sich die Gardinen im Hause Kötter bewegten. Schnell zog er den Mann herein und schloss die Tür. Er wies den bibbernden Juden an, ins Behandlungszimmer zu gehen, machte dort einen Sehtest und fand eine Testbrille, die dem Mann vorerst Abhilfe verschaffte. Marcus bedankte sich überschwänglich und bestand darauf, ihm hundert Reichsmark zu zahlen. Viel zu viel. Was hätte Wilhelm aber tun sollen? Er würde das Geld vermutlich bald gebrauchen können. Auf dem Sparbuch hatte er kaum mehr was.

Am Ausgang fragte ihn der unerwartete Patient, während er ihn mit sorgenvollen, großen Augen durch die neue Brille ansah, ob Wilhelm sich nicht auch die Lunge seiner Frau anhören könne. Sie würde die ganze Nacht husten.

Wilhelm hielt, bei allen persönlichen Sorgen, den Eid des Hippokrates hoch und vermochte nie jemanden abzuweisen, der medizinische Hilfe benötigte. Auch wenn es sich in diesem Fall um einen ungewöhnlichen Bittsteller handelte und Patienten wegen Lungenbeschwerden in der Regel keinen Augenarzt aufsuchten. Er bedeutete dem Mann mit den Schläfenlocken, dass er seine Frau untersuchen würde. Und so erschien gleich am nächsten Tag Frau Marcus, und Wilhelm verabreichte ihr nach dem Abhören der Lunge ein starkes Hustenmittel aus seinem privaten Medizinschrank.

In der Woche danach suchten ihn der alte Herr Grünbaum, das Ehepaar Wertheim sowie Fräulein Bienstein in seiner Praxis auf. Sie litten an Grippe, einem gebrochenen Knöchel und Fieber, dessen Ursache Wilhelm nicht feststellen konnte. Er versorgte alle mit dem Nötigsten und erhielt jeweils eine angemessene oder großzügige Barzahlung.

Annemarie hatte zu dieser Zeit zum ersten Mal mit Juden zu tun. Ihr Mann bemerkte Mitleid in ihren Augen. Sie kochte warme Suppe und gab den Patienten Brot und selbstgemachte Marmelade mit auf den Heimweg. Die Juden wünschten frohe Weihnachten und waren zufrieden.

Nach einem bescheidenen Heiligabend, an dem nur die Kinder mit reichlich Gebäck und Schokolade verwöhnt wurden und ihre Holzritterburg mit neuen Spielzeugrittern bestückten, behandelte Wilhelm am ersten Weihnachtstag schon den nächsten Juden. Als er Aaron Goldmann, der ihn wegen eines eitrigen Hautausschlages aufgesucht hatte, an der Tür verabschiedete, erkannte er das Biest: Frau Kötter stand hinter ihrem Fenster und fotografierte. Unfassbar. Sie machte Bilder!

Er knallte die Tür zu und geriet drinnen in Panik. Aufgebracht lief er in seinem Behandlungsraum im Kreis herum, dann rief er Annemarie in der Küche zu, sie solle den Rest des Butterkuchens, den sie für die Kinder gebacken hatte, in kleine Stücke schneiden und auf einem Teller anrichten. Er stürmte in den Keller und kramte aus einer Truhe einen alten geerbten Kerzenhalter aus Messing hervor. Eine halb abgebrannte Kerze steckte noch drinnen. Seine erstaunte Frau gab ihm den Teller, dann ging Wilhelm durch den verschneiten Vorgarten zum Hause Kötter hinüber. Auf den Treppenstufen, die mit einer dünnen Eisschicht überzogen waren, rutschte er beinahe aus.

Er drückte auf die Klingel, mehrfach. Erst Minuten später öffnete sie. Er hielt ihr Kuchen und Kerze vor die Nase und sagte: »Ein frohes Chanukka-Fest wünschen wir Ihnen, Frau Kötter. Nehmen Sie dieses vorzügliche Mutzengebäck in Erwartung der großen Feier. Meine jüdische Frau hat es koscher zubereitet.«

Die alte Witwe hielt sich die Hand vor den Mund, so als hätte man sie erneut über den Tod ihres Ehemannes unterrichtet, und sah ihn mit aufgerissenen Augen an. Sie wollte die Tür gerade zuknallen, als Fiffi schwanzwedelnd heraussprang. Wilhelm kippte den Teller leicht, ein paar Stückchen Kuchen fielen auf den Treppenabsatz, und der Hund verschlang sie gierig und unter lautem Geschmatze.

»Das ist doch die Höhe, Sie quacksalbernder Judenarzt! Himmel, und das an Weihnachten! Unterstehen Sie sich, meinem Hund diesen vergifteten Fraß vorzuwerfen!« Sie trat Fiffi in den Bauch, der darauf den Schwanz einzog und in gebückter Haltung im Haus verschwand. Wilhelm hörte ihn drinnen jaulen.

»Sie, Sie. Wenn das mein August noch erleben würde. Ich habe alle Juden gesehen, die in Ihrer Praxis ein- und ausgingen. Ich habe Sie mit denen zusammen fotografiert und werde gleich morgen früh damit zur Gestapo gehen. Damit warte ich nach dieser Frechheit keinen Tag länger. Dann befördert man Sie ins KZ, Sie Dreckskerl!« Frau Kötter lief schäumende Spucke aus dem Mund.

»Dann wollen Sie also nicht mit uns feiern?«, fragte er.

»Sie Rüpel, Sie elendiges Schwein!« Sie knallte die Tür so heftig zu, dass Wilhelm beinahe wieder ausrutschte. Amüsiert und pfeifend lief er zurück zum Haus und setzte sich zu Annemarie und den Kindern an den mit Keksen und Christstollen gedeckten Wohnzimmertisch. Er lachte Tränen, seine Frau und die Söhne mit ihren mit Schokolade beschmierten Schnuten schauten sich gegenseitig fragend an und fingen dann ebenfalls lauthals an zu lachen. Dann sangen alle gemeinsam vergnügt ein paar schöne Weihnachtslieder.

Später, als die Zwillinge schliefen, es draußen eisig kalt geworden war und das Ehepaar Möckel sich gemütlich mit einem Kakao an den Ofen kuschelte, erzählte Wilhelm seiner Frau von dem Scherz, den er sich erlaubt, und auch von dem Plan, den er geschmiedet hatte. Sie hatte nichts dagegen einzuwenden.

Am nächsten Morgen in aller Frühe beobachtete Wilhelm, bereits vollständig angezogen, das Haus der Nachbarin von seinem

Schlafzimmerfenster aus. Um neun Uhr verließ sie es, ihre braune Pelzmütze auf dem Kopf, den Nerzmantel, der exakt Fiffis Fellfarbe hatte, fest zugeknöpft. Die Leica-Kamera hielt sie in der Hand. Er hatte keinen Zweifel gehegt, dass die Kötter heute tatsächlich direkt zum Petzen in die Stadt laufen würde. Deshalb hatte er auch an diesem Morgen nicht gestreut vor seinem Haus. Und genau da musste die Alte jetzt vorbei.

Wilhelm rannte die Treppen hinunter, aus der Tür hinaus, und lief dann vorsichtig, bedacht, nicht auszurutschen, zur Straße. Er riss das Tor auf und sah, dass die Kötter schon fast an seinem Haus vorbei war. Sie lief mit Fiffi an der Leine an seinem Gartenzaun entlang und wackelte bedrohlich auf dem Eis des Gehweges. Die Alte bemerkte ihn nicht, aber der Hund tat es. Er wedelte heftig mit dem Schwanz, möglicherweise bei Wilhelms Anblick die köstlichen Plätzchen des Vortages im Sinn. Er wusste, was er tun musste.

»Fiffi, hierher!«, rief er aus vollem Hals.

Der Dackel hetzte los, sein Frauchen konnte die Leine nicht festhalten, verlor das Gleichgewicht und stürzte kopfüber auf das Eis. Ein kurzer Schreckensschrei, dann blieb sie vor Schmerzen winselnd liegen.

»Frau Kötter, um Himmels willen!«, rief Wilhelm und rannte auf sie zu. Mit dem Stiefel trat er dabei wie aus Versehen auf die heruntergefallene Leica. Das Schraubgewinde des Objektivs brach heraus, und aus dem Gewinde sprang die Filmrolle, die Wilhelm schnell aufhob und sich in die Manteltasche steckte. Dann beugte er sich runter zu der wimmernden und fluchenden Nachbarin.

»Kommen Sie, ich helfe Ihnen. Sie haben sich bestimmt den Arm gebrochen, und so, wie es aussieht, auch die Nase. Himmel, und das an Weihnachten!«

»Sie! Sie waren das doch. Fassen Sie mich nicht an!« Frau Kötter versuchte, sich mit den Ellenbogen hochzudrücken; aus ihrer Nase tropfte tiefrotes Blut in den Schnee.

»Was? Oh Gott, Sie sind ja total durcheinander«, sagte er. »Kommen Sie, ich werde Sie in meiner Praxis verbinden und einen Unfallwagen rufen.«

»Lassen Sie mich, oder ich schreie die Nachbarschaft zusammen!« Ihr Gezeter wurde lauter, und Wilhelm drehte sie auf den Rücken und stopfte ihr kurzerhand eine Handvoll Schnee in den Rachen. So wütend und aufgebracht war er noch nie gewesen. Es schien ihm, als entlüde sich der ganze aufgestaute Zorn der letzten Monate an der alten Frau, die jetzt komplett verstummt war und ihn mit aufgerissenen, verängstigten Augen ansah. Ob sich so ein Mörder fühlte? Er musste sich zusammenreißen, sie war jetzt ruhig. Wilhelm hob die Alte auf, die sich nicht mehr wehrte, und schob sie vor sich her ins Haus und rief den Unfallwagen. Bis der eintraf, hatte er ihr grimmig einen provisorischen Verband angelegt und Mullbinden-Röllchen in ihre Nasenlöcher gesteckt, um die Blutung zu stillen. Sie schien so perplex und auch ein wenig benommen, dass sie es nicht mehr wagte, zu sprechen. Auch Wilhelm sagte kein Wort. Als der Unfallwagen ein paar Minuten später vor seinem Haus hielt, schleppte er die immer noch taumelnde und wortlose Nachbarin zur Straße.

Hier eilten ihnen schon der Unfallarzt Doktor Klaus Albrecht, den Wilhelm zufällig aus Studientagen kannte, und ein Sanitäter entgegen. Doktor Albrecht nahm einen Finger und setzte ihn auf Frau Kötters Nase, dann schaute er ihr kurz auf die Stirn und in die Augen und bedeutete sogleich dem Kollegen, die Patientin zum Wagen zu bringen.

»Aua, mein Arm.« Das sollte das Letzte sein, das Wilhelm von Frau Kötter hörte.

»Frohe Weihnachten, Willi«, sagte Klaus und reichte ihm die Hand. »Meine Güte, ist das glatt auf den Straßen.«

»Das kannst du laut sagen. Ein frohes Fest auch dir. Tut mir leid, dass du jetzt rausmusstest.«

»Na, ich bin eben im Dienst, habe keine Praxis, die ich an Feiertagen schließen kann. Aber du hast ja anscheinend auch zu tun an Weihnachten.« Klaus lachte.

Wilhelm erkannte hinter seinem ehemaligen Kommilitonen aus Münster, wie der Sanitäter eine Liege zwischen den geöffneten Hintertüren des Sanitätskraftwagens herauszog.

»Gestürzt vor einer Arztpraxis, wa?«, sagte Klaus. »Glück im Unglück, würde man vermuten. War sicher zu viel Glühwein auf die greisen Beine.«

»Das glaube ich eher nicht. Sie ist meine Nachbarin. Margarete Kötter. Wenn du mich fragst, total senil und wacklig auf den Beinen. Dass die mal schwer stürzt, war nur eine Frage der Zeit.«

»Keine Sorge, wir gucken uns das an«, sagte Klaus. »Und wie läuft es so bei dir?«

»Hach, na ja. Ja, eigentlich bestens«, log Wilhelm.

»Wir sollten im nächsten Jahr mal wieder ein Bierchen trinken und über die gute alte Zeit sprechen, was meinste?« Klaus klopfte ihm auf die Schulter und ging dann zurück zur Fahrertür.

»Auf jeden Fall!«, rief Wilhelm hinterher. »Du, rufst du mich an, wenn ihr wisst, was mit ihr ist? Sie hat niemanden, und ich sollte da sein, wenn sie zurückkommt.«

»Aber klar, mach's gut!«, rief Klaus und knallte die Wagentür zu, worauf auch der Sanitäter von innen die Hintertüren schloss. Die Reifen des Transporters drehten ein paar Mal auf der glatten Straße durch, das Auspuffrohr tuckerte, bevor es dunklen Rauch ausstieß, dann setzte sich der Sanka ohne Sirene in Gang.

Vier Tage später rief Klaus seinen Kollegen an. »Entschuldigung, ich hätte mich schon eher melden sollen«, begann er das Gespräch. »Wir haben einen Haufen Patienten zurzeit. Wegen deiner Nachbarin …«

»Ja?«

»Keine guten Nachrichten.«

»Schieß los! Der Arm ist gebrochen?« Kurz überfiel Wilhelm die Angst, dass es Komplikationen gegeben und er Frau Kötter umgebracht haben könnte.

»Ja. Und die Nase auch, und eine schwere Gehirnerschütterung haben wir auch diagnostizieren müssen. Aber das ist es nicht. Die ist wirklich meschugge. Du hattest recht. Kann nicht alles am Sturz gelegen haben. Oder doch. Ich weiß ja nicht, wie sie sich vorher so verhalten hat.«

»Was ist denn passiert?«.

»Die hat hier alle und jeden als Juden beschimpft. Ausgerechnet noch die Frau vom Blockwart Hansen, die mit ihr im Zimmer lag und sowieso schon so genervt war, dass sie Silvester im Krankenhaus verbringen musste.« Klaus hustete. »Uns blieb keine Wahl, als sie dann einweisen zu lassen, bevor das noch Ärger gegeben hätte.«

»Ach, das ist zu tragisch«, sagte Wilhelm und konnte sich ein Freudengluckser nicht verkneifen, den Klaus aber anscheinend nicht als einen solchen deutete.

»Dann ist sie also in der Provinzial auf dem Gertrudenberg?«

»Ja«, antwortete Klaus. »Irrenhaus. Ich meine Heil- und Pflegeanstalt, entschuldige!« Er machte eine kurze Pause. »Ist ja nur die Straße hoch von euch aus. Sie ist quasi also noch deine Nachbarin, nur von der anderen Seite. Allerdings wirst du sie nicht mehr sehen. Aus der Geschlossenen kommt die so schnell nicht mehr raus. Tragisch, irgendwie, wenn man so geistig verwirrt ist.«

»Schon in Ordnung, ist wohl besser so. Vielleicht besuche ich sie da mal«, sagte Wilhelm und atmete leise und erleichtert aus.

»Ja, dann.«

»Ach, melde dich doch, wenn es bei dir etwas ruhiger ist. Dann können wir zusammen in den Grünen Jäger gehen und ein paar gute Bier trinken.«

»Worauf du dich verlassen kannst. Einen guten Rutsch ins neue Jahr, Willi.«

»Das wünsche ich dir auch, Klaus, und gute Besserung, scheinst etwas angeschlagen.«

»Nicht so wild, gibt immer Schlimmeres, weißte doch. Mach's gut, du hörst von mir.« Er legte den Hörer auf.

Wilhelm sah Frau Kötter nie wieder – und war mehr als erleichtert darüber. Sie hätte zu einem großen Problem werden können. Auch dank tatkräftiger Mithilfe von Dackel Fiffi, der zur besonderen Freude der Zwillinge als fünftes Mitglied in die Familie Möckel einzog, war die Gefahr vorerst gebannt.

Und dennoch musste etwas geschehen. Wilhelm sprach mit Annemarie über die Möglichkeiten, die ihnen jetzt noch blieben. Sie zeigten sich darüber einig, dass es mit der Praxis nicht mehr weiterging. Es wäre auch zu gefährlich, weiterhin den verbliebenen Rest der jüdischen Gemeinde zu behandeln. Das tat ihnen zwar leid, aber sie trugen Verantwortung. Für einander und vor allem für die Kinder. Da sie nun schon mehrfach ins Visier der Nazis geraten waren, würde ein weiteres Unterstützen von Juden zu riskant sein.

»Ich mache die Praxis gar nicht erst wieder auf«, sagte Wilhelm. »Ich finde was anderes.«

Sie schaute ihn an und lächelte.

»Was hast du?«, fragte er erstaunt, denn er empfand in diesem Moment rein gar nichts als amüsant.

»Ach, ich muss es dir jetzt einfach beichten«, sagte Annemarie, die wieder einen ernsten Blick aufgesetzt hatte. »Aber versprich, dass du nicht böse bist.«

Er zuckte mit den Schultern. »Kommt drauf an, sagt man in so einem Fall.«

Sie gestand ihm, dass sie, bereits kurz nachdem er seine Kassenzulassung verloren hatte, Magda einen Brief geschrieben und ihr alles geschildert habe, mit der Bitte, es an Karl weiterzutragen und ihn um Rat zu fragen. In ihrem Antwortschreiben habe Magda mitgeteilt, dass Wilhelm sich bei seinem Bruder melden könne, wenn ihm danach sei, er habe da auch schon eine mögliche Lösung im Sinn.

Er wurde nicht böse, wusste selbst, dass nur Karl in der Lage war, ihm zu helfen. Er konnte ja auch sonst niemandem mehr vertrauen. Aber er hätte vermutlich bis zum Letzten gewartet, um sich wieder einmal von ihm unterstützen zu lassen. Es war ihm mit jedem Mal unangenehmer geworden. Doch jetzt, nachdem seine liebe Frau Vorarbeit geleistet hatte, rief er den Bruder noch am selben Abend an.

»Wie gesagt, glaub nicht, dass ich mit der Annemarie gut Freund werde«, brummte Karl in den Hörer. »Ich habe das für dich getan. Und für Magda, die mir die Hölle heiß gemacht hat. Leider mag sie deine Frau ja offensichtlich zu gerne.«

»Ja, aber was denn nun?«, fragte Wilhelm.

»Hör zu. Ich unterhalte ein gutes Verhältnis mit dem hier eingesetzten Gauleiter. Ich vertraue ihm, und er verfügt über solide Kontakte, die bis nach ganz oben reichen. Ich habe mich mit ihm getroffen und ihm die Lage geschildert. Erfreut war er nicht, aber er hat sich der Sachlage angenommen und eine Lösung gefunden.« Karl klang nicht mehr verärgert, sondern freudig und gar ein wenig stolz.

»Eine Lösung? Heißt, dass ich wieder arbeiten kann?« Wilhelms Herz klopfte vor Aufregung.

»Nein. Leider nicht, Brüderchen. Du musst froh sein über die Option, die du erhältst.«

»Natürlich. Ich mache ja fast alles, wenn ich nur irgendwie aus dem Schlamassel rauskomme.«

Karl wartete einen Moment, sagte dann entschlossen: »Geh in die Wehrmacht. Werde Soldat.«

»Was? Ich bin Arzt. Ich will nicht kämpfen. Das kannst du nicht ernsthaft vorschlagen.«

»Mein lieber, guter Bruder, erstens haben wir keinen Krieg und zweitens sollst du ja auch als Arzt in die Armee und nicht als Geschützführer oder Kampfpilot. Mediziner werden dringend gebraucht.«

»Mmh. Ich weiß nicht …«

»Bruderherz. Das ist die einzige Aussicht. Du solltest dich freuen. Du wirst genug verdienen und deine Familie versorgen können.«

»Keine Einschränkungen wegen Annemarie?«

»Nein, du bist Deutscher, Arier, hast eine gute medizinische Ausbildung, mit der du im Normalfall gar keinen Wehrdienst leisten müsstest. Wenn du es aber freiwillig tust, ist das schon ein wahrer Ehrenvorschuss.«

Wilhelm konnte sich nicht recht vorstellen, was genau er für eine Rolle in der Wehrmacht spielen könnte. Aber er stellte schnell fest, dass er den Gedanken daran weniger unangenehm empfand, als er es im ersten Moment von sich selbst erwartet hätte. Ja, der Vorschlag seines Bruders könnte eine Perspektive sein. Aber würde es die Situation für Annemarie auch langfristig verbessern?

»Hör zu«, fuhr Karl fort. »Ich habe die vertraulichen Informationen vom Gauleiter. Es wird nicht öffentlich breitgetreten, aber es gibt festgeschriebene Ausnahmeregelungen in den Rassengesetzen, die allerdings nur für jüdische Mischlinge gelten. Ein Volljude hat so oder so verloren. Was ja auch rechtens ist. Hitler aber braucht ein paar von den Halbjuden, die erfolgreich in der Wirtschaft, Wissenschaft oder beim Militär sind. Unverzichtbare sozusagen. Die sucht er sich selbst aus. Ausschließlich mit seiner Genehmigung kann diesen prominenten oder nützlichen Leuten deutsches Blut zugesprochen werden.«

»Ich verstehe. Aber was hat das mit mir zu tun? Weder bin ich selbst Halbjude noch besonders nützlich fürs Vaterland.«

»Stimmt, du selbst bist Arier. Und was die Sache mit dem Nützlichsein angeht …«, Karl holte tief Luft. »Als Soldat erhältst du die Möglichkeit, dich ums Vaterland verdient zu machen. Die Ausnahmeregelung gilt auch für jüdische Mischlinge, die mit einem Arier verheiratet sind, und für die gemeinsamen Kinder. Denke also insbesondere an Max und Martin.«

»Moment mal. Heißt das also, ich habe faktisch die Chance, Annemarie zu deutschem Blut zu verhelfen? Sie kann dann arbeiten, ein normales Leben führen und hat durch die Nazis nichts mehr zu befürchten?« Wilhelms Puls beschleunigte sich, seine Hände zitterten vor Aufregung.

»Genau das meine ich. Das alles ist möglich.«

»Dann mache ich das auf der Stelle. Was muss ich alles tun?« Er spürte innerlich bereits eine Last von sich abfallen. Es gab einen Ausweg, eine Lücke im Gesetz, die er nutzen konnte. Eine Ausnahmeregelung, die sein Bruder gefunden hatte. Wilhelm vermochte sich redlich ausmalen, was es Karl für eine Überwindung gekostet haben musste, sich an den Gauleiter zu wenden. *Blut und Armagnac sind dicker als Wasser,* schoss ihm in den Sinn, und er dachte dabei an den letzten kleinen Umtrunk an des Bruders Schreibtisch.

»Toll, wunderbar, ich bin fast sprachlos«, stammelte er in den Hörer.

»Sachte, Brüderchen. Es gibt einiges zu beachten. Wir bekommen das aber hin. Verdinge dich als Arzt in der Wehrmacht, und du erhältst gute Perspektiven, die Zukunft deiner Familie in allen Belangen zu sichern. Du solltest eine Offizierslaufbahn einschlagen und den richtigen Zeitpunkt abwarten, dann kannst du ein Gesuch an Hitler persönlich richten, in dem du um Begnadigung und Gleichstellung von Annemarie bittest, die dann natürlich auch für deine Söhne gilt. Ich helfe dir mit den Formalitäten.«

»Ich weiß einfach nicht, was ich sagen soll … Danke, Karl, das sind großartige Neuigkeiten. Wann aber ist der richtige Zeitpunkt, um dieses Gesuch einzureichen?«

»Wie gesagt«, Karl sprach weiter, »du solltest schon einiges vorweisen können. Sammele Auszeichnungen, wo es möglich ist.

Das geht auch in Friedenszeiten. Obwohl ein Krieg natürlich das Beste wäre.«

»Ein Krieg – das Beste? Jetzt spinnst du aber.«

Karl räusperte sich. »Nun ja. Es ist nicht so, dass ich an einen baldigen militärischen Konflikt glaube. Aber Hitler verfolgt da gewisse Pläne und lässt sich bestimmt nicht vom Ausland beirren. Du hast doch gesehen, was mit Österreich und der Tschechei passiert ist. Die Engländer und Franzosen werden nicht alles dulden. Die Spannungen mit Polen nehmen immer mehr an Fahrt auf. Sollte es einen Krieg geben und du noch nicht im Offiziersrang sein, schmeiß dich in den Kampf, verdiene dir Orden und rette Annemarie und die Kinder.«

»Das werde ich tun! Um meine Frau und meine Kinder zu retten, würde ich auch durch die Hölle gehen. Ich werde kämpfen bis aufs Blut.«

»Du hast es verstanden. Exakt auf den Punkt. Was du brauchst, um den Führer zu überzeugen, ist deutsches Heldenblut. Solches ist so viel hochwertiger als das Judenblut in deinen Söhnen – sofern sie später nicht selbst wieder mit Juden verkehren, was ich wohl nicht hoffe –, dass es sich einfach in der Erbfolge rauswaschen wird.«

»Ich bewerbe mich gleich nach Neujahr«, sagte Wilhelm aufgeregt. »Wie komme ich schnellstens an die Unterlagen?«

»Die habe ich bereits hier«, antwortete Karl. »Ich werde sie dir gleich zusenden lassen.«

»Ich vertraue dir, Karl, wie du deinem Gauleiter. Ich bin dir zu großem Dank verpflichtet.«

»Bedanke dich bei deiner Frau. Und sag auch danke von Magda für das Paket mit der goldenen Spieldose für unseren bald das Licht der Welt erblickenden Sohn.«

»Ihr erwartet einen Sohn? Bist du Hellseher?« Wilhelm schmunzelte.

»Nein, das habe ich so im Gefühl. Vielleicht werden es sogar zwei Söhne. Wer weiß, bei unserem genetischen Glück.« Er lachte.

# WILHELM, DER SOLDAT

Wilhelm hielt sich an den Rat seines Bruders. Mitte Januar 1939 hatte er sämtliche Unterlagen zusammen, um sich als Freiwilliger bei der Wehrmacht bewerben zu können. Im März wurde er zur Musterung bestellt und bereits Ende Mai trat er den Wehrdienst an. Karl hatte ihn in allen Belangen unterstützt und ihm sogar so lange einen Kredit gewährt, bis er selbst Soldatensold beziehen würde. Was für einen großartigen Bruder er doch hatte.

Nach der zwölfwöchigen Grundausbildung, während der Wilhelm den Umgang mit Gewehr, Pistole und Handgranaten erlernte, sollte die Ausbildung zum Infanteristen folgen, die für acht Monate vorgesehen war. Doch der Krieg kam für alle überraschend schnell. Als am frühen Morgen des 1. Septembers 1939 die ersten Schüsse in Danzig fielen und die Wehrmacht in Polen einmarschierte, dachte der Osnabrücker Augenarzt erneut an die Worte seines Zwillingsbruders: *Schmeiß dich in den Kampf, verdiene dir Orden und rette Annemarie und die Kinder.*

Ihm leuchtete ein, dass im Kriegsfalle jeder verfügbare Arzt dringlichst gebraucht werden würde, und er sah seine Chance als gekommen an. Er musste also auf die reguläre Ausbildung zum Sanitätsoffizier an der militärischen Akademie in Berlin verzichten und den unbequemeren, aber für seine Zwecke schnelleren Weg einschlagen. So meldete sich Wilhelm noch am Tag des Kriegsausbruches freiwillig zum Einsatz. Am 3. September erklärten England und Frankreich dem Deutschen Reich den Krieg. Der Zweite Weltkrieg war damit entfesselt.

Wilhelm wurde in die Sanitäts-Ersatz- und Ausbildungsabteilung 6 in Bielefeld eingegliedert und hier zusammen mit anderen Ärzten und Sanitätern für die medizinischen Aufgaben im Krieg vorbereitet. So kam er während des Polenfeldzuges noch nicht zum Einsatz. Am 27. September kapitulierte das Nachbarland gegenüber der überwältigenden Kampfkraft der Wehrmacht – viel schneller als erwartet. Polen wurde unter dem Deutschen Reich und der Sowjetunion aufgeteilt, und die Engländer und Franzosen zeigten keine Ambitionen, militärisch zu intervenieren. Erst als die Wehrmacht am 9. April 1940 in Norwegen einfiel, wehrten sich die Briten.

Ab dieser Zeit kümmerte sich Wilhelm in einem Reservelazarett nahe Münster um Soldaten, die in Norwegen so schwer verletzt worden waren, dass sie in die Heimat geschickt wurden. Zu seiner Überraschung traf er dort auch Ernst, mit dem er fachlich gut und freundschaftlich zusammenarbeitete. Inzwischen war Ernst aufstrebender Oberarzt einer Münsteraner Klinik, half aber gewissenhaft bei der Verwundetenversorgung. Sie beschlossen, trotz des Krieges wieder intensiveren Kontakt zu halten. Als hätten sie eine geheime Übereinkunft getroffen, redeten sie nie über Fritz.

Wilhelm tat sich bei seiner Arbeit im Lazarett bereits als besonders engagierter Arzt hervor, was ihm eine rasche Beförderung zum Unterarzt einbrachte. Die neue Tätigkeit bereitete ihm schnell Freude. Er merkte, dass er gebraucht wurde, und lernte als Arzt und Soldat unaufhörlich hinzu.

In Osnabrück bekam Annemarie zu spüren, dass alte Bekannte sie auf einmal wieder grüßten. Der Krieg veränderte die Menschen.

Selbst Luise schrieb ihrer verstoßenen Freundin einen Brief und gratulierte dazu, dass Wilhelm als Soldat das Vaterland verteidigen wolle. Ihr Fritz hingegen drücke sich durch seine, wie er verlauten ließ, viel wichtigere Tätigkeit bei der NSDAP. Inzwischen hatte er die SA verlassen und fungierte als eifriger Blockleiter in der Südstadt. Annemarie schrieb nicht zurück. Auf Luises Glückwünsche konnte sie gut und gerne verzichten, sie war über die einstige Freundin hinweg. Für sie zählte nur noch die Familie, und sie war sehr froh darüber, dass sie ihren Mann noch ein paar Mal sehen durfte. Drei Wochenenden kam er nach Hause. Mit einem Auto, das man ihm leihweise zur Verfügung gestellt hatte. Ein rot-schwarzer BMW 327. Und als sie mit den Kindern einen Ausflug ins Grüne machten, ließ er sie auf einer unbeobachteten Strecke auch mal ans Steuer und erfüllte ihr damit einen großen, langersehnten Wunsch. Den Führerschein hatte Annemarie nicht mehr machen dürfen als Halbjüdin. Doch all das war nicht mehr so wichtig. Es herrschte Krieg, und sie hatte Wilhelm noch bei sich. Vielen Frauen war in dieser Zeit ein solches Glück nicht mehr vergönnt. Nicht wenige hatten ihre Männer, Brüder und Väter bereits zu Beginn des Krieges für immer verloren.

Wenn Annemarie beobachtete, wie liebevoll ihr Mann mit den Kindern spielte, wenn er zu Hause verweilte, dann entschädigte das für viel.

Sie hatte gehofft, dass der Krieg schnell beendet und ihr Gatte gar nicht mehr an die Front abkommandiert werden würde. Doch mit dem Angriff auf Frankreich musste sie von dem frommen Wunsch Abschied nehmen. Der unvergleichbare Optimismus ihres treuen Ehemannes und seine stetige Versicherung, ihm würde schon nichts zustoßen, ließ ihre Sorge zumindest vorerst erträglich erscheinen.

Wilhelm marschierte am 10. Mai 1940 mit dem Feldlazarett 16 der 16. Infanterie-Division über die Grenzen Luxemburgs und Belgiens und rückte von dort nach Frankreich vor. Erst nach vier langen Wochen konnte er sich zu Hause melden, und Annemarie erhielt den sehnlichst erwarteten Brief.

*Frankreich, 8. Juni 1940*

*Meine liebste Annemie,*
*Ich habe mir eine kleine französische Schreibmaschine besorgen lassen. Die Tasten sind anders als bei uns, aber man gewöhnt sich an alles. Ich denke jeden Tag an Dich und die Kinder und ich hoffe, ihr macht euch keine allzu großen Sorgen. Lange konnte ich nicht schreiben. Du hast den Vormarsch unserer Truppen über die Presse verfolgen können und freust Dich sicher über den Erfolg. Wir hatten schwere Kämpfe zwischen Reims und Verdun, aber nun konnten wir den Gegner komplett abschneiden und rücken mit der Sanitätskarawane unaufhörlich den Infanteristen und motorisierten Truppen nach. Die Franzosen fliehen und geben auf. Wir sehen jeden Tag Kolonnen von Gefangenen. Der Sieg ist nahe. Keiner hätte damit gerechnet, dass wir diese einst so stolze Streitkraft in so kurzer Zeit nahezu überrollen würden. Von der einheimischen Bevölkerung sieht man nicht viel. Die französische Propaganda hat genug vor uns bösen deutschen Menschenfressern gewarnt. Die, die geblieben sind, freuen sich, dass wir doch so unerwartet nett zu ihnen sind und sie nicht verspeisen wollen und auch sonst ganz erträglich sind. Wir sind erstaunt und erleichtert und haben gerade Ruhe.*

*Du brauchst mir übrigens nichts zu schicken. Die Verpflegung hier ist ausgezeichnet. Verstehe mich nicht falsch, mein liebes Frauchen. Ganz gewiss ist das Essen nicht so gut wie an Deinem Herd, aber man wird satt.*

*Falls es Dich interessiert: Unseren Fuhrpark haben wir mit Beutefahrzeugen auf erstklassigen Stand gebracht, sodass die Truppe besser ausgerüstet nach Hause kommen wird, als sie in Frankreich einmarschiert ist. Ich hoffe, dass ich Ende Juni Urlaub bekomme, um euch endlich wieder in die Arme schließen zu können. Macht euch keine Sorgen, alles ist gut, und ich liebe euch auch über alles!*

*Ich schreibe auf der Rückseite noch etwas an die Kinder. Sie sind ja jetzt so groß, dass sie selbst lesen. Sonst hilf ihnen doch bitte dabei!*

*Lieber Max, lieber Martin,*
*ich bin mit unseren Soldaten in Frankreich, wie ihr sicher bereits von Mutti wisst. Die Menschen hier sprechen nicht Deutsch, sondern Französisch, auch die kleinen Kinder. Es ist eine schwierige Sprache, die sich anhört, als würde man singen, nur ohne Orchester. Wir haben viele Franzosen gefangen genommen, deshalb ist auch der Krieg schon fast aus und mir ist nichts passiert. Ich besitze jetzt sogar ein eigenes Pferd, mit dem ich zu kranken Soldaten reiten kann, um sie zu versorgen. Der treue Gaul heißt Pierre und ist ganz schwarz. Auch wenn ihr euch das sicher gerade wünscht, aber ich werde Pierre nicht mit nach Hause nehmen können, denn er ist Franzose und möchte in Frankreich bleiben, damit er sich mit anderen Pferden auch unterhalten kann. Pferden fällt es nämlich nicht leicht, eine andere Sprache zu lernen. Und das Deutsche ist für die Franzosen wirklich schwer. Ich mache aber ein paar Fotos von meinem treuen vierbeinigen Begleiter.*

*Wenn ihr versprecht, dass ihr ganz lieb zu Mutti seid, bringe ich euch etwas Schönes mit. Die Kinder von meinen Kameraden haben das ihren Muttis auch versprochen, denn alle Buben und Mädel, deren Väter Soldaten sind, müssen besonders lieb zu ihren Müttern sein. Dann bekommen sie auch tolle Geschenke. Und in Frankreich gibt es wunderhübsche Sachen, die ihr bestimmt noch nie gesehen habt. Ihr erlebt ganz bald euren siebten Geburtstag. Meine Güte, ihr seid so groß geworden! Vermutlich schaffe ich es rechtzeitig zum 13. Juli. Ich freue mich auf euch, dann erzähle ich noch vieles mehr.*

*Es küsst euch, euer Vati.*

Die kleinen Zwillingsjungen zeigten sich ganz stolz und aufgeregt, als sie ihren Vati das erste Mal in Uniform begutachten durften. Da war Frankreich gerade geschlagen, und jedes Kind in ihrem Alter ließ zu dieser Zeit, gefördert auch von ihren Lehrern, eine übersteigerte Faszination für alles Soldatische erkennen. Annemarie hatte Wilhelm in einem Brief davon geschrieben, dass die Lümmel in der Schule darüber stritten, welcher Vater denn am besten schießen konnte. Ein paar Mitschüler hätten Max und Martin ausgelacht, als sie preisgaben, dass ihr Papa nur als Arzt in Frankreich diente. Als sie denen dann aber mittgeteilt hätten, dass ein Arzt sogar mit einer Maschinenpistole schieße, ließen die Kameraden sich beeindrucken. Annemarie war auf die Idee gekommen, dass Wilhelm seine Kinder in Feld- statt Dienstuniform überraschen könnte. Er hatte nichts dagegen einzuwenden, und so ging der Soldatenvater, als er am späten Nachmittag des 27. Juni 1940 heimkehrte, zunächst in den Schuppen hinter das Haus und tauschte Waffenrock, Schiffchen und Ausgehschuhe gegen die sauber gereinigte feldgraue Kampfuniform. Als er die Tür aufschloss, hörte er die beiden Jungs bereits eilig den Flur runterrennen.

»Vati, Vati!« Max und Martin riefen zeitgleich, als er eintrat. Wilhelm konnte gerade seinen Koffer und den massigen Tornister abstellen, da sprangen sie ihm schon auf die Knie. Er wunderte sich, wie schwer die Kinder geworden waren, und musste sie an den Trägern ihrer Lederhosen festhalten, damit nicht alle drei umfielen. Er bückte sich und warf die Arme um seine Söhne, die sich ihre blonden Haare zu einem Seitenscheitel gelegt hatten und karierte Hemden trugen. Max in blauweiß und Martin in rotweiß. Erst küssten sie ihn beide auf die Wange, dann beugten sie den Kopf nach hinten.

»Vati, du hast ja einen echten Soldatenhelm!«, rief Martin.

»Donnerwetter, ein Maschinengewehr!« Max hatte die entladene und gesicherte MP entdeckt, deren Gurt um den Hals seines Vaters hing. Er hatte natürlich zuvor das Magazin entfernt.

»Stahlhelm heißt der Helm, und das ist kein Maschinengewehr, sondern eine Maschinenpistole.«

»Maschinenpistole«, wiederholte Max und berührte das schwarze Metallgehäuse mit dem kleinen Finger so vorsichtig, als erwarte er eine heiße Herdplatte.

»Und, was ist das für ein Vogel?«, fragte Martin und tippte auf das aufgestickte Emblem mit Hakenkreuz, das über der rechten Brusttasche der Feldbluse angebracht war. »Kein Vogel. Ein Wehrmachtsadler ist das.« Wilhelm beugte seine Schulter nach vorne. »Und das da ist eine Schulterklappe mit dem Äskulapstab, mit blauer Umrandung. Beides ein Zeichen dafür, dass man mich als Arzt erkennt.«

»Ich will auch sehen!«, rief Max. Gerade wollte Wilhelm die andere Schulter zeigen, da hörte er ein Klatschen und danach seine Frau rufen: »Nun ist aber gut. Lasst Vati erstmal in Ruhe ankommen.«

Wilhelm schaute sehnsüchtig auf. Annemarie lehnte, die Arme verschränkt, am Treppengeländer. Sie trug das blaue Kleid, das sie bei ihrer ersten Verabredung zum Kino getragen hatte. Er ließ die Jungen auf den Boden plumpsen, stand auf und lief eiligen Schrittes auf sie zu. Dabei nahm er den Helm vom Kopf, fiel in ihre ausgebreiteten Arme und presste sie fest an sich. Er spürte ihre weichen Locken in seinem Gesicht kribbeln und sog ihn auf, den süßen Duft von Rosen und Jasmin. Wilhelm drückte sie noch inniger und merkte, wie ihr Herz raste. Genauso schnell wie seine eigenes und im gleichen Takt.

»Ich habe dich vermisst, mein Schatz«, flüsterte Annemarie ihm ins Ohr.

»Oh, Annemie. Und wie du mir erst gefehlt hast.« Er schaute ihr erst tief in die blauen Augen, in denen er Freudentränen erkannte, dann küsste er sie auf die rot geschminkten Lippen. Max und Martin kamen angelaufen und klammerten sich an die Beine ihrer

Eltern. So standen die vier lange da, sich drückend, streichelnd, miteinander weinend und lachend.

Später durften die Söhne ihren Vater im Wohnzimmer auskleiden und erfuhren dabei, dass sein Gürtel Koppel genannt wurde, warfen einen Blick in die dort angehängte Patronentasche und in die braune Feldflasche. Schließlich ließen sie sich noch die Funktion des Spatens zeigen, hantierten mit seinem Essgeschirr, legten sich gegenseitig Verbände an und bestaunten die Spritzen. Nach langer Diskussion und nur unter der Bedingung, dass sie nach dem Abendessen artig ins Bett gehen würden, ließ Wilhelm sie dann auch den Abzug der entsicherten MP drücken. Mit vereinten Brüderkräften schafften sie es, bis ein Klicken zu hören war.

Die Zwillinge würden ihren Vater in den nächsten vier Wochen, in denen er den Urlaub zu Hause verleben durfte, über jedes Detail des Krieges ausfragen, und der antwortete gerne und voller Stolz. Auch wenn er ein paar allzu brutale Einzelheiten bewusst ausließ. Seiner Frau berichtete er auch von den unangenehmen Begebenheiten und ein paar Grausamkeiten. Er sprach über den Verlust von Kameraden, über die vielen getöteten Franzosen und über unsaubere Quartiere. Und Annemarie erzählte ihm ebenfalls von traurigen Erlebnissen. Auch wenn die Kinder es noch nicht begriffen, bekamen sie schon zu spüren, dass sie anders waren. Bei einigen Klassenkameraden hatte sich herumgesprochen, dass ihre Mutter jüdisch war, und sie waren beide schon in der Schule als Juden beschimpft worden. Das hatte zu einer Rauferei geführt, die Max und Martin für sich hatten entscheiden können. Glücklicherweise waren sie nämlich die Größten in der Klasse und obendrein kräftig wie junge Bären.

Bald würde sie ihnen erklären müssen, dass sie nicht in die Hitlerjugend eintreten dürften, sagte Annemarie zu Wilhelm, als sie eines Abends bei Rotwein und Brot im Garten saßen und einen lauen Sommerabend genossen. »Immer wenn sie die Jungen und Mädchen in ihren soldatischen Uniformen Fahnen schwenkend und singend durch die Stadt ziehen sehen, tanzen unsere Kinder hinterher und klatschen.« Annemarie redete mit trauriger und leiser Stimme. Dann schaute sie ihrem Mann mit sorgenvollen Augen ins Gesicht. »Martin hat mir gesagt, dass er auch gerne zu den Hitler*juden* möchte. Was soll man denn da als Mutter sagen?«

Wilhelm versuchte, seine Frau zu beruhigen. »Das ist doch normal, dass Kinder etwas durcheinanderschmeißen. Die beiden sind groß und stark. Sie werden aufeinander aufpassen. Das ist doch auch das Tolle an Brüdern, die sich so lieben wie die zwei.« Außerdem erklärte er, dass die Hitlerjugend für Max und Martin ja noch ein paar Jahre hin sei und dass sie dann getrost hingehen könnten, denn er gedenke schließlich, schon bald Offizier zu werden. Dann sei alles geregelt. »Es läuft nach Plan, Annemie. Hab noch etwas Geduld.«

»Und wenn dir was passiert? Es haben doch bereits so viele deutsche Soldaten ihr Leben auf dem Feld gelassen.«

»Mir geschieht nichts«, sagte Wilhelm selbstbewusst. »Wer weiß, ob der Krieg überhaupt noch weitergeht. Frankreich ist geschlagen. Wer hätte das so schnell für möglich gehalten? Wir haben eine so starke Armee, wer soll uns denn jetzt noch angreifen, geschweige denn ernsthaften Schaden zufügen?«

»Die Engländer, die Russen. Die Amerikaner, wie im Großen Krieg?«

»Annemie«, Wilhelm zog sie behutsam auf seinen Schoß. »Also wirklich, das hier ist doch nicht mit dem Weltkrieg zu vergleichen. Mir macht das Soldatenleben sogar Freude. Man wird mich weiter brauchen, und ich werde mir Auszeichnungen erwerben. Alles wird bald gut.«

»Vielleicht hast du recht, und ich mache mir zu große Sorgen«, sagte Annemarie, nachdem sie sich lange und innig geküsst hatten. »Am Ende gewinnt doch das Gute!« Sie grinste. »Apropos. Ich habe dir ja noch gar nicht von unserem Kreisleiter Wecker erzählt, den du so gehasst hast.«

»Ich hasse ihn immer noch« antwortete Wilhelm und verzog seine Stirn. »Was ist mit dem?«

Sie lachte wieder. »Dann wird es dich sicher freuen, dass er vom Gauleiter degradiert wurde.«

»Ach was – wirklich? Warum?«

»Er soll sich an ein minderjähriges Mädchen herangemacht haben.«

Wilhelm erinnerte sich daran, dass ihm Wecker bei seinem Besuch im Hitlerhaus erzählt hatte, dass untergebene Parteimitglieder nach seinem Amt schielten. Vielleicht hatten sie erfolgreich eine Intrige spinnen können. Obwohl er Wecker durchaus zutraute, sich an jungen Mädchen zu vergreifen.

»Und was macht er jetzt?«

»Ich glaube, er soll eine Stelle als Ortsgruppenleiter annehmen. Ich denke nicht, dass er noch mal darüber hinauskommt.« Sie legte die Fingerkuppen auf die Wangen ihres Mannes und küsste ihn erneut. Sanft nahm er ihre Hände von seinem Gesicht und schaute sie neugierig an. »Wer ist denn der neue Kreisleiter?«

»Rudolf Lemke.«

»Was? Der Hotelier?«

»Genau.«

»Auch ein Arschloch«, sagte Wilhelm.

»Muss an der Partei liegen.« Sie kicherte.

»Bestimmt. Aber Lemke ist nach Wecker das kleinere Übel. Da bin ich mir sicher.« Wilhelm zuckte mit den Schultern und zog seine Frau wieder ganz dicht an sich heran. »So, dann darfst du mich jetzt wieder küssen!«

Wilhelm empfand jenen Heimaturlaub als eine Zeit inniger Liebe und Zärtlichkeit. Er sprach so wenig wie möglich mit Annemarie über die Rassenfrage. Sie beide wussten genau Bescheid, worum es ging und wie wichtig Wilhelms Einsatz für die Familie war.

Doch mit seiner Einschätzung, dass der Krieg bereits ausgefochten sein könnte, irrte er gewaltig.

Nach seinem Heimaturlaub gliederte die Wehrmacht Wilhelm im August 1940 als Truppenarzt in das Kradschützen-Bataillon 16 ein, mit dem er nach Thüringen verlegt wurde. Im Dezember kam er mit einer Lehrdivision ins verbündete Rumänien, mit dem Auftrag, rumänische Truppenteile mit deutschen Grundsätzen der Kriegsführung vertraut zu machen und um Ölfelder zu sichern. In der Schreibstube erhielt er Zugang zu einer Maschine und verfasste, sobald es ihm möglich war, einen Brief an Annemarie:

*Rumänien, 16. Dezember 1940*

*Meine liebste Annemie,*

*ab heute ist uns erlaubt, Briefe zu verschicken. Ich habe es kaum ausgehalten. Natürlich schreibe ich sofort. Wir sind nun also seit zwei Wochen im schönen, verschneiten Rumänien. Die vielen Volksdeutschen, denen wir hier in Siebenbürgen begegnet sind, sind uns an den Hals gesprungen und haben uns als Retter gefeiert. Dabei sind wir gar nicht hier, um jemanden zu befreien, aber wir ließen sie in ihrem Glauben. Ich kann noch nicht mit Bestimmtheit sagen, ob uns die Einheimischen auch mögen. Die rumänische Armee ist uns wohlgesonnen, es ist ja so verabredet. Unter der Zivilbevölkerung scheint es gemischt zu sein. Einige, vor allem alte Rumänen, schauen uns misstrauisch an. Andere, wie Kinder und junge Frauen, begegnen uns mit Freude, beschenken uns mit frischen Blumen, starkem Schnaps und süßem Gebäck. Es sind hübsche Damen darunter. Leider kann sich der ein oder andere Soldat dieser Schönheit nicht erwehren, und so habe ich allerhand damit zu tun, Geschlechtskrankheiten zu behandeln. Wer hätte das je gedacht? Ein Augenarzt diagnostiziert Syphilis. Aber auch auf ärztliche Warnungen hin lassen sich die Kameraden kaum bremsen. Was bin ich froh, dass ich mir niemals eine so fiese Krankheit einheimsen werde, denn ich gedenke auf keinen Fall, meinem liebsten und treuesten Frauchen auch nur ein einziges Mal fremdzugehen. Darauf verlasse Dich immer!*

*Wir richten uns hier auf Winterquartier ein und warten wie wohl ihr zu Hause auch – auf das Weihnachtsfest. Ich hoffe, der Brief erreicht euch noch rechtzeitig, denn er ist gleichermaßen ein Weihnachtsgruß an meine geliebte Annemie und meine tapferen Söhne. Ich bin, während ich hier schreibe, traurig, in diesen Tagen nicht bei euch sein zu können, aber meine Gedanken sind nur bei euch, das sollt ihr wissen. Ich weiß noch nicht, wann ich Urlaub bekommen kann, aber ganz bestimmt im Frühjahr. Wenn dann bei euch noch etwas Schnee liegt, feiern wir Weihnachten einfach nach. Frag doch Max und Martin, ob sie mir einen Schneemann bauen und ihn stehen lassen, bis ich komme. Dann werde ich auch tolle Geschenke für sie haben, denn sie waren ja ganz sicher artig. Ich hoffe, sie sind nun nicht traurig, dass Vati nichts zum Fest schicken kann, denn Pakete versenden dürfen wir noch nicht.*

Ab dem 11. April 1941 nahm Wilhelm als Unterarzt am Balkanfeldzug teil und besetzte mit der 16. Panzer-Division Bulgarien. Von dort aus sollte die Division den in Jugoslawien und Griechenland kämpfenden Truppen den Rücken stärken und als Reserve zur Verfügung zu stehen.

*Bulgarien, 18.4.1941*

*Meine liebste Annemie,*
*wir rücken immer weiter vor. Uns geht es sehr gut, aber von einigen Dingen werden wir doch geplagt. Abwechselnd ist es die Kälte, dann die Hitze. Es sind ganz merkwürdige Wetterumschwünge. Schlimmer aber sind die vielen kleinen Tierchen, die uns in den Quartieren aufsuchen. Wanzen und Läuse. Aber nichts ist quälender als die immer wieder hereinbrechende Langeweile. Unser aller Wunsch ist es, so schwer du das glauben magst, endlich an Kampfhandlungen teilzu-*

*nehmen. Aber offenbar kommt man ganz gut ohne uns aus. Wir liegen gerade in einem ländlichen Dorf, genießen bulgarischen Wein und türkischen Kaffee. Die Einheimischen sind noch viel freundlicher als die in Rumänien. Wir werden sogar herzlich mit »Guten Tag« und »Heil Hitler« begrüßt.*

*Ich vermisse Dich und Deine Wärme schmerzlich. Nun will ich noch ein paar Sätze an die Kinder schreiben.*

*Lieber Max, lieber Martin,*
*euer Vati ist mit den deutschen Soldaten weit weg von euch. Das Land heißt Bulgarien. Wenn ihr mit der Eisenbahn zu mir reisen würdet, wäret ihr viele Tage lang unterwegs. Aber so kleine Kinder dürfen noch nicht so weit fahren.*

*Die Menschen, die hier leben, sehen ganz anders aus als bei uns. Sie sprechen Bulgarisch, was noch komischer ist als Französisch, und man kann sie gar nicht verstehen. Alles ist merkwürdig hier. Die Frauen haben Hosen an. Könnt ihr euch das vorstellen? Ich bis jetzt nicht. Die Männer tragen ein weißes Tuch um den Kopf. Wenn sie Ja sagen, dann schütteln sie mit dem Kopf, und wenn sie nicken, dann bedeutet das Nein. Ihr könnt euch ausmalen, dass wir viel lachen müssen darüber. Aber all diese merkwürdigen Menschen sind freundlich zu uns, und wir haben sie auch gerne, deshalb kämpfen wir auch nicht gegeneinander. Nur wenn wir einen Engländer finden sollten, schießen wir. Aber die haben wir noch nicht gefunden, denn die laufen vor lauter Angst weg, wenn sie deutsche Soldaten sehen. Macht euch also keine Sorgen.*

*Schreibt mir wieder einmal, was ihr in der Schule alles lernt und was ihr spielt. Und seid folgsam zu Mutti! Ihr wisst ja, dann gibt es auch Geschenke. Was wünscht ihr euch?*

*Viele Küsse von eurem Vati.*

# TEIL II

# ANGST UND LEICHTSINN

*Sowjetunion, 20. Oktober 1941*

Ich habe nur zwei Stunden geschlafen, als wir am frühen Morgen Grekowo-Balka verlassen. Bis zum Morgengrauen hat Wilhelm mir von Annemarie, den Kindern und den tragischen Umständen seines Kriegseinsatzes erzählt. Ich bin beeindruckt und erschrocken, auf jeden Fall ergriffen. Ich bin mir darüber hinaus nicht sicher, ob mir die Erzählung so zusetzt oder es die fette Gans von gestern Abend ist, die mir noch immer schwer im Magen liegt. Möglicherweise ist es auch der Wodka. Während des Vormarsches in Richtung des Flusses Mius muss ich mich zweimal übergeben. Ich erhalte Tabletten gegen Übelkeit und darf zwei Stunden im Sanka, ein für den Verwundetentransport umgerüsteter Opel Blitz mit Allradantrieb, mitfahren und noch etwas auf der Liege schlafen. Nach einem Stück Zwieback mit Butter und Wurst und einem Kaffee am Mittag fühle ich mich wieder einigermaßen und kann weitermarschieren.

Mittlerweile sind Wilhelm und ich nach der freiwilligen Versetzung von der Sanitätskompanie seit fast sechs Wochen Teil der Panzer-Aufklärungs-Abteilung 16. An die Aufgaben, die uns hier zugewiesen sind, haben wir uns schnell gewöhnt, doch allgemein hat uns der Krieg in all seiner Barbarei voll erwischt. Gerade erst hatten wir die neuen Kameraden kennengelernt, schon ist die Hälfte davon wieder gefallen oder hat sich bis zur Kampfunfähigkeit verletzt. Wir haben heftige Gefechte durchgestanden, und ein nächstes steht kurz bevor. Wir befolgen die Order, am Mius einen strategisch wichtigen Brückenkopf zu errichten, damit die Division mit ihren schweren Panzern nachrücken kann.

In der gesamten 16. Panzer-Division dienen durchschnittlich etwa elftausend Soldaten, die eingeteilt sind in ein Panzer- und ein Artillerieregiment, zwei motorisierte Schützenregimenter sowie je ein Panzerjäger-, Panzerpionier-, Aufklärungs- und Nachrichtenbataillon. Dazu kommen Versorgungs- und Sanitätstruppen. Unsere Aufklärungs-Abteilung unter dem Kommando von Major Henning von Witzleben umfasst etwa achthundert aktive Soldaten, die nebst Stab auf fünf Kompanien, eine Versorgungskompanie und auf die Kolonne verteilt sind. Ist das nicht eine erstaunliche Kapazität? Allein eine Kompanie verfügt über bis zu dreißig gepanzerte Fahrzeuge, wie etwa Schützenpanzer, Späh- oder Funkpanzerwagen. Außerdem zehn Lkw für den Personen-, Munitions- und Kriegsgerätetransport. Wilhelm und ich gehören mit im Schnitt hundertfünfzig Soldaten der vom tapferen Hauptmann Göricke geführten 2. Kompanie an, die wiederum unterteilt ist in Züge, Gruppen und Trupps. Allen Teilen sind spezifische Aufgaben zugewiesen. So haben wir motorisierte Melderstaffeln, Pak- und Flak-Züge, Panzerspähtrupps und jede Menge Gepäck- und Verpflegungstrosse. Pak steht als Abkürzung für Panzerabwehrkanone und Flak für Flugabwehrkanone.

Dem Truppenarzt einer Kompanie, also in unserem Fall Wilhelm, steht ein eigener Pkw zu, den meistens ich für ihn fahre. Wenn es schnell und über unwegsames Gelände geht, kutschiere ich meinen Arzt aber auch auf einem Sanitätskrad mit Beiwagen. Krad steht für Kraftrad, und davon haben wir dutzende.

Einer Panzer-Aufklärungs-Abteilung obliegt die Aufgabe, feindliche Panzer und Geschütze auszuspähen, was zur Folge hat, dass wir meist an der Spitze der Division kämpfen.

Die Fahrer der Spähwagen tragen schwarze Kleidung, wie alle Panzersoldaten. Im Gegensatz zu den Truppen der Panzerregimenter ist ihre Waffenfarbe allerdings nicht rosa, sondern goldgelb: die Farbe der Aufklärer. Das heißt, die Biesen und Nähte an verschiedenen Uniformteilen wie den Kragenspiegeln und Schulterklappen sind in dieser Farbe gehalten. Als nicht Panzer fahrender Teil der Truppe tragen wir die normalen feldgrauen Uniformen des Heeres. Auf unseren Schulterstücken sind ein gotisches A und die 16 eingestickt. Wilhelms Waffenfarbe als Arzt ist kornblumenblau, und ich trage ein Abzeichen mit der Aufschrift: *Sanitätspersonal.* Das identifiziert uns neben den Rotkreuzbinden am Ärmel und den Emblemen auf den Taschen als Sanitäter. Die meisten von uns haben sich auch mit Farbe rote Kreuze auf weißem Grund auf den Stahlhelm gemalt. In der Hoffnung, dass Rata-Piloten ein Einsehen haben, wenn sie diese von oben sehen. Meistens leider nur ein frommer Wunsch. In einem Zug, bestehend aus knapp vierzig Mann, marschiert jeweils ein ausgebildeter Sanitätssoldat. In der Kompanie sind wir also zu dritt. Meine Kollegen heißen gerade Werner und Kurt, vor zwei Wochen hießen sie noch Günter und Heinz.

In der nächsten Nacht schlafe ich besser, ich übernachte in unserem Sanitäts-Pkw – ein VW-Kübel. Als ich am frühen Morgen geweckt werde, überkommt mich schlagartig wieder die Übelkeit. Aber die ist nur der Angst geschuldet, die immer auftritt, wenn man weiß, dass Kämpfe direkt bevorstehen.

Bevor wir zum Fluss Mius gelangen können, müssen wir ein Dorf einnehmen, das noch vom Feind gehalten wird und auf das wir jetzt zumarschieren. Ich trage meinen Karabiner im Anschlag und laufe neben Wilhelm, der seine MP vor sich hält und nervös auf einem Zigarettenstummel kaut, über ein gemähtes Getreidefeld. Wir Sanitäter und Ärzte bilden die den kämpfenden Truppen dicht folgende Nachhut, aus einfachem Grund: Man braucht uns sofort, wenn jemand vorne verwundet wird. Ich schaue auf meine Armbanduhr. Sieben Uhr in der Frühe, die Sonne ist bereits aufgegangen. Doch der dunkle Nebel, der nah über unseren Köpfen vorbeizieht, erweist sich als so dicht, dass uns die feindlichen Ratas nicht erkennen können. Das unaufhörliche Knattern der Motoren jagt den Soldaten gehörigen Respekt ein. Sie suchen uns, das ist ganz klar. Aber ich vertraue dem Kompaniechef, dass er die Gefahr einzuschätzen weiß und richtig handelt.

Ein paar hundert Metern vor mir höre ich die ersten Schüsse. Nach ein paar Minuten schon marschieren entwaffnete Feinde mit über grünen Stahlhelmen erhobenen Händen an uns vorbei. Es sind fremdartige Gesichter in hässlichen braunen Uniformen. Eindeutig sind Asiaten darunter. Sie schauen finster und ängstlich, wirken erschöpft. Einige sind leicht verwundet, humpeln oder halten sich die Schulter. Ich bemerke einen Mann, der ungefähr in meinem Alter sein muss. Pechschwarze Haare unter einem braunen Schiffchen mit angestecktem rotem Sowjetstern, gelbliche Haut und Schlitzaugen. An seinem linken Arm hängt eine Rotkreuzbinde. Als er an mir vorbeiläuft, nickt er mir zu. Verunsichert und doch wie automatisiert erwidere ich den Gruß. Ich glaube, ein kurzes Lächeln auf seinen Lippen zu bemerken, aber dann entschwindet er schon wieder meinem Blickfeld. Armer Junge. Ob er auch davon träumt, Arzt zu werden? Vielleicht ein russischer Chirurg? Am liebsten wäre mir, wenn Stalin endlich aufgegeben würde. Dann hätte das Gemetzel ein Ende, und alle, die Medizin studieren wollten, könnten das unverzüglich tun.

Mir verbleibt keine Zeit, um über Frieden nachzudenken. Ich muss auf mich und die Vorderleute achtgeben und vergesse so schnell den jungen Russen. Wir marschieren weiter auf das Dorf zu, dessen Namen ich nicht kenne. Wir haben Glück. Wie für uns gemacht liegt eine felsige Schlucht direkt unter der Ortschaft, die uns Feuerschutz bietet. Ich sehe die zuckenden Feuerblitze der feindlichen MGs zwischen den Häusern aufblitzen und höre lautes Geknalle. Unsere Leute haben längst die eigenen MGs aufgebaut und bestreichen damit die Russen im Ort. Es knattert unaufhörlich. Lange wird der Feind nicht durchhalten. Ich hoffe, dass es für uns glimpflich ausgeht. Zu viele sind schon gefallen in den letzten Wochen. Man weiß nie, welche Gefahr wirklich an der Kampflinie lauert. Auch ein einfaches und auf den ersten Blick friedliches oder verlassenes Dorf kann sich als höllische Festung entpuppen.

Hinter einem Felsen kauernd, nehme ich mein Gewehr über die Schultern und will losschießen, als mich die Wucht einer Explosion umwirft. Direkt vor mir hat es eingeschlagen, vielleicht zwanzig Meter entfernt. Russische Artillerie. Und noch ein Einschlag. Ich höre, wie kleine Steine an meinen Helm schlagen, atme Schwefel und Dreck ein und muss husten. Der Staub vor meinen Augen ist so dicht, dass ich nichts erkennen kann. Doch jemand schreit vorne. Lautes Wehklagen und Stöhnen. »Sani, Sani! Hilfe!«

»Los!«, höre ich Wilhelm rufen, der ein paar Meter vor mir laufen muss. Ich renne geradeaus, stolpere und muss mich wieder aufrichten. Ich hetze weiter und sehe dann meinen Arzt, der sich über einen am Boden liegenden Kameraden beugt. Ich glaube, dass es Feldwebel Müller aus unserem Zug ist. Ja, er ist es. Ich erkenne es an seiner Schulterklappe. Er schaut mich mit leeren Augen an, während er sich an Wilhelms Oberarmen festklammert. Erst jetzt bemerke ich, dass Müller keine Beine mehr hat. Einfach weggeflogen. Es sieht grotesk aus. Als wäre er in der Mitte durchgeschnitten worden. Von den unteren Gliedmaßen ist nichts zu sehen, ein Haufen Gedärme quillt aus seinem Bauch und hängt in der sich rasant ausbreitenden, blubbernden Blutlache. Es dauert nur noch ein paar

Sekunden, dann verlässt ihn die Kraft. Der Tod kommt schnell, auch dieses Mal.

»Verdammte Scheiße!«, ruft Wilhelm und dreht sich von dem Verstorbenen weg. Ich sehe, dass an dem Rumpf die halbe zerfetzte Koppel des Soldaten hängt. Der Klappspaten steckt noch darin. Ein surrealer Anblick, den ich kaum ertrage. Ich ziehe den Spaten ab und pflanze ihn neben Müller in den Boden. Mein Arzt bemerkt das, nimmt dem Soldaten den Stahlhelm vom Kopf und hängt ihn mittig über den Spatenstiel. »Möge er seinen Frieden finden«, sagt er. Eine jämmerliche Grabstätte, aber eine letzte Ehre, die wir ihm erweisen können. Mehr Zeit bleibt nicht. Die nachfolgenden Truppen werden ihn sehen und anständig begraben, sage ich mir, wissend, dass ich mir etwas vormache.

Wir müssen nach vorne, um den Anschluss an die Kompanie nicht zu verlieren. Wer weiß, ob es die anderen Sanis schon ins Dorf geschafft haben, das unsere Jungs inzwischen gestürmt, aber noch nicht eingenommen haben. Es wird immer noch heftig geschossen. Wir sind kurz vorm Dorfeingang, als wir erneut ein Gewimmer vernehmen. Vor uns in einem Loch sitzt breitbeinig ein Soldat und weint. Sein Karabiner, eine Mauser K98k – die Standardwaffe der Schützen – liegt zu seinen Füßen. Zwei Kameraden, die ich flüchtig kenne, reden hektisch auf den Mann ein.

»Wo ist er verletzt?«, fragt Wilhelm.

»Er ist unversehrt«, antwortet einer der Männer – ein Obergefreiter, das erkenne ich am Abzeichen auf seiner Schulter. Zwei graue ineinandergeschobene Winkel.

»Und was soll das dann hier werden?«

Ich merke, dass Wilhelm ungehalten wird. Er springt in das Loch, mustert den schreienden Mann, und als er erkennt, dass der nicht verwundet ist, verpasst er ihm eine leichte Ohrfeige. »Wie ist Ihr Name, Soldat?«

»Albert«, sagt der Junge und hält sich die Backe.

Wilhelm ohrfeigt ihn erneut. »In welcher Kompanie sind Sie?«

»Erste, Herr Doktor. Oberschütze Albert Hülsmann, 1. Zug, 2. Schützengruppe.« Er springt auf und streckt den Arm in die Höhe. »Heil Hitler, Herr Doktor!«

»Sind Sie bescheuert? Sie brauchen den Führer hier nicht zu ehren. Meinen Sie etwa, der kann Sie hören? Oder sehe ich etwa aus wie Adolf Hitler? Es reicht, wenn Sie mich grüßen!« Wilhelm schaut Albert bedrohlich an. »Na dann, Herr Oberschütze. Was fehlt Ihnen denn?«

»Wir werden doch alle draufgehen!« Albert jault wie ein Hund und wischt sich Tränen von den Wangen. »Ich will nicht sterben.«

Wilhelm schüttelt mit dem Kopf und wendet sich den beiden anderen Kameraden zu. »Obergefreiter, wo ist Ihr Zugführer?« Der lange, schlaksige Soldat mit dem blonden Bartflaum deutet auf das Dorf.

»Und der Gruppenführer?« Wilhelm schaut die drei Landser an. Der Gefreite zeigt ebenfalls ins Dorf.

»Meine Güte. Suchen Sie den Anschluss, Mensch! Sie sind Soldaten und keine Mündungsschoner! Wenn wir die Truppe verlieren, wird das hier richtig brenzlig im Feindgebiet. Da stirbt der Mann schneller, als wenn er jetzt nach vorne rennt.«

Er dreht sich zu mir um und sagt: »Wir können hier nichts ausrichten. Ich kann es mir auch nicht leisten, Beruhigungsmittel zu verschenken. Wir ziehen ab.« Er wendet sich noch einmal dem Loch zu. »Sehen Sie zu, dass Sie Hülsmann hier rausbekommen.« Der Obergefreite stößt Albert mit dem Knie in die Wade. »Du hast den Dok gehört, nimm deinen Karabiner in die Hand. Es ist alles in Ordnung mit dir, wir müssen voran.«

»Nein!« Albert schreit: »Ich will nach Hause! Ich will zu meiner Mutti, ich will doch nur heim.«

Ich will mir den Scheiß nicht länger anhören und laufe hinter Wilhelm her auf das Dorf zu. Zwischendurch gehen wir immer wieder in Deckung und beobachten die Gefechtslage. Das Maschinengewehrfeuer hören wir von weiter Ferne. Wenn sich hier jetzt noch ein paar Russen verschanzt haben, sind wir am Arsch. Wir sind alleine. Im Eiltempo rennen wir die Hauptstraße entlang. Das Dorf ist nicht groß und scheint unverteidigt. In einer offenen Scheune bemerke ich zwei dampfende Pferde und eine russische Pak. Wir springen über ein paar tote Russen und schaffen es bis zum Ortsausgang, wo sich unsere Truppe gesammelt hat. Zum Glück erkenne ich auf den ersten Blick keine Verwundeten. Die aufgestellten deutschen MGs feuern in die Pampa. Allesamt schwere MG 34 auf dreibeinigen Lafetten. Achthundert Schuss pro Minute. Ein Schütze schießt, ein anderer hält den Patronengurt, der dritte lädt nach.

Ich beobachte das Geballere eine Weile, bis der schwarze Mercedes des Abteilungskommandeurs auf uns zufährt und sein Fahrer den Motor auslässt. Daneben halten zwei Kräder, in den Beiwagen sitzen Offiziere mit leichten Maschinengewehren. Major von Witzleben steigt im langen, hellbraunen Mantel aus dem Auto. Er zieht die Schirmmütze gerade und klappt den braunen Fellkragen hoch. Deutlich zu sehen um seinen Hals ist das Ritterkreuz. Der Major ist wortkarg, aber ein gerechter Anführer und tugendhafter Soldat!

Er tritt hinter das MG, das ich beobachte, zieht einen Feldstecher aus der tiefen Manteltasche, inspiziert damit einmal quer die vor uns liegende Landschaft und ruft dann laut: »Feuer einstellen!«

Die Gruppenführer, die weiter weg stehen, wiederholen den Befehl für ihre MG-Stellungen.

Ein paar Sekunden danach wird es totenstill. Der Feind ist geflüchtet. Wir verschnaufen, plündern unsere Brotbeutel und rauchen Zigaretten. Nach zehn Minuten treffen auch die Fahrer mit den Panzerspähwagen, Lkw und Krädern ein. Die mobile Feldküche spendiert Bohnensuppe mit Speck und kalte Getränke. Eine halbe Stunde später ziehen wir über matschige Straßen weiter, bis wir das Ufer des Mius erreichen.

Kaum sind wir angekommen, werden wir schon wieder unter Beschuss genommen. Russische Scharfschützen haben sich auf einer Anhöhe verschanzt. Zwei Landser fallen. Wir haben keine Möglichkeit, sie zu bergen. Die Männer suchen Deckung hinter Felsen und Bäumen. Eilig richten Panzersoldaten die Kanonen und MGs der Spähwagen auf den Hügel aus. Plötzlich eine Explosion, ein mächtiger Einschlag, und der ganze Hang stürzt herunter. Das war kein Schuss von uns, denke ich. Das war eine schwere Granate.

»Sind das unsere?«, ruft ein Kamerad und weist auf das gegenüberliegende Ufer. Ich erkenne acht oder neun Panzer auf der anderen Seite. Weiße Leuchtraketen steigen auf. Es sind unsere! Die 16. Panzer-Division. Sie haben von drüben die Brücke eingenommen, sind offenbar schneller durchgekommen als wir.

Wilhelm und ich versorgen notdürftig einige Verwundete, keiner darunter ist schwer verletzt. Ein paar Männer bleiben zur Absicherung da, ein paar weitere, um die beiden Toten zu begraben. Ich laufe mit dem Rest über die beschädigte, aber auch für die Kübelwagen und Spähpanzer noch passierbare Holzbrücke. Von Witzleben fährt voraus.

Am anderen Ufer angekommen, erlaube ich mir mit ein paar Kameraden einen Spaß. Wir setzen uns auf die Panzerkampfwagen des Regimentes, das uns so nett begrüßt hat, und lassen uns von ihnen in die nächste Ortschaft einfahren. Es ist früher Nachmittag. Vom Feind ist nichts zu sehen. Fast schon ein gewohnter Anblick: Die Ukrainer empfangen uns mit Jubelgeschrei. Kinder werfen Blumen auf die Fahrzeuge. Schnell haben wird das Dorf durchkämmt und für gesichert erklärt. Kommandoposten werden aufgestellt und Quartiere gesucht.

Am Abend dann, die meisten haben sich eingerichtet, donnert ein Flieger mit angebrachten Sowjetsternen in etwa fünfzig Metern

Höhe über die Ortschaft hinweg. Es ist eine Iljuschin Il-2. Ein einmotoriges, stark gepanzertes Schlachtflugzeug, von denen ich in letzter Zeit viele am Himmel beobachtet habe. Wir sagen Betonflugzeuge dazu, weil sie so schwer zu knacken sind. Oder wir nennen sie Nähmaschinen, weil sie so tieffliegen und manchmal, aus Mangel an Bomben, sogar mit Steinen auf uns werfen. Aber so tief habe ich eine Nähmaschine noch nie gesehen. Unsere aufgebaute Flak hat jedenfalls keine Mühe, sie auf der Stelle abzuschießen. In einem unglaublichen Manöver schafft es der Pilot, noch eine Bauchlandung auf einem Feld hinter dem Dorf durchzuführen. Der Jubel über den Abschuss ist groß, und sofort strömen die Landser von überall her auf das Feld, um das brennende Flugzeug zu begutachten. Auch Wilhelm und ich machen uns auf den Weg. Der Pilot hat es tatsächlich noch aus der Iljuschin geschafft. Teufelskerl. Er hat eine blutende Kopfwunde und Verbrennungen im Gesicht und wird direkt festgenommen.

Ich kann es kaum glauben, einer unserer Soldaten führt regelrechte Freudentänzchen vor der Nähmaschine auf, aus der dicker schwarzer Qualm aufsteigt. Ich muss mit Erstaunen feststellen, dass es Albert Hülsmann ist. Der feige Oberschütze, der heute Morgen nach seiner Mutti geschrien hatte. Jetzt führt er sich wie ein Oberschnäpser auf und besingt den großen deutschen Sieg über die Sowjetunion. Ich zucke vor Schreck zusammen, als eine gewaltige Detonation das Flugzeug erschüttert. Der Benzintank ist explodiert. Hülsmann hat keine Chance. Er wird von einem riesigen Metallsplitter getroffen, der ihm den Bauch aufreißt. Wilhelm und ich stürmen auf ihn zu. Eine Hauptschlagader ist geplatzt, das Blut spritzt wie eine Fontäne aus seinem Unterleib. Ich kann nicht hinsehen, knie mich neben ihn, und er nimmt meine Hand.

»Wo ist mein Karabiner?« stottert er mit weit aufgerissenen Augen. »Ich brauche mein Gewehr!«

»Sie brauchen kein Gewehr, Kamerad«, sage ich, während ich

bemerke, dass Wilhelm, der noch versucht hat, einen Verband auf die Wunde zu pressen, bereits wieder von ihm ablässt. Das Gesicht meines Arztes ist mit Blutspritzern übersäht. Ich weiß, dass Hülsmann in wenigen Sekunden tot ist. Ich drücke seine Hand, er hat keine Kraft mehr. Was soll ich ihm sagen?

»Alles wird gut!«, rufe ich, doch er hört mich nicht mehr. Sein Oberkörper zittert, das Gesicht ist fast weiß, die Lippen blau. Er schaut in den Himmel und stammelt vor sich hin, während ihm Blut und Spucke am Kinn herunterläuft.

»Der Karabiner 98 ist die Hauptwaffe des Schützen. Er heißt 98, weil er im Jahre 1898 in der Armee eingeführt wurde. Und zwar als Schuss-, Hieb- und Stoßwaffe. Es ist d…« Weiter kommt er nicht, seine Bewegungen sind ruckartig abgebrochen, als wäre er eine Marionettenpuppe, der man die Fäden durchtrennt hat. Meine Kehle schnürt sich zusammen.

»Hat er bei der Ausbildung auswendig gelernt«, sagt Wilhelm.

»Was?«, frage ich und drehe mich um. Mein Arzt wischt sich mit einem Taschentuch über das Gesicht. »Na, die Beschreibung seines Gewehres. War wohl noch nicht so lange her mit seiner Grundausbildung. Armer Junge!« Wilhelm wendet sich um und macht sich auf den Weg über die Wiese zurück ins Dorf. »Ich gehe mich waschen«, höre ich ihn noch sagen.

Zwei Sanitätssoldaten, wahrscheinlich aus Hülsmanns Kompanie, kommen auf mich zugelaufen. »Wir schaffen ihn weg, danke für die Hilfe«, ruft einer und nickt mir anerkennend zu. Ich stehe auf, gehe hinter Wilhelm her und denke nach. Es ist verrückt. Vor ein paar Stunden war ich noch voller Häme und Zorn über Hülsmanns Heulerei gewesen, jetzt schon tut er mir unfassbar leid. Und seine Mutter. Wann sie es wohl erfahren muss? Hätten wir ihn zurückgelassen, würde er jetzt noch leben! Sind wir schuld? Nein, das ist Quatsch. Er wäre so oder so draufgegangen. Angst ist ein schlechter Begleiter im Krieg – und Leichtsinn ebenso. Der aufgedrehte Oberschütze litt an beidem. Es ist schon ein merkwürdiges Gefühl – jubelnd waren wir auf die abgeschossene Nähmaschine zugerannt, mit gesenktem Kopf und nachdenklich gehen wir ins Dorf zurück.

Ich beziehe mit Wilhelm und acht Kameraden Quartier in einer Scheune. Über den jungen Oberschützen verliert keiner mehr ein Wort. Einige Männer schlafen sofort auf dem trockenen Strohlager ein, andere schreiben Briefe oder lesen. Kurz bevor die Sonne untergeht, hören wir Schüsse. Es sind Salven, zu Ehren des toten Kameraden. Hülsmanns Kompanie hat ein Grab für ihn ausgehoben, ihr Hauptmann wird ein paar Worte gesprochen haben. Wieder sind wir ein Mann weniger. Ich versuche zu vergessen, mache die Augen zu, schlafe unruhig, bis ich merke, dass sich Norka an mich gekuschelt hat. Unsere Kompaniehündin, der Liebling aller. Sie folgt der Truppe treu und brav schon seit über vier Wochen. Ein reinrassiger englischer Setter mit seidenweichem weißem Fell und rostbraunen Punkten darauf. Norka, eine Mädchenseele in Hundegestalt. Sie fühlt sich bei uns wohl, kümmert sich um jeden, nur vom Krieg will sie nichts wissen. Wenn es im Gefecht knallt, beginnt sie am ganzen Körper zu zittern und ist dann nicht mehr aufzuhalten. Sie verkriecht sich unter Betten, Bänken oder Büschen, bis es ruhig wird und sie freundliche, vertraute Stimmen hört. Dann kommt sie schnell wieder angetollt. Meistens als Erstes zu mir. Die gute Norka leckt mir über das Gesicht, ich umklammere sie fest und schlafe ein.

# MAKKARONI AUF DER FLUCHT

Am Morgen werde ich von einer heftigen Explosion geweckt. Aus der Ferne vernehme ich MG-Feuer und brauche ein paar Sekunden, um festzustellen, dass es unseres ist. Norka hat sich aus dem Staub gemacht, vor der Scheunentür höre ich Wilhelm mit den Kameraden sprechen. Der Sanitätsobergefreite Kurt Kampen steht in Unterhemd und mit herabgelassenen Hosenträgern an einer Waschschüssel.

»Heh, Kampen!«, rufe ich, während ich aufstehe, mir eilig Hose und Koppel anlege und Stiefel überziehe. »Was ist da los?«

»Moin, Moin. Panzerangriff am westlichen Stadtrand«, sagt mein Sanitätskollege in seinem Hamburger Dialekt und grinst mich an, als sei das eine gute Nachricht. Mit einem Handtuch wischt er sich den Rasierschaum aus dem Gesicht.

»Ja, Moin, fängt ja gut an, der Moin«, entgegne ich ihm, ziehe mir Feldbluse und Mantel über, greife nach meinem Helm und stolpere ermüdet nach draußen. Zwei graue BMW-Sanitätskräder sind beladen worden und stehen abfahrtbereit vor dem Tor. Wilhelm bemerkt mich.

»Guten Morgen, wollte dich gerade wecken. Wahnsinn, was der

Russe sich rausnimmt, diesen von unseren Truppen und Panzern überfüllten Ort anzugreifen.« Er zeigt auf eine Anhöhe über der Stadt. »Drei russische Tanks und eine Handvoll Infanteristen.«

Ich sehe grelles MG-Feuer auf die Stelle einschlagen, gefolgt von vielleicht zwei Dutzend Granaten. Der ganze Hügel steht unter Rauch, Felsbrocken und kleine Bäume stürzen herunter. Ein greller Blitz zuckt. Einer der Panzer feuert noch einmal auf die Häuser. Ein lauter Knall, Qualm steigt über den Dächern auf. Dann scheint der Spuk schon vorbei.

»Steig auf, ich will nachsehen«, sagt Wilhelm und bedeutet mir, auf dem Fahrersitz Platz zu nehmen. Ich schnüre mir Mantel und Stahlhelm fest zu und trete die Pedale durch. Der Motor rasselt. Mein Arzt springt rechts von mir in den Beiwagen. Dann donnern wir über die holprigen Straßen auf den Stadtrand zu. Im Rückspiegel sehe ich, dass Kampen das zweite Krad anschmeißt.

Bald holen wir unsere eigenen mittelschweren Panzer ein, die von der rückwärtigen Seite auf den kleinen Berg fahren, um den Russen den Rest zu geben. Als wir oben ankommen, sind die russischen Tanks verschwunden. Deutsche Schützen durchkämmen mit ihren Karabinern das schmale Waldstück nach allen Richtungen. Über die Böschung verteilt liegen sechs Rotarmisten in ihren braunen Uniformen. Fünf sind unübersehbar tot. Einer liegt noch zuckend in der eigenen Blutlache und schaut uns verängstigt an. Er hält ein mit Blut und Dreck verschmiertes Foto in der Hand und will offenbar etwas sagen. Doch es kommen nur noch Gurgellaute aus seinem Rachen. Das Russisch hätten wir aber auch nicht verstanden, ein Dolmetscher ist heute nicht dabei. Dem Russen ist nur noch durch einen gezielten Kopfschuss zu helfen, das weiß ich, bin aber froh, dass ich für solche Aktionen nicht herangezogen werde. Ein kleiner Vorteil für einen Sani. Ein Panzerfahrer in schwarzer Uniform übernimmt routiniert diese unangenehme Arbeit. Er zieht seine Pistole aus dem Gurt, entsichert und schießt dem Russen aus einem Meter Entfernung direkt durch den Kopf. Dann geht er wieder, als hätte er lediglich eine Billardkugel versenkt. Möge der Mann in Frieden ruhen, denke ich und spüre Mitleid für seine Familie.

Wir warten eine Weile auf der Bergspitze, bis unser Kompanieführer Hauptmann Göricke auf Wilhelm zukommt. Unter uns Landsern sagen wir meist *der Alte* zu ihm. Auch Wilhelm, was merkwürdig ist, denn der Hauptmann ist gerade mal vierunddreißig Jahre alt, also vier Lenze jünger als sein Unterarzt, außerdem noch mindestens einen Kopf kleiner und ein wenig korpulent. Unfreiwillig werde ich Zeuge der Unterhaltung.

»Guten Morgen, Doktor«, sagt der Alte. »Keine Verwundeten gemeldet bisher.«

»Wieso sind die Panzer entkommen?«, fragt Wilhelm.

»Tja, das bereitet auch dem Kommandeur des Panzerregiments Kopfzerbrechen, mit dem ich mich gerade ausgetauscht habe. Es sollen die neuen amerikanischen Christie-Tanks gewesen sein, die sind nicht so leicht zu knacken, unsere Pak blieb völlig ohne Wirkung. Obendrein scheinen sie schnell zu sein.« Der Alte nickt anerkennend in Richtung der Bresche im Waldstück, durch welche die Panzer entkommen sind. »Vielleicht sieht der Russe hier eine Chance. Wird ihm nichts nützen.« Göricke holt eine schmale Blechdose aus der Seitentasche seines Mantels, zupft daraus etwas Kautabak und schmiert ihn sich mit dem Zeigefinger auf das Zahnfleisch. Zwischen den Kragenspiegeln trägt auch er ein Ritterkreuz um den Hals. Er wird es sich verdient haben, da bin ich sicher. Der Alte ist ein tapferer Kompanieführer. Er setzt sich für seine Männer ein, wo es geht, verlangt aber uneingeschränkte Solidarität. Ich habe schon erlebt, wie er bei einem Wutausbruch zwei betrunkenen Unteroffizieren angedroht hat, sie in die Strafkompanie versetzen zu lassen. Getrunken haben sie seitdem nur noch Wasser. Ein ausgezeichneter Führungsstil, wie ich finde.

»Wie lautet der Tagesbefehl?«, fragt Wilhelm den Hauptmann.

»Sammeln im Dorf, dann Abmarsch in einer Stunde und die Verfolgung aufnehmen. Die 1. Panzerarmee ist vor Rostow stecken geblieben. Ich denke, wir müssen Generaloberst von Kleist beim Sturm auf die Stadt beistehen.« Der Alte spuckt dunklen Tabakbrei auf den Lehmboden. »Nur erst mal raus aus der Schlammwüste hier, bevor der große Regen einsetzt und nichts mehr geht.«

Gegen Mittag sind wir abmarschbereit. Wir ziehen hinter dem Panzerregiment her, die Vorhut bilden die Schützenregimenter. Andere Bataillone sollen ebenfalls auf dem Weg Richtung Rostow sein. Ich befürchte, dass da ein gewaltiger Kampf auf uns zukommt. Angst verspüre ich aber nicht. Im Gegenteil, ich komme mir inmitten dieses riesigen Trecks erhaben vor. Ruhig lenke ich das Krad auf der schmalen Straße, Wilhelm sitzt im Beiwagen und zieht gemütlich an seiner Meerschaumpfeife. Vor mir erstreckt sich eine beeindruckende Kulisse. Lange Kolonnen mit deutschen Panzern, so weit das Auge reicht, fahren der Sonne entgegen. Leichte und mittelschwere Panzer der Typen II, III und IV. Am Nachmittag ziehen Stukas am Himmel an uns vorbei und wackeln mit den Flügeln, um uns zu zeigen, dass sie vorne angreifen, was auch immer da lauert. Ein gutes, sicheres Gefühl. Endlich, nach Tagen mal wieder.

In der Abenddämmerung erreichen wir die Kleinstadt Uspenskaja, befinden uns damit noch knapp hundert Kilometer von Rostow entfernt. Vermutlich werden wir hierbleiben, bis man uns am Don braucht. Die Abteilung soll sich hier einnisten, der Rest der Division wird sich auf die Dörfer um uns herum verteilen. Elftausend Soldaten unterzubringen ist ein logistisches Meisterwerk. Aber wir knapp achthundert Panzer-Aufklärer werden hier schon genug Platz finden. Wie immer, auch wenn es noch so eng wird.

Bevor wir einmarschieren, nehmen wir noch einige Russen, die sich in Häusern verschanzt halten, unter Beschuss. Nach einer halben Stunde spätestens flüchten sie aus der Stadt. Gott sei Dank, denn mittlerweile verspüre ich mächtig Hunger. Ich hoffe, dass uns die Iwans noch ein paar Tiere dagelassen haben, die wir schlachten können. Ukrainer sind nicht im Dorf, wie immer, wenn sich Russen breitgemacht haben. Als Erstes schicken sie die Bewohner weg, bevor sie sich in einer Ortschaft verschanzen.

Während unsere Schützen in mehreren Trupps in die Stadt ziehen, bemerke ich, wie sich ein Kübelwagen aus der Kolonne löst und gefolgt von drei Krädern in die Dunkelheit saust. Später erfahre ich am Lagerfeuer von meinem Kollegen Hansen, dass Leutnant Grimaldi im Kübel saß – er hatte darum gebeten, die Verfolgung der fliehenden Russen aufnehmen zu dürfen. Mit der Auflage, sich nicht zu weit hinauszuwagen, hat Abteilungskommandeur Major von Witzleben ihm diesen Wunsch erfüllt. Grimaldi hat immer Lust auf Kampf, wie mir scheint, doch anders als Wilhelm es vorhat, sammelt er Orden aus rein narzisstischen Gründen. Wer weiß, vielleicht ist er in der Kindheit wegen seines italienischen Namens gehänselt worden, und er sucht nun auf diese Weise Anerkennung. Zumindest habe ich eines Tages mitbekommen, dass er vor Offizieren bekannt gab, sein Familienname rühre von einer kurzen Auswanderergeschichte der Großmutter her. Obwohl das niemanden interessiert hat. Selbst wenn er Vollblutitaliener wäre, würde ihm daraus keiner einen Strick drehen. Das Einzige, was sein Geständnis bewirkt hat, ist, dass wir anderen ihn scherzhaft Makkaroni oder Itaker nennen, wenn wir über ihn sprechen. Natürlich nicht, wenn er dabei ist.

Jedenfalls hat von Witzleben Makkaronis Russenjagdgelüste unterschätzt. Das merken wir drei Stunden, nachdem wir in Uspenskaja angekommen sind. Eines der Kräder donnert die Hauptstraße entlang und hält vor dem Haus, in dem der Major sich einquartiert hat. Die Tür geht auf und zu und wird augenblicklich wieder geöffnet. Von Witzlebens Bursche Magnus ruft: »Sani. Wir haben einen Verletzten.«

Wilhelm packt mich am Arm, wir rennen zum Krad, fahren die zweihundert Meter zum Haus des Majors und stürmen mit unseren Sachen hinein. Im Schein der Kerzen sehe ich, dass das Gesicht des Mannes mit Blutspritzern gesprenkelt ist. Ich ziehe meine Taschenleuchte aus der Sanitätstasche und funzele ihn an. Wilhelm wischt mit einem feuchten Tuch über seine Stirn.

»Was ist passiert?«, fragt er. »Schmerzen? Verletzt sind Sie offenbar nicht.«

»Nein. Mir geht es …« Der Soldat starrt auf das blutbefleckte Tuch, wird kreidebleich und stößt Quietschlaute aus.

»Hören Sie auf mit dem Gejammer, Sie Halbsoldat!«, schreit von Witzleben ihn an. »Wo ist Grimaldi, Feldwebel Kühne?«

»Ich weiß nicht. Ich glaube tot.«

»Sie glauben? Sind Sie denn des Wahnsinns? Sie waren doch mit ihm unterwegs.« Der Major schmeißt eine halb volle Flasche Cognac gegen die Wand, die auf einem Holztisch in der Hütte gestanden hat. Kühne zuckt zusammen und hält sich die Ohren zu.

»Herr Major, bitte«, sagt Wilhelm.

Alle im Raum schauen auf den Feldwebel. Er braucht ein paar Sekunden, dann platzt es aus ihm raus. »Wir sind, wir sind … es war ein Hinterhalt. Wir haben einen sowjetischen Lkw verfolgt und sind anscheinend, ohne es zu bemerken, immer tiefer in russische Stellungen geraten. Dann schoss da ein MG. Grimaldi war mit seinem Wagen schon vorbei. Meier und Hofschmidt hat es voll erwischt. Ein Krad ist explodiert, daher das Blut in meinem Gesicht, bin direkt hinter ihm gefahren.« Kühne beginnt zu zittern. »Ich habe die ganze Zeit gedacht, es wäre Motoröl oder Schlamm.«

»Beruhigen Sie sich.« Wilhelm öffnet ein Tablettendöschen und reicht Kühne eine Handvoll Pervitin. Der Majorsbursche besorgt ein Glas Wasser und gibt es dem offensichtlich unter Schock stehenden Feldwebel.

»Weiter. Fahren Sie fort mit Ihrem Bericht. Wissen Sie, wo das ist?« Von Witzleben schreit erneut.

»Ich denke, ja. Etwa eine halbe Stunde westwärts.«

»Finden Sie die Stelle?

»Ja.«

»Ja, was?«

»Ja, Herr Major, ich finde die Stelle.«

»Sind Sie dazu auch psychisch in der Lage?«, fragt Wilhelm leise. Kühne nickt mit dem Kopf.

Von Witzleben lässt eilig einen Suchtrupp zusammenstellen. Ein Panzerspähwagen mit 20-Millimeter-Kanone fährt voran, darin sitzt auch Kühne, der den Weg weisen soll. Dahinter ein Lkw mit acht Schützen. Hintenan ein Krad mit aufgesetztem schweren Maschinengewehr und zwei Sanitätskräder. Eines fährt mein Kollege Kampen, das andere ich, Wilhelm hat im Beiwagen Platz genommen.

Die Lage ist angeheizt, wir sprechen kein Wort, brettern mit fast fünfzig Stundenkilometern eine unebene Straße entlang. Nach zwanzig Minuten kommt der Panzer zum Stehen, wartet einen kurzen Moment, biegt dann in einen Feldweg und fährt im Schritttempo weiter. Die Scheinwerfer leuchten das sumpfige Gelände aus. Ich erkenne kahle Bäume und Gestrüpp. Die Schützen springen aus dem Lkw und bewegen sich in Deckung des gepanzerten Fahrzeuges nach vorne. Wir bilden mit den Krädern die Nachhut. Es stinkt nach Gülle und Morast. Moskitos klatschen in mein Gesicht. Langsam tuckert der Dieselmotor des Panzerwagens. Ich komme mir vor, als führen wir im Schneckentempo.

Eines ist klar – sollten sich hier Russen aufhalten, haben sie uns längst bemerkt. Dann sind sie entweder geflüchtet, oder sie legen es auf ein Scharmützel an. So wie ich die Russen kennengelernt habe, werden sie es drauf anlegen.

Gerade will ich Wilhelm im Flüsterton fragen, was er denn meine, als ein MG losschießt, dicht vor uns. Geschosse schlagen in den Turm des Panzers ein, es scheppert und pfeift ein paar Mal, Funken fliegen. Dann folgt eine markerschütternde Explosion, die mich fast vom Motorrad fallen lässt. Das MG ist verstummt, die Kanone des Spähpanzers hat ohne Zweifel das Nest getroffen. Der Panzer bleibt stehen, die Schützen laufen in gebückter Haltung rechts und links an ihm vorbei. Einen Moment ist es totenstill.

»Psst!«, zischt Wilhelm leise. Ich schaue ihn an, kann ihn schwach im Schein des Rückstrahlers des Kettenfahrzeugs sehen. Er bedeutet mir mit einer Handbewegung, Gas zu geben, und weist in westliche Richtung in die Finsternis, die der Scheinwerfer nicht mehr erreicht. »Auf neun Uhr!«, schreit er.

Ich weiß nicht, was er vorhat, aber ich habe weder Zeit zu fragen, noch steht es mir zu. Ich reiße den Lenker herum und gebe Vollgas. Zweige von Sträuchern klatschen mir ins Gesicht, es schmerzt, und ich kann nichts erkennen, doch fahre ich einfach weiter geradeaus. Schräg seitlich von mir vernehme ich Schüsse. Wilhelm feuert mit seiner MPi in die Richtung. Blitze zucken im Dickicht, ich höre panische Schreie. Ich sehe aus den Augenwinkeln, wie mehrere Russen fallen. Im zuckenden Feuer der Maschinenpistole sieht es aus wie in Zeitlupe. Dann plötzlich erkenne ich die Umrisse eines Wagens, direkt vor uns. Es ist Makkaronis Kübel. Wie hat mein Arzt den ausmachen können, frage ich mich. Keine Zeit nachzudenken. Wir springen vom Krad. Wilhelm ist als Erster am Automobil und reißt die Tür auf. Ich knipse meine Lampe an. Der Wagen ist von Kugeln total zersiebt. Ich leuchte hinein. Auf der Rückbank liegen die Leichen von zwei Feldwebeln, die genauso durchlöchert sind wie der Kübel. Auch den Fahrer, der bis zum Hals in der Windschutzscheibe steckt, hat es tödlich erwischt. Auf dem Beifahrersitz ist Grimaldi, sein Brustkorb hebt und senkt sich schwach. Er ist schwer verletzt, seine Uniform dunkelrot verfärbt. In der heruntergesackten

Hand hält er eine Pistole, von dessen Mündung sein Blut in den Fußraum tropft. Wilhelm beugt sich über ihn. »Brustschuss«, sagt er. »Schnell, raus aus dem Kübel mit ihm.«

Zwei Schützen haben uns bemerkt, laufen auf uns zu und helfen. Die Scheinwerfer des Spähwagens sind jetzt auf uns gerichtet. Es ist taghell.

»Die Russen sind erledigt«, sagt einer der Schützen. »Haben etwa Sie die auf der anderen Seite außer Gefecht gesetzt, Herr Doktor?«

Wilhelm antwortet nicht auf die Frage, er reißt Verbandszeug aus seinem Tornister und verbindet Grimaldi.

»Sanka, schnell, mit Begleitschutz, exakte Koordinaten!«, ruft er einem der Schützen zu, der sofort zum Panzer zurückrennt. Ich helfe meinem Arzt, den Leutnant in den Beiwagen zu hieven. Er legt ihm eine Infusion an. »Was ist passiert, wo sind meine Kinder?«, krächzt Makkaroni.

»Nicht sprechen, es wird alles gut«, sage ich und halte meine Hand vor seinen Mund. Ich bemerke, dass der Atem kaum spürbar ist, und glaube nicht, dass er es schaffen wird. Doch Grimaldi hat Glück. Zehn Minuten braucht der Sanka nur, der über Funk vom Hauptverbandsplatz gerufen wird. Wilhelm steigt zu dem Verletzten in den Wagen. Ich kontrolliere mein Krad und stelle keine Mängel fest. Im Tross fahren wir zurück nach Uspenskaja.

Während ich auf der brüchigen Straße unserem Lkw folge, bemerke ich, dass die Schützen hinten auf der Ladefläche einen Russen dabei haben, der ordentlich vermöbelt wird. Kein schöner Anblick, aber verstehen kann ich es. Sie werden ihn aber nicht totschlagen, dafür besitzt er zu wichtige Informationen.

Völlig erschöpft lege ich mich auf die zerfranste Matratze in meiner Hütte. Ich teile sie mir mit Wilhelm. Ich bete und danke Gott, dass ich überlebt habe. Ich bete auch dafür, dass Leutnant Grimaldi es schaffen wird und mein Arzt heil vom Hauptverbandsplatz der Sanitätskompanie zurückkehrt. Ich spüre einen Kloß im Hals, kurz darauf höre ich leises Gewinsel.

»Norka!«, rufe ich. Schon springt die treue Hundedame zu mir ins Bett und leckt mir über das Gesicht. Genau zur richtigen Zeit. Die gute Norka, als hätte sie auf mich gewartet. Vielleicht hat sie das sogar. Ich bin froh, dass es sie gibt. Auch wenn ich weiß, dass sie natürlich nicht mir alleine gehört – ich habe sie auch schon oft in anderen Betten beobachtet. Aber ich glaube, sie mag mich von allen Menschen am liebsten. Nein, ich bin sicher, denn sie sucht nach mir und passt auf mich auf, tröstet mich, wenn ich traurig bin.

Am nächsten Morgen werde ich von Wilhelm geweckt. Er hält mir einen Becher Kaffee hin.

»Ich bin so froh, du hast es geschafft«, sage ich erleichtert und nehme das Heißgetränk entgegen.

»Ich?« Wilhelm lacht, er scheint bei bester Laune. »Grimaldi hat es geschafft.« Er strahlt mich mit seinen blauen Augen an. »Na gut, notieren wir, wir beide haben es. Ich habe selbst operiert und ihm alle vier Kugeln entfernt. Keine lebenswichtigen Organe waren verletzt. Schwein gehabt, der italienische Russenjäger. Dennoch wäre er vermutlich nur Minuten später verblutet, wenn wir nicht gewesen wären. Von Witzleben hat richtig gehandelt.«

Nein, mein Arzt war es in erster Linie, der richtig gehandelt hat, denke ich und frage: »Woher wusstest du, dass der Wagen da stand?«

»Mmh. Ich glaube, ich habe die Umrisse erkannt.«

»Bei der Dunkelheit? Unmöglich«, sage ich und trinke einen Schluck des guten Kaffees.

»Ich weiß nicht. Vielleicht sehen Augenärzte einfach besser.« Er lacht laut.

Ich werde es nicht aus ihm herausbekommen, schüttele mit dem Kopf und muss dabei selbst schmunzeln.

»Auf jeden Fall habe ich dem Alten Bericht erstattet«, sagt

Wilhelm und setzt sich zu mir aufs Bett. »Er wird uns über Major von Witzleben beim Divisionsarzt Ahrens für eine Beförderung empfehlen.«

»Das ist ja wunderbar«, sage ich. »Das bedeutet, dass du zum Sanitätsoffizier befördert werden kannst … dass dann Annemarie und die Kinder …«

»Jawohl, das heißt es, Herr Sanitätsobergefreiter Tönnies. Es klingt verrückt, aber mich ereilt tatsächlich die Sorge, dich als Burschen zu verlieren bei so einer verdienten, zu erwartenden Beförderung für dich. Ich kann mir kaum vorstellen, dass mir ein Obergefreiter im Sanitätswesen noch zu Diensten sein wird.«

»Und ob«, sage ich, freue mich dabei innerlich natürlich wahnsinnig auf mein Abzeichen.

»Das wollen wir mal sehen«, sagt Wilhelm und lässt sich rücklings auf die staubige Matratze fallen. »Vorbildlich, du hast es mir warmgehalten. Ich werde mir jetzt meine verdiente Mütze Schlaf holen und mich von den Läusen aussaugen lassen. Ach, tut das gut …«

Er löst seine Hosenträger, entledigt sich der graugrünen Wollweste und stopft sie in den Wäschebeutel.

»Es regnet draußen in Strömen. So wie ich mitgeteilt bekommen habe, werden wir noch ein paar Tage im hübschen Uspenskaja verweilen. Wenn dir der Regen nichts ausmacht, schau dich doch mal um. Es ist ein schönes Kaff. Gute Nacht, mein Junge.«

»Schlaf gut«, sage ich, trinke den letzten Schluck Kaffee und ziehe das Essbesteck aus dem Brotbeutel, der an meinem Tornister hängt, werfe meinen Mantel über und setze den Stahlhelm auf. Dann laufe ich, so schnell ich kann, durch den strömenden Regen zur Feldküche, die in einem weitläufigen Stall eingerichtet wurde. Hier ist es trocken. Ich habe Hunger und erhalte Brot, Butter, Wurst und heiße Milch. Mit meiner Blechschale setze ich mich zu den Kameraden auf eine Bank, schmiere mir eine Brotscheibe und beiße zu. Als mein Blick über den Schlammplatz wandert, erkenne ich zwischen zwei Scheunen ein aufgeschaufeltes Grab. Davor steckt eine Holzlatte, auf der ein sowjetischer Helm im Wind hin und her schwingt. Es muss der Russe aus dem Lkw sein! Er hat es also doch nicht geschafft, denke ich. Ein mir schräg gegenüber sitzender Landser, den ich noch nie bewusst gesehen habe, bemerkt meine Betroffenheit. »Hat es verdient, dieses Russenschwein«, sagt er mit vollem Mund.

»Was hat er gemacht?«, frage ich und lege mein Brot zurück in die Schale.

»Ist hingefallen, was sonst«, sagt der Soldat und lacht. »Ist doch scheißegal. Ich war mit unten heute, als wir den Kübel geborgen und unsere Toten beerdigt haben.«

»Ja. Schrecklich«, sage ich. »Fünf Tote wegen so einer Hauruck-Aktion. Was für ein Leichtsinn.«

»Fünf?« Der Soldat spuckt wütend Kaffee in seinen Becher. »Ja, fünf von uns. Drei im Wagen und zwei Kradfahrer. Aber was wir dahinter im Wald gefunden haben, willst du gar nicht wissen. Da frisst du deine Wurststulle nicht mehr.«

Ich schaue den Landser an. »Was? Ich bin Sanitäter. Es gibt nichts, was ich noch nicht gesehen hätte.«

»So? Wie sieht es aus mit elf toten deutschen Soldaten mit aufgeschlitzten Bäuchen und herausquellenden Gedärmen?«

Mir wird schlecht.

»Mit ihren eigenen abgeschnittenen Penissen im Mund«, fährt der Kamerad fort. »So verstümmelt, dass ich nicht mal erkennen konnte, zu welcher Truppe die gehörten. Wenn's dich interessiert, frag den Hauptmann!«

Ich verschlucke mich an einem Rest Brot in meinem Mund und muss husten.

»Und warum der?« Ich zeige auf das Grab. »Vielleicht hatte er nichts mit dieser Barbarei zu tun.«

»Scheiße, das ist so was von egal. Außerdem hat das Schwein dem Dolmetscher erzählt, dass die Russen lustige Trinkspielchen in ihrem MG-Nest veranstaltet haben. Haha. Wird sich der deutsche Leutnant selbst erlösen oder wird er an seinen Verletzungen sterben, lautete die Wette. Ging um Wodka, was sonst.«

Er dreht sich um und spuckt in Richtung des Grabes. »Aber der da will natürlich nicht mitgespielt haben und auch nicht geschossen haben, nicht mal Munition will er nachgelegt haben. Ich scheiße einen großen Haufen auf den, wenn ich gleich muss.«

»Dreckige Russenschweine«, sage ich, nehme Brote und Milch vom Tisch und renne durch Schlamm und Regen zurück zur Hütte. Die Stiefel ziehe ich vor der Tür aus. Wilhelm liegt alle viere von sich gestreckt unter seiner Wolldecke und schnarcht. Ich entledige mich des nassen Regenmantels, spanne ihn auf eine Leine, die wir durchs Zimmer gezogen haben, und rolle meine Decke aus. Vorsichtig drehe ich Wilhelm ein Stück zur Seite und lege mich neben ihn. Ich höre ein Winseln. Doch das ist nicht Norka, das bin ich selbst. Bin ich eine Memme? Verdammter Krieg!

Eine volle Woche haben wir noch in Uspenskaja gelegen, die ganze Zeit über war Dauerregen angesagt. Und kälter ist es auch geworden. Aber all das ist nicht das Schlimmste. Ich bin zum Sanitätsobergefreiten befördert worden und kann mich doch kaum darüber freuen. Denn während ich meine Winkel auf die Ärmel der Uniform nähen durfte, hat Hauptmann Göricke Wilhelm mitteilen müssen, dass er keine Beförderung für seinen Einsatz für Grimaldi erhalten wird. Es tat ihm unglaublich leid, und er richtete auch aus, dass es den Major schmerzen würde. Aber selbst ihm seien die Hände gebunden. Lediglich ein Eisernes Kreuz II. Klasse hat der Hauptmann Wilhelm angesteckt für seine Tapferkeit. Welch schwacher Trost! Längst hätte er schon mit dem EK II ausgezeichnet werden müssen, wenn es um Mut gehen würde. Wir haben es nie verstanden. Sein Traum, sein Ziel. Sein Streben danach, Annemarie und die Kinder zu retten: zerplatzt wie eine Seifenblase!

Wilhelm ist fast umgeknickt vor dem Alten und hat unbedingt den Grund erfahren wollen. Es hätte nach so einem Einsatz doch kein Problem darstellen sollen, ihm das Eiserne Kreuz I. und II. Klasse nacheinander zu verleihen. Wir haben schon von einfachen Gefreiten gehört, die beide Auszeichnungen an einem Tag erhalten haben, und das für sehr viel ungefährlichere Unternehmen. Nach langem Zögern hat ihm der Hauptmann die Wahrheit gesagt. Der Divisionsarzt Ahrens sei ein bornierter Nazi und habe sich eingehend über Wilhelm informiert. Dabei habe er das mit Annemarie herausgefunden und ihm aus diesen Gründen mehrfach vorgeschlagene Auszeichnungen verweigert und deswegen wohl auch nie eine Beförderung in Erwägung gezogen.

Wilhelm wusste schon aus seiner Zeit bei der Sanitätskompanie, dass Ahrens ihn nicht leiden konnte, aber das er so weit gehen würde, daran hat er nicht geglaubt. Und ich auch nicht. Ich bin unendlich traurig und weiß kaum, wie ich Wilhelm motivieren soll. Ich mache mir Sorgen, denn er hat viel Wodka getrunken und im Bett herumgelegen. Zwei Briefe hat er nach Hause schicken lassen und wollte nicht mit mir über den Inhalt sprechen. Vielleicht hat er Annemarie und Karl mitgeteilt, dass er schikaniert wird. Oder er hat es verheimlicht. Man weiß nie so recht, welche Strategie er fährt.

Wir haben gestern Stunden gebraucht, um für den Abmarsch alle Fahrzeuge aus dem schlammigen Uspenskaja auf die Straße zu kriegen, und unsere Kleidung ist völlig versaut. Aber seit wir unterwegs sind, scheint es Wilhelm besser zu gehen. Ich habe ja schon ein paar Mal erwähnt, dass man in den Kampfpausen einfach nicht ins Grübeln kommen darf. Aber dass das in seiner vertrackten Situation für meinen Arzt geradezu unmöglich ist, kann ich gut verstehen. Da kann man trinken und schlafen, wie man will. Wilhelm ist aber eine

Kämpfernatur, das weiß ich schon lange, und er wird sich fangen. Er weiß, wofür er steht und kämpft. Ich bin überzeugt, dass er recht bald wieder eine neue Chance wittern wird, denn vor uns liegt der große Kampf um Rostow.

Jetzt sitze ich zusammen mit Wilhelm und zehn Landsern hinten auf dem Lkw, zum ersten Mal seit Langem regnet es nicht. Die Soldaten reden von der Heimat. Es hat sich herumgesprochen, dass, sollte Rostow erobert werden, unsere Division aus dem Kampfgeschehen gezogen werden soll. Das würde für die meisten Heimaturlaub bedeuten, und da ist man natürlich wild drauf. Ich auch. Ich vermisse Mutter. Und da gibt es auch ein Mädchen mit Namen Marlies in meiner Heimatstadt Minden. Insgeheim hoffe ich, dass sie auf mich wartet. Ich würde sie gerne näher kennenlernen und bin sicher, ich kann sie mit der ein oder anderen Frontgeschichte beeindrucken, wenn ich Urlaub mache.

»Was wollt ihr als Erstes tun, wenn ihr zu Hause seid?«, frage ich in die Runde.

»In einem ordentlichen Bett schlafen ohne Läuse.«

»Ein Bad nehmen, fünf Stunden lang.«

»Saubere, weiche Wäsche.«

»Am gedeckten Tisch essen bei meiner Frau.«

»Und dann mit ihr ab ins Schlafzimmer.«

»Ein deutsches Bier trinken.«

»Zwei deutsche Biere trinken.«

»Ein ganzes Fass saufen.«

Alle grölen vor Lachen. Es ist schön, sich zu freuen, auch wenn es eine Momentaufnahme ist. Das passiert meistens dann, wenn alle mit den Gedanken in der Heimat sind. Ich beobachte Wilhelm, leider ist ihm nicht zum Lachen zumute. Ich weiß, dass er jetzt in seinen Gedanken nur bei Annemarie und den Kindern ist und sich darüber einmal mehr bewusst wird, dass er viel mehr kämpfen muss als der Rest der Kompanie. Doch wer weiß schon, wer von den

Männern in diesem Laster die Heimat überhaupt je wiedersehen wird.

Als es zu dämmern beginnt und wir durch die geöffnete Heckplane die Sterne am klaren Himmel erspähen können, stimmt jemand von ganz hinten auf der Ladefläche ein Lied an. Gleich bei der ersten Strophe steigen alle Mann mit ein. Deutlich und laut höre ich auch Wilhelms Stimme im Chor:

*»Heimat deine Sterne,*
*Sie strahlen mir auch an fernem Ort.*
*Was sie sagen, deute ich ja so gerne,*
*Als der Liebe zärtliches Losungswort.*
*Schöne Abendstunden,*
*Der Himmel ist wie ein Diamant.*
*Tausend Sterne stehen in weiter Runde,*
*Von der Liebsten, freundlich mir zugesandt.*
*In der Ferne träum' ich vom Heimatland.*

*Stand ich allein in der dämmernden Nacht,*
*Hab ich an dich voller Sehnsucht gedacht.*
*Meine guten Wünsche eilen,*
*Wollte nur bei dir verweilen*
*Warte auf mich in der Ferne.*

*Heimat! Heimat deine Sterne,*
*Sie strahlen mir auch an fernem Ort.*
*Was sie sagen, deute ich ja so gerne,*
*Als der Liebe zärtliches Losungswort.*
*Schöne Abendstunden,*
*Der Himmel ist wie ein Diamant.*
*Tausend Sterne stehen in weiter Runde,*
*Von der Liebsten, freundlich mir zugesandt.«*

# HUNDSLEBEN

In den letzten drei Wochen hat es fast unaufhörlich geregnet. Für die gesamte 16. Panzer-Division bedeutete das nichts weniger als das Ende aller Kampfhandlungen. Die Straßen glichen einer Schlammwüste, Panzer blieben stecken, Nachschub kam nicht hinterher. An einen Sturm auf Rostow war nicht mehr zu denken. Wir mussten immer wieder Unterschlupf in umliegenden Dörfern suchen und warten. Einfach nur aussitzen und warten. Schrecklich! Feindbegegnungen hat es kaum gegeben, aber wir haben eben auch kaum Kilometer zurücklegen können. Natürlich mussten wir immer wachsam bleiben, aber abgesehen von den regelmäßigen Erkundungsfahrten steckten wir buchstäblich fest. Und wahrscheinlich haben auch die Russen in der Gegend keine Lust gehabt, bei dem Scheißwetter aus ihren Löchern zu kriechen.

Der Blick auf diese endlose Schlammwüste hat mich immer wieder zum Nachdenken gebracht. Was zur Hölle wollen wir in diesem Land? Es kam uns vor, als bewegten wir uns immer nur im Kreis, wie deprimierte Schnecken. Es ist kräftezehrend, wenn man immer nur das Gleiche sieht und hört. Die Kameraden haben sich einen Spaß daraus gemacht, sich gegenseitig Fragen zu stellen.

»Kennst du einen russischen Fluss mit vier Buchstaben?«
»Mius!«
»Welche russische Stadt mit sechs Buchstaben fällt dir ein?«
»Rostow!«
»Wetterphänomen mit fünf Buchstaben?«
»Regen!«
Eine einzige Tristesse.

Vor ein paar Tagen hat es schließlich angefangen zu schneien. Zunächst froh darüber, keinen Regen mehr sehen zu müssen, stirbt die Kompanie jetzt fast den Kältetod. Bald muss etwas passieren, sonst gehen wir ein.

Den Wintereinbruch des Jahres 1941 haben wir in der Ortschaft Ajuta erlebt. Wir liegen hier nun schon wieder eine volle Woche, inzwischen komplett eingeschneit bei Temperaturen um minus zwanzig Grad, und Rostow ist nur noch vierzig Kilometer entfernt. Unsere Kompanien sind auf die etwa fünfzig Hütten und Scheunen verteilt, die sich gleichmäßig um zwei große Dorfplätze reihen, die den Ort in eine untere und eine höher gelegene Ebene teilen. Wir sind oben angesiedelt. Zwischen den Häusern haben wir zum Schutz gegen Schneewehen Baumstämme und Sandsäcke gestapelt. Alle zwanzig Meter steht ein schweres Maschinengewehr. Der Gefechtsstand liegt in der Mitte des Platzes. Major von Witzleben hat sich in der Kirche einquartiert.

In den heruntergekommenen Behausungen liegen wir in Decken eingehüllt dicht gedrängt um die grauen Feldöfen, auf denen wir auch Suppe und Kartoffeln kochen. Aber es ist so kalt, dass die Wärme, die von den Heizkörpern abstrahlt, nicht ausreicht. Also hüllen wir uns zusätzlich mit Segeltüchern, Ballonseide oder Zeitungspapier ein, einfach mit allem, was da ist. In einem Stall hat unsere kleine Sanitätsabteilung, bestehend aus vier Unterärzten und zehn ausgebildeten Sanitätssoldaten, einen spärlichen Truppenverbandsplatz errichtet. Wir haben es mit Erfrierungen, Grippe oder Schneeblindheit zu tun. Erkältet scheint jeder.

Statt der von allen erwarteten schnellen und heroischen Schlacht gegen die Rotarmisten befinden wir uns in einem erbitterten Kampf gegen die Kälte. Wir begreifen es nicht. Alle haben das Gefecht in Rostow herbeigesehnt und schon von der Belohnung des anschließenden, in Aussicht gestellten Heimaturlaubes geträumt. Mein Mindener Mädchen Marlies muss warten.

Das Nichtstun und die Eiseskälte sind zu einer nur äußerst schwer zu ertragenden Qual geworden. Der Befehl zum Angriff ist ausgeblieben. Die komplette Abteilung, und ich bin überzeugt, sogar die gesamte Division, zeigt sich verunsichert, vor allem die einfachen Soldaten. Was hat das zu bedeuten?

Bald sehen wir Einheiten anderer Divisionen, die in langen Trecks an unserm Dorf vorbeiziehen: ein geordneter Rückzug. Aber warum? Die Meldung sickert durch, die Rote Armee habe erhebliche Kräfte mobilisiert, und die Nordfront sei zusammengebrochen. Wir schreiben den 21. November 1941, und unsere Spähtrupps berichten von sieben russischen Divisionen, die sich in Richtung Ajuta aufmachen sollen.

»Zweiundvierzig Panzer, mittlere und schwere Tanks, viele davon amerikanische Modelle«, berichtet ein Kradmelder bei der morgendlichen Lagebesprechung.

Wir können kaum glauben, als wir mittags Zeuge werden, wie auch Major von Witzleben abzieht, mit dem gesamten Stab und drei kompletten Kompanien. Wir erfahren, dass auch der Rest der Sechzehnten aus den Nachbardörfern abmarschiert ist oder zum Abmarsch bereitgemacht wird.

Hauptmann Göricke lässt die verbliebene 1. und 2. Kompanie antreten und erklärt, sichtlich erzürnt, der Major habe ihn zum Kommandanten dieser Stellung erhoben und Befehl erteilt, Ajuta bis zum nächsten Tag um zwölf Uhr mittags unter allen Umständen zu halten und zu verteidigen. Damit solle der Rückzug der deutschen Truppen verschleiert werden. Die Order soll direkt vom Divisionsführer Generalmajor Hube ausgegeben worden sein.

Ich kann Görickes Ärger verstehen. Eine schöne Scheiße ist das. Für wie blöd hält man die Russen? Für mich klingt das nach Kampf in Unterzahl, wenn nicht sogar nach verordneter Opferbereitschaft. Deckung erhalten wir jetzt nur mehr von der Waffen-SS Division Wiking, die auf den Anhöhen um uns herum russische Panzer bestreicht. Wir hören aus der Ferne schwere Kämpfe. Wie ein andauerndes Donnergrollen, das uns einschließt. Sonst sind wir total auf uns alleine gestellt. Dreihundert Mann. Trotzdem erklärt der Hauptmann Ajuta zur Festung. Was soll ihm auch anderes übrigbleiben? Sämtliche Geschütze, Flaks, Paks, Nebelwerfer und schwere MGs werden in Position gebracht. Spähpanzer blockieren die Zufahrten zum Ortseingang. Kameraden umzäunen das Dorf mit Stacheldraht und graben, ein paar hundert Meter von uns entfernt, Minen in die Erde. Scharfschützen gehen auf Häuserdächern und in ausgehobenen Gräben in Deckung.

Am frühen Abend klingelt das Telefon im Gefechtsstand schließlich ununterbrochen. Der Alte nimmt Befehle entgegen, geht dann durch den tiefen Schnee unsere Stellungen ab und erteilt den jeweiligen Zugführen Anweisungen zur Abwehrtaktik. Ich sehe ihn wild gestikulieren und schimpfen.

Wir sind auf ein Massaker vorbereitet. Kämpfen werden wir trotzdem, wenn es sein muss, bis in den Tod. Nach dem Abendessen dann hören wir aus weiter Ferne die russische Artillerie herandonnern. Die Explosionen werden lauter. Wir hoffen, dass die Waffen-SS so viele wie möglich plattmacht, bevor sie selbst einpackt und abzieht. Die Feldküche spendiert zwei Zehnliter-Fässer dünne Hühnersuppe, Brot und etwas Schokolade. Einige Soldaten holen sich bei unseren Ärzten Pervitin-Tabletten ab. Außer den Wachtposten legen sich die Männer nach dem Essen in ihre Quartiere, um ein letztes Mal Kraft zu tanken. Wir liegen in voller Montur gefechtsbereit, auf Stroh, in Decken eingehüllt, die Gewehre griffbereit neben uns. Die Tornister sind für einen schnellen Rückzug gepackt.

Ich flüstere Wilhelm zu, der dicht bei mir liegt: »Kommen sie heute Nacht noch?«

Er dreht den Kopf zu mir rum, seine blauen Augen funkeln im Dunkel. Er flüstert: »Sehr unwahrscheinlich. Der Iwan mag keine Nachtangriffe, und sie sind vermutlich noch zu weit weg.«

»Aber es sind so viele. Wie sollen wir die verteidigen? Die schlachten uns doch ab?«

»Hast du etwa Angst?«, fragt Wilhelm. »Willst du etwas zur Beruhigung einnehmen?«

»Nein. Ich mache mir nur meine Gedanken.«

»Friedrich, wir sind in der Lage, bis morgen Mittag das Dorf zu verteidigen. Wir sitzen hier auf einem Munitionslager. Der Russe wird sich schon reichlich Mühe geben müssen, wenn er hier rauf will.«

»Meinst du?«

»Ja. Und wenn es schiefgeht, brechen wir eben eher aus.«

»Ohne Befehl?«

»Das habe ich nicht behauptet«, sagt Wilhelm, der sich seine Mütze weit über die Ohren gezogen hat. »Aber ich kann dir sagen, dass ich mir den Weg zum Wagen gut eingeprägt habe. Wenn hier nichts mehr geht, dann laufen wir den Abhang runter, ins untere Dorf. Da steht unser neuer Geländewagen voll beladen mit Verbandszeug und Medikamenten, abfahrtbereit auf einer Seitenstraße. Die Panzer stoßen vermutlich die Hauptstraße entlang, wenn wir schneller sind als die, schaffen wir es.«

»Klingt nicht leicht«, sage ich und seufze.

»Wir werden sehen. Vielleicht knallen wir dem Russen auch so gegen den Latz, dass er sich selbst wieder aus dem Staub macht. Schlaf jetzt ein bisschen. Gute Nacht.«

»In Ordnung, Wilhelm.« Ich schließe meine Augen, hoffe inbrünstig, dass der Feind vielleicht doch nicht kommt. Dann wird es mir doch noch etwas mulmig.

»Weißt du, wo Norka ist?«, frage ich Wilhelm leise, erhalte aber keine Antwort mehr und schlafe kurz darauf ebenfalls ein.

Um vier Uhr werden wir geweckt, waschen uns eilig die Gesichter und frühstücken. In der Nacht ist nichts passiert. Doch schon um fünf Uhr erreicht den Gefechtsstand die Meldung, dass eine russische Division vom Tal aus angreifen soll. Gerade erst haben wir uns auf die vorgesehenen Posten verteilt, als bereits Maschinengewehrfeuer von einem Hang aus auf uns herabregnet. Das geht schnell. Zwei Kameraden werden getroffen und bleiben liegen. Einer schreit, der andere zuckt nur.

»Verdammte Scheiße! Wo kommen die denn her?!« Das Fluchen vom Alten ist über den ganzen Platz zu hören. »Gebt ihnen Zunder! Holt die da runter!«

Hinter einigen Häusern erwidern unsere Schützen das Feuer, andere suchen Zuflucht unter den Fahrzeugen. Sechs MGs halten auf den Hügel, schießen unaufhörlich. Aber so wie die Kugeln hier fliegen, scheint der Russe über die doppelte Anzahl MGs zu verfügen, und seine Panzer sind noch nicht mal da. Der Flak-Zug richtet die Kanone auf den Berg aus. Nun wird aber auch von der gegenüberliegenden Flanke geschossen. Von allen Seiten.

»Weißt du den Weg zum Wagen, wie ich ihn dir gestern beschrieben haben?«, schreit Wilhelm, der mit seinem Sanitätstornister auf die eben verwundeten Kameraden zu robbt. »Ja!«, schreie ich zu ihm herüber.

»Hol ihn! Die Verletzten müssen sofort raus hier.«

Ich sehe, dass Doktor Leipzig aus der 1. Kompanie ebenfalls auf die Niedergeschossenen zugeeilt ist. Beide Ärzte versuchen, die

Männer zur Scheune zu schleifen. Eine Blutspur im Schnee zeichnet den Weg nach. Ich darf keine Zeit mehr verlieren, laufe, so schnell ich kann, zwischen den Häusern hindurch und den Abhang hinunter. Unseren Geländewagen, einen schwarzen Wanderer W23 S, habe ich rasch gefunden und steige ein. Ich fahre ihn gerne, doch jetzt verfluche ich ihn, denn der Motor springt nicht an. Ausgerechnet jetzt. Das ist sonst nie so. Erst beim vierten Startversuch springt die Maschine mit einem lauten Heulen an.

Ich rase durch den hinteren Dorfeingang zurück vor den Truppenverbandsplatz, stelle den Wagen vor ein Steinhaus, das uns vorübergehend Schutz bieten kann. Den Motor lasse ich an, wir müssen schnellstens hier raus. Wilhelm und Leipzig schleppen die Verwundeten zum Auto. Ich denke noch, dass sie jederzeit von einer der vielen hunderten Kugeln, die im Schnee einschlagen, getroffen werden müssten, als schon eine Granate mitten in den Verbandsplatz einschlägt. Ein ohrenbetäubender Knall. Holzsplitter, brennende Balken, glühende Funken und Eisklötze fliegen mir um die Ohren. Im Stall hatten sich noch Soldaten verschanzt, aber da ist jetzt nur noch ein Loch. Sie sind verloren. Da hat niemand überlebt.

Ich sehe, wie Leipzig sich ruckartig an den Hals fasst. Er gibt keinen Laut von sich. In Schwallen spritzt sein Blut über den Schnee bis auf das Dach des Geländewagens. Der Arzt fällt auf die Knie, dann mit dem Kopf voran auf dem Boden wie ein Mehlsack. Wilhelm schmeißt sich neben ihn und rollt ihn herum. Leipzigs leblose Augen starren in meine Richtung, sein Oberkörper zuckt, als läge er auf holpriger Straße in einem Sanka. Eine solche Fahrt wird er wohl nicht mehr erleben. Wilhelm reißt eine Spritze aus dem Tornister, zieht sie auf und rammt sie dem Kollegen in der geschlossenen Faust mitten ins Herz. Das Ganze dauert keine halbe Minute. Eine Überdosis Morphium, das weiß ich. So bleibt ihm minutenlanges Leiden erspart. Da ist nichts mehr zu machen gewesen. Verdammter Mistkrieg!

Unsere Maschinengewehrschützen, Paks und Nebelwerfer feuern ununterbrochen. Einige Soldaten werfen Stielhandgranaten über die aufgestapelten Sandsäcke. Ich wage einen Blick hinunter ins Tal. Panzer! Überall. Die ersten sind keine 400 Meter entfernt und rollen auf uns zu. An ihren Seiten laufen russische Infanteristen, die einer nach dem anderen von unseren Kugeln niedergemäht werden. Ein Blitz zuckt vor mir, dann ein wahnsinniger Knall. Ein T-34 steht in Flammen, brennt lichterloh. Gleiches Spiel wie immer: Die Luke im Turm springt auf, ein brennender Russe versucht zu entkommen und wird erschossen. Dicker Qualm strömt in den Himmel wie Rohöl. Sekunden später geht der zweite T-34 in die Luft. Ob es eine Mine war oder ein Granatwerfer? Ich weiß es nicht. Zwischen den Rauchschwaden sehe ich weitere Panzer auf uns zu rollen. »Das sind Dutzende!«, schreie ich. »Dreißig, vierzig Panzer! Alle Typen, schwere, leichte, ein ganzes Rudel. Ein Himmelfahrtskommando ist das!«

Wie in Trance blicke ich über den Platz. Tunnelblick! Ich beobachte einen Schützen, dem ein Arm in Fetzen vom Körper hängt. Mit der unversehrten Hand feuert er seine Pistole in Richtung der herannahenden Russen ab. Ob er gar nicht merkt, dass ihm was fehlt?

Im Gefechtsstand kurbelt ein Melder ununterbrochen am Fernsprecher, brüllt in den Hörer. Vermutlich erbittet er verzweifelt um Ausbruchserlaubnis. Dann sehe ich den Alten. Er krakeelt nacheinander in alle Richtungen. »Stellung halten bis acht Uhr zehn.« Er blickt in unsere Richtung, läuft dann eng an der Häuserzeile zu uns herüber. Er kniet sich, Schutz suchend vor den peitschenden Kugeln, hinter eine Betonmauer und schreit: »Da ist eine ganze Division voll mit Russen. Wir müssen die Platte putzen! Raus hier! Hier ist nichts mehr zu halten!«

Wilhelm bedeutet mir mit einem Fingerzeig, unsere Rucksäcke zu holen. Ich kenne seine Zeichensprache in- und auswendig. Diesmal ist es ein angedeutetes Kratzen unter der Achsel. Es steht für Affe – so nennen wir die Tornister. »Hat sich der Befehl geändert?«, schreit Wilhelm dem Hauptmann entgegen.

»Wir haben unsere Aufgabe erfüllt, alles ist abgezogen, längeres Bleiben ist Wahnsinn!«, brüllt Göricke und muss sich dann flach auf den Boden legen, um keinen Treffer abzubekommen. »Schließen Sie sich mit Ihrem Wagen Ihrem Zug an.« Der Alte springt in gebückter Haltung von einem Bein aufs andere zu den Maschinengewehrschützen des dritten Zuges, die unaufhörlich den Hang hinunterfeuern.

Ich beeile mich, die Affen aus dem Quartier zu holen. Es geht raus, Gott sei Dank. Offenbar hatte Generalmajor Hube doch ein Einsehen und keine Lust auf ein Todeskommando seiner Panzer-Aufklärungs-Abteilung. Kaum vorstellbar, dass der Hauptmann aus freiem Willen handelt.

Die Verwundeten haben es aus eigener Kraft in den Wagen geschafft. Wilhelm kniet in gebeugter Haltung rückwärts auf dem Beifahrersitz und inspiziert ihre Verletzungen.

Ich schmeiße die Affen in den Laderaum, setze mich ans Steuer und fahre los. Runter in das untere Dorf, über die Seitenstraße, über die Brücke. Was ist denn das da im Fußraum? Etwas kratzt an meinen Beinen, etwas winselt da unter dem Sitz. Ich gucke hinunter. Norka schaut mich mit ihren großen braunen Augen an. Sie ist mir gefolgt, hat sich in den Wagen geschlichen und zittert am ganzen Körper. Was für ein schlaues Tier! Mit der linken Hand streichele ich ihr sanft über den Kopf, um ihr zu suggerieren, dass alles in Ordnung ist und ich auf sie aufpasse. Die Fahrt geht weiter, hinter den Häusern her. Keine Panzer auf der Hauptstraße zu sehen.

»Ein bisschen langsamer!«, ruft Wilhelm, der auf dem Vordersitz kniet und die Verwundeten auf den Rücksitzen verbindet. »Nur leichte Durchschüsse und einige Granatsplitter. Das wird wieder«, sagt er zu ihnen.

Ich muss an den Straßenrand steuern. Die 1. Kompanie, die nun über keinen Truppenarzt mehr verfügt, zieht mit Karacho mit ihren Wagen und Krädern an uns vorbei. Es folgt der erste Zug der 2. Kompanie. Ich will mich einreihen und hinterher, aber Wilhelm packt mich am Arm.

»Ich kann nicht zulassen, dass der letzte Teil ohne Arzt ist«, sagt er. »Der Alte ist noch drin.« Er nimmt ein Fernglas aus dem Fußraum und sucht damit die Straße ab. »Da kommen sie!«, ruft er und schreit dann völlig aufgeregt: »Fahr, fahr! Schnell! Gas, Gas, Gas!«

»Was ist denn?«, fragt einer der Soldaten hinter uns. »Was ist los?«

»Die Russen sind im Dorf!«, schreit Wilhelm, »ballern da rum, wo wir vor fünf Minuten noch standen. Gib Gas, Friedrich, fahr so schnell, wie du noch nie gefahren bist. Gas, Gas!«

Ich lege den Gang ein und trete das Pedal voll durch, die Reifen quietschen, der Motor zieht mit enormer Wucht an, und der Wagen prescht nach vorne. Weit komme ich allerdings nicht. Die Einschläge wenige Meter vor mir zerfetzen die Straße. Große Steine fliegen umher. Es sind mindestens drei Granaten, die da eingeschlagen sind. Verdammt knapp. Reflexartig gelingt mir noch eine Vollbremsung, im selben Moment reißt Wilhelm das Lenkrad nach rechts. »Gas geben, querfeldein jetzt«, schreit er. »Der Russe will uns mit Sperrfeuer den Rückzug abschneiden.«

Eine weitere Granate schlägt direkt neben mir ein, der Wanderer wackelt, fast reißt das Dach ab. Ich höre ein Würgen und bemerke, dass sich etwas Warmes auf meinem Rücken ausbreitet. Der Soldat hinter mir hat sich übergeben. Es stinkt bestialisch. Scheiß drauf! Ich lenke den Wagen mit Vollgas über eine schneebedeckte Wiese. Jetzt bloß nicht stecken bleiben. Plötzlich glaube ich, einen Weg zu erkennen. Das könnte ein Ausweg sein. Erst als ich mit Vollkaracho darauf biege, bemerke ich den Irrtum. Das ist weder

Ausweg noch Weg, sondern ein zugefrorener Bach. Als ich es feststelle, ist es zu spät. Die Eisdecke kracht ein, und der Wagen bricht nach unten weg. Eiskaltes Wasser strömt durch die Türritzen. Norka jault, und ich versuche, sie hochzuziehen. Es gelingt mir nicht. Wir sinken.

»Wir sind erledigt!«, schreie ich. Die nächste Granatsalve schlägt ein paar Meter rechts neben uns ein. Die Soldaten hinter mir schreien wie wild gewordene Schimpansen. Ich möchte ein Gebet sprechen, aber mir fällt keines ein. Wilhelm hat sich im Wagen aufgestellt und tritt mit seinem Stiefel gegen meine Tür. Sie springt auf. »Raus!«, schreit er.

Ich versuche, nach Norka zu greifen, kann sie nicht finden, springe dann raus und breche mit dem ersten Schrittversuch im Eis ein. Das Wasser ist so kalt, dass es mir die Luft abschnürt. Die Laute, die ich ausstoße, erinnern mich an die eines Walrosses bei der Fütterungszeit. Ich habe so etwas vor langer Zeit im Zoo beobachtet. Ich muss mich schnell orientieren, aufpassen, dass ich kein Wasser schlucke. Wie wild strampele ich mit den Füßen, mein Mantel saugt sich dabei mit dem Eiswasser voll. Er wird schwerer und schwerer und zieht mich in den Abgrund. Ich klopfe mich durch die zerberstenden Eisschollen bis ans Ufer. Mit letzten Kraftreserven gelingt es mir, mich auf festen Boden zu ziehen. Ich kann mich kaum noch spüren, allein mein trommelnder Herzschlag lässt mich wissen, dass ich lebe. Wilhelm! Ich schaue zum Wagen, der bis über die Türen im Wasser eingesackt ist. Auch mein Arzt ist eingebrochen. Nacheinander zieht er die Verwundeten aus dem sinkenden Fahrzeug. Ich wundere mich, wie ruhig er dabei bleibt. Wie kann ein einzelner Mensch so viel Kraft aufwenden? Er hat beide Kameraden an den Kragen gepackt und schleppt sie auf dem Rücken schwimmend zum Ufer. Ich muss helfen, krieche auf allen vieren zu der Stelle, an der sie ankommen, und ziehe die Verletzten aus dem Eiswasser. Wilhelm schafft es selbst. Granatsalven schlagen in immer kürzer werdenden Etappen überall um uns herum ein. Wir legen uns flach auf den Bauch, die Hände über den Helm haltend.

»Was jetzt?«, schreie ich.

»Was sollen wir machen?«, ruft einer der Verwundeten. »Hilfe! Wir gehen drauf!«

Ich höre Gewehrschüsse hinter uns, von der Straße her kommend. Es ist vorbei, denke ich, die Russen haben uns erwischt, sie sind ganz nahe. Ob sie uns erschießen oder gefangen nehmen? Ich kann mich nicht entscheiden, was die bessere Option wäre. Die russische Gefangenschaft kann schlimmer sein als der Tod.

»Zur Straße, so schnell ihr könnt!«, ruft Wilhelm. Ich hebe meinen Kopf und sehe, dass der Wanderer weg ist. Einfach untergegangen. Metallteile schwimmen im Wasser – und da, neben dem halben Ersatzreifen, ein Stück Fell. Ist das Norka, die da in zwischen den Eisschollen paddelt? Ja, sie ist es. Sie geht unter, schafft es nicht. Ich will ihr helfen. Aber Wilhelm zieht erneut an mir. »Raus, raus, raus!«

Mir bleibt keine Wahl, ich entscheide mich für *mein* Leben und renne ihm hinterher, ohne zu wissen, was los ist. Erst nach etwa fünfzig Metern erkenne ich den Hauptmann auf der Straße. Er hat uns bemerkt und seinen Lkw anhalten lassen. Er war es, der mit dem Gewehr geschossen hat, um auf sich aufmerksam zu machen, nicht der Feind. Wir kommen am Laster an. Zwei Landser springen hinten raus und helfen uns. Als wir drinnen sitzen, fährt der Wagen ohne weitere Verzögerung mit Vollgas los. Ich reiße in Panik die Heckplane auf und erkenne mächtige russische Panzer auf uns zurollen. Vielleicht noch einen halben Kilometer entfernt, bestimmt fünf oder mehr. Ich kann es nicht abschätzen. Wilhelm zieht die Plane wieder herunter. »Wir haben es geschafft!«, schreit er mich an. »Und wenn nicht, brauchen wir nicht auch noch die letzte Granate auf uns zufliegen sehen. Entspann dich!«

Ich muss mich am Gestänge im Transportraum mit beiden Händen festhalten. Der Karren wackelt so, dass ich mir vorkomme wie in einem abstürzenden Flugzeug. Mein Blick wandert über die Kameraden, einige zittern, andere beten. Weitere Geschosse schlagen hinter uns ein, aber die Explosionen werden mit der Zeit leiser. Bald entspannen sich die Gesichter um mich herum. Geschafft! Mal wieder! Unglaublich!

Manni, der Küchenjunge, wickelt mich in eine Wolldecke ein und reicht mir eine Zigarette. Ich bedanke mich, lehne die Kippe aber ab. Ich bibbere vor Kälte und vor Erschöpfung. Mir fallen die Augen zu. Ich denke an Norka und weine.

Am nächsten Tag spreche ich mit Wilhelm über die Ereignisse und erzähle ihm von dem Schmerz über meinen Verlust. Er behauptet, dass Norka jetzt im Hundehimmel ist, denn er glaubt, dass auch Hunde eine Seele besitzen. Ich finde die Vorstellung schön und auch schlüssig. Denn genau wie wir hat auch Norka Freude empfunden, wenn man ihr über das weiche Fell streichelte, wenn sie nach Vögeln jagte, auch wenn sie nie ernsthaft nach einem schnappte. War es nicht auch Liebe, wenn sie schwanzwedelnd auf meinen Schoß sprang und sich bei mir anschmiegte? Wie auch wir empfand sie Furcht, wenn draußen die Granaten donnerten. Wenn sie einem Landser etwas weggefuttert hatte und der mit ihr schimpfte, so war es ein schlechtes Gewissen, das sie plagte. Sie winselte und wimmerte dann und versuchte, sich auf ihre Weise zu entschuldigen. Meistens durch Liebesbekundungen. Alles auch menschliche Züge. Man konnte ihr nie wirklich böse sein. Über eine ganze Weile war sie das einzige weibliche Wesen in unserer Mitte. Sie erstrahlte schön wie ein Mädchen, mit ihren lieben braunen Augen, und auch stolz wie eine Dame, denn sie nahm lange nicht von jedem etwas zum Fressen an.

Norka war nur ein Hund, aber – ob Seele oder nicht – sie besaß

Gefühle und eine einzigartige Persönlichkeit. Wäre ich nicht ihr Lieblingssoldat gewesen, wäre sie wohl nicht in den Wagen gesprungen. Ich konnte sie nicht retten und mache mir noch heute Vorwürfe. Habe ich richtig gehandelt? Was hätten Sie getan?

# HEIMATFRONT

Wir konnten an der Front zu diesem Zeitpunkt noch nicht ahnen, wie dramatisch sich die Lage in Osnabrück für Annemarie zuspitzte. Der Horror begann, als ihr Vater am 23. November 1941 an einem Herzinfarkt verstarb. Der Grund für seinen Tod hätte besorgniserregender kaum sein können. Auch er war politisch und gesellschaftlich längst unter Beschuss geraten. Albert Gutenberg führte eine zwar erlaubte, aber auf keinerlei Akzeptanz stoßende Mischehe mit einer Volljüdin. Da er nicht willens gewesen war, sich scheiden zu lassen, hatte er einige Monate vor seinem Tod die Stelle als Gymnasiallehrer aufgeben müssen. An besagtem Tag saß er mit seiner Frau Edith im Büro des neuen Kreisleiters Lemke. Der einst so stolze Oberstudienrat flehte ihn an. Er bettelte darum, dass seine Frau nicht, wie von den Nazis geplant, in ein Arbeitslager nach Riga gebracht würde. Statt ihm zu helfen, hatte der Nazi nur Hohn und Spott für den sich unterwerfenden Lehrer übrig: »Na, seien Sie doch froh, dass Sie in einer privilegierten Mischehe leben. Es steht Ihnen als Ehemann natürlich zu, Ihr schönes Haus in Osnabrück aufzugeben und Ihre Frau Judengemahlin ins Lager zu begleiten. Auch Sie können doch ein paar Steine für den Krieg brechen. Latein wird nicht weiter benötigt. In Zukunft zählt nur: Germania.«

Eine solche Frechheit war Albert Gutenberg noch nie untergekommen. Er regte sich darüber so auf, dass er zusammenbrach und auf dem Boden vor dem Schreibtisch des Kreisleiters blau anlief. Unter dem Geschrei seiner Gattin besaß der Osnabrücker Nazi wenigstens den Anstand, sofort einen Arzt zu rufen. Zu retten war Doktor Gutenberg aber nicht mehr.

Bereits zwei Tage nach der Beerdigung veranlasste Lemke, dass Edith ihr Haus auf der Stelle zu verlassen habe. Bis zum Abtransport wohnte sie in einem sogenannten Judenhaus am Rande der Altsstadt. Annemarie verbrachte jeden Vormittag mit ihr und spendete ihr Trost, soweit es ihre eigenen Kräfte zuließen. Auch sie litt schmerzlich unter dem Verlust des Vaters. Und sie fürchtete ebenso um das Leben ihrer Mutter. Noch einige Male versuchte sie, über Magda etwas zu erwirken, aber Karl ließ ausrichten, dass ihm in dieser Angelegenheit die Hände gebunden seien.

Am 13. Dezember 1941 zogen vierunddreißig Osnabrücker Juden in klirrender Kälte und bewacht von Gestapo-Männern ihre vollgepackten Koffer über den vereisten Bahnhofsvorplatz.

»Mutti, ich habe Angst um dich«, sagte Annemarie, während sie die Hand ihrer Mutter fest drückte. Sie wirkte so normal mit ihrem geliebten roten Glockenhut, ihrer braunen Lederhandtasche und dem schwarzen Flanierschirm, auf dem sie sich abstützte. Als ob nichts Besonderes geschehen würde. Als ob sie zu einem Spaziergang aufbrechen würde, dachte Annemarie.

»Mein Kind, was soll mir denn passieren?«, antwortete Edith gelassen. »Wie du siehst, müssen alle Juden jetzt arbeiten. Das ist kriegswichtig.«

»Nähen ist kriegsentscheidend?«, fragte Annemarie und schluchzte.

»Oh, ja«, entgegnete Edith. »Mehr Soldaten, mehr Uniformen.

Und vielleicht tut mir eine Weile Abstand gut. Hier muss ich ja doch nur jeden Tag an Vati denken. Wir werden nicht länger als ein paar Monate in Riga verbringen. Wenn der Krieg im neuen Jahr aus ist, kommen wir erholt zurück.«

Annemarie ahnte bereits, dass ihre Mutter einer Lüge aufgesessen war, mit der die Polizei besorgte Juden zu besänftigen versuchte. »Hast du denn auch wirklich alles, was du brauchst?«

»Die haben gestern meine halbe Küche aus unserem alten Haus geholt, die gute Matratze und das Porzellan von Großmutter.« Sie wies auf ihre beiden braunen Koffer. »Den Rest habe ich da drin. Meine schönsten Kleider, den Schmuck und genug Gespartes.« Sie lächelte. »Und wir werden schließlich für die wichtige Arbeit entlohnt. Einkaufsläden wird es wohl geben in Riga.«

Edith bemerkte, dass ihre Tochter schon eine Weile auf den gelben Stern schaute, den sie auf die linke Seite ihres grünen Samtmantels genäht hatte. Direkt über dem Herz. In schwarzen, geschwungenen Lettern stand darauf *Jude*.

»Ich weiß, das sieht scheußlich aus. Aber der ist nur für die Fahrt, damit die Bahnangestellten sehen, dass ich kostenlos fahren darf. Wir steigen in Bielefeld um.«

Annemarie hörte einen Pfiff und blickte ihrer Mutter über die Schulter. Ein Mann in schwerem Ledermantel winkte einem der Jungen zu, die sich ein paar Pfennige damit verdienten, Gepäck zu den Gleisen zu bringen. Er rannte auf die Frauen zu, fasste sich an den Schirm seiner hellgrauen Filzmütze und packte beide Koffer an den Griffen. Annemarie schaute auf die Glasfassade der hohen Bahnhofshalle. Einige Juden gingen schon herein und schleppten ihre Koffer die Treppen zu den Zügen hinauf. Sie fiel ihrer Mutter in den Arm und begann zu schluchzen.

»Jetzt benimm dich nicht so, Kindchen«, sagte Edith und streichelte ihrer Tochter sanft durch die Haare. »Ich sollte dann los. Es wird mir nichts passieren.«

»Das sagst du nur so.«

»Nein, das meine ich so! Und nun ist gut, verhältst dich ja wie ein kleines Kind, dabei hast du selbst zwei, auf die du achtgeben musst. Deine Mutter ist alt genug.«

Sie schob ihr Kind vorsichtig von sich weg, richtete ihren Glockenhut, drehte sich um und ging. Als Annemarie einige Sekunden später hinterherrennen wollte, stellte sich ihr der Mann von der Gestapo breitbeinig in den Weg. Er streckte die rechte Hand nach vorne hin aus und brüllte: »Halt! Nur Juden!«

»Mutti!«, schrie sie und sah, wie sich ihre Mutter vor dem Eingang noch einmal umdrehte, winkte und rief: »Ich schreibe dir gleich, nachdem wir angekommen sind.«

Es war das letzte Mal, dass Annemarie etwas von ihrer Mutter hörte. Auch wenn sie noch Jahre nach dem Krieg hoffte, sie stünde eines Tages unversehrt vor ihrer Tür. Sie würde einfach klingeln, Fiffi würde vor Freude bellen, und alles wäre gut.

Eine Woche nach der Abreise ihrer Mutter sollte Annemarie unerwarteten Besuch erhalten, der ihre ohnehin schon kaum zu ertragende Situation noch einmal verschlimmerte.

»Aus! Du sollst nicht immer so kläffen, wenn jemand an der Tür klingelt«, rief Annemarie Fiffi zu, der, seit die Türklingel geläutet hatte, kläffte. Sie strich dem Hund zur Beruhigung über den Kopf und stellte dann die Flamme unter der Herdplatte wieder aus, auf der sie gerade hatte anfangen wollen, Hühnersuppe für die Kinder zu kochen. In einer Stunde war Schulschluss, und die Kleinen hatten dann Hunger. Die Schule lag zum Glück nicht weit weg und verfügte über einen eigenen Bunker. Doch obwohl Max und Martin nur eine kurze Strecke nach Hause gehen mussten, überkam ihre Mutter stets die Angst vor einem Fliegeralarm. Zwar hatte es die bislang nur wenige Male gegeben, und die Engländer hatten ausschließlich Industriegebiete ins Visier genommen, aber auch in Osnabrück wurde die Situation brenzliger. Nachdem die deutsche Luftwaffe zwischen September 1940 und Mai 1941 britische Städte hatte bombardieren lassen und in diesem Zuge über vierzigtausend Zivilisten ums Leben gekommen waren, sprachen die Leute auf den Straßen immer und überall von der zu erwartenden Rache. Der zivile Luftschutz hatte sämtliche Wohnhäuser der Stadt vorbereitet. Auch das Haus Möckel verfügte inzwischen über einen Luftschutzraum im Keller, den Max und Martin in ihrer kindlichen Neugier gerne als Spiel- und Versteckzimmer zweckentfremdeten. Annemarie aber hatte Angst vor dem Tag, an dem sie mit ihnen würde hinuntergehen müssen. Nicht zum Spielen, sondern weil dann Bomben auf Osnabrücker Wohngebiete krachen würden.

Sie schloss die Küchentür und ließ Fiffi drinnen. Dann ging sie eilig zur Haustür, denn sie war sich sicher, dass Herr Schneider, der Briefträger, davorstand. Ihr Bauch kribbelte wohlig vor Aufregung. Der Bote klingelte immer, wenn er einen Brief von Wilhelm in der Tasche hatte. Und sie wartete sehnsüchtig auf die erste Nachricht ihrer Mutter aus Riga, vielleicht war auch von ihr etwas dabei.

Doch als Annemarie öffnete, erschrak sie. Den Mann mit der braunen Schirmmütze, dem ekelhaften Schmiss auf der Wange und der Schildpatt-Brille, der da vor ihr stand, erkannte sie sofort: Ortsgruppenleiter Wecker. Mit einem leicht durchnässten Umschlag in der Hand hatte er sich breitbeinig in seinem mit Schneeflocken bedeckten braunen Mantel auf dem oberen Treppenabsatz vor der Haustür aufgestellt. Die Binde am Ärmel war so gelegt, dass Annemarie direkt auf das Hakenkreuz schauen musste. Am Ledergürtel, der stramm über seinen Mantel gezogen war, erkannte sie ein Pistolenhalfter.

»Was wollen Sie denn hier?«, fragte sie und verschränkte vor Kälte und Ekel die Arme über ihrer Brust.

»Sie wissen, wer ich bin?«, fragte Wecker und grinste.

»Nicht Herr Schneider, der Briefträger, jedenfalls.«

»Haha, Sie haben Humor.« Der zum Ortsgruppenleiter degradierte Mann lachte und hustete. »Man sagt, das sei die einzige annähernd positive Eigenschaft, die das Judenvolk je besessen habe.«

»Haha.«

Wecker schlug einen ernsteren Tonfall an. »Übrigens, der Schneider kommt nicht mehr, wenn's Post von Wilhelm gibt. Er hat von mir die Anweisung erhalten, Briefe, die von Ihrem Gatten abgesendet wurden, direkt mir zuzustellen. Ich habe nämlich in seinem Bezirk das Sagen!«

»Das glaube ich nicht«, sagte Annemarie entsetzt.

»Sie sehen es doch. Seien Sie dem Schneider nicht böse. Er macht es natürlich nicht freiwillig. Aber er musste einsehen, dass er seinen Beruf weiter ausüben sollte, wenn er seine fünf Kinder durch die schwere Zeit kriegen möchte. Und hätte er nicht auf mich gehört, hätte er die Arbeit nicht mehr.«

Wecker lachte dreckig und musterte Annemarie von oben bis unten, starrte auf ihre Haare, auf ihre Bluse, die Schürze und den Rock. Sein Blick wirkte bedrohlich und ließ ihr einen zusätzlichen Kälteschauer über den Rücken laufen.

»Drehen Sie sich mal um, sodass ich Ihr hübsches Hinterteil bewundern kann«, sagte Wecker und leckte sich dabei mit der Zunge über den feuchten Schnäuzer.

»Haben Sie den Verstand verloren? Ganz bestimmt tue ich das nicht.« Sie war perplex und wollte reflexartig mit dem Knie die Tür zustoßen. Er aber stellte seinen Stiefel zwischen Tür und Rahmen. »Immer sachte, junge Frau. Nicht so stürmisch.«

»Hören Sie auf damit! Verschwinden Sie!« Annemarie hielt ihr vibrierendes Knie weiter gegen die Tür und nahm auch noch die Hände zu Hilfe. In der Küche begann Fiffi laut zu bellen und an der Tür zu kratzen.

»Was wollen Sie jetzt tun?«, fragte der Ortsgruppenleiter. »Ihren Köter auf mich loslassen?«

»Ja, vielleicht. Hauen Sie einfach ab und lassen Sie uns in Ruhe.«

Wecker steckte seine Pistole durch den Türspalt. »Werden Sie jetzt vernünftig? Ich kann Ihren Hund auch erschießen.«

»Was wollen Sie denn bloß von mir?« Sie schrie vor Angst.

»Ruhig, ganz ruhig«, sagte er. »Ich habe hier einen Brief, adressiert an Sie, die Feldpostnummer darauf ist die Ihres Ehegatten, wenn mich nicht alles täuscht.«

Was hatte das zu bedeuten? Was führte das Ekelpaket im Schilde? fragte sich Annemarie. »Werfen Sie ihn doch bitte durch den Türspalt und gehen Sie!«

»Das werde ich nicht tun«, antwortete Wecker »Ich stecke jetzt die Waffe ein, und dann öffnen Sie mir ganz langsam die Tür, damit ich Ihnen den Brief übergeben kann. Sonst nehme ich ihn wieder mit, und wir erfahren nie, was drinsteht.«

Annemarie überlegte. Ihre Gedanken rasten.

»Vielleicht geht es Ihrem Gatten nicht so gut, und er braucht dringend Ihre Unterstützung. Wir sollten wirklich mal reinschauen«, fuhr der Widerling fort.

Wir? Wieso das? Sie verstand nicht, was der Nazi-Kotzbrocken von ihr wollte. Aber ihr blieb keine Wahl. Sie musste wissen, was Wilhelm ihr geschrieben hatte, und Wecker würde vermutlich so oder so nicht gehen. Widerwillig zog sie Knie und Hände weg, und die Tür gab nach. Mit seinem Stiefel stieß er sie auf, grinste und hielt ihr den grauen Umschlag hin. Als sie danach zu greifen versuchte, zog er ihn weg.

»Erst umdrehen. Ich möchte mir Ihren Hintern anschauen.«

»Wozu?« Annemarie erschrak, ihr fiel ein, weswegen Wecker nicht mehr als Kreisleiter fungierte. Wollte er sie etwa sexuell bedrängen? Besser man zeigte keine Angst vor solchen Sadisten. Das ermuntert sie noch mehr, Gewalt anzuwenden, hatte sie kürzlich in einem Buch gelesen.

»Ich will wissen, ob er mir gefällt«, schnaufte Wecker.

Annemarie hatte genug. Was erlaubte sich dieser Mensch? Sie drehte sich herum und streckte ihm ihren Po entgegen. »Und? Sagt er Ihnen zu?«

»Oh ja, absolut.« Wecker sprach in überraschtem Tonfall. »Da möchte man gerne direkt mal …«

»Unterstehen Sie sich!« Sie wandte sich wieder um. »Brief her!«

Er hielt ihr erneut den Umschlag hin. Als sie ihn entgegennehmen wollte, riss er ihn ein weiteres Mal zurück. »Haha, war doch nur Spaß, Judenhumor. Hier ist er.« Der Ortsgruppenleiter reichte ihr das Schreiben, stellte sich dann aber auf die Schwelle, sodass Annemarie die Tür nicht schließen konnte.

»Hören Sie, es ist doch nicht schlimm«, sagte er. »Schneider darf Ihnen auch weiterhin die übrige Post zustellen, und seine Kinder haben zu essen auf dem Tisch. Ich bringe nur die Briefe Ihres Mannes. Ich schaue auch nicht nach, was er schreibt, wenn Sie vorher nett zu mir sind, versprochen! Es sei denn, Sie möchten gerne mit mir gemeinsam lesen.«

Annemarie wurde schlecht, sie fühlte sich bedroht, gedemütigt und hilflos. Der Gedanke, dass der Ortsgruppenleiter hier nun öfter auftauchen würde, ließ Übelkeit in ihr aufsteigen.

»Haben Sie nichts Besseres zu tun?«, fragte sie in schroffem Ton. Sie wollte sich auf keinen Fall anmerken lassen, wie sehr sie sich von ihm unter Druck gesetzt fühlte. »Hören Sie, wir können am wenigsten dafür, dass Sie nun nicht mehr die Kreisleitung innehaben. Lassen Sie Ihren Frust bitte nicht an mir aus!«

Wecker lachte diesmal nicht. Was er tat, jagte Annemarie einen weiteren tiefen Schrecken ein. Ohne Vorwarnung griff er an ihren rechten Busen und drückte so fest zu, dass sie nicht nur des Ekels wegen aufschrie. Sofort hielt er ihr mit seiner freien Hand den Mund zu. Sie roch alten Zigarettenrauch.

»Jetzt ist genug palavert worden, Judenmädchen. Was ich beruflich tue oder nicht tue, hat dich gar nicht zu interessieren. Ich gucke mir bei dir an, was ich will, und ich fasse an, was ich will. Sonst gibt es keine Post mehr von Wilhelm. Nie wieder. Möchtest du das?«

Annemarie schüttelte den Kopf. Das wollte sie nicht. Briefe von ihrem Mann gehörten zu den wichtigsten Dingen in ihrem Leben. Ihre Augen schmerzten, aber sie schaffte es, die Tränen zurückzuhalten. Sie gönnte es dem Widerling nicht, dass sie sich vor ihm diese Bloße gab. Wecker schaute sie noch ein paar Sekunden böse an, ließ ihren Busen dann los, hob den Zeigefinger und sagte: »Psst. Nicht schreien, wenn ich jetzt meine andere Hand von deinem zügellosen Mundwerk nehme. Verstanden?«

Sie nickte. Er nahm die Hand von ihrem Gesicht.

»Schön, dann sind wir uns ja einig. Wenn Herr Doktor das nächste Mal schreibt, komme ich wieder, und bis dahin werde ich mir überlegen, was ich dann an deinem Körper begutachten will.«

Annemarie schwieg. Eine Träne rann ihr über die Wange. Sie drehte sich so hin, dass Wecker sie nicht sehen konnte. Zumindest hoffte sie das. Wie gerne hätte sie dem Drecksack eine deftige Ohrfeige auf seine widerliche Narbe verpasst, die Brille vom Kopf geschlagen und auf der Treppe zertrampelt. Ihm in die Weichteile getreten. Aber sie wusste, dass sie sich vor allem wegen der Kinder zusammenreißen musste. Der Mann war äußerst gefährlich.

»Lies jetzt deine Post und antworte ihm schnell, damit auch ich dich bald wieder besuchen kann. Und keine miesen Tricks. Kommen mir irgendwelche Beschwerden ins Haus, werde ich dafür sorgen, dass weder du jemals wieder etwas von deinem Mann noch deine Judensöhne von ihrem Vater hören werden. Zumindest nicht durch Briefe. Das kann ich allemal leisten.« Wecker starrte Annemarie auf den Busen, sie verschränkte erneut die Arme davor, schämte sich. »Das will ich nicht«, sagte sie. »Ich brauche Nachricht von meinem Mann, muss wissen, wie es ihm geht!«

»Das leuchtet mir ein. Es ist aber nun einfach nicht anders zu regeln.« Wieder lachte der Ortsgruppenleiter schäbig, trat dann vom Türrahmen zurück. »Erzähl niemandem von unseren zukünftigen Verabredungen. Ich habe dir gesagt, was sonst passiert. Aber wem solltest du dich auch anvertrauen?« Wecker lachte laut. »Dein Vater hat sich vor Lemke, der mir meinen Posten geklaut hat, in die Hose geschissen und ist vor meinem ehemaligen Schreibtisch elendig verreckt, und deine Judenmutter haben sie ins KZ geschickt.«

»Mutter? Haben Sie gehört, wie es den Juden in Riga geht?« Vor Aufregung vergaß Annemarie die anmaßenden Beleidigungen gegenüber ihrer Familie.

Er schaute sie mit seinen entseelten Augen an. »Nein. Und ich glaube auch nicht, dass überhaupt noch jemand von dem Judenpack hört.«

»Aber wieso?« Annemarie stotterte. »Es ist ihr doch gestattet, Post zu senden.«

Wecker überkam ein solcher Lachanfall, dass er sich an der Türklinke abstützen musste. »Meine Güte, bist du naiv.« Er wurde wieder ernst. »Überleg dir lieber, wie du das jetzt mit Wilhelm machst. Du darfst dich natürlich auch dafür entscheiden, ihn zu bitten, nicht mehr zu schreiben. Vielleicht beendest du einfach diese widernatürliche Rassenschande-Beziehung?« Er beobachtete, wie sie auf diese Provokation reagieren würde. Aber Annemarie blieb äußerlich regungslos.

»Dann kann ich auch keine Briefe bringen und muss mir dich nicht vornehmen.« Er prustete und schüttelte sich vor Lachen, mutete dabei an wie ein völlig wahnsinnig gewordener Mann. »Aber der Doktor, haha. Der Doktor. Er wird sich die Augen ausheulen und bestimmt unvorsichtig werden vor lauter Sorge um sein Frauchen.«

»Verschwinden Sie!«, zischte Annemarie.

»Haha, du bist lustig. Aber ich sehe ein, ich habe dich genug erschreckt.« Wecker sprang die Stufen hinunter und lief pfeifend den Weg zum Gartentor entlang. »Auf Wiedersehen für heute. Ich komme wieder. Nur fleißig schreiben, Annemariechen.«

Annemarie legte den Brief auf die Kommode in der Diele, stürmte die Treppen hinauf, riss sich die Kleider vom Leib, schmiss sie in den Wäschesack, duschte mit Seife. Viel Wasser und Tränen flossen an diesem Tag durch den Ausguss. Sie zog sich frische Kleidung an und ging hinunter. Sie musste sich zusammennehmen und, bevor sie den Brief lesen konnte, erst das Essen zubereiten. Die Kinder würden jeden Moment nach Hause kommen. Sie eilte in die Küche, streichelte Fiffi, dachte an ihre Mutter und kochte dann Hühnersuppe mit Tränen. Erst wenn Max und Martin ihren Mittagsschlaf machten, würde sie den Brief lesen.

# STILLE NACHT

*Amwrossijiwka, Sowjetunion, 24. Dezember 1941*

»Stille Nacht, heilige Nacht. Alles schläft, einsam wacht …« Ich liege auf dem Strohhaufen in meinem kleinen Zimmer, das ich mir mit Wilhelm teile. Sein Bett steht direkt neben mir am Fenster, das fest eingebaut ist und sich nicht öffnen lässt. Ich beobachte Wanzen, die sich in den Scharnieren des Stahlgestells tummeln. Die werde ich gleich ausräuchern. Unsere Behausung hier ist kahl. Der Putz blättert von den Wänden. In der Mitte des Raumes steht ein schwerer, großer Betonofen. Ein Feuer brennt darin. Der Abzug funktioniert. Ich habe Bretter aus einem eingestürzten Stall besorgt, sie zerhackt und vor dem Ofen gestapelt. Wir werden durchfeuern müssen.

Ich blicke auf ein Gemälde, das an der Wand über einem morschen Tisch hängt. Es zeigt zwei Bären, die sich in einem Fluss waschen. Ich mag es. Ich mag Bären, habe aber in Russland noch keinen einzigen gesehen. Vermutlich haben sie sich alle tief in die Berge verzogen, können nicht verstehen, dass die Menschen überall Feuer legen. Ich denke noch drüber nach, wann ich überhaupt das letzte Mal einen Bären gesehen habe, da höre ich von draußen die Kameraden singen. Sie üben für die kleine Feier, die wir für heute Abend planen.

Seit zwei Wochen lagern wir in der Kleinstadt Amwrossijiwka in der südlichen Ukraine. Das unerwartete Tauwetter hat die Straßen und Wege wieder in Schlammwüsten verwandelt, und an einen Vorstoß ist nicht zu denken. Witterungsbedingt haben wir hier am Mius also Winterquartier bezogen. Wo sonst? Ich fühle mich traurig und habe mich nach dem Mittagessen auf unsere Stube zurückgezogen. Meine Gedanken kreisen um die Lieben zu Hause. Vor dem inneren Auge sehe ich Mutter, die gerade den Gänsebraten in den Ofen schiebt, ich kann den pikanten Duft förmlich riechen. Vater baut währenddessen im Wohnzimmer die Krippe auf, und – wer weiß – vielleicht hilft ihm in diesem Jahr schon meine kleine Schwester Lieschen dabei. Ob Großmutter und Großvater bereits eingetroffen sind? Denken sie alle an mich, wenn sie nachher unter dem geschmückten Baum singen? Geht es ihnen überhaupt gut? Ich kann es kaum aushalten, bis die Weihnachtspost verteilt wird. Wir haben ausgemacht, damit bis nach der Feier zu warten. Eine richtige Bescherung soll es werden.

Zwischendurch grübele ich auch über die vergangenen Tage, verliere das bisschen Weihnachtsstimmung dann komplett. Ich denke zu viel, wenn es still ist. Die Dinge haben sich nicht so entwickelt, wie ich es mir vorgestellt hatte. Mir fehlt Norka, ich vermisse die Heimat, die Mutter. Einfach alles, was ich liebe.

Kurz nach der dramatischen Flucht mit dem letzten Lkw aus Ajuta haben wir wieder Anschluss an die Division gefunden. Über Hauptmann Göricke haben wir erfahren, dass kein geringerer als General Gerd von Rundstedt, Leiter der Heeresgruppe Süd, selbst den Befehl zum organisierten Rückzug angeordnet hat, den ausgerechnet wir unter Verlust von siebzehn Kameraden und Norka hatten verschleiern sollen. Der aufrichtige General hat erkannt, dass man der Gegenoffensive der Russen nicht würde standhalten können und die 11. Armee, die bereits in Rostow lag, von einer unmittelbaren

Einkesselung bedroht war. Eine nachvollziehbare Entscheidung, die vermutlich viele Leben gerettet hat, die aber eben gegen Hitlers ausdrücklichen Befehl erfolgt ist. In der Konsequenz wurde von Rundstedt abgesetzt und sogleich durch Generalfeldmarschall Walter von Reichenau ersetzt. Der Führer ist in diesen Beschlüssen rigoros. Wer sich seinen Anweisungen widersetzt, muss den Platz räumen. Auf jeder Position in der Befehlskette gibt es immer genug Konkurrenten, die übernehmen, wenn es ein Verantwortlicher aus Nazi-Sicht verpatzt hat.

Die Einnahme Rostows bleibt für die Wehrmacht strategisch von höchster Bedeutung. Was sonst? Noch immer ist es ausgegebenes Ziel, die Stadt einzunehmen, denn die Heeresleitung plant, von dort zum Kaukasus durchbrechen zu können, um an die Ölquellen zu gelangen. Neben ausreichender Munition ist Treibstoff das wichtigste Gut, um einen Krieg aufrechtzuerhalten. Wir sind also zehn Tage in der unmittelbaren Nähe von Rostow geblieben, in Erwartung des Angriffsbefehls, der aber ausblieb. In der Donezk-Region sind wir von Dorf zu Dorf gezogen mit der Aufgabe, in diesem Abschnitt den Feind aufzuhalten, solange es geht. So sollte der Rückmarsch der übrigen Truppenteile aus Rostow geschützt, gleichzeitig die Bildung von neuen Verteidigungslinien gewährleistet werden, damit die nachrückenden und verstärkten Truppen schließlich die Stadt erobern könnten. Immer nah am Feind blieben wir also, den wir auch zu spüren bekamen. Der Russe hat ein ums andere Mal versucht durchzubrechen. Es sind drei Männer unserer Kompanie gefallen, die ich gerne mochte. Alles Schützen des 3. Zuges. Heinz, Paul und Ferdinand. Unteroffizier Schmelzer hat ein Bein verloren. Und wofür? Was sollte dieser sinnlose Befehl auch? Wir haben eine Scheißarbeit verrichtet, Unmenschliches getan.

Bevor wir eine Ortschaft verlassen haben, mussten wir alle Bewohner und Tiere evakuieren und sie in Flüchtlingstrecks wegschicken. Frauen, Kinder und alte Männer sind vor meinen Augen unter Tränen zusammengebrochen, weil sie ihr Hab und Gut nicht zurücklassen wollten. Wir haben dann nachgeholfen und, wenn sie fort waren, ihre Häuser niedergebrannt. Alles zerstört, wo vorher Menschen ein Leben gehabt hatten. Es sind grausame Maßnahmen, die wir uns beim Feind abgeschaut haben, der Gleiches mit seinen eroberten Dörfern tut. Es hat überall gelodert und gequalmt und bestialisch nach Vernichtung gerochen. Keine Seite war bereit, der anderen auch nur einen Zentimeter zu gönnen. Wir haben die Ortschaften niedermachen müssen, damit sie nicht als Unterschlupf oder Befestigungsanlagen in die Hände der Roten Armee fallen und umgekehrt. Barbarei ist das. Den Kameraden hat man angesehen, dass sie diese Tätigkeit verabscheuen. Als Sani konnte ich mich gut drücken und habe keine solche Fackel der Zerstörung in die Hand genommen. Doch man kriegt alles mit. Das verängstigte Quieken der Schweine genau wie das der Menschen. Ich stelle mir vor, dass, wenn die Russen in Deutschland einmarschierten, sie noch viel Schlimmeres mit der Bevölkerung anstellen würden. So kann ich auch diese hässliche Fratze des Krieges vor mir rechtfertigen.

Aber alles war dennoch umsonst. Der Angriff auf Rostow ist aufgrund der unbefahrbaren Schlammstraßen nämlich ausgeblieben, und wir liegen jetzt seit Mitte Dezember hier am Mius, in dem so nach Weihnachten klingende Ort Amwrossijiwka.

Ruhequartier. Ein komisches Wort, aber es passt. Es ist tatsächlich ruhig. Sodass es kaum zu ertragen ist. Vom Frontgeschehen bekommen wir nichts mit und haben den Krieg beinahe vergessen. Damit die Köpfe nicht rattern, spielen wir Karten, erzählen uns von der Heimat, singen oder tauschen Bücher, die uns die Lieben von zu Hause geschickt haben. Beliebt und weit verbreitet sind die sogenannten Tornisterschriften und die Soldatenbücherei, welche das Oberkommando der Wehrmacht herausgibt. Romane, Novellen und Gedichte für Frontsoldaten in Sonderauflage. Klassiker und Neues. Theodor Fontane und Hermann Löns gefallen mir. Wilhelm hat sich mehrfach vor mir beklagt, dass Remarque verboten ist. Ich habe *Im Westen nichts Neues* nicht gelesen, aber mir kommt es fast so vor, denn mein Arzt hat mir viele Episoden daraus erzählt. Nach dem Krieg werde ich es mir besorgen, sollte ich dann noch leben.

Im Moment scheint alles stillzustehen. Nicht mal Ratas sind mehr rübergekommen, um uns zu bombardieren. Es ist schon ein Wahnsinn. Wenn nicht gekämpft wird, sehnt man sich die Schlacht herbei. Hat sie begonnen, will man nichts anderes als ihr entkommen. Ich glaube, es gibt keine Arbeit im Leben, keine Situation, in der sich Panik und Langeweile so oft die Klinke in die Hand geben wie im Krieg.

Wenn wir hier jetzt Maschinengewehre hören und kurz zusammenzucken, ist uns schnell bewusst, dass es die eigenen sind, die in der Werkstatt neu in Schuss gebracht werden. Es hat fast täglich geregnet, und wir haben Wäsche und Uniformen im Akkord gewaschen. Das größte Problem für uns wurde aber, dass bei dem Wetter auch die Feldpost nicht mehr durchkam. Unter den Landsern ging eine Latrinenparole, ein Gerücht, herum, dass sie sich rückwärtig in riesigen, nie da gewesenen Mengen staue. Wir haben die Hoffnung fast aufgegeben, doch wie durch ein Wunder ist vorgestern ein Schneesturm über uns hinweggefegt und hat die Straßen bei stark fallenden Temperaturen vereisen lassen. Nun frieren wir zwar, aber das ist völlig egal, denn durch diese Umstände ist die Post auf den Tag genau an Heiligabend säckeweise angekommen, nebst Munition und Verpflegung.

Alle haben mit angepackt und vor Freude dabei gesungen und gepfiffen. Jetzt darf nur nichts mehr dazwischenkommen. Wer weiß schon, ob nicht irgendein russischer General denkt, dass man die Deutschen doch gerade an Weihnachten gut mit ein paar Panzern überraschen könnte. Es kann so oder so ein langer Tag werden, froh oder blutig. Ich verstehe aber gut, dass sich keiner die Weihnachtsstimmung vermiesen wollte, sofern er eine solche verspürte.

Überall sitzen die Kameraden jetzt in ihren Unterkünften, singen Weihnachtslieder und basteln. Ich bin vorhin die Lager abgegangen. Wie besinnlich und kreativ die Jungs sind. Echte Tannen haben wir hier nicht ranschaffen können. Aber der deutsche Landser weiß sich zu helfen. Die Quartiere sind wie verwandelt. Da hocken Gefreite neben Offizieren und werkeln gemeinsam an kleinen Tannenbäumen, die sie in mit Erde befüllten Konservenbüchsen stecken. Sie basteln Sterne, Kometen und Engelchen aus Karton und überkleben sie mit Silberpapier, das sie aus Zigarettenschachteln reißen. Es stehen Kerzen herum, und aus der Feldküche riecht es nach Zimt und Zitronen.

»Ick wünsch dir ’n schicket Fest dadrinne!« Jemand schreit vor der Haustür, und bei der Berliner Schnauze muss ich nicht lange überlegen, wer mich da aus meinen Gedanken gerissen hat. Ich klettere auf Wilhelms Bett, ziehe die Gardine zur Seite und sehe unseren Küchenjungen Manni vor der Tür. Er trägt seine weiße Mütze und schwenkt einen Sack vor sich her. Als er mich erkennt, winkt er und deutet mit einem Kopfnicken zur Tür. Zeit aufzustehen, die Mittagspause ist für mich vorbei. Ich springe vom Bett und öffne in Socken. Just in dem Moment wirft mir Manfred eine Handvoll Mehl auf die Uniform. Er tippelt in seinen Holzschuhen an mir vorbei, dreht sich im Kreis und schippt mit der Hand mehr von dem Zeug auf den Boden. »Heh«, sage ich, »was soll das?«

»Frau Holle hatt de Kissen jeschüttelt, is Schnee. Siehste nich? Damit wa dit hier rischtisch nett ham zu Feste.« Manni grinst mich an und wirft mir noch eine Handvoll Puder auf die Bluse.

»Spielkind«, sage ich, kann ihm aber nicht böse sein und beim Blick auf die weißen Bodenlatten finde ich seine Idee sogar originell. »Frohe Weihnachten«, sage ich.

»Danke. Kannste dir ma besonders freuen, wa?« Manni klopft mir mit der mehligen Hand auf die Brust. Ich denke, dass er sich über den Abdruck über dem Wehrmachtsadler freut.

»Wieso?«, frage ich erstaunt, denn bisher hielt sich an diesem Morgen meine Freude in Grenzen.

»Watt globsten du, wo de heute dit Tanzbeenchen schwingst?«

»Tanzen? Du meinst feiern?«, antworte ich verwundert. »Das werde ich wohl mit den Mannschaften der Abteilung in der alten Schule drüben tun.«

»Watt issen dit? Biste affich jeworden? Dit ist mir anners inne Lauscher jekrochen.

»Verstehe ich nicht.« Ich habe keine Ahnung, wovon der Lümmel redet.

»Haste een Jlück das de der Piepel vom Unterarzt bist, wa? Darfste heute mit die pomforzionösen Herren Kompanieführern und Offiziersdienstjraden der Rejimentsstäbe enen inna Kirche antütern. Dit is ma amtlich.«

»Was?« Ich kann kaum glauben, was der kleine Rotzlöffel da sagt. Ich bin doch total unwichtig. »Hat Doktor Möckel das arrangiert?«

»Wees ick donnich. Kannste jlooben oda nich. Dit würd ick ma nich für drei Taler entjehn lassen, würd ick in deine Plünnen hocken, Herr Sanitätsoberjefreita.« Manni zischt an mir vorbei, ruft noch: »Aba mit die Meellaje uff deine Buxen würd ick lieba die Beene inne Hand nehmen.« Er lacht und rennt mit seinem Sack zum gegenüberliegenden Haus. Vermutlich, um da ebenfalls für Weihnachtsdekoration zu sorgen.

Wilhelm bestätigt mir später, dass ich mit darf. Jeder Geladene darf einen Kameraden mitbringen. Alle würden den besten nehmen. Ohne dass er mehr dazu sagen muss, fühle ich mich geschmeichelt. Manchmal frage ich mich wirklich, warum Wilhelm so viel von mir hält. Vielleicht sieht er in mir so etwas wie einen jüngeren Bruder oder Sohn.

Den Rest des Nachmittages verbringe ich damit, jedes Mehlkörnchen aus der Uniform zu bürsten und meine Schuhe zu putzen.

Am Abend bekommen wir frisch geschlachtetes ukrainisches Winterhäschen in Rotwein-Soße, dazu weiche Kartoffeln und Zimt-Kraut. Danach versammeln sich die Männer auf vielen kleinen Weihnachtsfeiern in ihren Hütten. Ich gehe mit Wilhelm zu der großen Feier in der Kirche und nehme dort auf einer der hinteren Bänke Platz, welche uns die Kameraden aus der Feldküche hier aufgestellt haben. Hier zeigen sich erneut die Kreativität der deutschen Soldaten und die besondere Bedeutung des Weihnachtsfestes für uns. Gestern war die Kirche noch leer. Wie auch die Glocke am Turm haben vermutlich Russen alles rausgerissen, was nicht niet- und nagelfest war. Obwohl, in einer orthodoxen Kirche gibt es sowieso weder Bänke noch Altar. Einzig ein paar Ikonenbilder an der Decke erinnern an die ursprüngliche Pracht des Gotteshauses. Von dort blicken kitschig-schöne Maria-, Josef- und Jesusgesichter auf uns herab. Unsere Soldaten haben wirklich saubere Arbeit geleistet. Trümmerhaufen und Geröll aus dem Inneren des Gebäudes gekehrt. Die zerbrochenen Fensterscheiben haben sie sogar mit Stroh zugestopft. An den Innenwänden stehen jeweils sechs Blechöfen, die seit Tagen vorgeheizt haben. Ein echter kleiner Weihnachtsbaum thront auf einem Holztisch, nicht größer als ein Strauß Blumen. Davor sind Tische, ebenfalls der Feldküche entliehen, aufgebaut, auf denen Teller und Schalen mit Kuchen, Keksen Schokolade, Obst und Nüssen liegen. Und jede Menge Schnaps- und Weinflaschen sind dort ordentlich aufgebaut. Bereit, geöffnet zu werden.

Vor der Seitentüre steht eine hübsche Holzkrippe, die Doktor Schmidt, der neue Truppenarzt der 1. Kompanie, seit seinem Aufenthalt in Bulgarien mit sich herumschleppt und seitdem immer an Weihachten aufstellt. Schön, dass wir sie haben. Während ich der Predigt des Pfarrers nur beiläufig lausche, in der er an die unzähligen Toten der letzten Monate erinnert, bestaune ich lieber die Krippe. Ich kenne alle Figuren. Sie sind aus Gips, an manchen ist die Farbe schon abgeblättert. Dem Esel scheint der Kopf zu fehlen und dem Schaf ein Hinterbein. Aber das in eine Windel gesteckte Jesuskind sieht wie neu aus. Es grüßt aus seiner Wiege heraus mit drei gespreizten Fingern Maria, Josef und ein paar Hirten. Es ist so gebettet, dass es aussieht, als grüßte es auch mich. Ich denke darüber nach, dass Russen und Ukrainer an denselben Gott glauben wie wir, und frage mich, was Gott wohl dazu sagt, dass wir uns gegenseitig umbringen.

»Amen.« Ich höre, wie der Pfarrer sein Gebet schließt, und vernehme leise Musik. Sie kommt aus einem Lautsprecher, der hier von der Funkertruppe aufgestellt worden ist. Im gegenüberliegenden Funkerquartier legen die Kameraden russische Schallpatten auf. Ich verstehe den Text nicht, aber die Melodien, auch wenn sie noch so oft von Knistern und Knacken unterbrochen werden, sind wunderschön. Es sind dieselben Lieder, die unsere Familien gerade in der Heimat hören, nur eben in einer anderen Sprache.

Die Gäste haben sich in der Kirche verteilt und bedienen sich an den Gabentischen. Um mich herum wird geredet und gelacht wie in einer Kneipe. Die Leutnants, Oberleutnants und Hauptleute trinken Kaffee, Cognac und Weißwein. Alles hohe Tiere. Aus meiner Sicht. Einige Adjutanten und Unteroffiziere sind auch darunter. Ich schätze, es sind vierzig Mann in der Kirche. Etwas unwohl ist mir dabei, schließlich habe ich außer meiner Ausgehuniform nichts zu bieten. Keine einzige Auszeichnung hängt an meiner Bluse. An den akkurat sitzenden grauen Waffenröcken der Offiziere sind schicke, hohe Krägen mit Spiegeln angebracht, acht Knöpfe an der Leiste, die Ärmelaufschläge dunkelgrün und mit feinen Litzen bestückt. Die Biesen – wir einfachen Soldaten nennen sie Intelligenzstreifen – der Oberteile und Hosen leuchten in den verschiedenen Waffenfarben der Einheiten. Rosa für die Panzertruppe, wiesengrün für die Panzergrenadiere und schwarz für die Pioniere. In Rot die Artillerie, in Zitronengelb für die Nachrichtentruppen und in Goldgelb für die Aufklärer.

Ich blicke auf jede Menge Orden an den Jacken. Verwundetenabzeichen, Eiserne Kreuze, Ritterkreuze, Kriegsverdienstkreuze. Die Kompanieführer tragen die ganze Palette. Ich beobachte Wilhelm, der sich vorne mit dem Alten und Doktor Schmidt, der wie auch sein verstorbener Vorgänger von Leipzig bereits Oberarzt ist, unterhält. Der nächsthöhere Dienstgrad, den Wilhelm anstrebt. Sie plaudern lässig, lachen und rauchen dicke Zigarren. Wilhelm trägt sein EK II an der Bluse, auf das er natürlich stolz ist, aber das eben auch nicht ausreicht, um Sanitätsoffizier zu werden und seine Familie zu retten. Doch davon weiß auf dieser Feier wohl außer mir nur unser Hauptmann im Gebäude – obwohl sich alle wundern, warum ein Held wie unser Arzt noch immer kein Offizier ist. Doch gefragt hat, soweit ich weiß, bislang niemand.

Wilhelm sieht mich, winkt mir zu und kommt dann mit zwei Gläsern in der Hand rüber, rutscht neben mir auf die Bank.

»Hier, feinstes Kirschwasser. Nimm einen kräftigen Schluck.«

Ich trinke und schüttele mich.

»Gut, nicht wahr?«, fragt Wilhelm. »Über was denkst du hier hinten nach so alleine?«

»Ach, nichts Besonderes. Kann‘s kaum aushalten, bis ich den Brief von Mutter lesen kann. Die Post wird doch gerade verteilt, oder?«

»Und wie. Die Kameraden sitzen bestimmt alle schon brav in ihren Unterkünften und warten. Wir können uns auch gleich freuen, wenn wir rübergehen. Aber nun trinken wir uns erst mal ordentlich einen.« Wilhelm kippt sein Glas in einem Zug herunter, und ich bemerke, dass er ein Schütteln unterdrückt.

»Es ist schön hier in der Kirche«, sage ich. »Danke, dass ich das sehen darf. Wie an echten Weihnachten ist das.«

Mein Arzt stößt mich mit dem Ellenbogen in die Seite. »Du spinnst doch. Es sind echte.« Er steht auf. »Komm mal mit nach vorne. Wir genehmigen uns jetzt auch den Cognac. Leutnant Kastner von den Panzerjägern lädt zu einer Runde Skat. Wir müssen die Ehre der Aufklärungs-Abteilung verteidigen. Doktor Schmidt ist auch mit von der Partie.«

»Na, gut«, sage ich und folge ihm nach vorne. Wir haben uns gerade zu Kastner an den Tisch gesetzt und die Gläser gefüllt, als die Tür mit einem Tritt aufgestoßen wird. Ein eiskalter Windzug fegt durch das Kirchenschiff. Ich erkenne deutlich den Schatten vom bulligen Generalmajor Hube, der im Türrahmen steht und sich den Schnee vom Ledermantel klopft. Er trägt seinen Säbel am Gurt. Es wird totenstill im Raum. Selbst die Musik ist ausgegangen. Ich höre nur das Knarren der Holzdielen zwischen den Bänken, über die Hube auf uns zumarschiert. Es wirkt bedrohlich. Die Männer springen zur Seite, stellen ihre Gläser ab. Ich bekomme ein ungutes Gefühl. Nach Weihnachtsstimmung sieht der Divisionsführer, der wortlos bis zum Ende der Kirche geht, ganz und gar nicht aus. Er dreht sich zackig um und ruft lauter, als es nötig gewesen wäre: »Hiermit erkläre ich Heiligabend 1941 für beendet!«

Ein Raunen und Stöhnen geht durch das Kirchenschiff. Einige Männer halten sich die Hände vors Gesicht.

»Ruhe. Das ist weder eine Bitte noch eine Feststellung, sondern ein Befehl.« Hube legt eine Pause ein, zieht seine Schirmmütze gerade. »Der Russe will nicht so, wie wir es wollen, und bereitet einen Angriff auf Stalino vor.« Der Major räuspert sich. »Es ist Krieg. Damit muss man immer rechnen. Packen Sie sich hier ein, was Sie brauchen, nehmen Sie es mit aufs Quartier und verkünden Sie die frohe Botschaft Ihren Männern. Alle Kompanieführer erwarte ich in genau sechzig Minuten in meinem Haus, wo im Übrigen überhaupt keine Weihnachtsfeier stattgefunden hat. Der Divisionsstab hat Pläne gewälzt. Seien Sie also froh, wenigstens ein bisschen Lametta gehabt zu haben.«

Niemand wagt es, noch etwas zu sagen. Hube nimmt sich einen Keks aus einer der Schalen, beißt hinein und geht die Stufen herunter und durch die Mitte zum Ausgang.

»Vielleicht haben wir dafür Silvester Ruhe!«, ruft er, bevor er die Tür hinter sich zuknallt.

Es bleibt still in der Kirche. Die enttäuschten Gäste stopfen sich die Taschen voll mit dem Rest vom Fest. Möglich, dass sie damit ihre Männer besänftigen wollen.

»Skat also verschieben?«, fragt Kastner.

»Würde ich meinen«, antwortet Wilhelm und klopft dem Leutnant auf die Schultern. »Aber das holen wir nach. Du weißt, dass ich es liebe, mit dir zu spielen.«

Kastner lacht und streicht sich verlegen über den Schnäuzer. »Ja, weil du unbedingt gewinnen willst. Vergiss es.« Er schüttelt Wilhelm die Hand. Ich weiß, wie viel mein Arzt von seinem liebsten Skatpartner hält, und ich weiß auch, dass es ihm nicht ums Siegen geht. Kastner und seine Karten lenken ihn ab. Nun hätte ich beinahe die Chance gehabt, auch einmal an so einer Runde teilzunehmen. So ein Ärger aber auch.

Wilhelm packt mich an der Schulter »Gehen wir rüber und schauen, was uns die Lieben schicken und schreiben. Ist doch eh wichtiger.«

Ich nicke und folge ihm.

Als wir auf unserer Stube ankommen, liegt die Post auch schon auf den Betten. Ich staune nicht schlecht. Auf Wilhelms Matratze stapeln sich sechs Päckchen und ein zusammengeschnürtes Bündel Briefe.

Auf meiner Seite erwarten mich nur ein Päckchen und zwei Briefe. Aber ich bin nicht neidisch, ich freue mich für uns beide.

»Dann mal ran an den Speck«, sagt Wilhelm, zieht sich Mantel, Stiefel und Handschuhe aus, schmeißt sich bäuchlings aufs Bett und macht sich daran, das erste Päckchen zu öffnen. Ich nehme meines, stelle es auf unseren Tisch und setze mich auf den Stuhl davor. Mit meinem Messer durchtrenne ich die Schnüre und falte den Karton auseinander. Schon am Geruch erkenne ich den Weihnachtsstollen von Mutter und wickele ihn eilig aus dem Pergament. Mein Herz klopft, und das Wasser läuft mir im Munde zusammen. »Wilhelm. Mutti hat Stollen und Gewürzkuchen geschickt. Ist steinhart gefroren, den können wir uns morgen zum Frühstück im Ofen auftauen und für die Fahrt in Blechbüchsen packen und mitnehmen. Was denkst du?«

Ich hole noch Orangen, Zitronen, eine Schachtel mit Keksen und eine Dose Honig aus dem Päckchen. »Wilhelm, Nüsse und Leberpastete.«

Ich erhalte keine Antwort.

Aufgeregt nehme ich den Brief heraus, der unten im Karton liegt. Ich bekomme also doch drei. Aus dem Umschlag ziehe ich ein Foto. Ein aktuelles. Es zeigt die Eltern und Lieschen vor unserem Haus in Minden auf schneebedecktem Rasen. Wie hübsch meine Schwester geworden ist, denke ich fasziniert, mutet an wie ein richtiges Fräulein in ihrem karierten Kindermantel und den hohen Strümpfen. Wie alt ist sie? Ich habe sie anderthalb Jahre nicht gesehen. Ja. Sie ist bereits sechs und kommt im Sommer in die Schule. Ich bin so stolz, stecke das Foto direkt in meine schwarze Ledergeldbörse. Dann nehme ich den Brief aus dem Umschlag. Drei Seiten falte ich auseinander. Im Inneren steckt ein Bild, mit Wasserfarben gemalt und unterschrieben mit *Deine Schwester Liese*. Es zeigt sie sitzend auf einem Pferdchen durch einen Wald reitend. Ob es ihres ist? Hat ihr Onkel Fitten eines von seinem Gestüt vermacht? Das war doch schon damals ihr großer Wunsch. Ich ringe mit den Tränen vor Rührung.

»Wilhelm, meine Schwester kann schreiben und reiten … Wilhelm?« Als ich wieder keine Antwort erhalte, blicke ich zu ihm rüber. Er hat sich aufgesetzt und liest angespannt einen seiner Briefe. »Alles in Ordnung?«

Er spricht kein Wort, sitzt nur da und starrt aufs Blatt. Sein Gesicht ist kreidebleich, und er kaut auf dem Daumennagel herum. Das habe ich bei ihm noch nie gesehen. Ich beobachte es fasziniert und gleichzeitig mit Sorge, bis er plötzlich den Zettel aufs Bett schleudert und danach förmlich in seine Stiefel springt. »Nichts ist in Ordnung!«, schreit er. »So eine Scheiße! So ein Dreckskerl!«

»Was ist denn?«

Wilhelm guckt mich mit wildem Blick an. »Lass mich einfach in Ruhe, ja?« Er reißt seinen Mantel vom Wandhaken und stürmt zur Tür. »Ich muss zum Hauptmann. Auf der Stelle.«

Mit hochrotem Kopf, durchnässt und zitternd vor Kälte kommt Wilhelm erst nach einer Stunde wieder, hängt den Mantel zurück an den Haken, stellt die Flamme des Ofens höher und sich selbst davor. Nach einer Weile legt er sich aufs Bett und stopft seine Meerschaumpfeife. Rauchend beginnt er nacheinander die anderen Briefe zu öffnen und zu lesen. Ich kann keine weitere Gefühlsregung in seiner Miene ausmachen. Warum hat er mich nicht beachtet? Dass er kein Wort sagt, wenn er zur Tür hereinkommt, habe ich ebenfalls noch nie erlebt.

»Was war denn?«, frage ich leise.

Ohne aufzuschauen, murmelt er unter Tabakrauch: »Ach. So ein Arsch von Nazi stellt Annemarie nach. Moment, ich lese gerade einen Brief von meinem Bruder.«

Er scheint merkwürdig ruhig. Das wundert mich, und auch wenn ich neugierig bin, lasse ich ihn jetzt besser erst einmal in Ruhe. Ich lese die Briefe von Mutter, Vater und Großvater ein drittes Mal. Sie alle vermissen mich und machen sich Sorgen. Das kann ich verstehen, aber wichtig ist für mich persönlich im Moment einfach nur, zu wissen, dass es ihnen allen gut geht. Es hat einen Luftangriff auf Minden gegeben, aber zum Glück keine Toten. Vater schreibt, das sei nur der Anfang. Die Engländer würden nun täglich und immer intensiver ihre Bombenlast über deutschen Städten abwerfen. Die Flak hole aber auch viele Flieger runter. Mir wird zum ersten Mal richtig bewusst, dass auch die Lieben zu Hause in ständiger Bedrohung leben müssen. Das macht es für mich an der Front nicht erträglicher.

Erst als Wilhelm die gesamte Post durchgesehen hat, kommt er rüber zu mir an den Tisch und erzählt mir in erstaunlicher Ruhe vom Ortsgruppenleiter Wecker und seinen Erpressungsversuchen.

»Das tut mir leid«, sage ich, nachdem ich mir die Geschichte zu Ende angehört habe. »Das ist abartig und gehört bestraft.«

»Ja, das ist es und ja, das tut es. Aber meine Annemarie ist klug. Sie hat das einzig Richtige gemacht, sich nicht unter Druck setzen lassen und mir alles mitgeteilt. Sie hat von nichts anderem geschrieben, nicht mal erwähnt, wie es ihren Eltern geht. Sonst schreibt sie immer über meine Schwiegereltern. Wenigstens hat sie unter P. S. noch zur Sprache gebracht, dass meine Söhne wohlauf sind.«

»Was will sie tun wegen diesem Nazi?«, frage ich. »Wenn ich es überhaupt wissen darf, meine ich.«

»Darfst du. Ich bin stolz auf meine Frau. Sie will natürlich alles in Bewegung setzen, damit dieser Perversling sie nicht noch einmal aufsucht. Daher soll ich Briefe nicht mehr nach Hause schicken, sondern an Magda, meint sie. Du weißt noch, wer Magda ist?«

»Na klar. Die Frau deines Bruders. Karls Frau.«

»Richtig. Ihr kann Annemarie vertrauen. Sie soll ihr die Briefe am Telefon vorlesen oder ihr anderweitig zukommen lassen als über die Post, hat meine Frau geschrieben.«

»Das ist doch eine gute Möglichkeit.«

»Schon. Aber dem Braten traue ich nicht. Das reicht mir nicht. Deswegen bin ich sofort rüber zum Alten.« Wilhelm beugt sich über den Tisch und schaut in mein geöffnetes Päckchen. »Darf ich?« Er zeigt auf den halb ausgewickelten Kuchen. Ich nicke, und er schneidet sich mit dem Messer ein Stück heraus, geht damit zum Ofen und dreht das Gebäck in der Flamme. Es dauert nur Sekunden, und das gesamte Zimmer duftet nach Zimt, Nelken, Anis, Kardamom und Muskat. Ich kenne alle Zutaten. Herrlich. Weihnachten. Wilhelm beißt ab und schmatzt. »Du meine Güte, ist der gut. Deine Mama musst du mit mir bekannt machen. Los, schmeiß ein Stück rüber, ich befeuere es dir.«

Ich bin noch immer erstaunt über Wilhelms plötzliche Lockerheit. Und das nach der Geschichte. Aber ich will mich nicht beschweren, breche ein Stück des gefrorenen Gewürzkuchens heraus und reiche es ihm herüber. Nach etwa einer Minute hält er mir die Klinge entgegen, und ich ziehe den Kuchen davon ab. Er ist so heiß, dass ich ihn ein paarmal in die Luft schmeißen und auf der Handfläche balancieren muss. Dann beiße ich rein. Warm, würzig, weich, welch süße Heimat. Oh Gott, wie habe ich das vermisst. Ich kaue in Ruhe und lecke mir danach die Finger ab. Doch dann packt mich die Neugier erneut. Wilhelm liegt bereits wieder auf dem Bett und macht sich daran, seine Weihnachtspäckchen zu öffnen.

»Was willst du tun?«, frage ich.

»Der Alte erledigt es. Hauptmann Göricke ist der Beste!«, ruft Wilhelm, während er Tabakdosen und kleine Einmachgläser aus dem Päckchen holt.

»Natürlich. Er hat uns in Ajuta das Leben gerettet«, antworte ich.

Er schaut jetzt mit ernstem Ausdruck zu mir herüber. »Und er wird auch Annemarie den Arsch retten. Den wird sich der Wecker-Bastard nicht noch ein weiteres Mal angucken. Ich habe dem Alten die Situation geschildert. Dass sie Halbjüdin ist, weiß er ja schon. Ist ihm natürlich egal. Er hat mir angeboten, ein Telegramm an Karl schicken zu lassen, damit er meine Frau da rausholt.«

»Und das geht einfach so?«

»Das geht, weil Hauptmann Göricke einen Sinn für Gerechtigkeit besitzt. Das Telegramm wird auf dem Dienstwege direkt in die NSDAP-Zentrale zu Karl nach Augsburg gesendet. Dann wird sich mein dreieinhalb Minuten älterer Bruder darum kümmern.«

»Was soll er tun?«, frage ich. »Was *wird* er tun?«

»Annemarie und die Kinder beschützen. Wie, weiß ich nicht. Aber was ich weiß, ist, dass Karl nicht zulassen wird, dass das Schwein sie erneut anrührt. Wir Möckels zeichnen uns durch Ehre und Stolz aus. Nicht nur gegenüber dem Vaterland.« Er schiebt sich mit dem Zeigefinger eine Praline in den Mund, schmatzt und lächelt mich an.

Ich weiß nicht, was ich sagen soll.

Wilhelm schluckt und fragt: »Du wunderst dich, warum ich mich nicht mehr aufrege, nicht wahr?«

»Ehrlich gesagt, ja.«

»Ha. Dann guck dir morgen den Schneemann von den Kameraden des dritten Zuges gegenüber an. Den habe ich Wecker getauft und ihn dann kurz und klein gehauen. Das hat fürs Erste geholfen. Jetzt vertraue ich den guten Leuten und sehe zu, dass ich einen klaren Kopf bekomme.« Er schmeißt mir das zusammengerollte Pralinenpapier entgegen. Die Kugel trifft mich an der Brust. »Bumm. Wir haben einen Krieg zu führen«, sagt er. »Und da ist es gefährlich, wütend oder zu verängstigt zu sein. Immer wachsam sein, mein Junge, dann kriegst du auch nichts ab.«

Ich verstehe Wilhelm und beneide ihn gleichzeitig um seinen

Optimismus. »Ich hatte gehofft, dass wir diese Weihnachten zu Hause feiern«, seufze ich. »So lange habe ich das auch geglaubt. Und jetzt? Nicht mal am Fest zu Hause bei den Lieben!«

»Weil der Krieg lahmt«, antwortet Wilhelm, der jetzt eine fette Dauerwurst aus seinem Päckchen holt und davon die weiße Pelle abkratzt. »Das wird sich bald ändern.«

In unserer eingeübten Zeichensprache gibt er mir zu verstehen, dass er das Messer haben möchte. Ich werfe es ihm vorsichtig mit dem Griff voran rüber. Er fängt es mühelos, dreht es gekonnt im Handgelenk, sticht damit fest in die Wurst und schneidet ein dickes Stück vom Ende ab. Er betrachtet es mit großen Augen und wirft es in meine Richtung. Ich fange es nicht ganz so geschickt wie er mein Messer, aber zumindest fällt die Scheibe nicht auf den Boden. Ich bin wachsam gewesen und beiße hinein. Schon wieder erinnert mich der Geschmack an zu Hause. Es ist genau die Art Wurst, die meine Mutter bei unserem Schlachter Blekemeyer kauft. Jetzt kann ich die Tränen nicht zurückhalten, die den ganzen Tag schon auf die Drüsen gedrückt haben.

»Warum müssen wir an Weihnachten kämpfen? Es ist doch ein Fest der Liebe. Ob die Russen *das* nicht wenigstens respektieren? Wir könnten sie auch an *ihrem* Weihnachten in Ruhe lassen!«

»Darauf haben wir leider keinen Einfluss«, sagt Wilhelm. »Und jetzt hör auf zu jammern! Du weinst ja bald jede Woche um irgendwas.« Mein Arzt rührt mit dem kleinen Finger in einer Dose mit Marmelade, die er aus dem dritten Päckchen geholt hat. »Denk an deinen Vater und meinen Bruder Peter. Die haben im großen Krieg an Weihnachten im Schützengraben gefroren und hatten kein Dach über dem Kopf. Hier ist es warm. Wir futtern Kuchen, Wurst und Schokolade und müssen nicht frieren. Luxus ist das, sage ich dir.« Er lächelt. »Los, sag es auch!«

Ich wische mir die Träne aus dem Gesicht. Wilhelm versteht es glänzend, mich mit Worten zu trösten, wenn ich am Boden bin. Er vermittelt mir den Eindruck, dass alles doch nicht so schlimm ist, wie es mir in diesen Momenten erscheint. Ich habe schon viel zu oft geweint. Dabei bin ich eigentlich keine Memme. Selbstverständlich habe ich nie vor anderen Kameraden geflennt. Das wäre mir richtig peinlich. Wenn ich traurig werde, dann passiert mir das eben in meinem Quartier, und da ist es einleuchtend, dass mein Arzt es hin und wieder mitbekommt. Ich hoffe, er verzeiht mir diese kindischen Gefühlsausbrüche. Ich bin eben noch sehr viel jünger.

Und nicht nur, dass mich der blutige Krieg mitnimmt, Wilhelms Geschichte ist für mich ebenfalls emotional aufwühlend. Je mehr er erzählt, desto mehr leide ich wegen Annemarie und seinen Kindern mit. Wenigstens bin ich kein Jammerlappen, wenn es ums Kämpfen und Versorgen der Verwundeten geht. Und wenn es dafür reicht, dann ist es doch in Ordnung? Ich will mich aber auch Wilhelm gegenüber am liebsten immer von der starken Seite zeigen.

»Das ist Luxus«, sage ich also und fühle mich sofort besser. Ein psychologischer Trick, den mein Arzt auch oft bei Verletzten anwendet, wenn diese kurz davor sind aufzugeben.

Wilhelm lacht laut. »Du, auch der Krieg steckt voller Überraschungen. Vielleicht verarscht uns der Russe und gaukelt uns einen Angriff nur vor. Wollen uns möglicherweise einfach ärgern, die Iwans.«

Ich lache auch und steige in die Fantasie ein: »Die trinken doch gerade so viel Wodka, dass sie eh nicht aufstehen.«

Wilhelm schnipst mit dem Finger. »Das ist es. Du kennst den Feind. Also entweder sie kommen nicht oder sie kämpfen an einem für uns heiligen Tag. Dann werden wir sie bekehren müssen und sie von Orthodoxen zu echten Katholiken oder Protestanten machen. Wenn nicht mit Granaten, dann missionieren wir mit Gewürzkuchen und Salami. Das wird schon, Friedrich.«

Nachdem ich mich bettfertig gemacht habe und Wilhelm alles ausgepackt hat, futtern wir uns noch quer durch die Päckchen, bis wir beide Magenschmerzen haben. Aber wenn uns nur ein Weihnachtstag zusteht, dann muss man an dem eben dreifach so viel essen.

Die Russen kamen nicht. Entweder Wilhelm hatte recht, und sie haben uns nur verarschen wollen, oder ich, und sie hatten als gute Christen tatsächlich Respekt vor dem Heiligen Abend ihrer Feinde. Oder aber – und das ist auch nicht unwahrscheinlich – die eigene Heeresleitung hat präventiv gehandelt. Letztendlich ist sogar Schikane möglich. Feiern ist ja nicht die erste deutsche Tugend im Krieg.

Als man uns heute mitteilte, dass es auf Stalino zugeht, eine Stadt, die nach dem Führer des Feindes benannt ist, haben sich die Minen einiger Kameraden angstvoll verzogen, andere hingegen haben entschlossen und kampfesmutig dreingeschaut. Alle aber sind getäuscht worden. Denn als wir am Abend angekommen sind in Stalino, hat überhaupt niemand mehr auf uns geschossen. Im Gegenteil: Kein Russe zeigte sich weit und breit. Zwar sind hier sämtliche Industrieanlagen komplett zerstört und ausgebombt, aber die meisten Wohnviertel intakt. Wir sind gar in ein gemachtes Nest gestoßen, das deutsche Truppen vor uns hinterlassen haben. Das merken wir sofort an der Ordnung und Sauberkeit der Häuser, die wir besetzen. Die Zimmer noch beheizt, gebastelte Tannenbäumchen wie die unseren stehen in den Quartieren. Vermutlich sind die Einheiten, die hier lagen, auf denselben Befehl hin wie wir und genauso eilig aufgebrochen, um in eine angekündigte Schlacht in die nächste Stadt zu ziehen. Da haben wir erst mal Schwein gehabt, aber allen ist bewusst, dass irgendwo am Ende der vorderen Befehlskette erbittert gekämpft wird. Und dass wir nach- und weiterrücken und bald selbst genau dort landen, wo der Tod lauert, ist auch allen klar. So komisch das klingen mag, aber auch ich sehne den Kampf herbei. Ich habe zu viel nachgedacht in den letzten Tagen und Wochen. Es muss weitergehen, damit es enden kann.

Aber über einen zweiten Weihnachtstag beschwere ich mich nicht, auch wenn wir an dem nur mit der Einquartierung beschäftigt sind. Bald hören wir von Major von Witzleben, dass Stalino auch über Silvester unser Quartier bleiben soll. Der Wind hat sich ein weiteres Mal gedreht. Und auch, wenn nach dieser dramatischen Weihnachtsumsiedlung keiner mehr so ganz den Worten des Abteilungskommandeurs, der seine Order ja immer direkt vom Divisionsführer Hube erhält, trauen will, denken wir bereits rasch an Silvester in Stalino. Welch Ironie des Schicksals, Stalins kleines Städtchen. Ob wir wohl auch mal in Stalingrad, seiner großen Stadt, landen werden? Nichts ist undenkbar geworden.

Ich wünsche uns ein frohes Neues Jahr. Nein, ich wünsche mir nur, dass Wilhelm und ich das nächste Jahr überleben werden. Er zweifelt daran natürlich nicht, zeigt sich zu jeder Schlacht bereit und fest entschlossen, sich das zu erkämpfen, was er längst verdient. Ich bleibe vorsichtig skeptisch, denn ich weiß, dass uns ein weiteres höllisches Kriegsjahr bevorsteht. Es sieht nicht nach einem schnellen Ende aus. Es scheint hingegen, nach allem, was man so mitbekommt, der Russe habe seine Taktik geändert und ist noch unberechenbarer geworden als zuvor.

Und dann kommt Silvester, und wir begehen es tatsächlich in Stalino. Ganz pragmatisch trinke auch ich meinen Neujahrssekt und feuere mit den anderen Leuchtkugeln in den russischen Sternenhimmel. Es ist das erste Feuerwerk des Krieges, bei dem niemand umkommt. Ein weiteres Mal werde ich das nicht erleben, denn schon sehr bald wird sich der Krieg von einer so grausamen Seite zeigen, wie ich sie mir schlimmer in keinem Albtraum hätte vorstellen können. Und auch Wilhelm zeigt zum ersten Mal, wenn auch unterbewusst, Nerven. Seit Beginn des neuen Jahres schläft er schlechter. Er wartet auf Nachricht von Karl, der ihm aus Sicherheitsgründen allerdings in einem Brief antworten wird. Das kann

Tage oder Wochen dauern. Aber das Wichtigste ist für Wilhelm, dass er darauf bauen kann, dass sein Bruder etwas unternimmt, um Annemarie zu schützen. Eines Nachts merke ich, wie er sich im Schlaf unruhig hin und her wälzt. Er stöhnt, schwitzt, schreit fast, sitzt dann aufrecht im Bett und hält sich die Schläfe, so, als sei er angeschossen worden.

»Hilfe, schnell einen Arzt!«, ruft er und guckt mich danach ganz verdutzt an. Ob ich denn den Schuss auch gehört habe, will er wissen. Ich bin irritiert, verneine und erkläre ihm, dass er nur geträumt hat. Es dauert ein paar Minuten, bis er es begreift.

# DIE FALLE

»Hilfe, schnell einen Arzt!«

Magda erschrak. »Karl?« Sie ertastete den Stift ihrer Nachttischleuchte und drückte darauf. Das Licht, das unter dem marmorierten Opalglas aufflackerte, schmerzte in ihren Augen. Mit den Handrücken rieb sie ihre Lider und drehte sich dann zu ihrem Mann um. Karl saß mit kerzengradem Rücken und mit unter der Daunendecke ausgestreckten Beinen im Bett. Die rechte Hand presste er gegen seine Schläfe. Die blonden Haare darüber waren zerzaust, das Oberteil des blauweiß karierten Schlafanzuges durchnässt. Hektisch hob und senkte sich sein Brustkorb.

»Karl? Was ist?« Er sagte nichts. »Heh!« Magda rüttelte ihren Mann am Oberarm. »Tut dir etwas weh?«

Er blickte zu ihr herüber und atmete tief und laut aus. »Oh, mein Gott. Ich habe geträumt. Ich wurde angeschossen. Hier hin.« Er tippte auf seine Schläfe. »Dann bin ich aufgewacht. Was für ein Horror!«

»Armer Schatz«, sagte Magda, griff nach der handgeschliffenen Kristallkaraffe, die auf dem Nachttisch stand, zog den Stöpsel heraus und goss daraus Wasser in ein Glas, das sie ihrem Mann reichte.

Er trank es in einem Zug aus und gab es ihr zurück. »Ist schon in Ordnung. Nur ein Traum.«

»Es ist wegen Wilhelm, nicht wahr? Du machst dir Sorgen, dass ihm was passiert?«

»Ja.«

»Hast du es dir noch mal durch den Kopf gehen lassen mit Annemarie?«

»Ja, ich denke die ganze Zeit daran. Ich kann das nicht einfach ignorieren, mir ist bisher aber auch keine Lösung eingefallen.«

»Das begreife ich sogar sehr gut, mein Schatz.« Magda ergriff die kalte Hand ihres Mannes.

»Ich kann nicht länger warten. Warum habe ich überhaupt so lange nachgedacht? Ich werde gleich morgen fahren und meine Schwägerin zu diesem Wecker befragen. Ich fühle mich verpflichtet. Diesem Frauenschänder muss der Garaus gemacht werden. Sofort!«

Magda schaute Karl mit einem leichten Lächeln von der Seite an. »Ich bin stolz auf dich. Das ist das einzig Richtige. Wenn sich das alles so bestätigt, solltest du was unternehmen.«

Karl drehte seinen Kopf zu ihr herum, strich sich eine Strähne aus dem Gesicht. »Was meinst du, kann ich tun?«

»Du musst direkt mit diesem Wecker sprechen. Du bist höher gestellt und verfügst über Beziehungen. Keiner von euren Parteifreunden wird sexuelle Belästigung gutheißen. Auch nicht, wenn es um eine Jüdin geht.« Magda sprach mit entschlossener Stimme.

»Weißt du?«, sagte Karl, nachdem er seinen Oberkörper nach hinten hatte fallen lassen und nun gedankenversunken an die Zimmerdecke starrte. »Die Ironie des Ganzen ist, dass die meisten Parteigenossen sich eher über Rassenschande beklagen würden und nicht auf das Wohl von Annemarie bedacht wären. Eher würden sie bemängeln, dass sich einer der ihren einer Jüdin in anzüglicher Weise nähert.«

»Darf ich das Licht löschen?«, fragte Magda. Karl nickte, sie knipste es aus und schmiegte sich eng an ihn, streichelte seine Brust. Eine Weile sagte er nichts, dann fuhr er fort.

»Ich habe mich schon direkt, nachdem das Telegramm ankam, über diesen Wecker schlaugemacht. Er gehört einer Fraktion an, die sich offen dafür stark macht, dass auch Halbjuden in die polnischen Gettos umgesiedelt werden. Das sind Radikale.«

»Was?«

»Ja, Magda. Die Zeiten sind so.«

»Aber Annemarie ist Halbjüdin und auch kein Glaubensjude. Ist sie nie gewesen. Was geht von ihr für eine Gefahr aus für dieses Land?«

»Das sehe ich auch so. Ich bin überhaupt nicht einverstanden mit solchen Überlegungen. Ein halber Jude ist auch ein halber Deutscher, wenn er sich so benimmt. Zum Glück sieht der Führer das auch so.«

»Was passiert mit den Juden in Polen?«, fragte Magda mit zitternder Stimme.

»Tsss.« Karl machte eine Sprechpause. »Nichts Gutes jedenfalls. Sie arbeiten in Fabriken in den Gettos oder kommen in Lagern unter, teilweise unter unmenschlichen Bedingungen, wie man so hört.«

»Du musst deine Schwägerin schützen und die Kinder. Was sollen Max und Martin machen, wenn sie weg ist? Meine Schwägerin gehört in kein Lager.«

»Das ist beschlossene Sache.« Karl drehte sich zur Seite und schaute auf die Umrisse seiner Frau. »Ich fahre gleich morgen in der Frühe.«

»Das ist gut. Ich rufe Annemarie an und gebe ihr Bescheid.«

»Danke. Und nun schlaf gut, mein liebes Frauchen.« Karl gab ihr einen Kuss auf die Wange, zog seine Bettdecke hoch und legte den Arm um ihre Taille.

»Guten Abend, Karl.« Annemarie öffnete die Tür und ergriff die Hand ihres in Zivil gekleideten Schwagers, der gegen acht Uhr abends vor dem Haus seines Bruders eingetroffen war. Kurz dachte sie daran, ihn zu umarmen, zog dann aber die ausgestreckten Hände schnell wieder zurück. Als Karl die für beide peinliche Situation begriff, streckte er seine Arme aus und umarmte sie zaghaft. Ihr wurde warm ums Herz. Das hatte er noch nie gemacht.

Den ganzen Tag hatte sie über die erste Begegnung zwischen ihnen ohne ihre Partner nachgedacht. Sie war sich unsicher gewesen, was sie anziehen sollte. Sie wollte dem Bruder ihres Mannes gefallen, ohne einen falschen Eindruck zu erwecken. So hatte sie sich nach langem Hin und Her für schlichte Eleganz entschieden und war in ein schwarzes Kleid geschlüpft, das figurbetont, aber nicht zu eng ihren Körper umspielte. Die Haare hatte sie sich hochgesteckt.

»Komm doch rein«, sagte Annemarie. »Die Kinder habe ich schon zu Bett gebracht. Sie haben eher mit dir gerechnet. Das ist aber nicht schlimm, du kannst morgen mit ihnen spielen. Sie freuen sich sehr auf dich.«

»Danke.« Karl trat in den Flur, Annemarie schloss die Tür. Er nahm seinen braunen Filzhut ab, und sie half ihm aus dem schweren Lammfellmantel.

»Auch ich hatte Sorge, dass du doch nicht mehr kommst«, sagte Annemarie. »Aber nun bist du da, und das ist gut!«

Sie lud ihren Schwager in die Küche ein, wo Fiffi Karl aufgeregt und schwanzwedelnd begrüßte, als sei er Wilhelm.

Sie hatte ein kleines Abendessen zubereitet. Auch hier wollte sie heute alles richtig machen. Sie wusste, dass Karl den Eintopf seiner Mutter ebenso liebte wie sein Bruder, und sie hatte gelernt, ihn genauso anzurichten. Mit Bohnen, Kartoffeln, Speck und viel frischer Petersilie. Dazu gab es Brot mit Butter und Schmalz und ein kühles Bier. Alles richtig gemacht! Karl ließ sich zweimal nachlegen und ein zweites Bier öffnen. Nach dem Essen gingen sie ins Wohnzimmer, um sich zu unterhalten. Bei leiser, verbotener, amerikanischer Jazz-Musik begannen sie ein wichtiges Gespräch.

»Und wie geht es dir, seit deine Mutter weg ist?«, fragte Karl.

Annemarie schnürte sich bei dem Gedanken an ihre Mutter der Hals so zu, dass sie kein Wort herausbrachte.

»Du hast also nichts von ihr gehört bisher?«

Sie schüttelte den Kopf.

»Habe mir schon gedacht, dass die Post aus den Arbeitslagern auf sich warten lässt.«

»Denkst du denn, es ist alles in Ordnung mit ihr?«

»Ja, das meine ich. Wenn ihr was passiert wäre, hättest du Nachricht. Die Lager sind keine luxuriösen Hotels, aber den Juden ergeht es nicht so schlecht, wie manch einer glaubt. Diese Gerüchte, die sich breitmachen, sind an den Haaren herbeigezogen.«

»Das will ich nur hoffen«, sagte Annemarie und überlegte, ob Karl wirklich von dem überzeugt war, was er sagte, oder ob er ihr das, was er wusste, einfach verschwieg.

»Du hast doch Wilhelm nichts geschrieben vom Abtransport deiner Mutter? Und auch nicht vom Tod deines Vaters?«

»Nein.«

»Magda hat dir das alles erklärt?«

»Ja, nach den Deportationen im ganzen Land werden Briefe aus den Städten, in denen Juden abgeholt wurden, stichprobenartig und willkürlich gefilzt.«

»Genau, das kommt vor«, sagte Karl. »Es soll nichts von den Antijudenaktionen an die Front, um den Kampfgeist der tapferen Soldaten nicht zu trüben. Sie sollen sich gar nicht erst mit Politik beschäftigen. Und wenn du jetzt solche Dinge verrätst, ist unsere Mission in großer Gefahr, verstehst du?«

»Ja, das tue ich. Und ich will Wilhelm nicht zusätzlich belasten. Deswegen habe ich ihm ja sogar auch kein Wort über Vatis Tod geschrieben.«

»Es tut mir sehr leid, wie dein Vater gestorben ist.«

»Danke …«

»Du wirst Wilhelm alles erzählen müssen, wenn er dann bald wieder zu Hause ist.«

»Er ist so sehr enttäuscht, dass er noch nicht befördert wurde. Wie kann das alles sein, nach dem, was er durchgemacht hat?«, fragte Annemarie.

»Es ist der Antisemitismus. Wir haben großes Pech mit dem Divisionsarzt, der Wilhelm das Eiserne Kreuz verweigert. Ginge es nach Major von Witzleben oder seinem Kompanieführer Göricke, die ihn offenbar beide schätzen, hätte er es längst zum Ritterkreuz gebracht.«

»Aber von Witzleben ist doch der Abteilungskommandeur. Der Chef.« Annemarie schüttelte den Kopf. »Ich verstehe das nicht.«

»Da hast du recht«, antwortete Karl. »Doch Ärzte unterstehen Ärzten. Da ist sogar der Divisionsführer, dieser Generalmajor Hube, quasi machtlos. Man muss sich wohl an die ganz oberen Stellen hier zu Hause in der Partei wenden, wenn man in der Richtung etwas in die Wege leiten will. Du kannst mir glauben, nichts ist schwieriger, als sich in die Kompetenzen der anderen einzumischen.«

Annemarie atmete tief aus. »Du hast Beziehungen nach ganz oben, sagt Magda.«

»Ja. Aber diese anzuzapfen, bedarf es des richtigen Zeitpunktes, sonst ist es aus. Ich werde Wilhelm schreiben, dass er ein Gesuch aufsetzen soll, in dem er seine Situation beschreibt. Ich kann dann dafür sorgen, dass es in jene Hände gelangt, die zumindest gewillt sind, sich damit zu beschäftigen, und im Falle des Falles etwas erwirken können.«

»Du wirst mir nicht sagen, wen du kennst, der helfen kann, vermute ich.«

»Nein, Annemarie. Habe hier bitte Verständnis.« Karl faltete die Hände. »Aber dieser jemand, den ich kenne, geht bei Hitler ein und aus und hat über den Kriegsverlauf entscheidend mitzubestimmen.«

»Das ist in Ordnung«, sagte sie und nickte.

»Wir warten in dieser Angelegenheit bitte ab«, fuhr Karl fort. »Ich möchte, dass du mir genau erzählst, was an jenem Tag mit Wecker passiert ist. Hat er danach erneut von sich hören lassen?«

In aller Ruhe und Ausführlichkeit berichtete Annemarie von dem Moment, als der Nazi ihr den Brief überstellte, und von den Drohungen, auch von seinen Annäherungsversuchen und Beleidigungen. Karl hörte angewidert und sichtlich erschrocken zu. Er entschied sich dafür, der Schwägerin nichts davon zu erzählen, welcher radikalen politischen Fraktion der NSDAP Wecker angehörte, stattdessen verriet er ihr den Plan, den er ausgebrütet hatte: »Nun will ich dir verraten, warum ich erst eine Stunde später angereist bin. Die Reichsbahn hatte nämlich keine Verspätung.«

Annemarie schaute erstaunt. »Wieso? Was ist denn bloß passiert?«

»Nachdem das Telegramm eingetroffen ist, habe ich Magda gebeten, dich anzurufen. Was sie ja auch getan hat. Ich habe es nicht übers Herz gebracht, mich selbst zu erkundigen. Ich entschuldige mich dafür. Und ich musste überlegen, was ich tun kann.«

Sie strich Karl über die Schultern. »Das macht nichts. Ich verstehe das. Du bist in einer schwierigen Situation, politisch gesehen. Erzähl es mir einfach jetzt.«

»Ich saß neben Magda. Als du den Briefträger erwähntest, den Wecker ebenfalls erpresst, habe ich meiner Frau angedeutet, dass sie den Namen erfragen soll.«

»Ich erinnere mich. Den habe ich ihr genannt.«

»Genau. Mit eben diesem Herrn Schneider habe ich mich heute Abend getroffen und ihm einen Brief übergeben, den ich fingiert habe. Mit Wilhelms Feldpostadresse und gefälschten Stempeln und Marken. Ich kenne jemanden, dem ich vertraue und der das sehr gut macht. Den habe ich mit einer Kiste Schnaps dazu gebracht, dass er das in zwei Stunden erledigt hatte. Wir in der Partei brauchen alle so einen Mann für alles. Das könnte mal überlebenswichtig werden.«

»Oh.« Sie ahnte bereits, auf was Karl es anlegte.

»Mein Plan ist folgender. Ich kann hier nicht lange bleiben, muss aber Wecker auf frischer Tat ertappen, wenn ich etwas unternehmen soll.«

»Ich verstehe.« Annemarie spürte, dass sie schweißnasse Hände bekam. Der Gedanke an den ekelhaften Menschen und daran, dass sie ihn überhaupt wiedersehen musste, flößte ihr Angst ein.

»Schneider wird also dem Herrn Ortsgruppenleiter morgen in aller Frühe diesen gefälschten Brief überstellen. Wenn der Perverse dann seine Drohung wahr macht, sollte er hier wie das letzte Mal gegen Mittag erscheinen. Dann werden wir ja sehen, wie er sich verhält.«

»Was soll ich denn tun?«

»Gar nichts. Öffne einfach die Tür und lass ihn herein. Ich werde mich in der Praxis verstecken. Mach dir bitte keine Sorgen. Wenn das Schwein dich anfasst, komme ich raus und stelle ihn zur Rede.« Karl rückte etwas näher an seine Schwägerin heran. »Meinst du, du schaffst das?«

Sie zögerte, sagte aber nach einer Gedankenpause entschlossen: »Natürlich, Karl. Auch wenn es mir jetzt schon wieder graut, diesen Fiesling überhaupt sehen zu müssen.«

»Es ist wichtig. Wir legen ihm das Handwerk. Ich schulde es Wilhelm … und dir.«

»Danke, Karl. Darf ich dich noch einmal in den Arm nehmen?«

»Selbstverständlich.« Karls Gesicht lief rot an, aber sie schafften es, sich lange im Arm zu halten. Ohne sich zu schämen. Das war neu, das war schön. Aber beide empfanden es als richtig. Im Verlauf des Abends sprachen sie noch eine ganze Weile über alte Zeiten.

Karl erzählte von Wilhelms Kindheit und Annemarie von ihren Plänen, das Medizinstudium eines Tages wieder aufnehmen zu wollen. Als die siebte aufgelegte Langspielplatte mit einem Kratzen der Nadel endete, verabschiedeten sie sich in die Nacht.

Am nächsten Morgen weckte Karl seine Neffen, die sich überschwänglich freuten. Nur Martin hatte kurz ein paar Tränen vergossen, als ihm seine Mutter und danach der Zwillingsbruder Max erklärten, dass Karl nicht der Vater ist. Aber die Massesoldaten aus Blei, die sein Onkel mitgebracht hatte, trösteten ihn schnell. Längst hatten die Kinder beschlossen, auch einmal Soldat zu werden wie ihr tapferer Vater.

Nachdem die Spielzeugsoldaten ein Bad im morgendlichen Haferbrei der Jungen genommen hatten, durften sie sie mit Erlaubnis der Mutter in ihre Ranzen packen. Der erste Schultag nach den Weihnachtsferien stand an. Nun waren sie doppelt aufgeregt, denn beide waren sich sicher, dass die Mitschüler sie in der Schule um die grün angemalten Schützen und Grenadiere beneiden würden. Sie schworen sich darauf ein, dass sie die teuren Figuren nicht mal gegen alle Murmeln der Klasse eintauschen würden.

Die Kinder waren längst in der Schule, als wie erwartet der neue, selbsternannte Briefträger genau um die Mittagszeit klingelte, zu der auch Schneider ausgeliefert hatte. Karl zog sich eilig in Wilhelms Praxis zurück, lehnte die Tür aber so an, dass er gerade eben hören und durch einen winzigen Spalt sehen konnte, was sich im Folgenden im Hausflur abspielte. Wecker verschaffte sich mit dem manipulierten Brief in der Hand Zutritt zum Haus, schloss die Tür und schob Annemarie über den Flur. Fiffi bellte wie verrückt in der Küche, und Karl musste sich in die Hand beißen, als er die Worte »Judenschlampe« und »Jetzt gehörst du mir« hörte. Doch sich zusammenreißend und seinen Plan verfolgend, wartete er, bis Wecker

Annemarie brutal an sich zog. Mit beiden Händen hielt der Ortsgruppenleiter ihren Nacken fest und versuchte, sie zu küssen. Annemarie stieß einen Schrei aus, woraufhin Karl die Tür aufstieß. Als der Nazi ihn bemerkte, ließ er von seinem Opfer ab und taumelte nach hinten.

»Ein frohes neues Jahr, Herr Wecker«, sagte Karl, der sich am Morgen den Bart abrasiert hatte und nun Wilhelms weißen Arztkittel trug.

»Was? Das kann doch nicht sein«, stammelte der Ortsgruppenleiter. »Herr Möckel?«

»Wer denn sonst, Sie Mistkerl?«, schrie Karl, der Mühe hatte, seine Wut im Zaum zu halten. »Das ist mein Haus und im Übrigen auch meine Frau, die Sie da gerade versucht haben zu vergewaltigen.«

»Ich? Vergewaltigen?« Wecker klammerte sich von hinten an Annemaries Schulter, als hätte er einen Geist gesehen. »Sie. Sie sind doch in der Ukraine. Ich weiß das.«

»Offensichtlich bin ich das nicht«, sagte Karl, der mit Wilhelms Brieföffner in der Hand auf Wecker zuging.

»Was haben Sie vor, Sie verfluchter Spinner?«, schrie der Ortsgruppenleiter.

Karl wollte Annemarie gerade zurufen, dass sie laufen und sich hinter ihn stellen sollte, als Wecker sie fest an sich drückte, sie in den Schwitzkasten nahm und ihr ein Messer an den Hals hielt, das er blitzschnell unter seiner Jacke hervorgezogen hatte. Sie kniff die Augen zusammen und sah aus, als hyperventilierte sie.

»Du Bastard, Rassenschänder, Quacksalber-Mistschwein!«, schrie Wecker. »Ich warne dich. Noch einen Schritt weiter, und ich schneide der Judenbrut die Kehle durch. Das schwöre ich auf des Führers Leben.«

Karl bekam es mit der Angst zu tun. Meinte es der Osnabrücker Nazi tatsächlich ernst? Wirre Gedanken schossen ihm durch den Kopf. Sollte er etwas Falsches sagen und Wecker seine Schwägerin umbringen, wie sollte er das Magda und vor allem seinem Bruder erklären? Er war so wütend, dass er wie durch einen Tunnel auf den Flur schaute. Er musste sich jetzt zusammenreißen, atmete tief ein und aus. Dann sagte er: »Ganz ruhig, Herr Wecker. Wir wollen doch alle nur das Beste. Sie haben doch sicher auch keine Lust, ins Kittchen zu wandern. Nehmen Sie das Messer runter!«

Der Eindringling fing an, laut zu grölen, es war das widerwärtigste Lachen, das Karl je zu Ohren gekommen war. Ein Gekrächze, Gejaule und Gestöhne. Dann hörte Karl ihn sagen: »Was denken Sie eigentlich, wen Sie hier vor sich haben, Möckel? Ich bin der erste Osnabrücker Ortsgruppenleiter. Ich habe vollkommen freie Hand, was das Judenvolk hier betrifft. Wenn ich grundlos angegriffen werde, dann wehre ich mich. Was meinen Sie wohl, wem der Richter mehr Glauben schenkt?«

Karl fühlte sich in die Enge getrieben. Er ärgerte sich darüber, dass er sich nicht als sich selbst ausgegeben hatte. In Kenntnis seiner Position hätte Wecker womöglich Respekt gehabt. Als sein Bruder verkleidet, hatte er ihn zunächst nur erschrecken wollen. Mit so einem feigen Angriff von hinten hatte er aber nicht gerechnet. Nun musste es anders laufen und vor allem schnell gehen. »Was verlangen Sie?«, rief er ihm zu. Annemarie, immer noch von Wecker umkrallt, zitterte und hielt die Augen zusammengepresst.

»Zuerst einmal werfen Sie Arschlecker den Brieföffner oder was immer Sie da in der Hand haben auf den Boden und dann stoßen Sie ihn mit dem Fuß in meine Richtung. Ganz langsam. Ich warne Sie. Eine falsche Bewegung und …«

»Schon gut, ich tue, was Sie wollen.«, sagte Karl, spreizte seine Finger und ließ den Brieföffner auf den Boden fallen. Es schepperte. Dann trat er ihn mit der Pike über die Fliesen. Das Werkzeug rutschte an Wecker vorbei und kam etwa einen halben Meter hinter ihm zum Liegen.

»Schweinepriester, elender!«, rief der Ortsgruppenleiter, trat darauf einen Schritt zurück, wobei er Annemarie mit sich zog. Er bückte sich so unglücklich nach dem Brieföffner, dass sein Messer, das er weiterhin fest an ihren Hals gepresst hielt, ihr einen Schnitt in der Haut verursachte. Blut lief von dort auf ihre Bluse. Karl überkam erneut der Tunnelblick. Sein Herz raste, die Wut war unbändig. Die Situation wurde so bedrohlich, dass er kaum noch einen klaren Gedanken fassen konnte. Ihm blieb nichts übrig, als sich auf seine Instinkte zu verlassen.

Wecker kniete sich mit Annemarie im Schwitzkasten hin und hob den Brieföffner auf. Dann lachte er. An einer schnellen Schulterbewegung erkannte Karl, dass sein Kontrahent im Begriff war, seiner Schwägerin die Stichwaffe in den Bauch zu rammen. Er zögerte keinen weiteren Augenblick und drückte den Abzug der Luger, die er in dem Moment, als Wecker sich gebückt hatte und für ein paar Sekunden unachtsam geworden war, blitzschnell unter dem Kittel hervorgeholt hatte. Der Schuss traf den Ortsgruppenleiter direkt in den Kopf. Seine Waffen fielen scheppernd zu Boden, Annemarie konnte sich lösen und lief entsetzlich schreiend auf Karl zu.

»Es ist gut«, sagte Karl. »Bleib hinter mir!«

Während er weiter die Pistole auf ihn gerichtet hielt, ging er langsam auf den am Boden liegenden Osnabrücker Nazi zu. Aus Weckers Schläfe rann dickes dunkelrotes Blut. Er spuckte rote Bläschen und röchelte, schaute Karl mit angstverzerrten Augen an. Sein Mund bewegte sich und formte einen Satz, den Karl in diesem Moment der Erregung nicht verstand. Später meinte er sich zu erinnern, dass der Ortsgruppenleiter die Worte »Hilfe, schnell einen Arzt«, gesprochen hatte, bevor sein Herz aufhörte zu schlagen – einen Satz, den er selbst zwei Tage zuvor in einem Albtraum ausgestoßen hatte. War das Zufall oder Einbildung? Es war ihm egal.

Annemarie half, den Leichnam in die Praxis zu ziehen, er hinterließ eine Blutspur auf den Fliesen. Karl hievte den Toten auf die

Patientenliege. Beiden war klar, dass die Zwillinge auf keinen Fall etwas mitbekommen durften. Zu ihrem Schutz und zum Schutz ihrer selbst. Sie wischte das Blut vom Boden auf und wartete, bis die Kinder aus der Schule kamen.

Als die beiden schließlich ausgelassen an der Tür klingelten und nach Karl fragten, erklärte sie ihnen, dass ihr Onkel einige Freunde in der Gegend besuche und sie ihn später in der Altstadt treffen würden. Es war das erste Mal, dass ihre Mama sie zum Mittagessen in die Stadt einlud. Max und Martin wunderten sich, doch in Aussicht auf einen Kuchen zu Mittag hatte ihre Mutter keine Mühe, sie zu überzeugen. Diese Schutzmaßnahme hatte Annemarie zuvor mit Karl abgesprochen.

Als sie sodann nach zwei Stunden mit den Kindern, mit denen sie nach dem süßen Mittagstisch noch auf einen Spielplatz gegangen war, zurückkehrte, nickte Karl ihr zu, bevor die Zwillinge ihn mit Fragen über den Krieg und Soldaten löcherten.

Karl hatte in der Abwesenheit seiner Schwägerin und der Neffen lediglich zwei Anrufe tätigen müssen. Kurz darauf waren zwei Männer in Gestapo-Mantel in der Praxis Möckel eingetroffen, die beide nicht aus Osnabrück stammten. Sie hatten Weckers Leichnam mitgenommen, und Karl hatte sie nie wiedergesehen. Er blieb noch zwei Tage in der Stadt und half Annemarie dabei, das Wichtigste für sie und die Kinder zusammenzupacken. Die Entscheidung war getroffen, alle drei so lange mit nach Augsburg zu nehmen, bis er sicher sein konnte, dass ihnen in Osnabrück nichts zustoßen würde. Sie sollten so lange bleiben, wie sie wollten.

Aus der Zeitung erfuhren Karl, Magda und Annemarie eine Woche nach dem Umzug vom Selbstmord des Ortsgruppenleiters Wecker, dessen Leichnam man in der Hase gefunden hatte. Spekulationen über seinen Tod blieben aus. Auch, weil er unter den lokalen Parteifreunden mehr als unbeliebt gewesen war. Das hatte auch seine Degradierung zum Ortsgruppenleiter nicht geändert. Er war auch in den Orten so unbeliebt gewesen, dass die untergebenen Kreisleiter lange schon auf einen neuen Fehler warteten. Nun war es sein Tod. Ein gewisser Heinrich Wöstmann übernahm Weckers Ortsgruppenleiterstelle mit Stolz, in dessen Blockleiter-Position wiederum ein gewisser Fritz Klatt nachrückte.

Eine Familie, die um ihn trauerte, hatte Wecker nicht gehabt. Nur einen Bruder aus München, den die Presse zu einer Stellungnahme interviewte. Passenderweise für die Möckels gab dieser an, er habe den Selbstmord seines einsamen Bruders längst vorausgesehen. Damit war das Kapitel Erhard Wecker in Osnabrück beendet. Kein Hahn und kein Reichsadler krähten je wieder nach ihm.

Nicht beseitigt aber war die Fraktion der NSDAP, die weiterhin für eine Deportation auch von Halbjuden plädierte. Diese Stimmung war in Osnabrück weiter verbreitet als in Augsburg, wo man Annemarie in Ruhe lassen würde. Die Gefahr, auch hier in Misskredit zu gelangen, war zwar immer gegeben, aber erstens erfuhren die gewöhnlichen Augsburger nichts von ihrem jüdischen Blut und diejenigen, die es wissen mussten oder konnten, hielten die Füße still – dank Karls Position und Beziehungen nach oben.

Annemarie, Max und Martin standen von jetzt ab unter Karls und Magdas Schutz. In einem Brief teilte Karl seinem Zwillingsbruder mit, dass er sich seiner Familie angenommen habe, seine Kinder ab Februar eine Augsburger Schule besuchen sollten und dass diese sich wohlfühlten in Bayern und sogar Verantwortung zu übernehmen wussten für ihren kleinen Cousin Hansi. Über zwei Ecken stehe er kurz davor, eine Audienz bei Hermann Göring erwirken zu können, bei der es um Wilhelms Gesuch nach Arisierung gehe, das er bald auch aufsetzen könne. Seine Frau solle aber lieber nicht wissen, welch hoher Nazi sich für dieses Begehren einsetzen werde. Es diene dem Schutz aller. Annemarie und die Kinder legten ihre Briefe und ein Foto von sich, Karl, Magda und dem kleinen Hansi mit in den Umschlag.

Eine Woche nach Wilhelm erhielt auch Herr Schneider einen Brief. Darin befand sich ein handgeschriebenes Blatt Papier, auf dem nur das Wort *Danke* stand. Nebst diesem enthielt die Sendung einen Scheck über zweihundertfünfzig Reichsmark. Schneider sprang vor Freude in die Luft, als er realisiert hatte, wofür er das Geld erhalten hatte. Bald konnte er mit dem unerwarteten Geldsegen sein Haus großzügig umbauen – was dringend nötig war, denn seine Frau erwartete das bereits sechste Kind.

# DIE ZWEI LEUTNANTS

*Lipowka, Sowjetunion. 29. Januar 1942*

Ich weiß nicht, wie lange ich ohnmächtig war. Vermutlich nur kurz, denn der Qualm, den die Explosion der Granate verursacht hat, ist noch nicht ganz verzogen. Merkwürdig, ich hatte für einen Moment das Gefühl, wieder im Verwundetennest zu stehen, von wo aus wir ins Dorf aufgebrochen sind. Ich war dort alleine und fühlte mich wie ein alter Mann. Der Panzer, den ich dort gesehen hatte, machte in meinem Traum den Eindruck eines Spielzeugpanzers. Und war da nicht auch ein Junge? Ich habe keine Zeit nachzudenken. Es wird immer noch geschossen, und ich muss zusehen, wo Wilhelm ist. Erneut rufe ich seinen Namen über die Straße und schaue mich nach allen Seiten um, da mir noch die Orientierung fehlt.

Jemand pfeift hinter mir. Ich drehe meinen Kopf und bemerke den Landser, den ich vorhin angeschrien habe. Er hält den Karabiner in der Hand und deutet in die Richtung des gegenüberliegenden Hauses, auf das Wilhelm eben zugelaufen ist. Ich erkenne es wieder. Offenbar hat er es geschafft. Ich blicke an mir herunter und merke, dass ich mich bewegen kann. Bis auf ein paar Risse in der Uniformhose und vermutlich ein paar Kratzern ist mir nichts passiert. Auch meine Sinne sind wieder geschärft. Ich höre, wie die

Kugeln des hinter mir stehenden Landsers schräg über mich hinwegzischen. Auch aus den anderen Häusern wird in die Richtung geschossen. Endlich Feuerschutz. Ich schnappe mir mein Gewehr und die Sanitätstasche und robbe über den Boden zum Hauseingang.

Als ich mich aufrichte und das Haus betrete, muss ich mir Nase und Mund zuhalten, so schlimm stinkt es nach Fäkalien und Schimmel. Ich schaue mich um, die Fensterscheiben sind zerschossen, auf dem Boden nichts als Dreck und Unrat. Wieder rufe ich Wilhelms Namen.

»Friedrich«, antwortet er laut aus dem angrenzenden Zimmer. »Hier im Wohnraum. Schnell!«

Ich laufe zur offenen Tür und sehe meinen Arzt, der über Jungmann kniet. Der Leutnant liegt mit nacktem Oberkörper auf fauligem Stroh und stöhnt vor Schmerzen. Ich erkenne, dass seine Bauchdecke aufgerissen ist.

»Bauch-Streifschuss«, sagt Wilhelm. »Die Bauchhöhle ist aber zum Glück nicht weit geöffnet. Die Wunde habe ich desinfiziert.«

Jungmanns Bein ist auf abstruse Weise verdreht.

»Die Beckenschaufel ist gebrochen«, sagt Wilhelm. »Kannst du das Bein vorsichtig anheben? Wir müssen es schienen.«

Als ich mich aufrichte, höre ich Schüsse. Kugeln schlagen durch die Hauswand. Bestimmt ein Dutzend. Sie kommen von schräg unten durch und bleiben in der Zimmerdecke hängen. Ich schmeiße mich flach auf den Boden und hoffe, nicht zu sterben.

»Die verfluchten Sauhunde lassen uns nicht mal die Verletzten versorgen«, sagt Wilhelm und deutet mir an, Jungmann an den Armen zu packen. Kriechend ziehen wir den jammernden Leutnant über den Boden ins gegenüberliegende Zimmer. Es ist eine Küche, die aber so klein ist, dass man sich kaum umdrehen kann. Aber wir müssen hier vorerst ausharren. Wir verbinden den zitternden Offizier und decken ihn mit sämtlichen Lumpen zu, die wir im Haus finden können. Alte Küchentücher, Tischdecken und Kartoffelsäcke. Ich ziehe eine Morphiumspritze auf, die Wilhelm dem Verwundeten in den Bauch sticht. Jungmann packt dabei seinen Arm.

»Was ist mit meinem Bein, Herr Doktor? Sagen Sie es frei heraus, wenn es nicht zu retten ist.«

Wilhelm nimmt die Hand und führt sie zurück auf den Boden. »Das Bein ist nicht verloren. Das garantiere ich Ihnen. Wir werden Sie gleich hier rausschaffen.«

Jungmann atmet auf und entspannt die Muskeln. Wieder hat es mein Arzt geschafft, einen Kameraden mit einem einfachen Satz zu beruhigen. Der Leutnant liegt jetzt da mit einem leichten Lächeln im Gesicht, so, als sei der Krieg gewonnen und als würde er in Kürze nach Hause kommen. Diese Art von Zufriedenheit habe ich schon oft bei Verwundeten bemerkt, nachdem wir ihnen gesagt haben, dass sie nicht sterben müssen oder ein bestimmter Körperteil nicht amputiert werden muss. Nicht in allen Fällen konnten wir das Versprechen einhalten. Auch hier bin ich mir nicht sicher. Sowohl Bauch als auch Bein können sich entzünden. Ich weiß, dass er schnellstmöglich einem Lazarett überstellt werden muss. Aber es ist wichtig, dass Jungmann in diesem Moment die Nerven behält, damit er und auch wir überhaupt eine Chance kriegen, hier unversehrt rauszukommen. Draußen tobt der Gefechtslärm, Gewehrkugeln schlagen nicht mehr ins Gebäude ein. Vermutlich denken die Russen, dass sie uns erwischt haben, oder sie sind selbst erledigt.

»Inspiziere die Lage im Dorf«, sagt Wilhelm zu mir. »Vielleicht machen wir ein sichereres Haus ausfindig, wo wir den Leutnant hinbringen können und etwas finden, womit das Bein geschient werden kann.«

Gerade will ich aus der Küche gehen, da höre ich ein entsetzliches Schreien und Fluchen. Sanitätssoldaten der 1. Kompanie bringen weitere Verwundete ins Haus. Auch ein Feldwebel sucht hier

Schutz. Offenbar gibt es also kein schnelles Entkommen für uns. Die Verletzten weisen Armschüsse, Beinschüsse und Lungenschüsse auf. Zusammen mit den Sanis verbinde ich, was zu verbinden ist, beruhige die, die zu beruhigen sind.

Wilhelm kommt aus der Küche und schlägt die Hände vors Gesicht. »Du meine Güte.« Er verschafft sich einen Überblick über das Debakel.

»Wie steht es da draußen?«, fragt er den Feldwebel.

»Wir kommen nicht weiter«, antwortet der. »Die Russen sind zu stark, nur die oberen Häuser konnten genommen werden.«

»Aber wir können hier nicht lange bleiben«, sagt Wilhelm. »Zu gefährlich.«

»Ich weiß, Herr Unterarzt. Was kann ich tun?«

»Schlagen Sie sich zu Hauptmann Göricke zum Gefechtsstand durch, schildern Sie ihm die Situation und erbitten Befehle. Wir müssen hier bald raus.«

»Jawohl«, sagt der Feldwebel, nimmt sein Gewehr in den Anschlag und rennt aus dem Haus. Ob er durchkommen wird? Uns bleibt allein das Hoffen.

Wilhelm schaut sich die Lungenschüsse der zwei Soldaten an, die es mit diesen Verletzungen am schlimmsten getroffen hat. Sie zittern vor Kälte und ringen nach Luft. Wir müssen ihnen dennoch die Mäntel und Oberteile ausziehen, um sie verbinden zu können.

Nach einer Stunde sind alle sechs Verwundeten notdürftig versorgt. Einer der Sanis kommt mit einem Karren Stroh herein, vermutlich in einem Pferdestall gefunden oder in einem eingestürzten Heuschober. Es sieht einigermaßen frisch aus, und er holt noch zwei weitere Ladungen. Wir können die Verletzten so wenigstens betten. Dann decken wir sie mit ihren Mänteln zu. Tapfere Kameraden sind das. Keiner schreit, nur ein leises Wimmern ist hier und da zu vernehmen.

Ich gehe rüber in die Küche und sehe nach dem Leutnant. Er

schläft. Es ist das Morphium. Mir gelingt es, den alten Herd zu entzünden, sodass es für alle immerhin ein bisschen erträglicher wird.

Wir haben nur ein paar Minuten Ruhe. Dann bringen Soldaten noch mehr Verwundete ins Haus. Alle drei Zimmer und die Küche sind bald gefüllt. Jetzt wird auch wieder geschrien und gestöhnt, und wir drei Sanis und Wilhelm kommen mit dem Verbinden kaum hinterher.

Kurze Zeit später kehrt der Feldwebel zurück. Zum Gefechtsstand sei er gar nicht erst durchgekommen. Der Maschinengewehrbeschuss sei zu stark. In fast allen Gebäuden lägen Verletzte. Ein Horrorszenario, wie er es noch nie gesehen habe.

»So ein irres Gemetzel!«, flucht Wilhelm.

»Leutnant Kastner hat es erwischt«, sagt der Feldwebel leise.

»Was? Doch nicht Erwin Kastner?«

»Ich weiß nicht«, antwortet der Feldwebel. »Haben wir mehrere?«

Wilhelm ist außer sich. »Kastner, Erwin. Zweite Panzerjägerkompanie?«

»Ja, ganz sicher. Panzerjäger.«

Mir schießt der traurige Gedanke in den Kopf, dass ich nicht mehr die Möglichkeit bekommen werde, mit Wilhelm und seinem liebsten Skatkameraden jemals spielen zu können.

»Ich muss da hin«, sagt mein Arzt.

»Negativ. Kein Durchkommen. Der Leutnant liegt aber bereits auf einem Pferdeschlitten und wird hier hochgezogen. Ich habe den Kameraden, die ihn versorgen, Befehl erteilt. Konnte ja nicht ahnen, dass es hier inzwischen auch so vollbelegt ist.«

»Kastner erhält bei mir immer Platz«, sagt Wilhelm wütend. »Was hat er?«

»Oberschenkeldurchschuss, habe ich gehört. Verliert viel Blut.«

»Scheiße. Bei unserem Pech gerade sicher noch die Hauptschlagader.« Wilhelm schüttelt den Kopf und tritt gegen einen Eimer mit frischem Wasser. Ich stelle blitzschnell meinen Fuß davor, sodass er nicht umfällt und nur ein wenig herausschwappt. Ich hoffe so sehr für Wilhelm, dass Kastner es schafft.

Es dauert eine halbe Stunde, dann schleifen selbst angeschossene Soldaten den Leutnant ins Haus. Ich sehe sofort, dass da nichts mehr zu machen ist. Ängstlich beobachte ich Wilhelms Reaktion. Als er seinen Freund erkennt, wirft er den Kopf nach oben und schreit dreimal laut an die Zimmerdecke: »Wofür?!«

Ich helfe den Kameraden mit Kastner. Sein Körper ist steifgefroren. Ich erkenne den Beinschuss, zwei Brustschüsse, einen Bauchschuss und einen Kopfschuss. Er hat keine Chance bekommen.

»Die Schweine haben unseren Schlitten beschossen«, sagt einer der Unteroffiziere, der seinen Vorgesetzten hier hochgebracht hat. »Sonst hätten wir es vielleicht geschafft. Jetzt sind drei tot.« Er hält sich den blutenden Oberarm, den ich sofort verbinde. Ich glaube, dass er weint. Sicher aber nicht wegen der Verletzung. Wenn es stimmt, was Wilhelm über seinen Freund gesagt hat, muss er einen ausgezeichneten Kompanieführer abgegeben haben. Viele Soldaten schmerzt der Verlust eines guten Anführers so sehr, als hätten sie ihren eigenen Vater verloren. Wir legen den Leutnant hinter die Tür zur Wohnstube, wo bereits ein weiterer Toter liegt. Es ist einer der Lungenschüsse, der es auch nicht mehr geschafft hat.

Ich werfe einen Blick auf Kastner. Er scheint etwas in der Hand zu halten. Ich habe Mühe, sie zu öffnen, so festgefroren sind die Finger. Als es mir gelingt, ziehe ich die vereiste Packung mit den Spielkarten heraus. Später will ich sie Wilhelm geben.

Gegen Abend verstummt der Gefechtslärm. Es ist eiskalt und dunkel. Ich gehe mit meinem Arzt aus dem Haus. Es schneit, und ein eisiger Wind fegt uns ins Gesicht. In unmittelbarer Nähe wird nicht mehr geschossen. Der Vollmond offenbart die mit Leichen gepflasterte Straße. Ich kann nicht ausmachen, ob ich jemanden kenne. An den Mänteln und Helmen sind wir gerade dazu in der

Lage zu unterscheiden, ob da ein Deutscher oder ein Russe liegt. Die Manteltaschen der Feinde untersuchen wir und finden Streichhölzer, Kerzen, Zigaretten und weiteres Verbandsmaterial. All das können wir jetzt gut gebrauchen. Während ich das Zeug zurück in unser Lager bringe, beschließt Wilhelm, den Alten im Gefechtsstand aufzusuchen, um Instruktionen zu erhalten, wie man mit den Verwundeten und Toten nun verfahren könne.

Als er eine Stunde später zurückkommt, sagt er nur, dass er alles in die Wege geleitet habe. Am Morgen werde uns geholfen. Er schaut sich noch einmal nach jedem Patienten um, setzt sich dann zu Leutnant Jungmann in die Küche, raucht eine Pfeife und schläft vor Erschöpfung im Sitzen ein.

Ich schlafe in dieser Nacht nicht. Gegen sieben Uhr morgens wecke ich Wilhelm, als ich Pferdewiehern vor dem Haus höre.

Draußen stehen sechs Schlitten, vor die jeweils ein kräftiges und dampfendes Russenpferd gespannt ist. Alle packen mit an. Während Wilhelm die Häuser abgeht und die Verwundeten für den Transport auswählt, beladen wir anderen die Holzschlitten mit Stroh. Die Verletzten werden darauf gelegt, immer zu dritt, mehr geht nicht. Dann legen wir alle Decken, die wir finden können, und die Mäntel der Toten darüber. Und noch mal Stroh oben drauf. Wir müssen achtgeben, dass Mund und Nase frei bleiben, damit sie in der Lage sind zu atmen. Ich beobachte, dass Wilhelm mit Leutnant Jungmann spricht, der erwartungsgemäß einen Platz auf einem der Schlitten bekommen hat.

Bevor es losgeht, ziehen wir eine Plane über die Männer, die wir mit Seilen fest an die Karren binden. Göricke hat einen Stoßtrupp aus zehn bewaffneten Schützen zusammenstellen lassen, der die Karawane bis zum Hauptverbandsplatz, der auf der anderen Seite des Berges liegt, begleiten und beschützen soll. Keine Selbstverständlichkeit in einer noch unsicheren Lage, so viele einsatzfähige Soldaten loszuschicken. Guter Hauptmann! Einige Leichtverletzte schließen sich der Kolonne zu Fuß an, die sich nun beschwerlich in Bewegung setzt. Das Holz der Fahrzeuge knarrt, die Pferde schnauben. Es geht nur langsam durch den Schneematsch, aber sie schaffen es. Die Kameraden müssen jetzt nur noch lebend am Hauptverbandsplatz ankommen. Ich drücke meine Daumen und sehe Wilhelm und Doktor Schmidt an, dass sie das Gleiche denken.

Insgesamt haben unsere Abteilung und die hier mit uns liegende Panzerjägerkompanie achtzehn Tote zu beklagen, über dreißig Schwerverletzte und jede Menge Leichtverletzte.

Es tut mir leid für die Männer, die sich fragen, warum ausgerechnet ihre Verletzungen nicht schwer genug sein sollen für einen Transport. Dabei ist auch ihr Zustand teilweise noch äußerst kritisch, allein der Platz auf den Schlitten reicht nicht aus. Und mehr Transportmöglichkeiten haben wir nicht. Wir verbliebenen Sanis können uns aber jetzt wenigstens intensiv um die verbliebenen Verletzten kümmern. Wir versorgen sie den ganzen Tag über mit Medikamenten, Tee und Cognak, ziehen Stiefel aus, reiben die halb erfrorenen Füße mit Schnee ein. Vor allem aber sprechen wir den Kameraden Mut zu und erzählen von ihrer baldigen Reise in ein Reservelazarett in der Heimat.

In der Nacht haben wir zumindest so viel Platz, dass wir in unserem Unterschlupf ein kleines Feuer entzünden können. Essenträger sind gekommen und haben Hühnersuppe gebracht. Auch Manni war dabei, den ich so wortkarg nie erlebt habe. Vereinzelt hören wir MG-Geknatter. Es ist deutsches. Lipowka wird verteidigt. Von weit her vernehme ich Artillerie- und Kanonenfeuer. Ich weiß, dass unsere Panzerregimenter in den umliegenden Ortschaften von Nikiforowka bis Fjodorowka gerade schwere Kämpfe ausfechten und auch sie mit großer Wahrscheinlichkeit viele Verluste haben werden.

Ich überreiche meinem Arzt zum Andenken Kastners Karten. Er freut sich bescheiden darüber, sagt aber nichts. In dieser Nacht schlafe ich fest. Ich bin am Ende meiner Kräfte angekommen.

Als ich aufwache, höre ich von draußen, wie Wilhelm mit dem Alten spricht. Der Hauptmann geht wohl gerade die Häuser ab, um die Mannschaften auf dem Laufenden zu halten.

»Ist der Stoßtrupp zurück?«, fragt Wilhelm. »Sind die Schlitten durchgekommen?«

»Nein«, antwortet Göricke. »Und Funkverbindung zum Hauptverbandsplatz gibt es auch nicht. Ich habe gestern Abend noch einen meiner zuverlässigsten Kradmelder nachgeschickt, auch er ist nicht zurückgekommen.«

Ich ziehe mir die Stiefel an und gehe hinaus. Die toten Soldaten sind bereits abtransportiert worden. Ihre Kameraden werden irgendwo ein Grab für sie ausgeschaufelt haben. Ich sehe, dass die mobile Feldküche gerade über die Straße rollt und Suppe, Brot und Kaffee an die Männer verteilt. Ich laufe noch mal zurück, hole Wilhelms und mein eigenes Essgeschirr und besorge für uns beide etwas. Er spricht noch immer mit dem Alten, als ich mit den Tellern und Tassen zurückkomme. Ihre Mienen sind betrübt. Ich weiß warum. Es wäre nach dem, was die Kameraden ertragen und wir alle geleistet haben, schrecklich, wenn die Schlitten es nicht geschafft hätten. Die Hoffnung ist schon fast gänzlich aufgegeben, als wir Leuchtkugeln hinter dem Berg aufsteigen sehen. Sie kommen vom Dorf, wo der Hauptverbandsplatz liegt. Es ist das Zeichen, das alles gut gegangen ist. Zwei Stunden später ist auch der Stoßtrupp zurück. Der Kradmelder hingegen bleibt verschwunden. Keiner sieht ihn je wieder.

Gegen Mittag funktioniert sogar der Funk. Die Panzerregimenter melden die Einnahme der Dörfer von Nikiforowka bis Fjodorowka. Der Russe ist geschlagen. Aber für wie lange? Ich will jetzt nicht drüber nachdenken.

Die frohe Kunde hat sich in der Kompanie wie ein Lauffeuer verbreitet und sich in einer Art kollektivem Aufatmen bemerkbar gemacht. Ein schöner Moment, zumal auch die Sonne jetzt so warm scheint wie lange nicht mehr.

»Die Natur freut sich mit uns über unseren Sieg«, sagt Wilhelm zu mir, als wir gemeinsam mit dem Alten und einigen Offizieren Lipowka begutachten. Wir können eine Menge Beute-Paks und MGs für die Abteilung gewinnen.

Schließlich hat ein Trupp auch die meisten der getöteten Russen in einem Massengrab verscharrt. Ich höre, es sollen über hundert sein. Nun dürfen wir Quartier in Lipowka errichten. Die Häuser der Ukrainer, die hier vermutlich schon vor Langem von der Roten Armee verjagt wurden, werden geputzt und von all dem zurückgelassenen Unrat befreit. Wir kriegen zumindest für zwei Tage Ruhe. Auch wenn es wieder nur eine vor dem nächsten Sturm ist. Das ist mir schon jetzt klar: Der Feind ist zäher, als wir alle geglaubt haben.

# BLUTIGE ERNTE DES TODES

Am zweiten Abend in unserem neuen Quartier lädt mich Wilhelm zu einem Spaziergang durch Lipowka ein. Weiche Schneeflocken segeln durch die ruhige, sternenklare und kalte Nacht. Als wir die verschneite Straße zum Ortsausgang entlanggehen, verwickelt mich Wilhelm in ein Gespräch, über das ich mich noch lange freuen werde.

»Die OP von Leutnant Jungmann ist gut verlaufen. Er wird sein Bein behalten.«

»Wunderbar«, sage ich. »Du hast ihn gerettet.«

»Wir beide haben das«, antwortet er, und ich fühle mich geschmeichelt.

Ich überlege einen Moment »Du hast noch auf dem Schlitten mit ihm gesprochen. Was hat er zu dir gesagt?«

»Das, was er auch eingehalten hat.« Wilhelm reckt einen Arm nach oben, ballt eine Faust und schreit ein lautes »Ja!« in den Nachthimmel.

»Was denn?«

»Er hat mir zugeflüstert, dass er mir über alles dankt und sich erkenntlich zeigen wird, wenn er durchkommt.«

»Und hat er Wort gehalten?«

»Hat er gemacht. Direkt, als er aus der Narkose erwacht ist und erfahren hat, dass alles bestens verlaufen sei, wollte er es sich nicht nehmen lassen, über einen Melder ein Telegramm an von Witzleben zu schicken. Darin schlägt er mich für das EK I vor.«

»Wahnsinn«, sage ich laut. »Dann hättest du die größten Chancen …«

»Genau. Erst zur Beförderung zum Sanitätsoffizier und dann für mein Gesuch um deutsches Blut für Annemarie und die Kinder.«

»Das freut mich so sehr für dich«, sage ich zu Wilhelm, der aber in diesem Moment abgelenkt scheint.

»Wachtposten, da vorne«, sagt er und zeigt auf menschliche Schatten, die vor uns auftauchen. Zwei deutsche Soldaten mit umgehängten und auf uns gerichteten Maschinenpistolen. Als wir noch ein paar Schritte weitergehen, ruft einer der beiden: »Parole!«

»Kennst du die Parole?«, fragt Wilhelm mich.

»Nein.«

»Na, dann wie immer. Du oder ich? Ach, ich mache das schon.« Er hebt seine Hände und ruft den Kameraden zu: »LMA hoch zwei«.

Die Soldaten lachen laut und lassen uns passieren. Nicht selten kommt es vor, dass sich eine Parole nicht bei allen Männern sofort herumspricht. Aber jeder Wachtposten weiß, wer *LmA*[2] rufen kann, der kann nur Deutscher sein. Das Ganze bedeutet *Leck mich am Arsch* und wird wohl von sämtlichen Posten der Wehrmacht und an allen Fronten in diesem Krieg verstanden. Das sorgt dann regelmäßig für Gelächter. Sozusagen eine Notparole.

Wir setzen unseren Weg fort, mein Blick schweift über die schneebedeckten Felder. Der Mond steht am Himmel und beleuchtet eine friedliche Winterlandschaft. Von irgendwo höre ich das »Huhuuu« eines Nachtvogels. Vermutlich ein Uhu. Einzig die Granaten, die am Horizont aufblitzen, trüben die schaurig-schöne Szenerie, die ich in diesem Moment erlebe.

»Von Witzleben hat sich beim Hauptmann wegen mir gemeldet, nachdem er das Telegramm von Leutnant Jungmann erhalten hat«, fährt Wilhelm mit seinem Bericht fort. »Das Beste ist, Jungmann ist ein Schwager unseres Abteilungskommandeurs. Was Besseres kann mir gar nicht passieren. Ich wusste das nicht.«

»Grandios. Und was hat er dem Alten mitgeteilt?«

»Warum ich noch kein EK I hätte, zuvor hat er sich bei der Sanitätskompanie über mich informiert.«

»Oh.«

»Nicht schlimm. Der Alte und er haben ein gutes Verhältnis. Er hat dem Major alles erzählt mit meiner Frau und dass der Divisionsarzt mir deswegen eine Beförderung versagt. Er hat ihm sogar gesteckt, dass er sich als Kompanieführer schon beleidigt fühlt, dass ich bei all den Leben, die ich gerettet habe, noch nicht angemessen ausgezeichnet worden bin. Er sagte dem Major, dass die ganze Kompanie das nicht verstehen würde.«

»Der Hauptmann ist bemerkenswert. Wie hat von Witzleben reagiert?«

Wilhelm lacht. »Empört. Was sonst? Er will das sofort in die Hand nehmen und in den nächsten Tagen deswegen auch ein Treffen mit mir arrangieren.«

Er legt seinen Arm um mich und klopft mir auf den Helm. »Ist das nicht großartig, mein Junge?«

Ich nicke.

Wir stapfen weiter durch den Schnee, jeder mit seinen Gedanken beschäftigt. Ein totes Pferd liegt am Wegesrand, der Kopf ist so zurückgeschwungen, als wolle es gerade aufspringen. Ein paar Meter dahinter liegt ein eingefrorener Russe. Es sieht aus, als würde sein braunes Gesicht den Sternenhimmel anschauen. Ein verkohlter Arm lugt aus der Erde hervor, als würde er dazu noch winken.

Ob er noch am Körper hängt oder davon abgetrennt wurde, kann ich nicht ausmachen.

»Gott sei auch seiner Seele gnädig«, sage ich.

Bald kommen wir an der Stelle an, an der sie unsere Toten begraben haben. Wir zählen aber nicht achtzehn geschnitzte Kreuze mit aufgesetzten Stahlhelmen der Verstorbenen, sondern vierzig. Wahrscheinlich haben andere Truppen, die in Fjodorowka oder anderswo gekämpft haben, ebenfalls diesen Platz als Friedhof genutzt. So sind die Kameraden wenigstens zusammen.

»Noch vor wenigen Tagen waren sie unter uns«, sagt Wilhelm, während er über den provisorischen Soldatenfriedhof schaut. »Jetzt sind sie ausgelöscht, und bald wird man ihre Gräber kaum noch finden. Die Lieben in der Heimat wissen noch nicht, dass sie tot sind, sorgen sich um sie und schreiben noch Briefe.«

Das ist aber philosophisch, denke ich und werde selbst melancholisch bei seinen Ausführungen. Ich steige in Wilhelms Gedanken ein und dichte ein wenig: »Ausgezogen sind sie als Söhne, Gatten und Väter, mit Befürchtungen und Hoffnungen – wie wir. Dann waren sie nur noch Soldaten ohne Vergangenheit und Zukunft – wie wir.« Ich mache eine Pause und beende meinen Vortrag dann mit: »Wann werden wir ihnen folgen?«

»Herzergreifende und wahre Worte«, sagt Wilhelm. »Du solltest eines Tages ein Buch über all das verfassen, wenn der Krieg vorbei ist, Friedrich.«

Wieder fühle ich mich geschmeichelt. Ich ein Buch schreiben? Ich kann es mir damals überhaupt nicht vorstellen.

»Jedenfalls«, sagt Wilhelm. »Wenn dieses Morden noch lange dauert, wird kaum einer übrig bleiben von uns allen. Wie viele gute deutsche Soldaten liegen hier schon unter fremder Erde? Auch Leutnant Kastner ist da irgendwo.«

»Er wird jetzt da oben Karten spielen«, sage ich und bin der Meinung, dass das eine wundervolle Vorstellung ist. Noch einen

Moment guckt Wilhelm über die Gräber, reibt sich dann die Handschuhe aneinander und sagt: »Komm, wir machen uns auf dem Heimweg ins Warme. Vielleicht finden wir noch einen guten Tropfen.«

Ich nicke und folge ihm den Weg zurück ins Dorf.

Bereits am folgenden Tag werden wir in die nächste Schlacht katapultiert. Wenn man das überhaupt so nennen kann. Lipowka bleibt zwar verschont, aber die Schützenbrigade des 2. Panzerregimentes, die in Nikiforowka liegt, hat über Funk Verstärkung angefordert, da die Russen nicht aufhören würden, gegen ihre Verteidigungslinie anzurennen. Major von Witzleben stellt eine Kompanie ab. Es ist die zweite, unsere.

Vollbewaffnet und gerüstet ziehen wir eine Stunde nach dem Befehl los. Wilhelm fährt beim Alten im Kübelwagen, ich sitze hinten drin. Wir erreichen den Nachbarort in der Abenddämmerung, sammeln uns auf dem Marktplatz des Dorfes und erwarten einen Lagebericht des Brigadekommandeurs Oberst Caspar. Hauptmann Göricke nimmt Wilhelm mit in den Gefechtsstand, der in einem großen Pferdestall errichtet ist. Ringsherum stehen Schützen mit dem Gewehr im Anschlag, als müssten sie etwas bewachen.

Ich folge dem Alten und meinem Arzt, bleibe aber um die drei bis vier Meter dahinter, bin ja nur ein Bursche und der tritt einem unbekannten Oberst besser nicht ungefragt zu nahe.

In dem Stall sitzen drei Russen in abgewetzter grüner Uniform und braunen Mänteln auf einem Strohballen. Sie sehen nicht typisch russisch aus, mit eher dunkler Haut und kleinen, schmalen Augen. Und sehr jung sind sie. Ich glaube, keiner von ihnen ist so alt wie ich. Maximal siebzehn Jahre, schätze ich. Ich bemerke, wie sie unruhig auf dem Stroh rumrutschen und jede Bewegung der Wachen und jetzt auch unsere mit Argusaugen beobachten. Ich denke aber nicht, dass sie vorhaben zu türmen. Das erscheint mir dumm und aussichtslos. Es sieht eher so aus, als erwarteten sie ihr

Todesurteil oder ihre Hinrichtung. Eine ganz merkwürdige Szene, über die ich später in Gefangenschaft lange nachdenke. Es sind wohl Überläufer, denke ich mir. Ein Dolmetscher sitzt auf einem Stuhl davor, redet Russisch mit ihnen und macht sich auf einem Block Notizen dazu.

»Sie müssen sich das Feld vor dem hinteren Ortseingang ansehen«, höre ich Caspar zu Göricke sprechen, die beide an einem Tisch in der Mitte des Stalls Platz genommen haben. Ein Feldfunksprechgerät steht neben einigen ausgebreiteten Landkarten.

»Das ist einfach Wahnsinn. Wir haben zwei Stunden lang geschossen, und es kamen immer mehr von denen angerannt. Da liegen hundert oder mehr Tote.« Caspar spricht laut und mit nervösem Tonfall.

»Gibt es auf unseren Seiten Verletzte?«, fragt Wilhelm, der zwischen mir und den beiden Offizieren steht.

»So gut wie gar nicht«, sagt der Oberst. »Nichts, was man nicht schnell behandeln könnte jedenfalls. Das ist ja das Abstruse. Der Russe lässt sich einfach ummähen. Und wenn die Rotarmisten zurückrennen, werden sie von hinten von ihren eigenen Kommissaren über den Haufen geknallt. Das muss man sich mal vorstellen. Widerwärtiges unsoldatisches Verhalten. Man will es gar nicht wahrhaben, aber ich habe es mit dem Feldstecher selbst beobachtet.«

»Verrückt. Wo kommen die denn alle her?«, fragt der Alte.

»Keine Ahnung. Aber die hier haben gesagt, es seien noch Tausende Russen unterwegs zu uns.« Er zeigt auf die drei Überläufer, die, als sie es bemerken, angstvoll zusammenzucken und wegschauen. »Daher musste ich Verstärkung ordern, um auf Nummer sicher zu gehen. Im Moment ist Ruhe. Aber wenn die Recht haben …« Er schaut den Hauptmann ernst an. »Am besten lassen Sie gleich ihre MGs und Paks aufstellen, wo Platz ist, und ihre Männer in Stellung bringen.«

»Jawohl, Herr Oberst«, sagt Göricke.

»Heh da, Herbert! Wie heißen die Russen noch?« Caspar schreit nach dem Dolmetscher, der ihm sofort antwortet: »Dima, Ignat und Prochor.«

»Dima, Ignat und wie? Ach, vergessen Sie es.« Er wendet sich wieder Göricke zu. »Sind Kaukasier oder Mongolen oder eine Mischung aus beidem. Keine gute Rasse jedenfalls. Die Sowjets hassen sie und schicken sie vor. Denen ist völlig egal, wenn die draufgehen.«

»Wo haben Sie die eingesammelt?«, fragt der Hauptmann.

»Das sind die, die es vom Feld runtergeschafft haben, mit weißen Tüchern wedelnd. Übergelaufen. Wir haben dreißig von denen hinten in der Scheune. Keine Ahnung, ob wir genug Verpflegung für die haben. Aber arme Hunde sind das. Ich hoffe, wir können sie überhaupt ans Arbeiten kriegen.«

Ich bemerke, wie einer der gefangenen Rotarmisten immer nervöser auf dem Ballen hin und her schaukelt, plötzlich springt er auf und rennt auf uns zu. Sofort haben die umstehenden Soldaten ihre Gewehre im Anschlag und ihn ins Visier genommen. Auch Wilhelm zieht seine Pistole. Doch bevor jemand schießen kann, wirft sich der Russe auf den Boden vor den Tisch. Er zeigt mit dem schmutzigen Finger auf seinen Kopf und ruft mehrfach hintereinander: »*Rasstreljayte menja!*«

»Was will er?«, schreit Caspar den Dolmetscher an, der darauf aufsteht und auf den Tisch zugeht. Zwei Soldaten halten die beiden anderen Männer mit Gewehren in Schach. »Herr Oberst, sie denken, dass wir sie erschießen, und wollen nicht warten«, sagt Herbert.

»Es sind entwaffnete Feinde, das wissen die doch.« Der Oberst mimt mit der rechten Hand eine Scheibenwischerbewegung vor seinem Gesicht. »Was soll dieser Unfug?«

»Die Kommissare erzählen ihnen, dass die Deutschen jeden Gefangenen ohne Ausnahme exekutieren.«

»Irrsinnige Kommunistenspinner.« Caspar stampft wütend mit dem Fuß in den weichen Boden. »Sagen Sie Ignat oder wer immer das da ist und den anderen, dass wir keine Gefangenen töten.«

Der Dolmetscher legt dem Russen seine Hand auf den Rücken und flüstert ihm etwas zu. Der blickt kurz darauf mit geöffnetem Mund zu Caspar auf. Ich kann von meinem Standpunkt aus sehen, dass ihm die oberen Schneidezähne fehlen. Der Oberst schaut angewidert, dann versucht er sich an einem Lächeln, holt eine offene Packung Zigaretten aus seiner Tasche und reicht sie dem armen Burschen. Der Überläufer steht auf, nickt dem Oberst in einer halb verängstigten, halb dankbaren Weise zu, geht in gebückter, demütiger Haltung zurück zu seinen Kameraden, setzt sich und verteilt die Zigaretten.

Herbert überreicht Caspar den Schreibblock, geht dann zu den Russen und versucht, sie weiter zu beruhigen.

»Sag Ignat, wir erschießen ihre Kommissare«, ruft Caspar ihm hinterher. »Das dürfte ihn ja dann erfreuen.« Dann liest er laut von dem Blatt vor: »Nikiforowka muss heute Nacht eingenommen werden … Kommissare behaupten, dass die Deutschen sonst Krieg gewonnen haben … Kommissare sagen, die Deutschen sind schwach … Wehrmacht hat keine Panzer mehr.«

Oberst Caspar schüttelt mit dem Kopf und lacht in ironischem Tonfall. »Was für Lügner. Wir schwach, wir keine Panzer mehr.« Er schaut noch einmal auf die Gefangenen. »Sie wollen also ihre eigenen Leute verarschen und opfern. Vermutlich haben sie selbst einfach keine Panzer mehr und denken, dass ihre Kaukasier uns mit Fäusten schon von den MGs wegholen.«

»Mit Verlaub, das ist in der Tat verrückt«, sagt Göricke. »Aber was bleibt uns übrig? Wenn sie anrennen, werden wir sie erschießen müssen.«

»Sie werden anrennen, und sie werden erschossen«, sagt der Oberst. »Lassen Sie Ihre Männer jetzt Stellung beziehen. Sie haben ja gehört, heute Nacht sollen wir plattgemacht werden.« Caspar lacht erneut.

Der Hauptmann alarmiert seine Männer, und nach einem Lagebericht sehen alle dem kommenden Angriff mit Ruhe entgegen. Wilhelm und ich errichten uns ein Nachtlager in einem leeren Haus. Den Ansturm der Russen werden wir wohl oder übel nicht überhören.

Der kommt dann auch schneller als gedacht. Wir haben noch nicht die Augen zugemacht, als wir bereits das erste *Urrääa*-Geschrei der Rotarmisten hören. Diesen Schlachtruf vernimmt man immer, auch wenn sie noch hunderte Meter weg sind. Wir wissen, dass das ganze Dorf mit MGs geschützt ist, die nun auch im Dauerfeuer schießen. Ein Höllenlärm. So einen heftigen Beschuss habe ich im gesamten Krieg noch nicht mitbekommen. Hin und wieder muss ich mir sogar die Ohren zuhalten. Unsere Holzhütte zittert, und durch die Dachplatten fällt Schnee in die Stube. Alle zehn Minuten setzt das Geknatter aus, dann setzt es erneut ein. So geht das die ganze Nacht hindurch, in der wir so natürlich nicht schlafen können. Aber Sanitäter werden auch nicht gebraucht. So sitzen wir da, versuchen zu lesen und warten ab. Erst um fünf Uhr morgens endet der Gefechtslärm. Sechs Stunden Beschuss, und kein einziger Russe ist ins Dorf gekommen. Wir ziehen uns an und treten vor die Tür. Einige Männer der Kompanie kommen auf uns zu. Sie sehen abgekämpft und müde aus.

»Verletzte?«, ruft Wilhelm.

Ein Unteroffizier antwortet. »Nein. Nur Tote. Tote Russen. Sie kamen von allen Seiten, sind umgefallen wie die Fliegen. Wir haben sie auf fünfzig Meter rankommen lassen und sie dann nur noch mit Feuer bestrichen. Dann kam die nächste Welle und danach wieder eine. Das ist kein Krieg, den ich führen will. Guten Morgen, Herr Doktor. Wir marschieren jetzt zur Gulaschkanone.«

Die Soldaten ziehen weiter zur Feldküche. Wilhelm und ich beschließen, zum Ortsausgang zu laufen, wo noch einige unserer Männer mit MGs lauern. Entsetzt blicken wir auf das schneebedeckte und mit Blut überspülte Feld.

»Das ist die blutige Ernte des Todes«, sagt Wilhelm.

»Viele Hunderte, wennse mich fragen, Herr Doktor«, sagt der erste MG-Schütze des 3. Zuges unserer Kompanie. »Der Rest ist getürmt und wird jetzt von deutschen Panzern verfolgt.«

»Keiner lebt mehr von denen da?«

»Ganz sicher nicht. Wenn noch jemand geschrien hat, haben wir geschossen. Können die ja auch nicht leiden lassen, oder?«

»Korrekt«, sagt Wilhelm, und ich merke ihm an, dass ihm unwohl dabei ist.

»Außer die, welche nicht verletzt waren und sich ergeben haben, die haben wir nicht beschossen«, sagt der zweite MG-Schütze. »Sind bestimmt fünfzig neue Überläufer, alle total besoffen, waren nicht mal in der Lage, gerade zu laufen. Einer behauptete in gebrochenem Deutsch, seine Kompanie bestünde aus Arbeitern einer Emaillewaren-Fabrik in Charkow, die man hierhergeschafft hätte. Die hatten noch nie eine Waffe in der Hand. Unfassbar, kein Wunder, dass niemand von den Iwans zielen konnte.« Er zeigt abwechselnd auf sein MG und das Feld mit den Toten. »Alles nur Pappkameraden für die Hitlersäge hier, will ich meinen.«

Vor allem psychisch mitgenommen über die unangenehme Arbeit machen sich die Männer unserer Kompanie gegen Mittag zum Abrücken nach Lipowka fertig. Ich soll wieder beim Hauptmann im Auto mitfahren. Als ich gerade einsteigen will, höre ich ein herzergreifendes Mauzen in der Nähe. Ich blicke mich um und bemerke eine winzig kleine schwarze und zitternde Katze am Wegesrand. Sie beleckt eine größere, getigerte und offensichtlich tote Katze. Ich gehe den Tieren entgegen.

»Ist das deine Mami?«, frage ich und sehe, dass die ältere Katze eine klaffende Bauchwunde hat. Sie atmet nicht mehr. Das Kätzchen zittert wie Espenlaub, schaut mich an und miaut unaufhörlich. Das sind Hilfeschreie, oder es ist ein trauriges Weinen, denke ich. Sie tut mir so leid und scheint obendrein total ausgehungert zu sein. Ich kann den Anblick nicht ertragen und hebe sie hoch aus dem Schnee. Sie ist so klein, dass sie in meiner Manteltasche Platz findet. Wilhelm und der Alte wundern sich im Auto darüber, was mich antreibt, beschweren sich aber nicht. So ist es wohl es in Ordnung, dass ich sie mitnehme.

Als wir in Lipowka ankommen, suche ich zuerst die Feldküche auf und bitte Manni, mir warme Milch zu kochen. Ich zeige ihm das Kätzchen, und ihn überfällt auf der Stelle Mitleid. Er füllt die Milch in eine Glasflasche und gibt mir auch ein Schälchen dazu. Ich solle sofort wiederkommen, wenn sie mehr braucht oder auch mal Fleisch haben will.

Als ich mit der Katze unser Haus betrete, sehe ich Wilhelm mit einem Telegramm am Tisch sitzen.

Er bemerkt mich und sagt: »Hier. Ist vom Gefechtsstand. Major von Witzleben hat sich für achtzehn Uhr angekündigt und möchte mit mir und dem Alten sprechen.«

In den nächsten Stunden ist mein Arzt nervös wie nie zuvor. Er versucht, sich mit Lesen abzulenken.

Als er zum Termin geht, kümmere ich mich nur um die Katze beziehungsweise um den Kater – dass er einer ist, habe ich in der Zwischenzeit festgestellt. Er hat den halben Liter Milch getrunken, sich danach auf meinen Schoß gesetzt, geschnurrt und ist dann eingeschlafen. Ich werde ihn Juri nennen. Weil er ein russischer Kater ist. Mir gefällt der Name, und ich denke, dass er zu ihm passt.

Als Wilhelm später zurückkommt, ist er bestens gelaunt. Pfeifend setzt er sich zurück an seinen provisorischen Schreibtisch.

»Gute Neuigkeiten?«, frage ich.

»Und was für welche! Der Divisionsarzt hat klein beigegeben. Ich werde das EK I Anfang März überreicht bekommen.«

Ich springe auf vor Freude, kann gerade im letzten Moment noch Juri festhalten, den ich bei diesen wundervollen Nachrichten ganz vergessen hatte. »Wilhelm, du hast es geschafft!«, sage ich.

»Mal langsam, dann muss ich ja noch befördert werden. Aber der Major ist da überaus zuversichtlich. Das EK I ist dafür jedenfalls die beste Empfehlung. Dauert jetzt nur seine Zeit. Außerdem soll ich ab Juni in ein Kriegslazarett versetzt werden. Das wäre natürlich toll, hier endlich rauszukommen. Ich muss vor allem an meine Familie denken und daran, dass ich heil für sie nach Hause zurückkehre.«

»Oh«, sage ich und spüre sofort einen Kloß im Hals. »Da werden Juri und ich dich aber ganz schön vermissen.«

Er sagt einen Augenblick nichts. Vielleicht, weil er mich zappeln lassen will. Denn bald lächelt er und verkündet: »Meinen Burschen nehme ich dann natürlich mit. Und ich bin sicher, wir können auch noch eine Lazarettkatze gebrauchen. Vielleicht kann sie ja als Therapiekatze gebraucht werden. Irgendwo habe ich mal gelesen, dass es so was im Fernen Osten gibt.«

»Juhu!«, sage ich, halte ihm Juri entgegen, der die Pfoten ausstreckt und »Miau« macht. Ich bin überzeugt, dass sich der Kleine bei Wilhelm bedankt. Therapiekatze, das gefällt uns.

»Bis dahin ist es aber noch lang hin. Für das Frühjahr sind Kämpfe bei Charkow geplant, habe ich erfahren. Da werden wir Verwundete im Minutentakt bekommen.«

»Das kriegen wir doch hin.«

»Natürlich.«

»Und was machst du nun wegen Annemarie?« Diese Frage interessiert mich noch brennend.

»Ich werde genau jetzt einen Brief an Karl aufsetzen und ihm, und in einem langen Extraschreiben meiner Frau, die frohe Kunde mitteilen. Dann wird mein Bruder mir exakt erklären, wie ich mein Gesuch an den Führer stellen muss, das durch Görings Hände persönlich und an Bormann vorbeiwandert, und wann ich es abschicken soll.«

»Toll, kann ich bei irgendwas helfen?«, frage ich. »Brauchst du noch was? Schreibpapier? Tinte?«

»Nein, alles gut, kümmere du dich um deine Katze. Wenn sie eine gute Sanitätskatze werden soll, wirst du sie aufpäppeln müssen.« Wilhelm holt Schreibgeräte und Papier aus der Schublade. »Juri«, sagt er, lacht und schüttelt mit dem Kopf, bevor er mit dem Schreiben beginnt.

# KATERSTIMMUNG

Juri wird mir erst ein guter Norka-Ersatz, bald neben Wilhelm mein bester Freund. Und während ich zu meinem Arzt aufblicke wie zu einem Vater, behandele ich Juri wie einen Sohn. Zumindest empfindet man das in der Kompanie. Manchmal machen sie sich richtig lustig über mich. Aber nicht bösartig gemeint. Juri wird immer kräftiger und auch hübscher, zumal er in Manni wirklich einen großartigen Gönner findet. So manch ein Kamerad beschwert sich, dass der Kater besser ernährt wird als die Truppe. Die meisten lachen darüber, denn Juri entzückt alle mit seinem Getobe auf den Straßen, und ich lasse ihn auch herumstreunen, wie er es möchte. Und ich kann mich darauf verlassen: Am Abend ist er wieder bei mir, bei seinem Herrchen. Ich glaube, Juri weiß, wem er das Leben zu verdanken hat.

Insgesamt liegt unsere Panzer-Aufklärungs-Abteilung noch acht Wochen in Lipowka und manchmal auch in Nikiforowka oder in Fjodorowka. Denn der Russe kommt einfach nicht zum Stehen. Ein paar Tage Ruhe gönnt er uns, dann greift er wieder an, mit Horden. Getrieben von Kommissaren, die stets unter Missachtung des Lebens des Individuums und mit brutaler Härte gegen die eigenen Soldaten vorgehen. Sie schicken wahre Menschenmassen und immer wieder neue. Ich frage mich, ob die nicht bald ihr ganzes Volk verheizt haben.

Über das barbarische Verhalten der Politkommissare zu wissen, lässt mir den schon im Juni 1941 vom Oberkommando der Wehrmacht erlassenen Kommissarbefehl etwas erträglicher erscheinen. Er sieht für uns vor, alle sowjetischen Kommissare der Roten Armee nicht als Kriegsgefangene zu behandeln, sondern sie ohne Verhandlung zu erschießen. Wenngleich dies natürlich ein Kriegsverbrechen ist. Da bin ich mir sicher, ich habe nämlich gesehen, wie Kameraden diese Kommissare exekutiert haben. Dafür müssen sich immer Freiwillige finden, dazu sind nur die abgebrühtesten Soldaten unter uns in der Lage. Das sind im Übrigen meistens die, die ich persönlich nicht mag. Aber Krieg ist auch Barbarei. Und wenn uns nicht ständig russische Überläufer erzählen würden, wie brutal sie von ihren ideologischen Anführern behandelt und misshandelt worden sind, ich würde mich wohl mehr empören.

Bei den Gefechten haben wir leichtes Spiel. Die Verluste bei den vielen Angriffen sind ungleich verteilt. Auf einen gefallenen deutschen Soldaten kommen zehn russische. Doch hin und wieder überrascht uns der Feind mit Luft- oder Panzerangriffen. So schrumpft auch die Zahl der Unseren kontinuierlich. Und auch wir bekommen Nachschub. Blutjunge Rekruten aus der Heimat, direkt an die Front geschickt, bereit dafür, Helden zu werden. Oftmals sind es diese jugendlichen, ideologisch radikalisierten und leichtsinnigen, nicht kampferprobten Armeeangehörigen, die auch als Erstes draufgehen.

Wilhelm und ich machen noch ein paar Mal den Spaziergang zum verschneiten Soldatenfriedhof, und immer zählen wir die Kreuze. Bei unserem letzten Besuch der Grabstätte hören wir bei hundert auf zu zählen. Der Tod einiger Männer nimmt mich sehr mit. Doch die, die ich am meisten schätze, Wilhelm, Göricke und Manni, mit dem ich inzwischen wirklich gut befreundet bin, leben, und ich hoffe, dass sie mich noch lange begleiten werden.

Wilhelm bekommt endlich das Eiserne Kreuz I. Klasse verliehen. Der Nazi-Divisionsarzt Ahrens überreicht es ihm persönlich, wenn auch emotionslos und mit kaltem Händedruck. Woher sein Sinneswandel rührt, wissen wir nicht. Aber Wilhelm ist aus dem Häuschen und mit ihm die ganze Kompanie. Wir trinken eine ganze Nacht durch und feiern unseren Arzt. Wilhelm hat es endlich geschafft. Seine Beförderung zum Sanitätsoffizier ist nur noch Formsache. Die Beförderungsurkunde erreicht ihn wenige Tage später, mit einem Begleitschreiben von Ahrens, der ihn als Oberarzt der Reserve in ein weit von der Front entferntes Kriegslazarett verlegen lassen will. Allerdings ist für alle in der Kompanie unverständlich, dass Ahrens ihn zunächst noch für die bevorstehenden Schlachten um Charkow für unabdingbar erachtet.

Natürlich freut sich mein Arzt auf die verantwortungsvolle Aufgabe im Lazarett. Die Tätigkeiten werden ihn medizinisch weiter voranbringen. Aber viel wichtiger ist für ihn, dass er nun das Gesuch an Hitler aufsetzen kann. Wir schicken Fotos vom stolzen Wilhelm mit dem EK I und seiner Beförderungsurkunde nach Hause und erwarteten Post von Karl, der sich um das Gesuch bemüht.

Wilhelm leidet in dieser Zeit des Wartens an einer schweren Erkältung und ist nicht in der körperlichen Verfassung, unser Haus zu verlassen. Zeitweise mache ich mir große Sorgen. Als Bursche kümmere ich mich natürlich um seine Belange und seine Gesundheit. Ansonsten helfe ich beim Transport von Verwundeten aus den umkämpften Dörfern zum Hauptverbandsplatz. Dabei erleide ich selbst eines Tages einen Streifschuss am Oberarm, der sich auch noch entzündet. So hüte ich einige Tage zeitgleich mit Wilhelm das

Bett. In dieser Zeit erfahre ich die letzten Geheimnisse seiner Familiengeschichte und damit alles über seine Motivation zu kämpfen und seinen Zwang, Held werden zu müssen. Ich stecke bald so tief drin in seiner Geschichte und rede mit ihm darüber, dass er anfängt, mir sowohl die Briefe, die er an Karl aufsetzt, als auch die, die er an seine Frau schreibt, vorzulesen, bevor er sie in den Umschlag steckt. Selbstverständlich lässt er dabei intime Details aus, dafür habe ich Verständnis.

Karl weiß genau, was zu tun ist und was er braucht. Und das hat er von keinem Geringeren als Hermann Göring persönlich erfahren. So sammelt er alle nötigen Unterlagen, die über acht Stellen den Dienstweg gehen. Wilhelm setzt das Gesuch auf, das unter anderem seine Beziehungen zur betroffenen jüdischen Familie darlegen muss. Besonders wichtig dabei wird das Empfehlungsschreiben über seine Frontbewährung, das von Major von Witzleben verfasst wird. Dieses Schreiben ist herausragend formuliert, ich lese es vor lauter Stolz selbst mehrfach. Vorformuliert hat es übrigens der Alte, unser guter Hauptmann Göricke. Das darf natürlich nicht offiziell bekannt werden, das würde von Witzleben wohl gar nicht gefallen. Aber der Alte hat es Wilhelm gesteckt, und wir schweigen darüber. Aber wer auch sollte Wilhelm militärisch besser beurteilen können als unser Hauptmann? Und ich bin sicher, dass der Major alles mit bestem Gewissen unterschrieben hat.

Karl lässt auch Annemarie ein Bekenntnis zum Deutschtum verfassen, dem sie Fotos von sich und ihrer Familie beifügt. Sie ist in der Lage, einen Nachweis zu erbringen, niemals dem jüdischen Glauben angehört zu haben und selbst nichts von der Abstammung ihrer Mutter, die ebenfalls keine Glaubensjüdin war, gewusst zu haben. Nicht zuletzt auch der Lebenslauf ihres Vaters, der auf sein gutes preußisches Blut so stolz gewesen ist, wird dem Gesuch beigelegt. Karl arrangiert einfach alles. Wir bleiben voller Hoffnungen, müssen nur warten. Es ist lediglich die Bürokratie, die alles aufhält. So zumindest wollen wir es glauben.

Ich lehne meine eigene Beförderung ab, die mir der Hauptmann nun auch mehrfach vorgeschlagen hat. Wilhelm und ich haben viel diskutiert darüber, und er meinte, ich sei fast schon ein halber Arzt und könne so unmöglich weiter seinen Burschen spielen. Wir wissen, dass meine Burschentätigkeit bei einer einzigen weiteren Beförderung im Militärapparat nicht mehr durchzusetzen sein wird. Schließlich akzeptiert er aber meinen Wunsch, dass ich bei ihm bleiben und von ihm lernen will. Die verdiente Auszeichnung solle ich dann im Lazarett bekommen und damit Wilhelm als medizinischer Assistent zur Seite stehen, schlägt er als vorauseilenden Kompromiss vor. Für mich ist das alles sehr viel bedeutender als die Karriereleiter. Und außerdem trage ich inzwischen auch ein Verwundetenabzeichen an meiner Unform, auf das ich ziemlich stolz bin und worum mich Manni beneidet. Neulich hat er zu mir gesagt: »Ich kann mir in den Finger schneiden, so oft ich will, so etwas Tolles werde ich nie bekommen.«

Mittlerweile hält der Frühling Einzug in der Ukraine, die Sonne scheint, die Blumen blühen überall auf in Lipowka, und Kämpfe bleiben aus. Der Russe hat sich auf ganzer Linie zurückgezogen. Wir durchleben eine Weile Frieden, baden in einem Flüsschen, spielen Fußball und Karten. Nun würde man es hier aushalten können, doch unsere Verlegung nach Charkow steht unmittelbar bevor. Die Nervosität steigt, denn alle wissen, dass diese Schlacht heftiger werden wird als alle anderen, die wir bisher erlebt haben. Es heißt, General Semjon Konstantinowitsch Timoschenko, seines Zeichens Stalins stellvertretender Oberbefehlshaber der Roten Armee, habe um Charkow alles zusammengezogen, was die Sowjetarmee aufzuweisen hat. So ist auch Hitler gezwungen, alles aufzubieten, was ihm militärisch zur Verfügung steht, und dazu soll nun auch die 16. Panzer-Division zählen.

Alle bereiten sich mental auf den Abmarsch und die schweren Kämpfe vor, doch für mich gibt es noch ein großes Problem. Und das heißt Juri. Ich kann meinen zweitbesten Freund nicht mitnehmen auf diesen Feldzug, muss mir darüber klar werden, dass er, obwohl ein so guter Kamerad, doch eben eine Katze ist und nicht in der Lage sein wird, sich zu wehren im Kugelhagel. Ich will auf keinen Fall ein ähnliches Desaster erleben wie mit Norka. So entschließe ich mich nach langem Überlegen, dafür zu sorgen, dass Juri in gute Händen gelangt und den Frühling in seiner Heimat verbringen kann. Lazarettkatze wird er nicht mehr werden. Charkow steht dem im Weg. Verdammter Krieg!

Vier Tage vor dem Abmarsch ist es so weit, ich vertraue mich Wilhelm an, und er hält mein Vorhaben für eine gute Idee. Er schlägt vor, mich am nächsten Tag auf eine Fahrt durch die Gegend einzuladen, um Ausschau nach einem Bauernhof zu halten, in dem jemand für Juri zu sorgen bereit ist.

Mein lieber Kater darf sich noch ein letztes Mal eine große Portion Fleisch bei Manni abholen, dem ich noch nichts von dem Plan erzähle. In der Nacht, bevor ich ihn abgeben will, drücke ich ihn ganz fest an mich. Ich liebe Juri und ich möchte, dass er lebt. Das flüstere ich ihm zu und ich glaube, er versteht.

# DAS RUSSENLAZARETT

Wir fahren mit unseren Wanderer-Geländewagen mit Rotkreuz-Kennzeichnungen die Straßen der Gegend ab, querfeldein, ohne festes Ziel. Das heißt, Wilhelm steuert diesmal den Wagen. Ich habe Juri auf dem Schoß, der sich mit den Vorderbeinen an die Tür lehnt und die Landschaft genauso beobachtet wie wir. Ob er weiß, dass wir ein neues Zuhause für ihn suchen? Ob er mitentscheiden will? Ich verspüre einen Kloß im Hals bei dem Gedanken, dass ich ihn heute Nacht nicht mehr bei mir haben werde.

Wir blicken auf zerstörte Häuser, verlassene Dörfer. Nirgendwo scheint Leben, schlecht für mein Katerchen. Wir fahren den kompletten Nachmittag hin und her und werden einfach nicht fündig. In der Abenddämmerung schließlich kommen wir an einem hufeisenförmigen, einstöckigen Gebäude vorbei. Abseits in einem kleinen Waldgestrüpp gelegen, von einem Zaun umschlossen. Wilhelm erkennt sofort, dass es sich von der Bauart nur um ein ehemaliges Krankenhaus handeln kann. Seine Neugier als Arzt und meine als Sanitäter sind geweckt.

Er stoppt den Wanderer am Straßenrand, und wir steigen aus. Juri – er ist wirklich recht groß geworden – sitzt brav, wie ich es ihm beigebracht habe, auf meinem Affen und beschnuppert die Gegend. Wir passieren das Hoftor. Vor uns liegt ein kahler, betonierter und dreckiger Vorplatz. In der Dämmerung müssen wir achtgeben und behutsam von Stein auf Stein treten und uns so einen Weg bahnen. Keine Menschenseele ist hier draußen, und Wilhelms Verdacht, dass das Krankenhaus bereits stillgelegt ist, scheint sich zu bestätigen.

Doch dann vernehmen wir beide ein leises Stöhnen aus dem Inneren des Gebäudes und beschließen, es uns einmal anzusehen. Aber vorsichtig sollten wir sein. Mein Arzt hält die entsicherte Maschinenpistole vor sich und ich meine Luger. Als ich die Eingangstür mit einem Tritt aufstoße und wir auf den langen Flur blicken, der vor uns liegt, bietet sich uns ein verstörendes Bild. Dicht gedrängt und kreuz und quer liegen hier verwundete und tote Soldaten der Roten Armee. Auch in dem Saal dahinter ist alles vollgestellt. Es stinkt bestialisch nach Eiter, Urin und Fäkalien. Das schwache Licht einiger weniger brennender Petroleumlampen lässt uns das Grauen nur schemenhaft erkennen. Ich schalte meine Taschenleuchte an und funzele in den Raum. Grauenvoll, ich muss mich fast übergeben.

In Bettgestellen, auf Bänken, auf dem Boden über altem Stroh vegetieren abgemagerte Männer vor sich hin. Einige schauen uns ängstlich an, andere flehen leise. Die meisten aber nehmen nicht mal Notiz von uns, wehren sich mit dreckigen Lappen gegen die überall um sie herumsurrenden Fliegen. Wir hören ein paar Brocken Russisch, ein Stöhnen und ein Wimmern. Bei manchen Patienten muss man schon zweimal hinschauen, ob sie tot oder lebendig sind. Zwischen ihnen liegen Abfälle jeder Art und blut- und eitergetränkte Verbandstücke.

»Es müssen Ärzte anwesend sein, einige Verbände sind erst vor Kurzem gewechselt worden, allerdings völlig unsachgemäß«, sagt Wilhelm. »Was für ein Sauhaufen ist das bloß?«

»Ja, was ist hier los?«, frage ich. »Wo ist das Personal? Lädt man die Verwundeten hier ab und überlässt sie dann ihrem Schicksal?«

»Das werden wir herausfinden«, sagt Wilhelm entschlossen. »Meine Ehre als Arzt verbietet es mir, eine solche Sauerei zuzulassen. Auch wenn das hier Feinde sind. Es sind Menschen. Patienten.«

Mühsam und angewidert steigen wir über die Verwundeten hinweg.

»Hilfen Sie uns, meine Herr!«, höre ich irgendwo einen Russen in gebrochenem Deutsch rufen.

Am Ende dieses Saales des Schreckens öffnet Wilhelm eine Tür. Ein weiterer Krankensaal liegt dahinter, der uns das gleiche entsetzliche Bild zeigt. Hier sind Hunderte Sterbende. Manche Männer liegen mit von Blut und Eiter durchgesuppten Verbänden an Beinen, Armen und am Kopf einfach auf dem Boden, ohne Stroh. Andere taumeln auf Stühlen. Der Gestank wird unerträglich, und wir beide ziehen uns den Mantelkragen über den Mund.

»Und was jetzt?«, fragt Wilhelm.

Ich zucke mit den Schultern und brülle dann durch den Saal: »Hallo! Ist hier ein Arzt?« Einige Verwundete schauen auf und schütteln mit dem Kopf. Wilhelm stößt einen der am Boden liegenden Russen sanft mit dem Knie an, er blickt langsam zu ihm hoch.

»*Gde doktor*?«, fragt Wilhelm. »*Gde medsestra*?« Der Mann zuckt nur mit den Achseln.

Auch ich werde wütend. So behandeln die Rotarmisten also ihre Angehörigen? Wenn sie nicht kämpfen, werden sie von den eigenen Kommissaren erschossen. Sind sie verletzt, lässt man sie allein? Mir kommt das Gespräch mit dem Landser in Ajuta in den Sinn, der mir davon erzählt hat, was sowjetische Soldaten für Grausamkeiten mit deutschen Gefangenen anstellen. Ist das denn ein Wunder, wenn sie nichts anderes kennen als ein solches Elend?

Ich folge Wilhelm durch den Saal, der in einen Flur mündet. Die letzte Tür am Ende öffnen wir, und da sehen wir sie: Vor uns sitzt etwa ein Dutzend russischer Schwestern. Jedenfalls glauben wir, dass es sich um Pflegepersonal handelt, denn sie tragen weiße Kittel, darunter Hosen und hohe schwarze Stiefel. Einige haben ein weißes Schiffchen auf dem Kopf, andere haben das Haar offen. Ganz hinten am Tisch fällt mir ein rothaariges Mädchen auf. Sie ist die Einzige im Raum, die lächelt. Und, ja, ganz sicher, sie schaut mich an. Ich werde nervös. Diese junge Frau mit den Sommersprossen, den hohen Wangenknochen und den hochgesteckten Haaren ist außerordentlich hübsch. Ich versuche, nicht hinzuschauen.

»Was ist hier los?«, blökt Wilhelm in die Frauenrunde. Die Schwestern schauen ihn an, als sähen sie einen Geist. Nur das Mädchen lächelt weiter. Sie zeigt auf mich, und alle im Raum gucken mich an. Mein Herz klopft. Was will sie nur?

»Da. Eine Katze!«, ruft sie in sauberem Deutsch.

Ich bin etwas enttäuscht, sie hat nicht mich angelächelt, sondern Juri, der sich um meinen Hals windet und schnurrt. Doch, Moment, warum spricht sie unsere Sprache? Das hat sich wohl auch Wilhelm gefragt. Er schaut erst mich fragend an, dann die rothaarige Frau. »Sprechen Sie Deutsch?«, ruft er.

»Ich bin Deutsche«, antwortet das Mädchen, immer noch lächelnd, zurück.

Was macht ein deutsches Mädel in einem sowjetischen Lazarett, frage ich mich und kann das gar nicht glauben.

»Können Sie einen Moment herkommen, Fräulein? Bitte!« Wilhelm winkt ihr zu. Die hübsche Frau steht auf, zieht sich ihren Rock glatt. Eine Kollegin greift nach ihrem Arm, zischt ihr etwas auf Russisch zu. Sie schüttelt den Kopf und stößt die Hand der anderen Schwester weg, dann kommt sie um den Tisch zu uns gelaufen. Mit einem eleganten weiblichen Gang, ja fast dem eines Mannequins. Ich bin wie von Sinnen, kann meinen Blick kaum von ihr lassen.

»Was machen Sie hier?«, fragt Wilhelm kühl. Offenbar ist er nicht so von ihrer Schönheit überwältigt. »Wer sind Sie?«

»Ich heiße Anastasia Bauer und komme aus Breslau«, sagt sie und reicht ihm die Hand.

»Wie kann das sein?«, fragt mein Arzt mit hochgezogenen Augenbrauen.

»Das ist ganz einfach. Meine Mutter ist Deutsche, mein Vater ist Ukrainer.« Sie schaut erst Wilhelm, dann mich an. »Nehmen Sie mich jetzt gefangen?«

»Um Gottes willen, nein!«, rufe ich eilig, und Anastasia lächelt mir zu.

»Quatsch«, sagt mein Arzt. »Aber verwunderlich ist das schon. Eine Schlesierin hier in der Pampa, an diesem schrecklichen Ort.«

»Man muss vorsichtig sein bei euch Deutschen!«, antwortet sie. »Wir sind ja ausgewandert vor fünf Jahren, von Breslau in die Ukraine, auf den Hof der Eltern meines Vaters. Hätten wir gewusst, was hier für eine Hölle ausbrechen würde, wären wir sicherlich Richtung Westen geflohen.« Sie schaut wieder mich an. Sie hat wunderschöne, grüne Augen. Aber warum ist sie ausgewandert? Hat sie tatsächlich *geflohen* gesagt? Wo ist der Sinn? Wilhelm scheint das im Moment nicht zu interessieren.

»Aber nun bin ich eben hier und Sie auch«, sagt Anastasia.

Ich hoffe, dass Wilhelm nicht so streng mit ihr ist. Ich weiß, er ist berechtigterweise wütend über diesen Saustall.

»Ich muss Ihnen ganz ehrlich sagen, dass ich als Arzt der deutschen Wehrmacht entsetzt darüber bin, was ich hier vorfinde.« Er spricht so laut und durchdringend, dass es jede Frau im Raum versteht, natürlich aber nichts mit dem Inhalt anfangen kann. Doch in einer solchen fremden Sprache – ich habe gehört, die unsere würde schon von Natur aus brutal klingen – muss es angsteinflößend für die Russinnen gewesen sein. Die meisten trauen sich nicht mehr aufzuschauen.

»Was ist das hier?«, fährt Wilhelm fort. »Doch nicht wirklich ein russisches Lazarett?«

»Ja, doch. Es ist ein Lazarett«, sagt Anastasia.

»Und wieso passiert hier nichts? Warum kümmert sich keiner um die Patienten?«

Die hübsche Schwester zuckt mit den Schultern. »Wir machen ja, was wir können, haben aber mittlerweile weder Verbandsmaterial noch Arzneimittel. Alles ist längst aufgebraucht.«

»Soso«, sagt Wilhelm, der das anscheinend kaum glauben mag. »Und wo treiben sich die verantwortlichen Ärzte rum? Gibt es hier überhaupt welche?«

»Ja. Zwei Ärzte haben wir. Doktor Smirnow und Doktor Orlow. Die können aber nichts machen oder wollen nicht.«

»Wo sind diese Ärzte denn?«

»Sie wohnen in dem Haus neben dem Krankenhaus«, sagt Anastasia und zeigt aus dem Fenster, hinter dem ich aber von meiner Position aus nichts erkennen kann.

»Das ist unmöglich«, sage ich zu Wilhelm, der mir zunickt und sich mit dem Zeigefinger auf die Stirn tippt.

»Können Sie die Doktoren hierherholen, oder darf man sie beim Wohnen nicht stören?«, fragt er.

»Ich kann es versuchen. Warten Sie hier.« Anastasia verschwindet aus der Tür und kehrt zehn Minuten später mit den Medizinern zurück. Sie tragen schmutzige weiße Kittel und erscheinen ebenso ungepflegt und verwahrlost wie ihre Patienten.

»Fjodor Iwanowitsch Smirnow«, sagt der grauhaarige, ältere Arzt. »Anatoli Sergejewitsch Orlow«, sagt der jüngere mit fettigen dunklen Haaren. Beide wagen es nicht, uns anzuschauen. Ich bemerke, dass sie zittern. Offenbar haben sie große Angst. Auch Wilhelm erkennt das: »Sagen Sie den Herren Quacksalbern, dass sie keinen Schiss zu haben brauchen, denn wir wollen sie nicht erschießen.«

Anastasia übersetzt auf Russisch. Die Doktoren nicken, hören aber mit dem Gezitter nicht auf. Wilhelm beginnt, Fragen zu stellen, Anastasia dolmetscht. Warum sie nicht arbeiteten. Ob sie einen Operationssaal und Instrumente besäßen. Ob sie nicht wüssten, dass sie Verwundete hätten, deren Gliedmaßen dringend amputiert werden müssten, wenn sie überleben sollten.

Smirnow sagt etwas, das Anastasia uns auf Deutsch wiedergibt. »Sie haben einen Operationssaal und auch Instrumente, aber sie können die Operationen nicht ausführen.«

»Warum denn nicht?«, fragt Wilhelm.

Sie spricht mit den Ärzten und sagt dann. »Sie wissen es nicht!«

»Was soll das nun wieder bedeuten?«, fragt Wilhelm genervt.

Anastasia zuckt mit den Schultern und antwortet: »Sie wissen nicht, wie das geht, meinen sie wohl.«

»Das kann doch alles nicht wahr sein!«, schimpft Wilhelm. »So etwas ist mir noch nicht untergekommen. Ist das Faulheit? Das lasse ich nicht zu!«

Ich kann kaum glauben, was Wilhelm dann von sich gibt: »Anastasia, sagen Sie den verwahrlosten, ignoranten Doktoren, dass wir hier morgen Früh wieder auftauchen und nach dem Rechten sehen. Wenn die beiden dann nicht im Begriff sind, die Menschen hier zu operieren, und ordentlich zu verbinden, dann kriegen sie tatsächlich Ärger.«

Die Schwester übersetzt, und die russischen Ärzte geben mit einem Kopfnicken zu verstehen, dass sie verstanden haben.

Wir wollen uns gerade verabschieden, als Anastasia mich fragt, ob sie die Katze mal haben kann.

»Ja. Es ist ein Kater. Er heißt Juri.« Ich nehme Juri von meiner Schulter und gebe ihn in ihre Hände.

Sie krault ihn zärtlich und sagt: »Juri. Ist der süß, und so weiches Fell hat er.«

»Habe ihn gefunden, seine Katzenmama wurde getötet. Seither pflege ich ihn.«

»Armes niedliches Kätzchen«, sagt sie und streichelt ihm weiter über das Fell, was Juri sich gerne gefallen lässt. Mich rührt die Szene, und plötzlich kommt mir eine Idee.

»Wie du gehört hast, kommen wir ja morgen wieder. Könntest du dich eine Nacht um Juri kümmern, Anastasia? Bitte, er ist heute schon so viel rumgefahren und braucht etwas Ruhe.«

Sie strahlt. Diese funkelnden Augen, ich kann ihnen kaum widerstehen. »Ja, oh ja. Ich nehme ihn mit nach Hause. Wir haben viele Katzen auf dem Hof, weißt du. Er wird ein ganz leckeres Abendessen bekommen. Mein Vater hat geangelt.«

Ich bin mir sicher, dass Wilhelm das nicht ernst gemeint hat, dass er am nächsten Tag hier noch mal erscheinen will. Vermutlich wollte er den Russen nur etwas Dampf unterm Hintern machen. Ich denke daran, dass der Sinn unserer Fahrt ja war, ein neues Zuhause für Juri zu finden. Und ich habe das Gefühl, dass wir kein besseres mehr auftun werden. Wenn wir dann nicht wiederkommen, wird sich Anastasia Juris annehmen, davon bin ich überzeugt.

»Na gut. Dann bis morgen«, sage ich.

»Bis morgen, du lieber Junge«, sagt Anastasia und schenkt mir ein letztes Mal ihr bezauberndes Lächeln.

Ich bin sehr traurig, als wir zurück zum Wanderer laufen. Wilhelm fragt mich, ob ich wieder ans Steuer will, und als er darauf meine Tränen bemerkt, sagt er: »Na gut. Ich fahre. Sei nicht unglücklich. Ich bin guter Dinge, diese Anastasia ist die einzige vertrauensvolle Person hier weit und breit. Juri wird es gut haben.«

»Meinst du wirklich?«, frage ich.

»Ganz bestimmt, Friedrich. Ich werde der Anastasia morgen auch noch persönlich sagen, wie wichtig dieser Kater für uns ist.«

Jetzt wundere ich mich über alle Maßen. »Du hast allen Ernstes vor, wiederzukommen?«

Wilhelm schaut mich erstaunt an. »Natürlich. Sollen wir die da alle verrecken lassen?«

Ich zucke mit den Schultern. »Aber … Es ist der Feind, und es ist auch nicht erlaubt. Was, wenn das einer rauskriegt?«

»Das bekommt keiner raus.«

»Und du willst wirklich einen Kollegen mitnehmen?«

»Ja, Doktor Schmidt aus der 1. Kompanie. Der hat sich immer gewünscht, mal in ein russisches Lazarett zu schauen. Der wird Augen machen, wenn ich ihm davon erzähle.«

»Und du meinst, er lässt sich darauf ein?«

»Ich bitte dich. Er ist Arzt, Sanitätsoffizier. Er wird sich freuen. Glaub mir. Außerdem, du kennst ihn doch? Ich vertraue ihm in jeder Hinsicht!«

Ich denke an die schöne Krippe des Oberarztes in der orthodoxen Kirche und vertraue darauf, was Wilhelm über ihn sagt. Und doch kommt mir das alles etwas unwirklich vor. »Und wenn die russischen Ärzte was sagen?«, frage ich. »Also, der Armee?«

Wilhelm lacht. »Das werden die nicht. Hast du nicht gesehen, was die für eine Angst hatten? Ein wenig Gewissen traue ich denen zumindest auch zu. Die werden sich schon zusammenreißen, hoffe ich. Aber das sehen wir ja. Geh mal ganz in Ruhe davon aus, dass uns da morgen keine Panzer erwarten.« Er lacht erneut.

Ich bleibe skeptisch, empfinde aber auch tiefsten Respekt für seinen Entschluss. So ein mutiger Arzt möchte ich auch mal werden. Außerdem gefällt mir der Gedanke, dass ich Anastasia und Juri noch einmal wiedersehen kann.

Und so brechen wir am folgenden Morgen auf. Wilhelm hat nach dem Frühstück dem Hauptmann Bescheid gegeben, dass wir einen kleinen Ärzteausflug machen, um uns nach einheimischen Heilkräutern umzusehen. Der hat keine Einwände, denn wir haben die letzten Tage vor dem Abmarsch alle Freizeit bekommen.

Der Wanderer ist bis oben hin beladen mit Verbandsmaterial und Medikamenten. Das meiste haben wir vorsichtshalber aus erbeuteten Beständen entnommen, die wir gebunkert haben. Doktor Schmidt scheint voller Tatendrang. Er hat seinen Burschen mitgebracht, der deutschstämmiger Ukrainer ist und übersetzen soll. Er heißt Igor, ist ein paar Jahre älter als ich und sitzt mit mir auf der Rückbank. Wilhelm hat es für wichtig gehalten, Igor mitzunehmen, denn verlassen darauf, dass Anastasia auch anwesend ist, wollte er sich nicht. Und ohne Dolmetscher hätten wir dort gar nichts bewerkstelligen können. Natürlich hoffe ich inständig, dass Anastasia da ist. Ich bin sogar aufgeregt, nur ihretwegen. Warum auch sonst, denn ich weiß immer noch nicht, was für ein Ziel Wilhelm mit der Exkursion verfolgt.

Um neun Uhr kommen wir am Lazarett an, und es scheint wie verwandelt. Im Hof, der gestern noch gänzlich menschenleer war, herrscht nun ein reges, sonderbares und lebendiges Treiben. Verwundete, zum Teil Schwerverwundete, humpeln, sich auf Holzkrücken stützend oder auch auf allen vieren fortbewegend, zu einem steinernen Brunnen, um daraus Wasser zu schöpfen und zu trinken. In einer Ecke schneiden ein paar halbwegs gesunde Soldaten Kartoffeln und kochen sie über Feuer in einem Stahlhelm. Wir gehen durch die Eingangstür. Auch im Inneren herrscht ein anderes Bild. Nicht, dass es sauber wäre, aber es stinkt schon nicht mehr ganz so bestialisch. Die Vorhänge sind beiseite gezogen worden, die Fenster geöffnet. Alle Verwundeten haben mehr Platz und zumindest Stroh als Unterlage. Es wurde ausgefegt, Schwestern reichen den Patienten Wasser und sprechen mit ihnen. Als sie uns sehen, grüßen sie freundlich. Sie haben uns also tatsächlich erwartet.

»Hallo!« Anastasia hat uns entdeckt und kommt herangelaufen. Heute trägt sie die roten schulterlangen Haare offen und sieht fast noch umwerfender aus als am Vortag. Sie erzählt mir gleich, dass Juri die Nacht in ihrem Bett verbracht habe und die besten Grüße ausrichten lasse. Ich könne ihn nachher abholen, ihr Hof sei nicht weit weg von hier. Wilhelm unterbricht uns: »Bitte, klärt das später.

Fräulein Bauer, bringen Sie uns jetzt in den Operationssaal. Wir wollen mal sehen, was die Herren Doktoren der UdSSR so machen.«

Im OP treffen wir auf die Ärzte Smirnow und Orlow, die sich gewaschen haben und saubere Kittel tragen. Wir sind erstaunt. Vier Schwestern sind ebenfalls anwesend. Einige Instrumente liegen in einem dampfenden Kocher. Äther zur Narkose und Verbandsmaterial stehen daneben. Wir legen unser mitgebrachtes Verbandszeug auf einem Beistelltisch ab. Eine zierliche Schwester überreicht unseren beiden Ärzten zerknitterte, aber gereinigte weiße Kittel, die sie sich über die Uniform ziehen. Sie sind ihnen etwas zu eng, sodass nicht alle Knöpfe zugehen. Smirnow blättert in einem dicken Buch. Ich erkenne viele anatomische Abbildungen. Vermutlich also ein Lehrbuch. Will er sich tatsächlich über Grundlagenstudium auf die Operationen vorbereiten, frage ich mich.

Igor stellt sich den Ärzten auf Russisch vor und auch Doktor Schmidt, der wiederum ausrichten lässt, dass die Operationen beginnen mögen. Orlow gibt den Schwestern Anweisungen, und wenig später bringen sie einen Verwundeten zur Amputation seines Beines. Er wird auf den OP-Tisch gelegt, und die beiden Sowjet-Doktoren schauen auf den Verband am rechten Bein. Wieder fangen sie an zu zittern.

»Legen Sie los«, sagt Wilhelm. »Worauf warten Sie?«

Über Igor lässt Smirnow ausrichten, dass er sich die OP nicht zutraue, er hätte so etwas noch nie gemacht.

»Was?« Wilhelm ist entsetzt. »Sie haben doch Medizin studiert?«

»Hat er, lässt er mitteilen«, sagt Igor.

»Dann können Sie das auch«, sagt Schmidt. »Fangen Sie an.«

Smirnow holt tief Luft, krempelt sich die Ärmel seines Kittels zurück und beginnt umständlich, den Verband des Patienten abzuwickeln. Warum schneidet er ihn nicht einfach durch, frage ich mich. Mittlerweile habe selbst ich schon einigen Operationen beigewohnt und dabei noch nie gesehen, dass ein Verband abgewickelt wird, zumal auf dem Beistelltisch Skalpelle aller Art bereitliegen.

Nachdem der Verband runter ist, nimmt Smirnow dann endlich eines der Messer, legt es noch einmal kurz in den Kocher, nimmt es dann wieder heraus. Er wartet einen Augenblick, dann setzt er mit zittriger Hand zum Schnitt am Bein an.

»Halt!«, rufen Wilhelm und Schmidt gleichzeitig. »Was ist mit der Narkose?« Igor redet mit Smirnow und übersetzt dessen Worte mit: »Sowjetische Soldaten sind Schmerzen gewöhnt, sie brauchen keine Anästhesie.«

Wir alle schütteln mit den Köpfen, können kaum glauben, dass er das wirklich ernst meint. Doch er schneidet tatsächlich mit dem Messer das Bein an. Die Hauptarbeit der anwesenden Schwestern besteht von jetzt an darin, die zahllosen Fliegen von der tiefen, stark eiternden Wunde wegzujagen. Ich komme mir vor wie im Film *Frankenstein*, den ich vor dem Krieg einmal im Mindener Lichtspielhaus gesehen habe. Worüber soll ich mich mehr wundern – darüber, dass der Verwundete die schnellen Schnitte widerstandslos und ohne jeglichen Schmerzensschrei über sich ergehen lässt, oder darüber, dass unseren Ärzten nicht der Geduldsfaden reißt bei einer solchen Folter wie aus einer Spukgeschichte.

Es dauert eine halbe Stunde, bis Smirnow und Orlow, inzwischen beide mit Skalpellen hantierend, die Haut und einige Muskeln des Beines durchtrennt haben. Über den ganzen Tisch läuft Blut in Strömen, spritzt auf die Kittel der Russenärzte. Jetzt zuckt auch der Patient kurz zusammen, worauf eine Schwester herangeeilt kommt und ihm aus einer Flasche Wodka direkt in den Mund laufen lässt. Und, was macht der Patient? Er lächelt und bedankt sich mit einem »*Spasibo*«.

»Was passiert denn hier bloß?«, frage ich laut und merke wenig später, wie mir jemand von hinten über den Rücken streichelt.

»Es ist in Ordnung. Wodka hilft besser als Äther«, sagt Anastasia. Sie drückt sich fest an mich. Es ist ein schönes prickelndes Gefühl, aber für den Moment auch unpassend. Will sie mich bezirzen? In einer solchen Situation? Es wird immer bizarrer in diesem Horrorhaus.

»Die Männer, die sich hier als Ärzte bezeichnen, haben keine blasse Ahnung von ihrem Handwerk«, sagt Wilhelm schließlich.

Schmidt nickt und sagt: »Unbegreiflich. So etwas hätte ich nie für möglich gehalten. Und mich wundert schon kaum noch was in diesem Krieg.«

Wilhelm scheint es zu reichen. Er geht um den Tisch und nimmt Smirnow das Messer aus der Hand. Schmidt folgt ihm, schiebt Orlow beiseite und zieht dem Patienten dann eine Abschnürbinde stramm ums Bein, welche die russischen Kollegen offenbar einfach vergessen hatten, was zu dem enormen Blutverlust geführt hat. Dann zieht er das mitgebrachte Narkotikum auf und sticht dem Soldaten die Spritze in die Armvene. Ein paar Sekunden später tritt er weg.

In wenigen Schnitten durchtrennt Wilhelm die verbliebenen Muskeln, ohne dass es noch weiter blutet. Er vernäht die Gefäße, sägt den Knochen ab, legt Drainagen ein und verschließt die Hautlappen. Das Ganze dauerte gerade mal fünfzehn Minuten.

Gespannt verfolge ich dieses Kunstwerk der Chirurgie des ehemaligen Augenarztes Wilhelm Möckel. Ich bin aber immer noch irritiert über Anastasia, die mich noch fester umklammert. Ich spüre ihr Herz an meiner Wirbelsäule schlagen und ihren warmen Busen an meinem Rücken. Ich traue mich nicht, etwas dazu zu sagen.

Der frisch Operierte wird von den vier kräftigen Schwestern auf der Liege herausgetragen. Nur ein paar Minuten später bringen sie den nächsten Patienten in den OP-Saal. Wieder amputiert, vernäht und verbindet Wilhelm professionell ein Bein. Dieses Mal beobachte ich besonders den staunenden Gesichtsausruck der russischen Ärzte. Sie bedanken sich bei jedem kleinen Eingriff, nicken anerkennend bis interessiert und scheinen sich zu freuen. Die Furcht, die sie gestern noch fast lähmte, ist aus ihren Gesichtern gänzlich verschwunden. Eine bessere Propaganda kann kaum gelingen, denke ich mir im Stillen. Erzählt man den Russen doch an jeder Stelle, dass wir Deutschen Bestien in Menschengestalt sind, erleben sie hier selbstlose Lebensretter. Es entwickelt sich eine Art Sympathie zwischen allen im Raum. Die Schwestern packen ebenso tatkräftig mit an wie die russischen Ärzte. Jeder will jetzt irgendwie zeigen, dass er überhaupt wenigstens ein bisschen was kann.

Und so wird es schnell sehr produktiv an diesem ominösen Ort. Smirnow geht durch den Krankensaal und bestimmt, welcher Patient als Nächstes unter das deutsche Messer soll. Igor übersetzt eine hereinkommende Schwester. Sie sagt, man habe sich darum gekümmert, dass ein paar Männer aus der nahen Ortschaft kommen, die nun die Toten aus dem Saal räumen und hinter dem Krankenhaus begraben. Ich bin mehr und mehr erstaunt, was hier alles möglich ist, und gleichzeitig stolz, dass wir das angeleiert haben. Was heißt *wir*. Das hier ist Wilhelms Werk.

Gegen Mittag haben wir bereits fünfzehn Soldaten operiert. Im Hof machen wir Pause. Nicht nur Männer aus dem Ort sind gekommen, sondern auch Frauen, die über einer Feuerstelle kochen. Es gibt Brotsuppe und Kartoffeln und außerdem heiße und kalte Getränke. Für uns Deutsche hat man sogar ein einheimisches Bier aufgetrieben, das wir mit Genuss in der Mittagssonne trinken. Danach nehme ich mir Anastasia beiseite, nicht nur, weil ich gerne in ihrer Nähe bin, sondern weil ich ihr nun sagen muss, dass ich gedenke, meinen Juri ganz bei ihr zu lassen. Wir machen einen kleinen Gang um das Krankenhaus. Als ich ihr davon erzähle, freut sie sich über alle Maße über mein Geschenk und verspricht, sich jeden Tag um Juri zu kümmern, solange er lebt. Dann fragt sie mich, ob ich ihn denn irgendwann zurückhaben möchte, wenn der Krieg vorbei sei. Ich bin total überrascht über die Frage und laufe rot an.

Anastasia merkt das, nimmt meine Hand und zieht mich hinter einen kleinen Holzschuppen, in dem Gartengeräte gelagert sind.

»Hast du schon mal ein Mädchen geliebt?«, fragt sie und schaut mir tief in die Augen.

»Nein«, sage ich und spüre mein Herz immer schneller pochen.

Sie lächelt. »Auch nicht geküsst?«

»Nein«, gestehe ich, ohne darüber nachzudenken. Vor meinen Kameraden hätte ich so was jedenfalls nicht zugegeben. Sie legt ihre Handflächen auf mein Gesicht, sie sind unglaublich weich und zart. Sie zieht mich dann langsam zu sich runter und küsst mich, während sie sich eng an mich schmiegt. Ich bekomme das Gefühl, all mein Blut schießt in meine Lenden. Habe ich Schmetterlinge im Bauch? Ist das das Gefühl, das man Liebe nennt? Über die so viel geschrieben, gedichtet und gesungen wurde? Es muss so sein, denn dieser Augenblick ist der schönste und aufregendste, den ich bisher erlebt habe. Ich weiß nicht, wie lange der Kuss mit Anastasia dauert, aber als wir zurück zum Hof gehen, überkommt mich das Gefühl, bis über beide Ohren verliebt zu sein. Ja, mein Katerchen ist in den besten Händen, die ich mir nur vorstellen kann.

Werde ich Juri wiedersehen? Werde ich womöglich sogar Anastasia noch einmal begegnen? Ich wünsche es mir in diesem Moment und möchte den Krieg unbedingt überleben. Ich muss noch besser auf mich achtgeben.

Anastasia und ich gehen zurück in den OP, in dem unsere Ärzte bereits wieder eifrig am Werke sind. Auch wir helfen, wo wir können. Um acht Uhr abends ziehen wir eine Bilanz. Wilhelm und Schmidt haben mit ein wenig Unterstützung der russischen Doktoren bis dahin über fünfzig Verwundete operiert und verbunden. Sie wollen auch noch weitermachen.

Doch dann hören wir von draußen einen Knall. Reifen quietschen auf dem Asphalt. Der OP-Saal hat nur ein kleines Fenster, aus dem heraus wir nichts sehen können. Aber wir erkennen deutsche Stimmen. Sie schreien und fluchen. Einige Russen, die noch im Hof gewesen sind, stürmen in den Krankensaal.

Eine Schwester kommt in den Saal und ruft: »SS!«

Wilhelm und Schmidt schauen einander entsetzt in die Augen.

Mir wird schlecht. Ich bin es auch, der als Erstes schreit: »Scheiße! Wir sind am Arsch! Wir haben den Feind operiert.« Ich sehe meinen Arzt an. Er ist kreidebleich. Denkt er an das, an was ich jetzt denke? Wird unser Tun hier bekannt, ist seine Aussicht auf eine Arisierung der Familie sofort Geschichte. Dann droht ihm sogar noch sehr viel Schlimmeres und mir auch. Wie konnten wir nur so verdammt leichtsinnig sein?

Eine zierliche Schwester hält einen Wäschesack auf und sagt hektisch etwas auf Russisch. Unsere Ärzte verstehen, ziehen sich hastig die mit Blut gesprenkelten Kittel aus und werfen sie in den Sack. Smirnow nimmt den Rest des Verbandsmaterials, das wir mitgebracht haben, von der Ablage und drückt es mir und Doktor Schmidt in die Hand. Dann spricht er zu Igor, der uns ausrichtet, dass wir sofort rausgehen müssen. Wilhelm solle fluchen und ihn, Smirnow, ohrfeigen. Wir alle haben verstanden, was er meint. Er will uns retten. Fluchend stürmen wir also aus dem Raum. Die beiden SS-Männer sind schon in den Saal eingedrungen. Mit ihren schwarzen Uniformen, engen Krawatten und der Hakenkreuzbinde am Ärmel sehen sie bedrohlich und arrogant aus. Der ältere trägt eine Schirmmütze mit aufgesticktem Totenkopf, der andere einen glänzenden, schwarzlackierten Stahlhelm. Sie fuchteln mit den Maschinenpistolen herum und gaffen die Verwundeten an. Sie haben uns noch nicht entdeckt.

Da schreit Wilhelm so laut, wie ich ihn noch nie gehört habe: »Verfluchtes Russenschwein!« Er tritt den vor ihm laufenden Smirnow von hinten in die Kniekehlen, der fällt auf den Boden, legt sich auf den Rücken und hält flehend die Hände vor sein Gesicht.

Schmidt lässt das Verbandzeug fallen und ohrfeigt Orlow. Die russischen Schwestern schreien. Ich bin mir nicht sicher, aber ich glaube, alle haben verstanden, um was es hier geht, und das Ganze wird zu einem perfekten Schauspiel.

»Was ist hier los?«, schreit einer der beiden SS Offiziere. Ich blicke auf die weißen SS-Runen an seinem heruntergeklappten Kragen.

»Sanitätsoffizier Doktor Wilhelm Möckel, Panzer-Aufklärungs-Abteilung 16. Wir liegen in Lipowka, waren auf Patrouille, als wir diesen Saustall hier gefunden haben.«

Die SS-Männer gucken doof aus der Wäsche. Wilhelm legt nach und deutet nacheinander auf uns: »Das ist mein Kollege Doktor Schmidt und unsere Sanitätssoldaten Egger und Tönnies.«

»Ich verstehe«, sagt der Sturmbannführer mit Hitlerbärtchen und Nickelbrille. Er weist mit der immer noch vorgehaltenen MP auf mich. »Was haben Sie denn da in der Hand?«

»Verbandszeug.«

»Das sehe ich, Herr Obergefreiter. Verkaufen Sie mich nicht für dumm. Das sind Wehrmachtsbestände.«

Verdammt, daran hatten wir nicht gedacht. Wir Idioten. Auf den Verpackungen erkennt man deutlich Abzeichen des Deutschen Roten Kreuzes, des Reichsadlers und Hakenkreuze. Dabei hatten wir von denen nur ganz wenige mitgenommen. Aber von der deutschen Beschriftung ganz abgesehen: Ich bin mir sicher, dass jetzt alles auffliegt. Doch Wilhelm fällt das Richtige ein: »Sehen Sie, Herr Sturmbannführer. Deswegen mussten wir den Quacksalbern hier eine Lehre erteilen.« Noch einmal tritt er den am Boden liegenden Smirnow, der laut schreit. »Das Verbandsmaterial und Medikamente haben die Russen erbeutet und wahrscheinlich hier hingeschleppt. Verfluchte Diebe sind das. Alle gleich.«

»Untermenschen«, sagt der zweite, jüngere Offizier mit kaum erträglicher Fistelstimme.

»Wir holen es uns zurück, können alles gebrauchen. Schwere Kämpfe haben wir gehabt in den vergangenen Wochen und immer noch viele Verwundete.«

»Davon habe ich gehört«, sagt der Sturmbannführer. »Dann ziehen Sie jetzt ab, wir knallen dafür die Schweine ab.« Er schnippt mit dem Finger in Richtung seines Untergebenen. »Ernst, schieß sie über den Haufen!«

Der junge SS-Offizier in schwarzer Reiterhose lacht und legt an, als Wilhelm erneut so laut schreit, wie er kann: »Halt! Sind Sie denn des Wahnsinns?« Er zeigt in den OP-Saal. »Da sind Fässer mit Narkosegasen. Ein Schuss, und wir fliegen alle in die Luft.« Ernst nimmt verunsichert das Gewehr runter, blickt seinen Kollegen ratlos an. »Was soll ich …?«

»Ja, was wohl? Haste ja gehört. Nicht schießen. Idiot.«

Beide SS-Männer wanken in ihren schwarzen, für meinen Geschmack viel zu weit geschnittenen Stiefeln ein paar Schritte zurück.

»Die sterben hier sowieso alle in den nächsten Tagen, wenn nicht Stunden«, sagt Wilhelm. »Pocken, Diphtherie, Cholera. Der ganze Laden ist verseucht. Sehen Sie nicht die Fliegen hier überall? Passen Sie bloß auf, dass sich keine auf Ihrer Haut absetzt. Wir haben uns alle mit Salbe eingerieben. Hoch gefährliche Überträger.«

»Was?«, Ernst zieht sich die schwarze Mütze vom Kopf und hält sie sich vors Gesicht. »Wir sollten hier alle schleunigst raus jetzt.«

Wilhelm schaut Doktor Schmidt an und sagt: »Deine Hand müssen wir uns anschauen. Ich habe doch gesagt, niemanden anfassen hier, du solltest treten, nicht mit bloßer Hand. Vielleicht musst du in Quarantäne.«

»Wir hauen ab«, sagt der Sturmbannführer. »Heil Hitler, Herr Doktor Möckel. Sehen Sie zu, dass Sie hier rauskommen. Wir alle haben einen Krieg zu führen.«

»Worauf Sie sich verlassen können«, sagt Wilhelm.

Die schwarzen Offiziere rennen aus dem Krankenhaus, wir hören sie draußen fluchen, dann quietschen die Reifen. In einem Höllentempo rasen sie vom Hof.

Igor kann sich als Erstes nicht mehr halten und lacht laut los. Dann platzt es auch aus mir heraus. Auch die russischen Ärzte lachen, die Schwestern und sogar einige Patienten. Sicherlich ist das auch ein Gefühl der Erleichterung, denn die Situation, die wir hervorragend gemeistert haben, war äußerst bedrohlich. Wären Wilhelm nicht die richtigen Worte über die Lippen gegangen, es hätte hier ein Gemetzel geben können.

Ich bin entsetzt. Ich hatte schon Kontakt zu einfachen Soldaten der Waffen-SS. Noch nie aber hatte ich mit den ehemaligen Totenkopfverbänden zu tun. Was machen die hier in der Gegend? Seit April 1940 sind sie in die Waffen-SS eingegliedert und dieser gleichgestellt worden. Nur diejenigen, die als Wachmannschaften in Konzentrationslagern tätig gewesen sind, dürfen aus Traditionsgründen ihr Totenkopfsymbol an der Uniform weiterführen. Man hört viel über sie und ihre rabiaten Methoden. Führen sich auf wie die Feldpolizei. Und wenn es dafür noch einen Beweis gebraucht hätte, dann habe ich den soeben erlebt. Ich schäme mich, dass Deutsche zu solchen Aktionen in der Lage sind.

»Lachen ist gesund«, sagt Wilhelm und nimmt die Kollegen Smirnow und Orlow für mich ziemlich überraschend sogar in den Arm. Nahe an einer Fraternisierung, denke ich. Anastasia ist zu mir gekommen und hält meine Hand. Wilhelm lässt Igor übersetzen, dass wir abfahren müssten, da die Lage für uns als deutsche Soldaten zu brenzlig sei. Die russischen Ärzte haben Verständnis, bedanken sich für alles und versprechen, in Zukunft gute Mediziner werden zu wollen. Das Verbandszeug lassen wir ihnen natürlich da. Wilhelm, Schmidt und Igor sind schon auf dem Weg zur Tür. Nur Smirnow und Orlow bekommen mit, dass mir Anastasia einen Kuss auf den Mund drückt. Sie flüstert mir danach ins Ohr. »Wir sehen uns wieder eines Tages, und Juri wird lange leben.«

»Du, Anastasia, eine Sache ist da noch, die ich wissen muss.«

»Ja?«

»Du hast gestern erzählt, ihr seid aus Breslau geflohen? Warum denn?«

Sie blickt mich verschmitzt an, so als müsste ich selbst auf die Antwort kommen.

»Du bist doch keine Jüdin?«, frage ich.

»Sehe ich etwa so aus?« Sie lacht.

»Nein. Entschuldigung, das war nicht so gemeint. Es ist nur so, ich habe einen Freund, der mit einer Halbjüdin verheiratet ist, und die Geschichte geht mir nicht aus dem Kopf.«

»Braucht dir nicht leidtun«, sagt Anastasia. »Ich bin auch ein solcher jüdischer Mischling. Mein Vater ist Jude, und deswegen sind wir auch in weiser Voraussicht ausgewandert. Geflohen ist wohl nicht das richtige Wort. Gab keine Probleme.«

»Oh. Anastasia, dann pass bitte auf dich auf. Du hast gesehen, diese SS-Leute kennen so etwas wie Gnade nicht.«

»Du denkst, das weiß ich nicht? Die Politkommissare der Russen übrigens auch nicht. Wir Ukrainer, ob Jude oder nicht, sitzen zwischen den Stühlen und leben gefährlich.«

»Kann ich irgendwas tun?«, frage ich und fühle mich durch Anastasias Offenbarung unwohl.

»Du musst einen Krieg führen, Friedrich, du bist ein Mann«, sagt sie. »Aber ich bin nicht dumm, ich bin eine Frau. Wir haben Vorsorge getroffen. Wenn die Rote Armee weg ist und die Wehrmacht hier die Kontrolle übernimmt, besitze ich Pässe, die mich eindeutig als deutsch ausweisen. Mein jüdischer Vater ist gestorben.«

»Das tut mir leid«, sage ich.

»Auch das braucht es dir nicht zu tun. Er war alt und lange krank. Ist auch schon drei Jahre her. Meine Mutter hat einen Ukrainer geheiratet, einen Volksdeutschen. Beutegermanen sagt ihr Soldaten doch dazu.«

Ich verdrehe die Augen und nicke. Sie lacht. »Also, von den Ausweisen her bin ich die Tochter eines Beutegermanen. Kann also nichts passieren.« Sie grinst und ergänzt: »Ach, und wenn die russischen Polizisten kommen, haben wir auch sowjetische Papiere. Wir Deutsch-Ukrainer sind nämlich sehr klug.«

»Das merke ich.« Ich umarme Anastasia und nehme meinen kompletten Mut zusammen. »Ich habe dich gerne.« Sie küsst mich zärtlich. »Vielleicht sehen wir uns ja in Deutschland, wenn das alles vorbei ist. Aus welcher Stadt kommst du?«

»Aus Minden.«

»Nie gehört«, sagt sie, »aber ich werde es schon finden, bin ja eine Deutsch-Ukrainerin auf Zack … und Halbjüdin. Leb wohl, Friedrich und pass auf dich auf.«

»Leb wohl Anastasia, bis irgendwann«, sage ich und gehe traurig zum Ausgang. Als ich ins Automobil steige, bin ich emotional aufgewühlt. Ich werfe einen letzten Blick auf dieses ominöse Lazarett, in dem ein kleines Wunder geschehen ist, mehrere Wunder. Ein Ort, an dem ich innerhalb von vierundzwanzig Stunden wohl sämtliche Gefühle erlebt habe, die ein Mensch zu empfinden in der Lage ist.

# ERLÖSUNG

Es ist der 16. Mai 1942, und wir liegen in Artjomowsk. Am späten Nachmittag holt Wilhelm die Feldpost von der Ausgabestelle, und wie jedes Mal ist er sicher, dass dieses Mal die entscheidende Nachricht über den Erfolg seines Gesuches eintrudelt, die ich ihm so sehr wünsche. Wir beide haben zu zweit ein solide gebautes Steinhaus bezogen, in dessen Wohnstube ich sitze und gespannt auf die Rückkehr meines Arztes warte. Das Haus ist fast ein kleines Schloss im Vergleich mit den kargen Behausungen, die uns umgeben. Sogar ein paar Gipsfiguren stehen davor, von denen ich nicht genau weiß, wen oder was sie darstellen. Hier hat sicher einst ein reicherer Bürger gewohnt. Viele Kameraden haben in Lehmhütten ihr Quartier eingerichtet.

Ein lautes Brummen. Gerade ziehen wieder Staffeln von deutschen Jagdfliegern über uns hinweg und kündigen an, dass an der Front heftige Kämpfe bevorstehen. Wir liegen hier zusammen mit der 76. Infanteriedivision, die Artjomowsk im Oktober erobert hat. Das rege Treiben der letzten Tage kündigt unseren baldigen Vormarsch an. Die Straßen sind vollgestopft mit Fahrzeugen und marschierenden Infanteristen. Züge bringen dutzende Panzer in die

Stadt. Am wie durch ein Wunder noch intakten Bahnhof werden sie verladen und in Stellung gebracht.

Der Wehrmacht ist es nicht gelungen, über Rostow zum Kaukasus durchzubrechen, und die Wintermonate hat der Russe gekonnt genutzt, um sich zu verstärken. Marschall Timoschenkos strategisches Ziel sollte die Einnahme der von der Wehrmacht besetzten Stadt Charkow sein, von der aus eine eigene Offensive gegen die Russen vorbereitet wurde. Am 12. Mai hat die Rote Armee die deutschen Verbände bei Isjum überrascht. Hier wird erbittert gekämpft. Große Teile der Heeresgruppe Süd werden seit Tagen zur Frontverstärkung zusammengezogen. Nun sollen auch wir dahin vorstoßen und die Rotarmisten zurückdrängen. Von Artjomowsk sind es noch achtzig Kilometer bis zum Frontbogen von Isjum. Dass es für uns bald losgehen wird, merkt man auch an der Nervosität der Kompanieführer, die einem kaum mehr Ruhe gönnen. Antreten zum Appell. Man kommt sich vor wie in der Ausbildung. Es gibt Stiefelappelle, Brotbeutelappelle, ja selbst Feldflaschenappelle. Alles wird penibel geputzt und poliert, stundenlang. Mal geht es in Ausgehuniform raus, dann in Felduniform. Antreten zum Exerzieren, Antreten zum Manöver. Mal mit Rucksack und Helm, dann wieder ohne. Wir nennen diese Art von Drill Maskenball und empfinden sie als reine Schikane.

Die kampferprobten Kameraden schimpfen und sehen nicht ein, dass sie morgens um sieben Uhr am Maschinengewehr üben sollen, sie können es doch bereits im Schlaf.

Ein weiteres, deutlich angenehmeres Zeichen zum Aufbruch ist die plötzliche, überschwängliche Großzügigkeit bei der Essens- und Schnapsvergabe. Die Vorräte müssen aufgebraucht werden. Vor ein paar Tagen hielt obendrein Generalmajor Hube eine Rede vor der Division, die hier mit neuen Truppen bis zur Vollstärke aufgestockt wurde. Die Ansprache sollte unsere Motivation stärken, vielleicht wollte Hube aber auch allen sein mit Eichenlaub verziertes Ritterkreuz präsentieren, das er gerade erst vom Führer überreicht bekommen hatte. Erst sprach er zu uns, die wir schon so viele Kämpfe unter seiner Führung ausgefochten haben: »Ihr alten Krieger, nehmt euch dieser jungen Dachse an!« Dann zu den neuen, zum größten Teil wieder blutjungen Soldaten: »Und ihr, nehmt euch ein Beispiel an diesen Männern! Die Südarmee ist stolz auf ihre 16. Panzer-Division.«

Ich habe in die selbstsicheren Gesichter der alten Kameraden geschaut und in die fanatischen der neuen. Ich habe mir ausgemalt, wie viele von ihnen nur noch weniger als eine Woche leben würden. Es wird eine Menge sein. Unfair ist es, sich zu wünschen, dass es die Neuen zuerst trifft. Aber die Erfahrung hat gezeigt, dass es so ist. Ich gehe schon gar keine persönliche Beziehung zu jungen Soldaten mehr ein. Dann fällt der Verlust eines Kameraden nicht so schwer. Übertriebener Heldenmut treibt sie an. Daher verstand ich die Mahnung des Generalmajors, auf die Neuen achtzugeben, genau richtig.

Ich will mir gerade eine Zigarette anzünden – ich hatte mir, nachdem Juri weg war, dummerweise das Rauchen wieder angewöhnt –, da stürmt Wilhelm jauchzend in unser Haus. Er hält einen großen, geöffneten Umschlag in der Hand, rennt auf mich zu, hebt mich hoch und küsst mich auf beide Wangen. Ich lasse es geschehen, denn ich ahne, warum er das tut. Mein Herz rast vor Freude. Als er mich endlich loslässt und ich festen Boden unter den Füßen spüre, fragt er: »Was möchtest du zuerst hören? Den Bescheid vom Oberkommando der Wehrmacht, vom Reichssippenamt oder Annemaries Brief dazu?«

Ich zucke aufgeregt mit den Schultern und sage: »Egal! Wie du willst, fang von vorne an.«

»Also gut, dann zunächst das Unpersönliche, aber Wichtigste.« Wilhelm setzt sich an den runden Holztisch, auf dem eine Kerze und eine Schale mit grünen Äpfeln stehen, und bietet mir den Stuhl gegenüber an. Ich setze mich und höre zu.

Bescheinigung über die Einordnung der Annemarie Möckel, geborene Gutenberg, am 2.8.1913 in Osnabrück: Im Sinne der ersten Verordnung des Reichsbürgergesetzes vom 14. November 1935 erfolgt folgende Beschreibung der Rasse der betreffenden Person: Deutschblütig.

Wilhelm hält mir Urkunde entgegen und grinst. »Da steht es schwarz auf weiß, Friedrich. Pass auf, und jetzt hier das Schreiben vom OKW:

Liebe Frau Möckel,
Das Oberkommando der Wehrmacht teilt Ihnen mit, dass der Führer entschieden hat, dass Sie deutschblütigen Personen mit allen sich daraus ergebenden Rechten und Pflichten gleichgestellt sind. Diese Gleichstellung gilt auch für Ihre Nachkommen, soweit nicht etwa bei ihnen ein fremdartiger Bluteinschlag von anderer Seite hinzukommt. Sie erhalten das Recht, sich als deutschblütig zu bezeichnen.

… und so weiter und so fort. Hast du zugehört? Der Führer hat entschieden. Adolf Hitler! Damit ist von oberster Stelle alles beschlossene Sache.«

Wilhelm springt auf und hält mir die vom Chef des Oberkommandos der Wehrmacht unterschriebene Bestätigung vor die Nase. »Da!«, er haut ein paar Mal mit der Handoberfläche auf das Schreiben. »Das ist es! Dafür habe ich das gemacht. Nur deswegen. Annemarie darf leben. Ich kann nach Hause.«

»Du bist ein Held«, sage ich. Vielleicht klingt das etwas pathetisch, aber mir fällt in dem Moment nichts anderes ein. Mein

Arzt setzt sich wieder und zieht den handgeschriebenen Brief seiner Frau aus dem braunen Umschlag. Er starrt ein paar Sekunden darauf, dann liest er mit zittriger Stimme: »Mein liebster Wilhelm-Schatz, es ist geschafft. Ich liebe Dich so sehr …«

Er legt den Brief auf den Tisch, drückt sich mit Daumen und Zeigefinger der rechten Hand gegen die Tränendrüsen. Sein Brustkorb bebt, er schluchzt. Ich traue mich weder, etwas zu sagen, noch, zu ihm zu gehen und ihn zu trösten. Ich glaube in dem Moment, es ist einfach gut so. Mir selbst laufen nun Tränen über die Wangen. Ich denke an Annemarie, an die Kinder, dann an meine Mutter, an Lieschen auf ihrem Pony. Es wird Zeit, nach Hause zu gehen.

Ich beobachte Wilhelm und spüre tiefe Liebe in mir. Ich denke an Anastasia, Juri und Norka. Ich denke an ihn, ich denke an mich. Ich weiß nicht, wie lange wir sitzen und weinen. Eine ganze Weile. Irgendwann schiebt er mir den Brief über den Tisch und sagt: »Lies für dich selbst. Ich kann es einfach nicht. Es ist zu schön.«

Ich nehme das Schreiben, und bevor ich darauf schaue, frage ich lieber noch einmal nach: »Bist du dir sicher? Er ist von deiner Frau.«

»Natürlich bin ich mir sicher. Du bist mein bester Freund, Friedrich. Du sollst alles wissen. Du hast mit mir gekämpft, so lang schon.« Wilhelm zieht Pfeife und Tabakdose aus seinem schwarzen Brotbeutel und beginnt damit, die Rauchkammer zu befüllen. Nachdem er den Tabak entzündet hat, schaut er zu mir rüber, nickt, und dann lese ich.

*Mein liebster Wilhelm-Schatz,*
*es ist geschafft. Ich liebe Dich so sehr. Wie Du der Urkunde und dem Schreiben des OKW entnehmen kannst, bin ich nun deutschblütig nach Gesetz. Innerlich fühle ich mich gar nicht anders, so wie immer eben. Aber alles muss mir vielleicht auch erst bewusst werden. Ich*

*weiß, dass diese Nachricht lebenswichtig ist. Karl sagt, der Führer hat tatsächlich selbst entschieden. Er hatte mich auf dem Schreibtisch liegen. Nur er kann so was. Was für mich bedeutet, dass Du nicht nur der tollste Ehemann bist auf Erden, sondern auch ein ganz wichtiger Soldat, den selbst der Führer mitsamt seiner Familie unbedingt erhalten will.*

*Karl sagt, wir dürfen jetzt frei leben und alles tun und lassen, was immer wir wollen. Dein Bruder, mit dem ich mich fortwährend besser verstehe, ist auch der Meinung, dass es für mich keine Schwierigkeiten mehr geben wird, mein Medizinstudium fortzusetzen. Donnerknispel, was bin ich froh!*

*Wilhelm, mein Liebster, ich bitte Dich. Komm schnell nach Hause! Lass uns zusammen Deine Praxis wieder aufmachen. Vielleicht wird es unsere Praxis, denn ich bewerbe mich schon jetzt als Deine Kollegin. Ich werde mir aus der Bücherei ganz viele Standardwerke der Augenheilkunde ausleihen und vorbüffeln. Wenn Du nur versprichst, dass ich bald, ganz bald wieder in Deine Augen blicken kann.*

*Ich weiß, dass Du nicht einfach abhauen darfst aus dem Krieg. Du bist ein tapferer Soldat und ein hervorragender Arzt, und die Männer an der Front brauchen Dich. Aber vielleicht wagst Du es nun, wo Du weißt, Du hast eine deutschblütige Familie, einen kleinen Fronturlaub zu beantragen? Dein Bruder sagt, du hättest mindestens zwei Monate gut. Ach Wilhelm, was würde ich schon für zwei Wochen geben, zwei Tage oder zwei Stunden. Ich vermisse Dich und warte in tiefster Sehnsucht auf Dich. Gib bald Bescheid. Hier ist Frühling, und wenn Du kommst, machen wir ein Picknick voller Romantik im Schlossgarten. Du weißt schon, wo.*

*Die Kinder, die Dich auch sehr entbehren, wollen Dir auch noch etwas schreiben. Sie können es mittlerweile sehr gut. Karl lässt Dich grüßen, er schreibt Dir gesondert.*

*In ewiger Liebe und baldiger Erwartung,*

*Deine Annemie.*

Ich muss mir die Tränen mit einem Taschentuch aus dem Gesicht wischen.

»Was ist mit dir los, du Memme?«, fragt Wilhelm und lacht. Es ist das erste Mal, dass mich jemand so nennt. Dabei war es schon immer meine größte Angst, als Memme bezeichnet zu werden. Aber jetzt und von Wilhelm und in diesem Moment ist das völlig in Ordnung. Es macht mir gar nichts aus. Ich schaue ihn an und bemerke, dass Tränen aus Freude eine der schönsten Reaktionen des menschlichen Körpers sein können, zu denen er in der Lage ist.

Mein Arzt hat die Beine übereinandergeschlagen und zieht genüsslich an der Pfeife. Ob ich nun selbst rauche oder nicht, der Geruch von Wilhelms würzigem türkischem Tabak, den er sich immer schicken lässt, ist mir so vertraut, dass er mir ein sonderbares Gefühl der Geborgenheit vermittelt.

»Danke, dass ich das lesen durfte«, sage ich. »Das bedeutet mir viel …«

»Hast du die Briefe von Max und Martin auch gelesen?« Ich schüttele den Kopf.

»Dann los. Du musst schon auch meine Söhne besser kennenlernen, schließlich wollen auch sie dich irgendwann in ihrem Spielzimmer begrüßen.« Er bläst Rauch aus, nimmt die Pfeife aus dem Mund und deutet mit dem Mundstück auf den Umschlag. Ich entnehme ein Blatt Papier, auf der etwas in Kinderhandschrift verfasst ist.

»Ach, lies mir doch einfach vor«, sagt Wilhelm. »Ich bin so stolz auf meine Zwillinge.«

Ich nehme den Brief und lese laut:

*Lieber Vati,*
*hoffentlich bist Du nicht mehr so nah bei den Russen, wenn Du diesen Brief bekommst. Mami sagt, Du kommst uns jetzt bald besuchen, weil Du ganz tapfer gekämpft hast. Du wunderst Dich bestimmt, warum ich nun Latein und nicht Fraktur schreibe. Unser Lehrer hat uns gesagt: Wir sollen bloß noch diese benutzen. Das hat was mit Politik zu tun. Was genau, konnte er nicht sagen. Ich mag beide Schriften und bin froh, dass ich beide kann. Ich hoffe, Du magst Lateinschrift.*

*Wir haben hier Ostern sehr schön verlebt. Ostersonntag tranken wir gemütlich Kaffee. Als es etwas aufgehört hatte zu regnen, gingen wir in den Garten, um Eier zu suchen. Am Abend vorher hatte ich die Nestchen gemacht, damit der Osterhase die Eier reinlegen kann. Ich werde Dir ein paar von den Eiern aufbewahren, denn die magst Du doch auch so gerne. Max hat seine alle aufgegessen. Ich habe Dich lieb. Lass Dich bitte nicht von den Russen fangen.*

*Dein Sohn Martin*

*Lieber Vati,*
*ist bei euch in Russland auch Frühling? Hier blüht alles wunderschön. In unserem Garten haben Mutti, Martin und ich ein bisschen Gemüse gesät. Es sind Radieschen, Erbschen, Möhrchen, Spinat und Salat. Gestern war Sonntag, da haben wir zwei lange Spaziergänge gemacht. Den ersten mit Rollschuhen, den zweiten zu Fuß. Sie waren beide sehr schön. Wir haben uns ein Messer mitgenommen. Wir haben Stöcke abgeschnitten und sie auf einen Haufen gelegt. Vielleicht können wir damit einen kleinen Zaun machen. Ich habe ein Marienkäferchen gefunden, damit kann man auch wirklich schön spielen, es kletterte ein Stöckchen herauf und dann wieder runter. Dann kletterte es sogar Mutti auf die Schulter und in das Haar. Wir haben auch noch ein paar Ostereierchen gefunden. Wenn Martin schreibt, dass ich alle Eier aufgegessen habe, dann stimmt das nicht. Ich habe auch noch eins für Dich aufbewahrt, ein großes.*

*Pass auf, dass die Russen Dich nicht totschießen, davor habe ich jeden Tag Angst. Aber Onkel Karl sagt, dass Du einer der besten Soldaten bist und kein Russe Dich erwischen wird.*

*Dein Max.*

*PS: Lateinschrift finde ich schöner. Versuch Du das doch auch mal. Man gewöhnt sich schnell daran.*

Ich lege die Briefe zurück auf den Umschlag, nehme mir noch eine Zigarette aus der Packung und benutze Wilhelms Feuerzeug. Ich ziehe den Rauch ein, es beruhigt mich. »Wunderschön, du hast tolle Söhne«, sage ich. »Wie ist das denn jetzt? Reichst du Urlaub ein?«

»Oh ja, Friedrich. Ist schon beantragt. Ich komme nach Hause für dreizehn volle Tage. Am 10. Juni fliege ich aus. Keine vier Wochen mehr. Dann endlich raus aus diesem Scheiß.«

Er bläst den Pfeifenrauch langsam und zufrieden aus. Dann kramt er erneut in seiner Umhängetasche. »Ich Tölpel habe über meine Freude ganz deine Post vergessen. Hier sind zwei Briefe für dich.«

»Danke, ich dachte schon …« Ich nehme die Post entgegen. »Die sind bestimmt von Mutti und …«

Ich kann den Satz nicht zu Ende formulieren, denn es klopft an der Tür. Wilhelm steht auf und öffnet. Am Dialekt erkenne ich sofort, wer da ist. »Hier jibbit watt Duftes vonne feine Herr Major«, sagt Manni. »Dass se dit ma fein in jleich große Stückchen teilen mit meenen lieben Freund Frieder. Der kriecht och watt ab, ditt sach ick ma jleich dazu!« Ich sehe, dass er Wilhelm eine große Sahnetorte in die Hände legt. Auf der Torte ist aus Schokolade und Marmelade ein Eisernes Kreuz geformt. Was für eine liebe Geste. Wilhelm stellt das Backkunstwerk gerade auf den Tisch, als es erneut an der Tür klopft. Es ist der Alte, der uns mit einer Flasche Champagner und drei Gläsern in der Hand besuchen kommt. Wir sitzen bis fast um Mitternacht, trinken den guten Stoff und essen die Torte. Das schokoladene Kreuz wird noch aufbewahrt. Göricke sagt zu später Stunde einen Satz, der mich tief berührt: »Herr Doktor Möckel. Ich spreche hier im Namen der ganzen Kompanie. Es war eine unangenehme Sachlage. Wir alle nämlich wussten von der prekären Situation und vom jüdischen Blut Ihrer Frau Gemahlin. Doch ich versichere Ihnen, und da lege ich meine Hand für ins Feuer, dass kein einziger unserer Soldaten ein schlechtes Wort über Frau Annemarie verloren hat. Keinen Mann der 2. Kompanie, ob politisch oder nicht, interessierte die Rasse Ihrer Frau.« Er reicht Wilhelm die Hand, die dieser mit Tränen in den Augen annimmt und schüttelt.

»Und noch etwas, ich hatte Gespräche mit mehreren Offizieren. Es gab in der Truppe Beschwerden darüber, dass ihr Arzt keine Auszeichnungen erhält. Ich hatte sogar Besuch von Doktor Schmidt, 1. Kompanie, der bereits mit dem EK I dekoriert ist und mir berichtete, er schäme sich, dass er ausgezeichnet worden ist und Sie nicht. Sie müssen bei irgendeiner Operation großen Eindruck hinterlassen haben.«

Wilhelm nickt.

»Mir blieb also keine Wahl, als zusammen mit Major von Witzleben bei Doktor Ahrens zu insistieren«, fährt der Alte fort. »Wir alle wissen vermutlich inzwischen, dass der Divisionsarzt bekennender Antisemit ist und um Annemarie Möckels Rasseneinstufung wusste und sich deswegen – ich sage es offen – so unkameradschaftlich verhalten hat.«

Wilhelm und ich nicken beide.

»Ich habe ihm also klargemacht, dass es die Moral in der Truppe höchst gefährden würde, wenn er sich weiterhin weigern sollte, Ihnen das EK I zu verleihen, und Ihnen somit der Offiziersrang verwehrt bleiben würde. Er hatte ein Einsehen.«

»Danke«, sagt Wilhelm, lässt die Hand des Alten los und wischt sich mit dem Handrücken Tränen von der Wange.

»Behalten Sie es für sich«, sagt Hauptmann Göricke fort, »aber ich persönlich halte überhaupt rein gar nichts von diesen absurden Rassentheorien. Ich bin Soldat wie Sie auch. Wir haben andere Sorgen.«

Mein Arzt schnieft und sagt dann gefasst: »Ich habe geahnt, dass es alle wussten. Wenn man aber einen solchen Hauptmann wie Sie hat und einen solchen Burschen wie Friedrich, dann braucht einem vor nichts bange zu werden. Und außerdem bin ich nicht nur Ehemann und Vater, sondern auch Arzt und Soldat. Sie und die Kompanie können sich weiterhin voll und ganz auf mich verlassen!«

Bevor der Hauptmann geht, sagt er: »Wir werden Sie beide brauchen. Schlafen Sie sich aus! Morgen um zehn Uhr ist Abmarschbefehl. Es geht an die Front. Es wird wieder ernst. Bitterernst.

# HINTERHALT

»Wir sind an Slawjansk vorbei und nun auf Höhe von Isjum, falls dich die geografische Lage interessiert«, sagt Wilhelm und schmatzt.

Heute ist der 18. Mai 1942, mein Arzt sitzt neben mir im Wanderer und macht sich über die Reste seiner Torte her, die er in einer Blechdose verstaut hat. Ein paar Schokoladenstückchen bröckeln auf die Landkarte, die er auf seinem Schoß ausgebreitet hat. Er schmatzt.

»Lass mir ja noch was übrig von Mannis Konditormeisterwerk«, sage ich, während ich meinen Blick über die veränderte Landschaft schweifen lasse, die vor uns liegt. Das erste Mal habe ich den Eindruck, dass die Ukraine schön ist. Kein Schnee, kein Eis, keine Schlammwüsten. Büsche in den verschiedensten Grüntönen und bunte Blumen säumen die trockene und ungewöhnlich ebene Vormarschstraße. Dahinter liegen unendlich weite Sonnenblumenfelder, immer wieder unterbrochen von dichten Waldstücken und kleinen glasklaren Bächen. Die Sonne steht hell am Horizont, weiße Schönwetterwolken ziehen gemächlich über den klaren blauen Himmel. Durch die offenen Seitenfenster strömt frische, warme Luft in den Wagen und kitzelt meine Haare. Hin und wieder passieren wir eine Siedlung, erkennen Kirchtürme und Stallungen. Doch etwas stört. Keine Menschenseele ist zu sehen. Weder auf den Straßen noch auf den Feldern oder in den Orten. Kein Rauch steigt aus den Kaminen auf, kein Pferd grast auf den Wiesen. Es sind aber auch nirgendwo Anzeichen von Russen zu erkennen. Keine Panzer, keine Flugzeuge, einfach nichts. So schön die Umgebung auch ist – die Stille erscheint mir gespenstisch.

»Wo sind all die Menschen hin?«, frage ich Wilhelm.

Er schmatzt, schluckt und antwortet mit halb vollem Mund: »Wird sich herumgesprochen haben, dass hier bald gekämpft wird. Ich bin sicher, die Bevölkerung hat sich in die Wälder zurückgezogen. Die wollen ja auch überleben.« Er schaut mich an. »Mmh. Einfach lecker der Kuchen.«

Ich blicke nach vorne auf die Straße. Wir fahren in langer Kolonne. Fünfzehn Meter vor mir wirbelt einer der Spähpanzer mächtig Staub auf. Ich schalte vorsichtshalber den Scheibenwischer an.

»Dann sind wir jetzt bald auf Höhe der Front?«, frage ich.

Wilhelm leckt sich die Finger und schließt die große Blechbüchse. »Ja, aber noch mindestens zwanzig Kilometer östlich davon. In drei Stunden kommen wir in Charkow an. Also am frühen Abend. Ich schätze, man schmeißt uns dann morgen wieder hier runter an die Hauptkampflinie. Im Moment werden Truppen hin und her geschoben. Keiner weiß so recht, an welcher Stelle der Russe plant, als Nächstes durchzubrechen.« Wilhelm lacht. »Bin sicher, wir haben mindestens noch einen Tag Ruhe. Die Torte muss ja vorher noch weg.«

So zufrieden und glücklich wie heute habe ich meinen Arzt nie erlebt. Er hat aber auch allen Grund dazu, sein Ziel ist erreicht, und er freut sich auf den Urlaub, um die geliebte Familie nach so langer Zeit und hartem Kampf in die Arme schließen zu können. Und das auch noch befreit von jeglichen Sorgen, die ihn über Jahre quälten.

Wilhelm reicht mir meine Feldflasche herüber. »Trink einen Schluck, ist zu warm hier drin.«.

Ich bedanke mich und genieße die notwendige und angenehme Erfrischung.

»Der Scheibenwischer ist kaputt«, sagt mein Arzt und deutet mit dem Zeigefinger darauf.

Ich wundere mich. »Wieso, läuft doch rund und zackig!«

»Hör doch hin. Er heult und pfeift, wenn er sich zur Seite bewegt. Oder nicht?«

Ich spitze meine Ohren und bemerke ein paar Augenblicke später, was er meint. Aber das sind nicht die Scheibenwischer. Das Heulen wird immer lauter, und das Brummen, das sich jetzt dazu mischt, kenne ich nur allzu gut.

»Scheiße!«, rufe ich, als der Spähwagen vor mir auch schon eine Vollbremsung hinlegt. Ich reagiere schnell und bringe den Wanderer zum Stehen. Ich sehe, wie weiter vorne Kradfahrer über die Straße laufen und kopfüber in den Graben springen. Vor Angst schnürt sich mir der Hals zu. Ich weiß nicht, was zu tun ist.

»Verdammt, Nähmaschinen!«, schreit Wilhelm, während er aus dem geöffneten Beifahrerfenster in den Himmel schaut. »Die haben uns entdeckt!« Ich schaue nach oben und sehe vier Flugzeuge im Tiefflug auf uns zurasen. Tatsächlich: Es sind Iljuschin II mit deutlich erkennbaren Sowjetsternen auf den Leitwerken und Seitenwänden.

»Wir fahren aufs Feld«, sage ich, »die haben es auf die Panzer III abgesehen.«

»Ja, Vollgas!«, ruft Wilhelm. Ich lege den Rückwärtsgang ein, um die Kurve zu bekommen. Etwas zu schnell, es knallt, unsere Köpfe werden leicht nach vorne geschleudert, und Metall splittert. Verdammt, ich bin an den Spähwagen gestoßen, der hinter mir zum Stehen gekommen ist. Jetzt ist es zu spät. Von weiter vorne auf der Straße höre ich die ersten Explosionen, sehe kurz darauf Rauch und

Feuerbälle in den Himmel ziehen. Von den Feldern her höre ich ein salvenartiges Zischen, Knattern und Jaulen. Stalinorgeln: russische Raketenwerfer.

»Kopf runter!«, ruft Wilhelm. Wir beide beugen uns nach unten und pressen unsere Hände auf unsere Stahlhelme. Die nächsten Detonationen erschüttern die Straße. Rauch zieht in den Wagen. Dann Hilfeschreie. Von der rechten Seite wird geschossen. Mit MG und Artillerie. Das Heulen hört nicht auf, überall um mich herum zucken Feuer- und Rauchblitze. Das totale Chaos.

»Das ist ein Hinterhalt!«, schreit Wilhelm. Der von den Granateinschlägen aufgewirbelte Dreck fliegt durchs Fenster. Er hustet.

»Was soll ich denn machen?«, brülle ich. Er versucht, etwas zu sagen, doch sein Hustenanfall lässt das nicht zu. Kugeln und Granatsplitter schlagen an das Metall des Wagens, Geschrei überall, es stinkt bestialisch nach Schwefel und Benzin. Ich bin wie gelähmt, schaue apathisch auf Soldaten, die auf uns zu rennen. Einer stürzt auf die Motorhaube des Wanderers. Ihm fehlen beide Unterarme. Ist es überhaupt ein Deutscher? Die Uniform ist so verdreckt und voll mit Blut, dass ich es nicht ausmachen kann. Er rappelt sich in einer merkwürdigen Drehung auf, stiert mich angstverzerrt durch die Scheibe an und läuft dann weg. Ein Kradfahrer schlittert haarscharf an uns vorbei. Hinter dem Spähwagen stehen Landser, die Stielhandgranaten auf das Feld werfen. Ich erkenne Dutzende Russen, die mit Gewehren im Anschlag auf uns zu stürmen. Immer wieder höre ich das Pfeifen und Jaulen von schweren Granaten, das mir so viel Angst bereitet wie noch nie in diesem Krieg.

»Runter von der Straße, weg von der Kolonne!«, schreit Wilhelm. »Das ist der totale Krieg. Die Flugzeuge drehen um, fliegen einen neuen Angriff.«

Ich trete das Gaspedal voll durch und reiße das Steuer im selben Moment herum. Der Wagen fliegt fast über den Graben und landet hart auf dem Acker. Ich fahre mit Vollgas schräg über das Feld hin zu einem Feldweg, der im Schutz von Laubbäumen liegt, die wie eine kleine, dichte Allee wirken. »Vielleicht sehen sie uns da nicht«, sage ich, biege auf den Forstweg ein und fahre, so schnell es geht, einfach geradeaus. Aus dem Seitenfenster sehe ich den zweiten Anflug der Nähmaschinen und höre wenig später die Explosionen. Im Rückspiegel sehe ich den Spähwagen in die Luft fliegen, hinter dem wir gerade noch gestanden haben. Eine Bombe hat den Treibstofftank erwischt. Die Panzersoldaten springen brennend und schreiend aus dem Fahrzeug. Wilhelm hat sich nach hinten gebeugt und schaut nach den Schäden, die die Bomben angerichtet haben. Ich weiß, dass er sich jetzt verpflichtet fühlt zu helfen, aber wir müssen selbst erst mal in Deckung und hoffen, dass die Flieger abziehen; erst dann können wir Verwundete bergen.

»Das sieht ganz und gar nicht gut aus«, schreit Wilhelm, dessen Hände zittern. »Wie konnten die uns so erwischen? Wie konnten wir dann diese Route nehmen, wenn das möglich ist?«

»Beruhige dich bitte«, sage ich. »Soll ich da vorne halten?« Ich zeige auf eine kleine Einbuchtung am Feldweg. »Eine Einfahrt auf die Weide, unter Bäumen geschützt, da sind wir sicher und können abwarten.«

»Mach das, Friedrich. Meine Güte, das wäre beinahe schiefgegangen. Ich kann doch jetzt nicht noch draufgehen, Mensch, wo alles klar ist.«

Ich weiß, dass Wilhelm schon in Situationen geraten ist, in denen er dem Tod noch viel näher war. Aber ich verstehe, dass er nun besonders vorsichtig ist, wo er endlich nach Hause darf.

Ich fahre rückwärts in die kleine Einfahrt, schalte den Motor aus. Von hier aus können wir die Straße sehen. Ein Wahnsinn, mindestens fünf unserer großen Panzer stehen in Flammen. Hinter den Wagen kauern die Kameraden und feuern weiter mit Gewehren auf die von Westen angreifenden russischen Infanteristen.

»Da oben!«, ruft Wilhelm. »Stukas. Jawoll!«

Tatsächlich. Die Luftwaffe. Metall blitzt in der Sonne. Ich erkenne Hakenkreuze auf den Seitenlenkwerken. Es sind sechs Messerschmitt-Jagdflugzeuge vom Typ Bf 109. Pfeilschnell stürzen sie an uns vorbei.

»Macht sie platt!«, rufe ich und sehe schon, wie die Flieger sich hinter die viel langsameren Nähmaschinen hängen und die Bordkanonen zu feuern beginnen.

Wilhelm schaut durch den Feldstecher in den Himmel. »Sie haben sie erwischt. Allen drei Iljuschin ziehen dicke Rauchsäulen nach sich. Sie gehen runter. Schwirren in dem Wald ab.« Er wirkt erleichtert.

Die *Mes* drehen ab, rasen im Tiefflug über das Feld und mähen mit ihren Kanonen die Russen nieder. Über unserer Panzerkolonne steigen sie auf und düsen an uns vorbei. Das war eine schnelle Rettung, man könnte meinen, ein paar Minuten zu spät, aber mit dem Einsatz haben sie vermutlich Dutzende Leben und Fahrzeuge gerettet.

»Schau es dir an, unsere Jungs jubeln.« Wilhelm gibt mir den Feldstecher und sagt: »Wir müssen gleich runter und helfen. Es wird viele Verwundete geben.«

»Natürlich«, sage ich, während ich die Straße mit dem Glas absuche. »Warum machen die das?«

»Was denn? Jubeln? Weil die Stukas die Russen in die Flucht geschlagen haben.«

»Das meine ich nicht. Zwei unserer Kampfpanzer richten ihre Geschützrohre auf das Feld. In die Richtung, in die wir gefahren sind. Schusslinie zweihundert Meter geradeaus, vor uns.«

»Und, was soll das?«, fragt Wilhelm. »Fahr besser los!«

Ich drehe das Fernglas auf die Stelle, welche die Panzer ins Visier genommen haben. Dicht vor meinen Augen zieht das staubige Feld an mir vorbei, Steine, Geröll, Büsche und Bäume. Dann durchzieht mich ein so wahnsinniger Schreck, dass mir fast das Herz stehen bleibt. Augenblicklich falle ich in den Sitz zurück. Direkt auf mich gerichtet erkenne ich die Kanone eines T-34, der mit Gestrüpp getarnt ist. Er hat uns anvisiert, und er wird schießen. Jetzt!

»Was ist da?« Das ist das Letzte, was ich von Wilhelm höre, dann folgt ein lautes Zischen. Der Sitz unter mir vibriert, Blitze zucken vor meinen Augen. Ich spüre einen heftigen Schmerz im Rücken. Es wird dunkel um mich herum, tief schwarz.

Ich höre Juri schnurren und Norka bellen. Schwestern stecken mir Schläuche in den Mund, ziehen sie raus. Ein fremder Arzt fragt mich, ob ich ihn verstehen kann. Ich bin nicht in der Lage, zu antworten. Wilhelm sagt mir, dass alles gut ist. Es fühlt sich an, als krabbelten Ameisen durch meine Adern. Ich schwitze, es ist mal unerträglich heiß, dann wieder eiskalt. Mein Bein schmerzt, dann spüre ich es überhaupt nicht mehr. Was geschieht mit mir? Hell, dunkel. Hell, dunkel. Krampfhaft versuche ich, die Augen aufzuhalten. Ist das der Alte vor mir? Göricke? Ich sehe den Hauptmann nur verschwommen, aber vernehme seine Stimme. Was sagt er? Ich muss ihn lange fixieren, bis ich ihn scharf erkenne und dann auch deutlich höre.

»Friedrich Tönnies?«, sagt er.

»Ja.«

»Sie verstehen mich?«

»Jawohl, Herr Hauptmann.«

»Ich komme, um mich zu verabschieden. Ich kann nicht länger bleiben. Wir rücken nach Woltschansk vor.«

»Nach wohin?«, frage ich. Mein Bein durchzieht erneut ein heftiger Schmerz, der sich danach zu einem pulsierenden Stechen wandelt. Ich greife reflexartig nach meinem Oberschenkel. Er ist verbunden.

»Vergessen Sie es«, sagt der Alte. »Das muss Sie nicht mehr kümmern. Sie kommen nach Hause.«

»Wo bin ich?«

»In einem Krankenhaus in Charkow.«

»Was, warum? Mein Bein?«

»Ein Splitter hat ihren Oberschenkel durchschlagen, ein weiterer ist in Ihrem Rücken stecken geblieben. Beide sind entfernt. Sie hatten unfassbares Glück, dass wir Sie da rechtzeitig rausbekommen haben.«

»Wo raus?«

»Isjum. Ein Sanka hat Sie hergebracht, Sie wurden zweimal operiert, sind über den Berg.«

Augenblicklich bekomme ich Angst. Ich erinnere mich an die letzte Fahrt, das Chaos, den Beschuss. »Der T-34«, sage ich.

»Sie hatten keine Chance und unglaubliches Pech. Nur Sekunden, nachdem der russische Panzer geschossen hat, wurde er selbst zerstört. Wir sind in einen feigen Hinterhalt geraten.«

»Wo ist Wilhelm?«, krächze ich.

»Wir haben mehr als dreißig Männer verloren. Schwere Kämpfe auch in Slawjansk. Durch vereinte Kräfte konnten wir die Russen aber zurückdrängen, wir haben sie eingekesselt. Charkow bleibt in deutscher Hand und ist sicher.«

»Wilhelm. Was ist mit ihm?«

Göricke sagt nichts.

»Bitte, Herr Hauptmann. Ist er tot? Einer von den dreißig?«

Der Alte schaut mich nicht mehr an. »Ich kann nicht länger hierbleiben, Kamerad Tönnies. Es tut mir sehr leid für Sie. Ich habe hier einen Brief und wünsche mir, dass Sie ihn persönlich an Wilhelms Familie überbringen. Er ist noch nicht verschlossen. Sie dürfen ihn lesen.«

»Er ist tot!« Ich packe den Hauptmann am Arm.

»Ja. Er war auf der Stelle tot. Der Granatsplitter ging ihm mitten durch seinen Kopf. Er hat nichts mehr mitbekommen. Keine Schmerzen. Ganz bestimmt nicht.«

Mir schießen Tränen in die Augen. Göricke klopft mir auf den Oberarm und geht. An der Tür bleibt er kurz stehen. »Wilhelms persönliche Sachen bleiben hier im Krankenhaus. Wenden Sie sich an Chefarzt Neuhaus! Ich vertraue sie Ihnen an, auch das EK I, das in der Schatulle dabeiliegt.«

Der Alte läuft aus dem Zimmer.

Ich heule wie ein Schlosshund, schlafe ein, heule erneut. Ich traue mich jetzt, eine Memme zu sein. Schwestern kommen und gehen. Ich kann nicht sprechen.

Irgendwann dann, es muss Tage später sein, nehme ich den Brief, den der Hauptmann auf dem Beistelltisch des Krankenbettes abgelegt hat. Es gelingt mir nicht, ihn zu öffnen, weil meine Hände zittern und der Rücken schmerzt. Ich rufe nach einer Schwester, die ich bitte, ihn mir vorzulesen. Sie setzt sich auf einen Stuhl zu mir ans Bett und kommt dem Wunsch nach.

Hochverehrte gnädige Frau Möckel,
empfangen Sie meine aufrichtigste Anteilnahme zu dem so überaus schweren Verlust, den Sie durch den Heldentod Ihres Gatten erfahren. Ich kann es selbst nicht fassen, dass der beste Arzt, den ich je erlebt habe, nun nicht mehr unter uns sein soll. So lange ich die 2. Kompanie geführt habe, war er mir als Arzt zugeteilt und ist mir in dieser Zeit ein lieber und guter Kamerad gewesen. Ja, ich kann sagen, dass uns Freundschaft verbunden hat und wir sogar Quartier geteilt haben. Viele Schlachten haben wir zusammen ausgefochten, und immer konnte ich mich auf Wilhelm verlassen.

Ich meine hiermit nicht mein persönliches Wohlsein, sondern das der 2. Kompanie und, wenn ich so ehrlich sein darf, auch den anderen Kompanien unserer Abteilung wird er als Held in Erinnerung bleiben. Ich kann nicht abschätzen, wie viele Leben er gerettet hat, und kann auch kaum in Worte fassen, was ich Ihnen alles sagen möchte. Ich war mir über Ihre besondere Situation bewusst und ich bedaure, dass ausgerechnet ich nicht in der Lage war, sein Leben zu retten. Seien Sie versichert auf ewig, meine Kompanie trauert um einen tüchtigen Soldaten, hervortretenden Menschen, hochbegabten Arzt und guten Kameraden.

Gnädige Frau, um es mit ein paar persönlichen Worten zu sagen: Ich kann Ihnen nicht beschreiben, wie sehr ich Ihren Gatten vermisse! Seit seinem Tod stelle ich mir immer wieder die Frage nach dem Sinn dieses Krieges. Wie sehr haben Ihr Mann und ich uns auf ein gemeinsames Wiedersehen in der Heimat gefreut, und nun kann das alles nicht mehr sein. Sollte das Schicksal es gut mit mir meinen, so werde ich nicht zögern, Sie auf Heimaturlaub zu besuchen.

Was Sie noch erfahren sollten, aber Sie werden es vermutlich schon wissen: Ihr Mann hatte den besten Burschen und medizinischen Assistenten, den man sich nur vorstellen kann. Sanitätsobergefreiter Friedrich Tönnies befand sich gemeinsam mit Wilhelm im Wagen, als sich das schreckliche Unglück ereignete. Ich werde ihm, der selbst schwer verletzt wurde und die Heimat eher erreichen wird als ich, dieses Schreiben und private

Dinge Ihres Mannes mitgeben, denn eine persönliche Übergabe ist mir sehr von Bedeutung. Am Abend, bevor Wilhelm die Granatsplitter trafen, haben wir zusammengesessen und gemeinsam eine letzte Flasche Champagner geleert. Ich werde das und ihn und Sie nie vergessen.

Ich drücke Ihnen die Hand und grüße Sie in aufrichtigem Mitgefühl,

Hauptmann Ferdinand Göricke (von den Männern auch der Alte genannt).

# UNTERNEHMEN WILHELM

Körperlich komme ich in den nächsten Tagen im Charkower Klinikum langsam wieder zu Kräften. Seelisch erhole ich mich nicht. Ich fühle mich schuldig, verletzt, ausgenutzt. Ich habe den Angriff überlebt, er nicht. Wäre ich doch draufgegangen! Warum ist mir der Panzer nicht eher aufgefallen? Ein T-34. Auf die haben wir immer aufpassen müssen. Das A und O der gesamten Aufklärungs-Abteilung.

Ich schwöre mir selbst, nie wieder in diesem verdammten Krieg werde ich auch nur einen beschissenen T-34 mehr übersehen. Nur den einen habe ich nicht entdeckt und kann es nicht rückgängig machen. Ich verzweifle daran.

Ich glaube an Gott und an Schicksal, aber wie ich es werten soll, dass der Kampf um Woltschansk, von dem der Hauptmann an meinem Krankenbett spricht, den Decknamen *Unternehmen Wilhelm* erhält, weiß ich nicht. Wahrscheinlich nur ein Zufall. Wilhelm ist ja ein geläufiger Name. Aber genau am 10. Juni beginnt diese Operation, exakt an dem Tag, an dem Wilhelm Urlaub antreten wollte? Es kann kein Zufall sein.

Und ich zerbreche mir den Kopf darüber, warum mein Arzt einen Tag, nachdem er vom Erfolg seines Gesuches erfahren hat, sterben musste. Auf so unnötige und gemeine Weise. Es war das Ungerechteste, das ich je erlebt habe.

Ich will nicht aufgeben und bin gewillt, für mich selbst ein privates *Unternehmen Wilhelm* zu organisieren. Ich fühle mich fest dazu entschlossen, dem Befehl des Hauptmanns Folge zu leisten und die Hinterlassenschaften meines Freundes seiner Familie zu überbringen. Ich spüre eine tiefe Verpflichtung dazu und weiß zugleich, welch gewissenhafte und schwere Aufgabe ich mir damit aufbürde. Als ich Wilhelms EK I in der Hand halte, erleide ich fast einen Nervenzusammenbruch. Das tiefe Schwarz des Kreuzes, das ich so oft bei lebenden Kameraden bestaunt habe, ist mit Blut beschmiert. Es sieht grotesk aus, so, als sei ein einziger dicker Blutstropfen auf die Auszeichnung gelaufen und hätte sich in der Mitte ausgebreitet. Den Fleck bekomme ich nicht ab. Ich versuche alles, von Seife bis Kalk, von Lappen bis Bürste, ohne dass sich auch nur etwas davon löst. Wilhelms Tod ist in Metall gemeißelt, und so muss ich das Kreuz in diesem Zustand mit mir tragen. Ich nehme mir vor, Annemarie zu erzählen, dass es Heldenblut ist und man es deswegen nicht runterbekommt. Das Blut, das seine Familie erlösen wird, aber gleichzeitig dafür steht, dass ihr der Ehemann und Vater ihrer Kinder genommen wurde.

Bis Ende Juni bleibe ich in Charkow, dann verlegt man mich ich in ein Lazarett nach Königsberg. Der Granatsplitter hat meinen Rücken erwischt, aber das Rückenmark verfehlt. Er schmerzt noch viele Wochen, wie auch mein Bein. Aber die seelische Verwundung überlagert alles.

Bald kann ich wieder ohne Probleme laufen, und ich möchte die erste Möglichkeit nutzen, um nach Augsburg zu reisen. Da ich noch einen Monat krankgeschrieben worden bin, lässt man mich zur Genesung in die Heimat ziehen. Ein komisches Gefühl, nach so langer

Zeit frei zu sein und das tun und lassen zu können, wonach immer einem der Sinn steht. Ich gebe zu, ich habe kurz überlegt, zunächst Anastasia und Juri aufzusuchen, verwerfe den Gedanken aber genauso schnell wieder wie den, zuerst zu meinen Eltern nach Minden zu fahren. Sie alle fehlen mir, aber niemanden vermisse ich so sehr wie den verlorenen Freund und deshalb muss ich zu *seinen* Liebsten: Unternehmen Wilhelm.

Als ich mich aufmache, hat Annemarie längst auf offiziellem Weg die Nachricht vom Tod ihres Gatten erreicht, aber mir ist es so wichtig, ihr persönlich alles über meinen Arzt und seine letzten Stunden und Gedanken erzählen. Ich fühle mich dafür verantwortlich, ihr und den Kindern beizustehen, soweit es mir möglich ist. Den geplanten Besuch kündige ich nicht an. Ich reise einfach zu der Adresse, die ich mir fest eingeprägt habe.

Auf der Fahrt ergibt sich eine kuriose und ebenso schlimme Begebenheit. Sie ereignet sich ausgerechnet bei einem Umstieg in Osnabrück, Wilhelms Heimat. Ich muss die Bahn wechseln, kaum ein Zug fährt regelmäßig zu dieser Zeit, und viele Verbindungen sind aufgrund von Streckenschäden durch Schienenbombardierungen gesperrt.

Kurz nach mir steigt in Osnabrück ein blonder, grimmig dreinschauender Mann in brauner Partei-Uniform zu. Er läuft breitbeinig und pfeifend den Gang entlang, schlägt dabei eine zusammengerollte Zeitung in die offene Handfläche. Ich glaube, dass er sich obwohl alle Plätze um uns herum frei sind, absichtlich neben mich setzt. Es beginnt ein höchst unangenehmes Gespräch.

»Und, im Osten was Neues?«, fragt er mich, während er meine Uniform von der Seite mustert.

Ich weiß nichts zu antworten. Die Frage kommt mir zu blöd vor. Ich wittere sogar eine Provokation, denke an Remarques Buch und wie sehr Wilhelm es geschätzt hat. Er spricht ungefragt weiter. »Wissen Sie, ihr Soldaten glaubt doch auch, ihr seid das Maß aller Dinge, oder?«

Mir wird schlagartig übel. Was für ein arroganter Schnösel, was für eine unnötige Frechheit!

Ohne dass ich etwas entgegne, fährt er fort. Mit dem Zeigefinger deutet er beim Ausfahren der Eisenbahn aus dem Fenster auf einen Teil des durch britische Bomben zerstörten Osnabrücks. »Neuntausend Phosphor- und Thermit-Stabbrandbomben am 20. Juni. So sieht das aus hier in der Heimat. Aber davon bekommt ihr nichts mit an der Front, oder? Glaubt ihr etwa, im Bunker ist es schöner als im Schützengraben?«

»Was wollen Sie damit andeuten?«, frage ich.

»Die Gesamtsituation«, fährt er fort. »Nicht nur die Bomben. Hier treiben sich immer noch Juden, Zigeuner, Erbkranke und Schwule rum zwischen den Ruinen. Um all das muss ich mich als Blockleiter kümmern, während ihr in Russland rumkoffern dürft und bestens verpflegt und besoldet werdet.«

»Meinen Sie das ernst?«, frage ich und balle bereits die Faust in der Uniformtasche, weil ich so wenig Respekt kaum ertragen kann. Ich fühle mich zutiefst und persönlich beleidigt und angegriffen.

»Oh, ja absolut. Das ist mein voller Ernst.« Wieder schaut er auf meine Uniform. »Aufklärer also. Wo kommen Sie denn her? Welche Einheit? Was klären Sie denn auf?«

Eigentlich bräuchte ich ihm gar nichts zu sagen, aber ich denke, er wird vielleicht Ruhe geben, wenn ich ihm die Frage beantworte. Schließlich darf ich stolz sein auf meine Division, deren guter Ruf auch in die Heimat vorgedrungen ist. »16. Panzer-Division«, sage ich. »Wir waren gerade vor Charkow, als …«

Der Blockleiter unterbricht mich und fängt an zu lachen. »Ist ja witzig. Da kenne ich jemanden. Die Division ist ja in unserem Wehrkreis aufgestellt worden. Wilhelm Möckel. Ein guter Arzt, aber ein Rassenschänder. War ein Freund, ist lange her. Ist Ihnen der Name vielleicht mal untergekommen da drüben?«

Ich versuche, mich zusammenzureißen, was schwerfällt, denn ich habe nicht vor, mir nun noch Beleidigungen gegenüber dem tapfersten Mann und treuesten Freund, den ich je hatte, anzutun. »Nie gehört«, antwortete ich.

»Schade«, sagt der Schnösel. »Hätte gerne gewusst, wie es dem Volksverräter ergeht an der Front.«

Fast kocht meine Wut über, dann aber fällt es mir wie Schuppen von den Augen. Ich weiß, welches Arschloch sich da neben mich gesetzt hat. Er faselt noch ein paar Sätze über das grausame Bombardement der Briten und vom nahenden Endsieg. Als ich aber keine Fragen mehr beantworte, breitet er die Zeitung aus und liest: *Der Stürmer* – was sonst, denke ich.

Nach gut einer halben Stunde steht er auf und läuft durch den Gang zur Lokuskabine vor dem nächsten Abteil. Ich folge ihm kurz darauf, mit der Absicht, ihn zu verletzen. Bis auf eine schlafende alte Dame befindet sich niemand im Waggon. Gut so. Ich ziehe die schwere Verbindungstür zum Zwischengang auf und trete mehrmals gegen die Kabinentür. Die Bahn quietscht und rumpelte laut genug, dass man seine Schreie nicht hören wird. Der nächste Tritt hebelt die Tür aus den Angeln. Als sie aufkracht, sehe ich ihn mit heruntergelassenen Hosen auf dem Pott sitzen. Völlig verängstigt starrt er zu mir hoch.

»Fritz?«, frage ich laut und zornig.

»Ja, woher wissen Sie das?«, stammelt er, und im selben Moment verpasse ich ihm schon einen derart heftigen Schwinger, dass sein Kopf gegen die Seitenwand prallt. Er hält sich die Stirn, flucht und schaut mich dann mit aufgerissenen Augen an. Ich hole erneut aus und treffe seine Nase. Das weiß ich, denn ich spüre, wie sie unter meinen Knöcheln zerbricht. Fritz hält sich beide Arme vor sein Gesicht, wischt Blut mit dem Ärmel davon ab.

»Aufhören. Warum tun Sie das?«, näselt er.

»Warum?« Ich lache und fühle mich gleichzeitig erleichtert. »Der eine war für Wilhelm, der andere für Annemarie. Und wenn dir einfallen sollte, noch ein einziges Mal irgendein falsches Wort über die beiden zu verlieren, dann werde ich dich töten.« Ich ziehe meine Luger aus dem Halfter und halte sie ihm vor die Augen.

Fritz beginnt zu zittern wie ein nasser Hund. Ich drücke ihm die Mündung der Pistole auf die gebrochene Nase. Er schreit vor Schmerzen auf, dann nickt er demütig und stottert: »Bitte nehmen Sie das Ding weg. Es tut mir auch leid, was ich gemacht habe. Ich sage nichts mehr gegen die Möckels. Nie wieder.«

Ich glaube dem Feigling das sogar und mache ihm klar, dass wir beide auf der Toilette bleiben werden, bis wir den nächsten Halt Münster erreichen. Dort solle er aussteigen, befehle ich. Ich wolle ihn nicht mehr sehen. Mehr habe ich nicht zu sagen. Wir sprechen kein Wort mehr miteinander.

Als die Reichsbahn am Bahnhof in Münster zum Stehen kommt, stoße ich ihn in den Gang. Er springt aus dem Zug, ohne sich noch einmal nach mir umzusehen. Mit Genugtuung beobachte ich durch das Fenster, wie er über den Bahnsteig Richtung Ausgang stolpert.

# EPILOG

Ich habe drei volle Tage in Augsburg verbracht und Annemarie und die Kinder kennengelernt, und ich bin so froh darüber. Ich konnte mich davon überzeugen, dass sie bei Magda und Karl gut aufgehoben waren. Die erste Begegnung mit Karl verwirrte mich. Es kam mir vor, als stünde Wilhelm mir. Der Tod seines zweiten Bruders hatte ihn schwer getroffen. Ich glaube, dass er in dieser Zeit bereits viel nachdachte und begann, den Nationalsozialismus infrage zu stellen, obwohl er bis zum Untergang in seiner Parteifunktion verblieb. Dass er nach dem Krieg entlastet wurde, bestätigte mich in meinem Gefühl, dass er sich anders als viele andere nichts zu Schulden hatte kommen lassen. Karl war im Herzen gut, verstand sich hervorragend mit seiner Schwägerin und den Neffen, für die er auch die Vormundschaft übernahm.

Annemarie erlebte ich genau so, wie Wilhelm sie mir beschrieben hatte. Im Grunde kannte ich sie bereits – wenn auch nicht von Angesicht zu Angesicht. Sie war eine gute Mutter, intelligent und hübsch und vor allem unglaublich tapfer. Sie weinte nur ein einziges Mal vor mir – in dem Moment, als ich ihr das Eiserne Kreuz mit dem Blutstropfen ihres Mannes übergab.

»Heldenblut«, sagte ich, und sie nickte, bevor sie das Kreuz in die oberste Schublade der Kommode in ihrem Schlafzimmer legte, auf der sie Dutzende Bilder und Andenken an Wilhelm ausgelegt hatte. Auch seine eingerahmte Todesanzeige stand dazwischen. Sie zeigte mir zwei weitere Auszeichnungen, die sie nach seinem Tod erhalten hatte: die Medaille Winterschlacht im Osten 1941/42 und das Panzerkampfabzeichen. Das Wehrkreiskommando hatte sie ihm posthum verliehen.

»Wie schnell das alles geht, wenn jemand erst tot ist«, sagte Annemarie zu mir. »Ich habe sogar eine Erlaubnis des Reichinnenministers persönlich erteilt bekommen, mein Medizinstudium jederzeit wieder aufnehmen zu können.« Das wolle sie auch unbedingt tun, sobald der Krieg vorbei sei, erzählte sie mir. Das wäre genau das, was Wilhelm gewollt hätte. »Ich will nicht, dass er umsonst gestorben ist. Er hat uns gerettet, und ich möchte das Beste aus meinem Leben und für das unserer Kinder machen.«

Ich verstand genau, was sie meinte, und war zutiefst beeindruckt von ihrem Kampfeswillen.

Max und Martin gaben zwei tolle Burschen ab, die von mir die ganze Zeit meines Aufenthaltes über Geschichten von ihrem tapferen Vater erfahren wollten. Ich erzählte ihnen all das, was ich nun auch hier zu Papier gebracht habe, wenn auch in abgeschwächter Form. Versicherte ihnen aber fest, dass ihr Vati sie über alles geliebt hat und immer stolz auf sie gewesen war.

Der Krieg endete glücklicherweise früh genug, sodass die Zwillinge nicht auch noch Soldaten werden mussten. Im Juli 1945 kehrte Annemarie mit den Söhnen zurück nach Osnabrück. Ihr Haus war wie durch ein Wunder als einziges Gebäude in der Straße vom alliierten Bombenterror verschont geblieben. Dank der Hinterbliebenenversorgung durch die Wehrmacht und des Erbes ihres verstorbenen Vaters konnten sie und die Kinder gut leben. Sie nahm ihr Medizinstudium wieder auf und schloss mit überdurchschnittlich guter Promotion ab, erhielt dieselbe Note wie einst ihr Mann. Sie wurde später die beliebteste und kompetenteste Augenärztin der Stadt.

Ich bin sicher, dass Wilhelm all das vom Himmel aus beobachtete, wenn er nicht gerade Karten mit Leutnant Kastner spielte. Er musste stolz auf seine Annemarie sein, die nie wieder heiratete und bis zu ihrem Tod ein nahezu sorgenfreies Leben führte. Ich selbst habe mich nach meiner Rückkehr aus Russland mehrfach davon überzeugt. Ich kam in all den Jahren oft zu Besuch, und wir waren, solange sie lebte, gute Freunde und für eine lange Zeit auch sich über medizinische Fragen austauschende Kollegen.

Auch Max und Martin studierten Medizin. Es wundert vermutlich nicht, dass auch sie sich auf Augenheilkunde spezialisierten. Während Martin in einer Münchener Fachklinik tätig wurde, übernahm Max die Praxis Möckel und lebte in dem Haus bis zu seinem Tod im Jahre 2013. Er starb zwei Jahre nach dem Zwillingsbruder. Auch zu Wilhelms Söhnen hielt ich regelmäßigen Kontakt und erkannte in ihnen ein ums andere Mal meinen Freund wieder. Sie führten ein gutes Leben. Martin, der zu einem wahren Workaholic mutierte und alles für seine Klinik gab, wollte keine Kinder bekommen. Die Frau seines Bruders brachte Zwillinge zur Welt: diesmal Mädchen. Ich habe sie nie kennengelernt und glaube nicht, dass sie von mir wissen.

Der Krieg, über den ich hier berichtet habe, war Barbarei in widerlichster Form. Das, was ich erlebt habe, hat mich zeit meines Lebens nicht losgelassen. Ich denke, ich liege mit der medizinischen Einschätzung richtig, dass ich traumatisiert bin. Heute nennt man das posttraumatische Belastungsstörung. Aber ich habe mein Trauma alleine in den Griff bekommen, ohne Psychotherapie. Ich war Chefarzt der Unfallchirurgie in einem Hamburger Krankenhaus. Ich glaube, die Erfahrungen als Sanitäter an der Front haben mir in meiner praktizierenden Zeit einiges leichter gemacht, und letztendlich war ich immer dankbar für das, was ich tun durfte. Ich denke, ich habe meine Arbeit immer gut und gewissenhaft erledigt. Ich kann und will mich über mein Leben nach Krieg und Gefangenschaft nicht beschweren.

Nachdem ich mich damals von Wilhelms Hinterbliebenen in Augsburg verabschiedet hatte, verbrachte ich noch zwei wundervolle Wochen mit der eigenen Familie in Minden und genoss besonders das Zusammensein mit meiner kleinen Schwester. Als ich dann mit der Reichsbahn zurück nach Russland fuhr, hatte ich keine Ahnung, dass ich das Schlimmste noch nicht erlebt hatte. Ich stieß wieder zur Division, als die 6. Armee gerade auf Stalingrad vorrückte. Direkt in eines der größten Infernos der Menschheitsgeschichte. Die Zeit als Bursche war damals für mich endgültig vorbei. Ich war erwachsen geworden und bekam bald höhere Aufgaben im Sanitätswesen zugeteilt. Bei den Schlachten und Operationen nahm ich mir Wilhelm stets zum Vorbild und gab mit ihm im Herzen mein Bestes an einem Ort, den man im Nachhinein nur als Hölle bezeichnen kann. Doch das ist eine andere Geschichte.

Die schrecklichen Erlebnisse, die ich in Stalingrad, später beim letzten Kampf um Berlin und dann in russischer Gefangenschaft machte, habe ich in Tagebüchern festgehalten, sie aber nie jemandem anvertraut. Mein eigenes Soldatendasein erscheint mir doch viel unwichtiger als das des Helden Wilhelm Möckel. Deswegen habe ich ein Buch über ihn geschriebenen und nicht über mich, auch wenn ich weiß, dass ich Bestandteil seiner Geschichte bin und immer sein werde. Wer weiß schon, vielleicht wird man auch meine Stalingrad-Tagebücher finden, wenn ich tot bin. Dann soll es so sein. Ich bin jedenfalls durch mit dem Krieg. Endlich.

Ich bin müde und am Ende meiner Kräfte angekommen. Körperlich, und auch mein Geist sehnt sich nach Ruhe. Das Buch zu schreiben hat mich aufgewühlt, mich zum Weinen gebracht, aber auch befreit. Ich habe nun alles über Wilhelm und Annemarie erzählt und damit den für mich letzten großen Auftrag in dieser Welt erfüllt. Ich hoffe, dass die Geschichte meines Freundes und meiner Freundin dazu beiträgt, die Grauen des Krieges und des Nationalsozialismus nicht verblassen zu lassen, und sie mahnend dafür stehen kann, dass so etwas nicht noch einmal passiert. Wenn ich darüber lese, dass heute in der Süd- und Ostukraine wieder Panzer gegen Panzer kämpfen, genau an den Orten, wo auch wir unsere Tragödien erlebten, dann kann ich das nicht verstehen. Aber darum muss sich meine Nachwelt nun kümmern. Ich kann nichts mehr tun, meine Zeit neigt sich dem Ende entgegen.

Ich hoffe auch, dass mein Buch zum Verständnis dazu beiträgt, dass nicht alle deutschen Soldaten schlecht waren. Es gab böse und gute auf beiden Seiten. So wie in den kriegerischen Auseinandersetzungen heute auch. Am Ende möchte ich doch glauben, dass ich mein Bestes gegeben habe. Ich war einst ein Bursche eines Helden dunkler Zeit. Und später ein erfolgreicher Arzt. Ich war Kamerad, Freund, Zeitzeuge und – wie es aussieht – zum Schluss auch noch Autor. Das ist doch etwas. Eine Memme bin ich nicht, oder?

ENDE

# ABSCHIED

Friedrich Tönnies zieht das letzte Blatt Papier aus der Schreibmaschine und legt es auf den Stapel zu den anderen. Über dreihundert Seiten hat er verfasst, in nur vier Wochen. Eine Postkarte mit dem Motiv eines auf einem Steinsockel stehenden T-34 vor dem sowjetischen Ehrenmahnmal am Berliner Tiergarten legt er neben das Manuskript. Vor dem Panzer auf dem Bild sind Blumensträuße ausgelegt. Auf die Rückseite der Karte hat er geschrieben:

*Ich übertrage die ausschließlichen, räumlich, zeitlich und örtlich unbeschränkten Nutzungsrechte an meinem Buch »Heldenblut« an meine Pflegerin Fräulein Nina Winter, die es in meinem Namen veröffentlichen soll und als Herausgeberin fungieren darf.*

Dann geht Friedrich Tönnies an seinem Stock ins Badezimmer, wäscht sich gründlich und betritt durch die Nebentür das Schlafzimmer. Er läuft zum Schrank, nimmt den blauweiß gestreiften Pyjama heraus und zieht ihn sich über. Bevor er sich ins Bett legt, schließt er das Fenster und lässt die Jalousie herunter. Er friert und zittert unter der weichen Daunendecke, obwohl es nicht kalt ist in dieser Sommernacht. Er wundert sich kurz darüber. Doch als er in der ihn umgebenden Stille ein Hecheln und ein Schnurren hört, legt sich ein überraschtes und zufriedenes Lächeln über seine Lippen. »Norka, Juri. Ihr seid zurück!«, ruft er ins Dunkel, hebt dann seine Bettdecke an und bemerkt mit heißblütiger Freude im Herzen, wie sich die geliebten Tiere an ihn kuscheln und ihn wärmen. Er schließt die Augen. Bevor er einschläft, hört er klar und deutlich Anastasias zauberhafte Stimme: »Ich liebe dich, Friedrich. Du warst ein guter Mann.«

# NACHWORT DES AUTORS

Suchen Sie in der Buchhandlung nicht nach dem Titel *Heldenblut* von Friedrich Tönnies. Sie werden ihn nicht finden, auch nicht unter der Herausgeberin Nina Winter. Das muss allerdings auch nicht sein, denn Sie haben dieses *Buch im Buch* bereits gelesen.

Ich habe meinen Roman *Ein Held dunkler Zeit* auf Grundlage der wahren Geschichte des Frontarztes Helmut Machemer verfasst, der am 18. Mai 1942 bei Isjum durch eine russische Granate starb. Sein Bursche, der den Wagen gefahren hat, ist bei dem Angriff schwer verwundet worden, hat aber überlebt. Zuvor hatte Helmut Machemer Tapferkeitsauszeichnungen erworben, die es seinem Abteilungskommandeur Major Henning von Witzleben ermöglichten, ein Gnadengesuch an Adolf Hitler zu richten. Danach wurde Helmut befördert und seiner halbjüdischen Frau Erna sowie seinen Söhnen deutsches Blut und die Gleichstellung vor dem Gesetz zugesprochen. Dieses zu erreichen war Helmuts Grund gewesen, freiwillig in den Krieg zu ziehen. Seine Frau und seine Kinder verdanken ihr unbehelligtes Leben bis zum Untergang des Dritten Reiches ihrem Ehemann und Vater und mussten dafür gleichzeitig doch einen so hohen Preis bezahlen.

Drei Jahre lang habe ich mit dem heute 83-jährigen Sohn Hans Machemer die Geschichte seines Vaters erforscht. Sie ruhte seit 75 Jahren in Form von über 500 Briefen, fast 2000 Fotos und etwa acht Stunden Acht-Millimeter-Filmmaterial im Privatarchiv der Familie. Nachdem Erna Machemer 1970 verstorben war, ging der Nachlass ihres Mannes an die Kinder. Doch erst 2014 entschloss sich einer von ihnen, Hans Machemer, die historisch bedeutsame Familiengeschichte für die Öffentlichkeit aufzuarbeiten. Als Historiker stand ich ihm dafür zur Seite. Ich habe mich lange und intensiv mit der NS-Zeit beschäftigt, zunächst über Propaganda der Nationalsozialisten promoviert und Antisemitismusforschung betrieben. Angeregt durch die Erzählungen meiner Großväter über ihre Zeit im Krieg, habe ich vermehrt auch Feldpost einfacher Wehrmachtssoldaten gelesen. Es verwundert mich, dass diese vielen, eindrucksvollen Schilderungen des Kriegsalltages aus deutscher Sicht kaum gesellschaftliche Beachtung finden. Zu stark lastet wohl der Schatten der Nazi-Verbrechen, die mittlerweile sehr gut dokumentiert sind, auf allem. Wir pflegen hier eine funktionierende und äußerst wichtige Erinnerungskultur. Es gab allerdings auch viele Deutsche an der Front, die keine Kriegsverbrechen begangen haben, die nicht politisch dachten oder selbst zu Opfern wurden. Wenn wir diese dunkle Epoche des Zweiten Weltkrieges in ihrer Gänze erfassen wollen, müssen wir auch diesen Menschen eine Stimme geben.

Helmut Machemer war einer von ihnen, und er hatte eine fast unmögliche, ja, absurde Aufgabe zu erfüllen: Ein deutscher Held zu werden, um das Leben seiner halbjüdischen Frau zu retten. Das ist eine so einzigartige und emotionale Geschichte, wie man sie sonst eher von der Leinwand kennt. Als Romanautor war mir deswegen bald bewusst, dass diese besondere Lebensgeschichte auch einer belletristischen Fassung bedarf, die ein breites Publikum erreichen kann, soll und muss.

Die Hauptfiguren meines Romans sind eigenständige Charaktere, teilen mit ihren historischen Vorbildern das gleiche Schicksal. Helmut und Wilhelm ähneln sich. Ihre Berufe, militärischen Einheiten, Dienstgrade, die historischen Umstände, die Schlachten, in denen sie kämpften, sind identisch. Ich musste Helmut studieren, mich in ihn hineinversetzen, mit seinen Augen sehen und mit ihm mitfühlen, um daraus die Romanfigur Wilhelm erschaffen und mit Leben füllen zu können.

Wenn Sie nun, nach der Lektüre des Romans, noch tiefer in die Hintergründe der wahren Geschichte eintauchen möchten, so lege ich Ihnen an dieser Stelle die zugehörige Dokumentation *Wofür es lohnte, das Leben zu wagen* ans Herz, die gleichzeitig ein einzigartiges Porträt über den Krieg in der Südukraine von Herbst 1941 bis Frühsommer 1942 zeichnet. In ihr präsentieren Hans Machemer und ich eine große Auswahl an Fotos und Originaldokumenten sowie auch eine DVD mit Original-Filmmaterial, die dem Buch beiliegt. Sie können damit das bewegende Schicksal Helmut Machemers in seinen eigenen Worten, Fotos und Filmbildern erfassen.

Helmut war ein mutiger Mann, der sich nicht nur dazu verschrieben hatte, seine Familie zu retten, sondern der es auch fertigbrachte, einen kaum in Worte zu fassenden barbarischen Krieg sowie das alltägliche Leben und Sterben der Soldaten an der Ostfront festzuhalten. Möglicherweise war ihm selbst nicht bewusst, dass die Aufnahmen und Berichte, die er nach eigenem Ermessen erstellte, schon damals von einer solchen Brisanz waren, dass sie, wären die Feldpostsendungen und überbringenden Heimaturlauber gefilzt worden, seine Mission in Gefahr gebracht hätten.

Als Autor, Historiker und Mensch bin ich dankbar für seine Hinterlassenschaft. In einem Brief an seine Frau Erna schrieb Helmut am 5. Mai 1942 – wenige Tage vor seinem Tod –, dass er sich vorstellen könne, seine Berichte nach dem Krieg in der einen oder anderen Weise zu publizieren. Dass ich dies nun in einer stellvertretenden, wenn auch anderen, fiktional durchmischten Form tun darf, erfüllt mich mit Stolz und Freude.

Nicht immer war es einfach, mich in Helmuts Leben und in das seines Alter Egos Wilhelm hineinzuversetzen. Ich habe mitgefiebert, mitgetrauert und mich ein ums andere Mal gefragt, was gewesen wäre, hätte Helmut den Krieg überlebt. Der Abteilungs-Arzt, der seinen Tod feststellte, versicherte, dass er auf der Stelle tot gewesen ist. So tragisch Helmuts Tod auch war und ist – besonders für seine Familie –, so tröstet es mich doch, zu wissen, dass ihm zumindest Stalingrad erspart wurde. Seine Panzer-Aufklärungs-Abteilung 16 der 16. Panzer-Division unter Führung von Generalmajor Hans-Valentin Hube bildete den ersten deutschen Kampfverband der 6. Armee, der am 23. August die Wolga erreichte, von der aus der Sturm auf Stalingrad begann. In dieser geschichtsträchtigen und schicksalhaften Schlacht, die einen Wendepunkt im deutsch-sowjetischen Krieg markierte, ließen 500.000 Soldaten der Roten Armee ihr Leben. Auf deutscher Seite fielen 150.000 von der Führung der Wehrmacht im Stich gelassene Soldaten bei direkten Kämpfen im Kessel, starben an Krankheiten, Unterernährung oder Erfrierungen. Etwa 108.000 deutsche Soldaten gerieten in sowjetische Gefangenschaft, aus der nur 6.000 Mann lebend zurückkehrten. Helmut war nicht unter ihnen, aber er ist somit auch der Apokalypse in der Wolga-Stadt entgangen. Und vor allem: Er hat seinen Auftrag erfüllt und seine Familie vor der Willkür der nationalsozialistischen Rassenlehre retten können.

Christian Hardinghaus, Dezember 2017